시
힘

시의 정원을 채우는 창작정신 ─────────

김풍기 지음

교유서가

일러두기

1. 이 책은 『시마』(아침이슬, 2002)의 개정판이다.
2. 이 책에 인용된 한문 원문은 대부분 『한국문집총간』(민족문화추진회 영인본)을 저본으로
   했다.
3. 필기류(筆記類)에서 인용한 일화는 김현룡 교수의 『한국문헌설화』(건국대출판부)의 도움을
   받았다.

개정판 지은이의 말

학회에서 시마(詩魔)에 대한 글을 처음 발표했을 때 나는 이 주제를 가지고 큰 틀에서 문학론의 본령을 연구해야겠다고 생각했다. 예술 창작의 가장 중요한 본질을 다룰 수 있으리라는 기대 때문이었다. 학회에서 첫 발표 때의 기억이 아직도 생생하다. 그 자리에 어떤 분이 계셨는지, 그리고 어떤 말씀을 하셨는지. 그만큼 나에게 시마는 중요하면서도 엄청난 주제였다. 당시의 내가 감당하기에는 너무 큰 주제였을지도 모른다. 게다가 책을 쓰면서 차츰 내 공부의 얕음을 알게 되었고, 훗날 더 멋지고 깊이 있는 연구서로 발전시킬 수 있으리라는 생각을 했다. 그러나 세월이 흐른 지금도 나에게 시마는 알 수 없는 깊이를 지닌 단어로 남아 있다. 시마에 대해 이야기를 하라면 오히려 그 시절보다 더 아득해진다. 공부는 세월과 함께 무르익을지도 모르지만, 그렇다고 해서 모든 것을 명료하게 설명할 수 있는 것은 아닌 듯하다.

많은 자료를 모아서 시마의 정체를 밝혀보겠노라는 야심찬 계획으로 글을 쓰기 시작했지만 그 자료를 모두 사용하지 못했다. 게다가 책을 펴낸 뒤 시마에 대한 새로운 기록들이 속속 눈에 띄기 시작하면서 언젠가는 제대로 된 증보판을 내겠다는 다짐도 마음속으로 여러 차례 했다. 그러나 인생은 늘 마음먹은 대로 되는 것은 아닌 모양이다. 이런저런 세상일에 부대끼면서 시마에 대한 나의 관심은 늘 내 삶의 주변에 머물러 있었다. 한곳에 명확한 모습으로 정착하는 것은 시마의 본질이 아님을 증명이라도 하듯이 시마는 내삶의 틈새로 언뜻 보였다가 사라질 뿐이었다. 한 번도 내 공부의 본령으로 다시 들어오지 못했다.

그렇다고 시마에 대한 관심을 완전히 끊었던 것은 아니다. 눈에 띄는 대로 자료를 모았고 흥미로운 아이디어가 떠오를 때마다 메모를 해두었다. 하지만 그것을 새로운 사유의 지평으로 연결시키는 작업은 하지 못했다. 작가들이 자신의 샘솟는 영감의 원천이 어디인지 명확하게 말하지 못하는 것처럼, 창작을 하게 만드는 근본적인 힘이 어디서 비롯되는지 분명하게 말하지 못하는 것처럼 시마에 대한 나의 관심과 애정도 문학적 사유의 본류에 연결시키지 못했던 것이다. 그렇게 세월이 흐르는 동안 나는 이 책에 대한 아쉬움과 미안함을 간직한 채 아무런 일도 하지 못했다.

이 책은 피치 못할 사정으로 한동안 나에게 가슴 아픈 책으로 남아 있었다. 잊힌 책이라고 여겼다. 그런 책을 다시 세상 밖으로 꺼내준 신정민 대표와 예전에 시마를 책으로 만들 수 있는 계기를 마련해주었고 이번에도 여전히 그 계기를 던져준 이홍섭 시인께 감사의 말을 전한다. 두 분이 아니었다면 나는 평생 이 책을 아쉬움과 미안함으로 기억했을 것이다. 여기에 더해 원고를 꼼꼼히 다시 한번 읽어준 박민영 선생께도 인사를 드린다.

처음 책을 냈을 때 많은 분이 지적해주었던 것처럼 본문에서 자주 인용되는 글은 번역해서 원문과 함께 부록에 실었다. 그리고 본문에서 일부 설명이 필요하거나 이해하기 어려운 부분은 수정했다. 새로운 논의를 덧붙이지는 못했지만 이 책을 통해 시마에 대한 새로운 논의와 토론이 일어나기를 기대한다.

2019년 6월
춘천에서 김풍기

차례

시마의 흔적들

일반적으로 작가를 생각할 때면 꾀죄죄한 차림에 기이한 행동을 하는 사람을 떠올린다. 며칠씩 머리를 감지도 않고 밤을 새운 듯한 기색이 역력한 얼굴은 창백함으로 빛난다. 가늘고 긴 손가락에는 늘 독한 싸구려 담배가 끼워져 있으며 간밤에 마신 술 때문인지 퀴퀴한 술냄새가 몸에 배어 있다. 사람들과 이야기할 때는 언제나 냉소를 동반한 비꼬는 투의 말을 불쑥 내뱉으며 교유도 그리 원만하지 못하다. 주머니가 비어 있는 탓에 늘 다른 사람의 신세를 지면서도 전혀 비굴

하지 않고 오히려 당당하기까지 하다. 세상일에 전혀 관심이 없고 사람들의 욕망을 천박하게 여기면서 매도한다. 속물이 되지 않기 위해서는 그 앞에서 세속적 권력이나 돈 이야기는 하지 않는 것이 상책이다. 이런 그를 어느 누가 좋아하겠는가.

요즘은 이런 작가들이 그리 흔하지 않지만 1970년대 이전만 하더라도 작가뿐 아니라 작가 지망생 가운데에는 이런 품새로 여기저기 떠돌던 사람들이 꽤 있었던 것으로 기억한다. 한때 문학청년으로 지냈던 사람들이라면 이런 모습은 여전히 옛사랑의 그림자처럼 아련하다. 그들의 머릿속에 그려지는 작가란 항상 시대와의 불화를 이기지 못해 겨우 세상을 버티고 살아가는 그런 사람이기 일쑤다.

아직도 이런 사람이 있다면 그는 틀림없이 시마(詩魔)에 걸렸을 것이다. 가슴속에서 꿈틀거리는 열정을 이기지 못해 밤새 뒤척이며 그 열정을 절묘한 시구(詩句)에 담기 위해 고민하다 끝내 절망과 한숨으로 세월을 보내는 사람, 그가 바로 시마에 걸린 전형적인 사람이다. 시마의 영향력은 너무나도 커서 일단 시마에 걸리면 정상적인 사회생활이 어렵다. 일상적인 모습이나 생각을 뒤집는 속성은 시마의 흔한 수법

가운데 하나이기 때문이다. 그러니 시마에 걸린 사람이 어떻게 정상적인 사회생활을 할 수 있겠는가 말이다.

사실 시마에 대한 관심은 고려시대부터 있었다. 이규보(李奎報)는 시마의 죄상을 낱낱이 열거한 뒤 제발 자신에게서 떠나달라고 했다가 오히려 설복당해 결국 시마를 받아들인다는 내용의 「구시마문驅詩魔文」에서 그 글이 갖고 있는 장난스러운 말투에도 불구하고 그가 얼마나 글쓰기의 열망에 사로잡혀 있었는지를 상징적으로 보여준다. 이와 비슷한 내용의 글은 조선 중기 문인 최연(崔演)의 「축시마逐詩魔」에서도 찾아볼 수 있으며, 시마의 죄상을 나열하는 것은 진정으로 시마를 쫓기 위해서라기보다는 시마의 성격 또는 본질을 탐구하는 하나의 문학적 장치라고 해야 할 것이다. 시를 쓰게 하는 힘은 어디서 생기는가, 그 힘은 어떤 방식으로 작가에게 작용하며 그 영향은 어떻게 나타나는가 등의 내용을 다룸으로써 문학 내지는 글쓰기에 대한 진지한 관심을 드러낸다.

이와는 조금 다르지만 조선 후기 문인 이옥(李鈺)의 글에서는 「제문신문祭文神文」이 흥미롭다. 이는 글을 주관하는 신에게 자신을 도와달라고 제향(祭享)을 올리는 형식으로 쓰였다. 이 역시 글쓰기는 어떤 알 수 없는 힘에 의해 주도되는 것이며, 그 힘은 인간의 이성적 힘으로는 파악하기 어렵다는 점을 전제로 창작된 것이므로 시마가 말하려는 내용과 기본적인 맥락을 함께한다.

중국에서도 시마에 대한 관심이 꾸준히 나타난다. 우리나라에서 주로 읽혔던 글은 당나라 때의 문장가 한유(韓愈)의 「송궁문送窮文」이나 유종원(柳宗元)의 「걸교문乞巧文」 등인데, 자신의 가난함이 글쓰기와도 관련 있다거나 글을 잘 쓰게 해달라고 비는 내용으로 구성되어 있다. 특히 이규보가 「구시마문」이 한유의 「송궁문」을 본떠 지은 것이라고 밝히기까지 할 정도니 그 글의 인기를 짐작할 만하다.

어쨌든 고려 후기 이규보의 글 이래 시마는 많은 사람의 글에 쓰였다. 이규보, 최연 등을 비롯하여 유몽인(柳夢寅)의 「송홍목이윤경수광서送洪牧李潤卿晬光序」같이 비교적 긴 글로 시마를 다룬 사람도 있지만, 대부분은 자신의 시문(詩文) 속에 스치듯이 사용했다. 사장파(詞章派)의 글에서는 물론이거니와 이황(李滉)이나 이이(李珥) 같은 도학자의 글에도 등장하고 보우(普雨) 같은 승려의 글에서도 발견된다. 현대에 이르러서는 이병기(李秉岐)의 시조에도 등장하며 최승호의 시에서도 찾아볼 수 있다. 따라서 논리적으로 정리되거나 개념에 대한 명확한 정의를 시도한 사람이 흔하지 않을 뿐, 문인(또는 글에 조금이라도 관심이 있는 사람)이라면 꾸준히 관심을 갖고 썼던 단어임은 틀림없다.

시마는 기본적으로 글을 쓰지 않으면 안 되게 만드는 알 수 없는 내부의 힘을 상징적으로 나타내는 단어이므로 논리적이고 이성적인 면보다는 비논리적이고 감성적인 면에 연결된다. 논리적으로 풀어서 밝히기 어려운 개념이어서 언제나 신비스러운 표현과 만나며, 이 때문에 사람들은 그 정체의 모호성을 상당 부분 인정하면서도 한편으로는 궁금해하기도 한다. 말하자면 시마는 이론 속으로 포획되기를 거부하면서 끊임없이 움직이는 성질을 가졌다. 시대를 지배하는 거대 담론의 틈새를 비집고 떠다니면서 때로는 담론 사이를 미끄러지기도 하고 때로는 균열을 조장하기도 한다. 시마는 굳어버린 머리를 일깨우는 힘이기도 하며 고여 있던 생각을 터주어 거대한 흐름을 만들어내는 계기로 작동하기도 한다.

이 같은 특징 때문에 시마는 중세사회에서 하나의 금기였다. 정돈된 사유와 규격화된 답을 요구하는 사회에서 시마의 존재는 질서를 어지럽히는 하나의 혼돈이었다. 정상 사유를 뒤흔들면서 여기저기 구멍을 만드는 것이 바로 시마의 중요한 역할이다. 그러므로 중세의 짜인 틀은 떠다니는 시마의 존재를 쉽게 인정할 수 없었고, 다른 한편으로는 그것이 안정된 사회구조나 권력을 위협하는 것으로 여겨지기도 했다. 자연스럽게 그 존재는 '마(魔)'로 인식되어 배제되기 시작했다.

하지만 시마는 사람들의 뇌리에서 잊히는 것이 아니라 담론의 표면에서 천천히 사라지면서 사람들의 내면으로 침잠하기 시작했다. 생각해보면 시대를 불문하고 신분과 관계없이 많은 사람의 글 속에서 그 모습을 드러낸다는 것은 겉으로만 나타나지 않을 뿐 누구나 마음속에 시마를 품게 되었다는 반증이기도 하다. 내면화된 시마는 틈만 생기면 어김없이 그 모습을 드러냈으며 사람들은 시마가 드러난 모습의 강렬도에 따라 이름을 붙이며 흥미로워하거나 배제시키면서 탄압했다. 시마라는 단어가 하나의 이론적 구성에 이르지 못하고 단편적인 글 속에서 여기저기 게릴라처럼 나타날 수밖에 없었던 이유는 그것이 갖고 있는 자유로운 정신 탓이기도 하지만, 또다른 측면으로 보면 내면화된 시마를 끄집어낼 만한 환경이 만들어져 있지 않았다고 해도 지나친 말이 아니다.

"친구를 보면 그 사람을 알 수 있다"는 경구는 참으로 일리 있는 말이다. 그렇다면 시마의 벗은 누구인가. 주마(酒魔), 색마(色魔), 수마(睡魔) 등이 가장 대표적일 것이다. 사회의 권력을 가진 사람들이 무엇 하나 예쁘게 봐줄 만한 것이 없다. 이는 사회구조의 그물에 걸리지도 않거니와 오히려 그런 것을 정면으로 또는 삐딱하게 거부하거나 비껴가면서 새로운 계열의 선을 그린다. 사실 요즘 문인들도 그것과 친구하기를 꺼리는 것이 추세일진대, 사회적 규율과 도덕적 견결성을 입에 달고 살던 사람들이야 말해 무엇하겠는가. 시마를 비롯한 그 유형이 중세사회를 견디기 어려웠으리라는 점은 불을 보듯 뻔한 사실이다. 그것은 도덕적으로나 경제적으로 용납되기 어려운 것이었다. 어느 측면에서도 좋게 봐줄 만한 구석이 전혀 없었다.

그렇다고 해서 모든 사람이 그것을 배제하거나 구축했느냐 하면 딱히 그런 것도 아니다. 권력을 이미 얻은 기득권자는 여러 가지 편의적인 이유를 들면서 그것을 자신의 주변에 항상 머무르게 했다. 표리부동(表裏不同)한 태도를 보이면서 주색을 즐기는 사람들이 사회의 도덕과 질서, 법을 입에 달고 살았다. 특히 중세사회에서 주색은 풍류남아의 상징처럼 인식되고 포장됨으로써 그것을 극력으로 비난하던 사람들이 오히려 은밀한 곳에서는 더욱 친근한 웃음을 던졌다.

예부터 전해 내려오는 설화나 글 가운데 그와 관련된 이야기가 많은 것을 보면 그것은 사람들의 가장 가까이 있는 벗이면서도 사람들의 삶을 뒤죽박죽으로 만드는 원인을 제공했다. 술이나 이성 문제, 또는 잠 때문에 인생의 중요한 기회를 놓친 사람이 얼마나 많은가. 그것에 대한 이야기는 인구에 회자되면서 사람들의 관심을 끌기도 했다.

하지만 그것을 공개적으로 옹호하면서 자신의 목소리를 당당하게 낸 사람은 없다. 주색에 빠지지 않겠노라는 맹세를 하면서 글을 쓴 사람은 많지만 그것을 자신의 벗으로 격상시키면서 애정을 표시한 사람은 극히 드물었다. 생각해보면 그것만큼 애증(愛憎)이 교차하는 시선과 관심을 한몸에 받은 것도 없다.

주색이나 잠과는 달리 시(詩)는 중세사회의 지식인이라면 누구나 한마디씩은 해야만 하는 필수 교양이었다. 특히 한시를 짓는가, 짓지 못하는가의 문제는 관직 진출의 관건이기도 했지만, 작게는 동네에서 대우를 받는가, 못 받는가와도 직결되는 중요한 매개고리였다. 심지어 집을 떠나 유랑을 할 때조차 한시를 짓는 능력은 낯선 동네에서 숙식을 해결할 수 있는 중요한 힘이 되었다. 그만큼 한시는 중세사회 지식인의 일상에서 커다란 비중을 차지하는 고급 놀이였던 셈이다.

이런 분위기는 한시와 관련된 이야기의 생성 및 유포에 영향을 미쳤다. 사람들은 이야기 속에서 한시 구절을 읊고 즐기면서 흥을 돋우었다. 어찌 보면 김삿갓 같은 인물의 일화에 한시에 대한 다양한 욕망의 층위를 반영시켰는지도 모를 일이다.

1부

시귀의 세계

시와 귀신의 만남

시와 귀신

시와 귀신의 공통점을 찾는다면 무엇이 있을까. 사실 이런 질문은 정답도 없거니와 다분히 난센스 퀴즈 같은 느낌을 주기 때문에 진지한 주제를 이끌어내는 데 알맞은 질문은 아니다. 그러나 근대 이전의 자료를 읽다보면 시와 귀신이 만나 아름다운 작품을 만들어내는 경우가 상당히 많다. 귀신이 아름다운 작품을 찾아 헤매는 이야기도 있고, 저승에 간 사람이 좋은 시구를 듣고 감탄하는 이야기도 있으며, 이승에서 인정받지 못한 시인이 귀신의 인정을 받아 저승에 초대를 받은 이야기도 있다. 그런가 하면 귀신에게 홀려 자신도 모르는 사이에 뛰어난 시를 짓는 경우도 있으며, 귀신 덕분에 잊힐 뻔한 시인과 작품이 후세에 전해지게 된 사연도 있다. 이처럼 귀신은 시와 만나 흥미로우면서도 재기 넘치는 문학적 계기를 만든다.

그렇다면 다시 질문을 해보자. "시와 귀신의 공통점은 무엇인가?" 아마도 '알 수 없다'는 점에서 이 둘은 닮은꼴이라 할 수 있을 것이다. 이성적 분석력으로는 절대로 그 실체를 밝힐 수 없는 것이 바로 시와 귀신이 아닌가. 이성적 분석이라는 말이 나온 김에 그와 관련된 기억을 떠올려보자.

과거 중고등학교에서 시를 배우는 중요한 방식 가운데 하나가 바로 이성적 분석에 따른 작품 해석이었다. 21세기의 학교에서 이루어지는 교육은 뭔가 조금 달라졌으리라 생각되지만 당시 중고등학교 시절 국어 또는 문학 시간에 시를 배웠던 때를 생각하면 항상 시 구절을 잘게 쪼개어 그 의미를 밝혀내려는 국어 선생님의 의지에 찬 표정이 떠오른다. 이 단어의 상징적 의미는 무엇이고 저 단어의 음운현상은 무엇이며, 이 구절의 수사법은 은유이고 저 구절의 수사법은 연쇄법이라는 식의 시 교육을 생각해보라. 이와 같이 시를 배워온 이들에게 시 읽기란 참으로 힘든 숙제나 다름없었다. 이는 작품을 감상할 수 있게 격려하고 도와주는 것이 아니라 시의 실체 또는 시의 의미를 남김없이 파헤쳐야만 한다는 각고의 노력을 은근히 부추기는 셈이었다. 그러니 감히 무슨 수로 시를 해석할 수 있단 말인가. 더 심하게 말하면 선생님이 시의 주제를 말해주기 전까지 그 시의 주제를 짐작하거나 말을 하는 것이야말로 시에 대한 불경이라고 생각할 지경까지 이르렀던 것이다.

　요즘의 교육 현장에서는 이런 식으로 교육활동이 이루어지지 않겠지만 여전히 시를 감상하고, 나아가 훌륭한 독자를 육성하는 데 초점을 맞추면 그 성과는 미지수일 수밖에 없다. 이는 교사나 학생만의 잘못이라고 몰아붙이기에는 망설여지는 점이 있다. 어차피 학교제도에서의 교육활동에는 평가활동이 따르기 마련이고 평가 항목에서 시의 의미를 비롯한 이러저러한 점을 묻고 대답하는 것은 필수이기 때문이다. 이 경우 시의 의미를 다양한 방식으로 이야기하는 것이 아니라 정답을 중심으로 일종의 위계질서가 만들어지며, 그에 따라 학생-예비 독자는 되도록 정확한 의미에 다가가기 위해 노력할 것이다. 따라서 수업시간에 시에 대한 교사의 해석은 자연히 모든 것의 기준을 만드는 절대적 위치로 확정되기 십상이다. 자기만의 해석을 내놓는다면 참으로 기발한 해석이라고 한두 마디 칭찬은 들을지언정 성적 향상에는 절대로 도움이 되지 않을 것이다. 사정이 이러한데 어느 누가 수업시간에 형성된 시의 의미에 관한 위계질서를 거부할 수 있겠는가. 이것이 반복되다보면 자신도 모르게 그런 방식에 익숙해지고, 또 정말 뛰어나거나 특별한 독자가 아니라면 시를 읽는 것이 얼마나 어렵고 복잡한 일인지를 미리 전제해야만 한다.

시를 읽으면서 낱낱이 해부하고 파헤치지만 시의 의미에 가까이 가기는커녕 점점 더 알 수 없는 혼란 속으로 빠져든다. 우리의 이성적 능력은 무한한 가능성을 내포하고 있는 것처럼 보이지만 막상 어떤 주제에 대해 생각하면 할수록 그 능력의 한계에 쉽게 부딪힌다. 우리의 경험을 뛰어넘는 무엇인가를 만나게 되면 그 이면의 알 수 없는 어떤 힘을 떠올리게 되는데, 그것이 도(道)이든 신(神)이든 그 힘은 우리의 삶에서 밝혀지지 않는 부분을 담당한다. 도무지 알 수 없는 세계상을 범인(凡人)의 평범한 시선으로 어찌 볼 수 있겠냐며 쉽게 문제를 해결해보려 하지만 여전히 찜찜함이 남는다. 도 대체 우리를 시적 감동 또는 시적 감흥으로 이끄는 힘은 무엇인가.

귀신, 근원적 공포심의 등장

인간 삶의 본질을 다루고 그 본질의 모습을 밝히는 것이 시의 중요한 임무 가운데 하나라 하더라도 시의 소재는 우리의 일상사에서 자주 접하는 것들이다. 어차피 우리의 일상을 구성하는 구체적인 사물이 시를 쓰기 위한 취급품이라면 도나 신이라는 거창한 개념까지 들먹이면서 논의거리로 삼지 않더라도 충분히 재미있는 일상사로 만들 수 있을 것이다. 옛사람들이 시를 귀신의 문제와 연결시킨 이면에도 그런 의식이 자리하고 있지 않았을까.

사람들의 마음속에 근원적인 공포 같은 것이 있다면 그것이 현실적으로 나타날 때는 어떤 모습일까. 우리는 그런 공포를 귀신에게서 발견할 수 있다.

전깃불도 들어오지 않는 시골에서 자란 이들에게 귀신이

란 참으로 두려우면서도 흥미로운 존재였다. 그 가운데 가장 큰 두려움의 대상이었던 화장실 귀신, 흔들리는 호롱불에 일렁이던 그림자 귀신은 물론 마을 어귀에 있는 상엿집(곳집)이나 외딴곳의 늪, 댓잎이 서걱거리던 오싹한 장소에 이르기까지 수많은 이야기를 접하며 귀신에 대한 호기심을 키워왔다.

이런 귀신에 대한 호기심은 시의 뒤편과 만나 다양한 이야기를 파생시켰다. 사람들은 시를 짓고 감상하는 과정에서 이성적이고 합리적으로 설명되지 않는 부분을 느꼈을 것이다. 그러므로 그 부분을 지배하는 신이한 힘이 있으리라 추정하는 것은 당연하며, 바로 그 지점이 시가 귀신과 만나는 교차점이라 할 수 있다.

이런 논의와 겹치는 부분이 있지만 또하나의 공통점을 들면 행위 주체의 의지로는 통어가 불가능한 힘을 갖고 있다는 점이다. 시를 쓰는 것이든 귀신의 문제든 여기에는 개인의 의지에 따라 좌지우지할 수 없는 부분이 존재한다. 어린 시절 누구나 한 번쯤 문학 소년·소녀를 꿈꾸었던 적이 있었을 것이다. 눈앞에 펼쳐진 세계가 너무나도 시적이고 사람들의 이야기 하나하나가 문학적임을 발견한다 해도 그것을 글로 표현하는 순간 얼마나 유치한 것이 되고 마는가. 글을 쓰기 전에는 천하의 아름다움이 가슴속에 형상화되는 듯해도 막상 글로 옮기려 하면 표현력이 부족함에 한탄하게 되는데, 이는 뛰어난 문인이라 하더라도 마찬가지일 것이다. 이처럼 글을 쓰는 것, 특히 시를 쓰는 것이야말로 자신의 의지로는 전혀 제어할 수 없는 이상한 힘을 갖고 있다. 그 힘은 두 가지 방향을 내포한다. 하나는 아무리 좋은 시를 쓰고 싶어해도 그렇게 쓰지 못하게 하는 힘이요, 다른 하나는 시를 쓰지 않으면 안 되게 만드는 힘이다. 전자에 관심을 가질 때 그것은 주로 언어의 한계를 비판적으로 바라보는 입장에 서는 것이고, 후자에 관심을 가질 때는 우리 내면에 존재하는 표현 욕구를 중시하는 입장에 서는 것이다. 시와 귀신의 만남은 주로 후자에 기울어져 있다.

귀신을 언급하는 것도 몇 가지 측면으로 나누어 살펴볼 수 있다. 귀신이 주체의 외부에 존재하는가, 내부에 존재하는가에 따라 살펴보자. 외부에 존재하는 귀신은 주체의 영향권 밖에 위치할 뿐 아니라 오히려 주체에게 강한 영향력을 행사한다. 그것은 먼저 주체를 두려움에 떨게 만든다. 그러나 이 경우 주체에게 귀신이란 공포의 대상일 뿐 다른 창조적 활동은 기대하기 어렵다. 도깨비를 포함하여 특별한 순간에 마주치는 귀신은 모두 외부에 존재한다. 수많은 설화는 도깨비와 귀신을 소재로 만들어져 향유되었다. 앞서 이야기한 화장실 귀신도 그런 것의 변형이라 할 수 있다. 그들은 때때로 귀엽고 장난스러운 모습(특히 우리나라 도깨비 대부분은 그런 모습이다)으로 우리 앞에 나타나지만, 그들 이야기의 일차적인 목표는 사람들을 놀라게 하는 데 있다. 원한을 풀지 못해 이승을 떠도는 원귀(冤鬼)에 이르면 그 공포는 말할 나위도 없다.

무당과 시인

이처럼 귀신에게 공포 이외에 무엇을 기대할 수 있느냐고 반문할지도 모르겠지만 귀신이 주체의 내부에 존재하는 경우라면 문제가 다르다. 이를테면 신내림(降神)을 들 수 있다.

과거에 비해 무당의 사회적 지위가 나아졌다고는 하나 일반적인 강신무(降神巫)들이 늘 그러하듯이 폄하하는 사회의 암묵적 시선에 의해 그들은 처음에는 신내림을 받지 않으려고 무척 애를 쓴다. 그러나 원인을 알 수 없는 병에 시달리거나 집안에 우환이 닥치거나 다른 사람의 사고를 예견하는 등 자신을 둘러싼 여러 현실을 부인할 수 없어 마지못해 내림굿을 받고 무당의 길로 들어선다. 이런 무당은 세습무와 구별하여 강신무라 부른다. 강신무의 경우 자신이 모시는 ㈜신을 외부에서 불러오지만 실제로는 귀신이 무당의 내부에 존재할 때만 의미를 만들어낼 수 있다. 아무리 용한 귀신이라 하더라도 외부에 존재하는 한 무당은 그저 평범한 인간에 불과하다. 그가 인간임을 넘어 전혀 다른 강렬도와 배치를 만들기 위해서는 내부에 귀신이 존재해야 한다. 그때 그 귀신은 외부의 존재라기보다는 내부에 존재하는 강력한 어떤 힘일 것이다.

이런 귀신은 외부에 존재하면서 공포를 불러일으키는 유형과는 달리 인간의 내부에서 하나의 새로운 힘을 발현한다. 이는 일종의 '-되기'와 비슷한 구조를 갖는다. 평범한 인간은 그 자신이 어떤 특별한 과정을 거쳐 스스로 '귀신되기'를 시도함으로써 전혀 다른 인간-귀신으로 바뀌는 것이다. 사람들이 그를 찾아가 절을 하고 복채를 내며 두려워하는 것은 무당이 지니고 있는 인간적인 매력 때문이 아니라 그 내부에 알 수 없는 힘으로 존재하는 귀신 때문이다.

사실 강신무의 귀신은 내부와 외부를 명확하게 구분하기 어렵다. 어쨌든 그 귀신도 외부에서 내부로 들어오는 것이라고 한다면 그것을 단순히 무당 내부의 것이라고만 단정짓기란 힘들다. 그런데도 굳이 강신무를 예로 든 것은 사람들이 어떤 일에 몰입했을 때 쉽게 나타나는 일종의 광기와도 같은 열정을 가장 집약적이고 특징적으로 보여주기 때문이다. 이는 요즘 작가들에게서도 쉽게 찾아볼 수 있다. 대작을 쓴 작가에게 어떻게 그런 작품을 쓰게 되었냐고 물었을 때 흔히 이런 대답이 돌아온다. "저도 잘 모르겠습니다. 신들린 듯이 쓰고 나니 저도 모르는 사이에 작품이 완성되어 있더군요."

언뜻 건방져 보일 수도 있을 법한 작가의 대답은 우리가 알지 못하는 개인의 경험적 진실을 그대로 드러내는 것일 터다. 작가는 작품에 대한 자신의 열정에 휩싸여 작품을 완성했지만 그 힘의 정체가 무엇이냐고 묻는다면 쉽게 대답하기 힘들 것이다. 내부에 존재하는 알 수 없는 힘에 지배당해 작품을 써내려가는 그의 모습에서 우리는 신내림을 받아 자기도 알 수 없는 신이한 능력을 보여주는 무당의 모습을 발견한다. 그런 점에서 작가는 예나 지금이나 시대의 무당으로서의 역할을 은근히 자임하는 것이 아닐까 싶다.

그러나 아무리 귀신에 대해 이러저러한 상징을 끌어다 붙이고 그 의미를 호의적으로 해석하려 해도 귀신이 갖고 있는 음습함은 지울 수 없다. 귀신은 밝은 태양 아래 당당한 모습으로 나타나기보다는 달빛이 구름에 가려 어슴푸레해졌을 때 자신의 능력을 드러낸다.

예부터 동아시아의 지식인들은 귀신 문제를 음양론(陰陽論)적 시각으로 다룰 때 귀(鬼)를 음(陰)으로, 신(神)을 양(陽)으로 배치했으며, 이는 여전히 우리 삶에 상당히 강하게 자리하고 있다. 우리가 지금 논의하고 있는 귀신이 바로 음적인 요소에 속하는 '귀'다. 귀와 신은 모두 저승의 존재이지만 이승과의 관계에서 서로 다른 역할과 의미를 지닌다. 간단히 말하면 귀가 대체로 인간 삶에 부정적이고 음습한 느낌으로 작용한다면, 신은 인간의 삶을 좀더 선하고 아름답게 도와주는 역할을 한다. 따라서 원한에 가득찬 귀신은 '귀'에 속하고 자손을 도와주는 조상의 넋은 '신'에 속한다.

인간은 자신이 잘 알지 못하는 것에 대한 일종의 공포감을 갖고 있으며, 그 공포감에 휩싸였을 때 눈앞에는 환상처럼 기괴하고 신기한 것이 나타났다 사라지기도 한다. 무당이 귀신과 대화를 나누는 모습을 부정적으로 생각하는 사람은 자신의 상상력이 지나치게 풍부한 탓이라고 말하기도 한다. 그런 사람에게 귀신이란 귀신의 존재를 믿는 사람만 갖고 있는 환상에 불과하다. 하나에 몰두하여 다른 일을 잊다 보면 자기도 모르게 그와 관련된 환상에 사로잡히기 마련인데, 그것을 이성의 힘으로 누르는 것이 일반적인 평범한 사람들의 삶이다. 그러나 그것을 누를 힘이 부족한 사람, 즉 상상력이나 환상의 힘이 더 큰 사람의 경우에는 다른 사람과는 다른 세계에서 그의 일상이 구축되므로 몽상가가 된다. 그렇게 생각할 여지가 없는 것도 아니다. 사람의 마음이란 참으로 복잡 미묘하여 심한 장난질을 치기 때문이다. 역대 성현들이 자기 마음을 잘 다스릴 줄 알아야 한다고 한결같이 역설한 것도 따지고 보면 이런 맥락과도 통하는 것이 아니겠는가. 마음속 공포를 세심하고 강렬하게 느끼는 사람일수록 생활 속에서 남들이 경험하지 못하는 기이한 것을 경험하는 기회를 많이 갖는다.

하지만 귀신을 경험해보았다고 자부하는 사람들에게 이런 식의 논법은 세계의 깊은 모습을 전혀 보지 못하는 천박한 지식일 뿐이다. 눈에 보이고 귀에 들리는 감각적 경험의 세계만을 이 세계의 모습이라고 생각하는 것이 얼마나 얕은 소견이냐며 꾸짖는다. 인간의 감각은 너무나도 명확한 한계를 가지므로 그것이 파악하는 세계상은 형편없이 작고 얕다. 귀신을 경험하지 못한 보통 사람들은 귀신이니 신비로운 힘이니 하는 것 모두를 허상이라고 생각한다. 심지어 귀신에 씌었다는 것은 귀신 들린 사람들의 정신 상태에 많은 문제가 있음을 반증하는 것이라고까지 말한다. 그런데도 그들의 언어나 이성이 세계를 완전히 해명해준다고 생각하는 것 같지는 않다. 그들도 자신들의 감각적 세계를 정확하고 면밀하게 파악하기 위해 새로운 방식을 개발하려고 부단히 애쓴다.

결국 그 감각의 한계를 뛰어넘기 위해 인간은 전혀 다른 방식으로 세계와 소통해야 한다. 언어를 잊고 침묵으로 자연을 느끼거나, 자연 속 사물의 상징을 해석하는 자신만의 방식을 발견하거나, 눈에 보이지는 않지만 다른 주파수로 이루어지는 기(氣)의 운용을 통해 의사소통을 하는 방법을 찾아낸다. 그럼으로써 세계의 본질로 여겨지는 한 지점에 이르고자 하거나, 아니면 세계가 이렇게 구성된 원리가 무엇인지를 깨달으려 하는 것이다. 그것이 직관에 의한 것이든 이성적 분석에 의한 것이든 보통 사람들은 인간의 감각만으로는 세계의 전체상을 제대로 파악할 수 없다고 여긴다는 점에서 새로운 방식을 발견하기 위해 계속 노력하는 하나의 길을 걷는 동지다.

사람들은 시와 귀신에도 동지적 시선을 보낸다. 둘 다 정체를 쉽게 드러내지 않거니와 아무리 그 정체를 파악하려 해도 요령부득이다. 게다가 그들은 하나의 고체적 형질로 이루어진 것이 아니라 세계의 다양한 사물의 틈새를 비집고 돌아다니면서 이상한 짓거리를 하기 일쑤다. 문이 닫혔다고 귀신이 들어가지 못하는 공간이 있던가. 우리 눈에는 틈새가 없는 것처럼 보여도 귀신에게는 드넓은 틈이 보일지도 모른다. 게다가 귀신은 넓은 문과 환하고 트인 공간을 싫어하는 법이라서 항상 사람들이 예상하지 못하는 방법과 문으로 드나든다. 어쩌면 심심하기 짝이 없는 귀신계에서 사람들을 상대로 재미있게 무엇인가 일을 만들어보려는 귀신의 각고의 노력의 결과일지도 모른다. 마찬가지로 아무리 막힌 공간에서 살아도 시적 영감은 소리 없이 머릿속으로 파고든다. 반대로 아무리 넓고 아름다운 공간에서 시를 맞아들이려 해도 시는 결코 넓은 문으로 그냥 쉽게 들어오는 법이 없다. 시이건 귀신이건 이들은 주로 좁은 문을 통해서만, 인간의 고뇌, 공포, 긴장 등을 배경으로만 만날 수 있다. 물론 그런 조건이 완벽히 갖추어졌다 하더라도 그들을 만나리라는 보장은 없다. 그들은 오고 싶을 때 오고 가고 싶을 때 간다. 우리는 언제나 기다리는 입장인 것이다.

시와 귀신, 아름다운 짝패

이렇게 말을 하고 보니 마치 귀신에게 열화와 같은 성원을 보내고 있는 것처럼 기술한 감이 있다. 만약 그렇게 생각했다면 이 글의 요지에서 살짝 벗어난 셈이다. 다만 우리의 일상에서는 시나 귀신을 쉽게 만나기 어렵다는 점과 그들의 성향이 워낙 까다로워 만나고 싶다 해서 만날 수 있고 떠나기를 원한다고 해서 떠나주는 그런 존재가 아니라는 점을 말하려 했던 것뿐이다. 다시 말해 그들은 모두 인간의 의지와는 관계없이 그들 나름의 규칙과 내용을 어느 정도 갖고 있다는 것이다.

지금은 다양한 방법으로 세상의 부귀영화를 누릴 수 있으므로 굳이 하나의 원칙만을 고수할 필요가 없다. 그러나 근대 이전의 사회에서 부귀영화를 누릴 수 있는 가장 확실한 방법은 과거에 급제하여 관직에 진출하는 것이었다. 과거는 중세 지식인들이 이르러야 할 이상이요, 목표였다. 삼대(三代)만 과거 합격자를 내지 못해도 사회적 신분에 불이익을 받을 판이니 과거를 위해서는 무엇인들 못 하겠는가. 지금 생각하면 해주는 밥 먹고 책만 읽는데 왜 그렇게 과거에 급제하기 어려웠을까 싶지만 과거시험에 나이 제한이 있는 것도 아니고 전국의 수많은 선비가 과거 급제라는 하나의 목표를 위해 밤낮없이 눈을 부릅뜨고 공부에 열중하여 과거가 있다고만 하면 모두 괴나리봇짐 하나씩 둘러메고 과거장으로 향하는 상황에서 과거 급제란 참으로 지난한 일이었다. 게다가 수많은 응시생 가운데 극소수만이 합격자로 뽑혀 벼슬길에 나갔다. 그러니 그 경쟁률이야 말해 무엇하겠는가.

　사정이 이렇다보니 글공부에 조금이라도 관심이 있는 사람이라면 일상을 온통 과거와 관련된 일에 촉각을 곤두세우기 마련이다. 특히 동아시아의 전통에서 관료 예비생에게 매우 중요한 것은 한시(漢詩)를 짓는 능력이었다. 하다못해 과

객으로 세상을 떠도는 사람에게조차도 한시를 지을 수 있는 능력은 상당한 대우를 보장받을 수 있을 정도로 매우 중요했다. 한시는 곧 사회적 권력에 가까이 가는 지름길이었다. 일종의 문화적 권력이 사회적·정치적 권력이었던 중세사회에서 한시는 사람의 능력을 판단하는 기준이 되었다. 이에 따라 한시의 규칙은 갈수록 까다로워졌고 복잡하고 어려운 퍼즐을 푸는 것처럼 되었다.

반면 한시의 규칙은 한시의 즐거움을 한층 심도 있게 즐기도록 하는 계기가 되었다. 야구 경기를 즐기기 위해서는 야구의 기본 규칙을 이해해야 한다. 야구 규칙을 모른다면 야구의 재미를 느끼지 못할뿐더러 야구를 보는 사람도 이해하지 못한다. 그러므로 야구 규칙을 얼마나 깊이 이해하는가의 문제는 야구를 얼마나 더 재미있게 즐길 수 있는가 하는 문제와 연결된다. 한시도 마찬가지다. 압운(押韻)과 평측(平仄)은 기본이거니와 한시를 구성하는 복잡한 대구, 성조(聲調), 글자의 운용법 등은 한시 짓기를 훨씬 어렵게 만드는 요소이면서, 동시에 한시를 깊이 이해하고 즐길 수 있게 하는 요소이기도 하다. 동네 선비들이 모이는 자리에서도 걸핏하면 한시를 짓고 음영했으니 한시야말로 근대 이전의 지식인들에게는 다른 무엇보다도 중요한 생활필수품이었던 셈이다.

　이 같은 정황은 자연히 한시에 대한 많은 일화를 만들어 낸다. 입장을 바꾸어 생각해보라. 한시를 짓는 능력이 부족한 사람이라면 그런 사회적 분위기가 얼마나 답답하고 힘들었겠는가. 그에게 한시는 다가가려 해도 다가갈 수 없는 미지의 세계였을 것이다. 자신의 의지로는 도저히 어찌해볼 도리가 없는 신묘한 세계, 그것이 귀신과 무슨 차이가 있겠는가 말이다. 자신의 혼을 귀신에게 팔아서라도 시를 잘 짓고 싶은 마음이 왜 없었겠는가 말이다. 한시와 귀신이 등장하는 수많은 일화가 바로 근대 이전의 문화적 풍토를 분명하게 보여주는 것이기도 하다는 사실을 염두에 둘 필요가 있다.

　시와 귀신의 만남에는 시를 짓고 감상하는 사람들 사이에 명편(名篇)에 대한 선망과 신비감의 시선이 착색되어 있다. 멋진 구절이나 시구를 대할 때마다 나오는 감탄과 감흥은 좋은 구절을 만들어낸 작가에 대한 존경심의 표현이자 질시의 표출이며 자신의 능력이 턱없이 모자란다는 자괴감의 표현이기도 하다. 그래서 결국은 좋은 구절을 쓰게 된 원인을 찾아 작품을 돌려본다. 그러나 정답이 어디 있겠는가. 정답이 없는 줄 뻔히 알면서도 그의 작품을 돌려보는 마음은 정말 참담하기 그지없다. 귀신이라도 있어서 그 원인을 물어볼 수 있다면 얼마나 좋으랴. 이 지점이 바로 시와 귀신이 만나는 점이기도 하다.

근원 모를 신비감이 뛰어난 작품 언저리에서 빛난다면 우리는 그 빛에 눈이 멀고 가슴이 뛰어 작품세계 속으로 빠져들게 된다. 그것은 일종의 황홀감이며, 알 수 없는 힘이 이끄는 환상과 상상력의 세계이며, 결국은 나의 정신이 이르러야 할 이상세계다. 태양 아래에서는 도저히 해명되지 않는 힘, 그것이 바로 시가 딛고 서 있는 지점이며, 귀신이 떠도는 공간이기도 하다. 시와 귀신, 이들은 전혀 다른 세계의 존재이면서 가장 아름다운 짝패다.

시힘의 새로운 발견

이현욱과 시마

시마를 숭상한 이현욱(李顯郁)이라는 사람이 있었는데, 그 사실을 몰랐던 조선 중기의 뛰어난 시문가 이산해(李山海)는 그의 시를 크게 칭찬했다. 하루는 이익지(李益之)가 이산해를 보러 갔는데, 그가 이현욱의 시를 꺼내 품평하게 했다. 그러자 이익지는 "걸음걸이가 느긋하지도 않고 바쁘지도 않은데, 봄빛은 동서남북 어디나 두루 비치네(步復無徐亦無忙 東西南北遍春光)"라는 구절을 들며 이렇게 말했다. "이것은 바로 문장가의 어법입니다. 우리나라 시인들 가운데 '서(徐)'나 '이(李)' 같은 글자를 일찍이 사용했던 사람이 없습니다. 게다가 이 사람의 나이가 어리니 필시 시마에 걸렸을 것입니다." 이에 이산해는 그렇게 여기지 않았으나 얼마 지나고 보니 과연 그러했다.

이현욱이 허영주(許郢州)의 시를 차운(次韻)하여 지은 작품이 있는데, 다음과 같다.

春山路僻問歸樵 봄날 산길 외져 돌아가는 나무꾼에게 물으니

爲指前峯石逕邊 앞산 봉우리 돌길 쪽을 가리킨다.

僧與白雲還暝壑 스님은 흰 구름과 함께 어둑한 골짜기로 돌아가고

月隨滄海上寒潮 달은 푸른 바다를 따라 찬 물결 위로 떠오른다.

世情老去渾無賴 세상의 정은 늙어갈수록 도무지 기댈 데 없는데

游興年來獨未銷 노니는 유흥은 근래 들어 유독 식을 줄 모른다.

回首孤航又陳迹　　고개 돌리자 외로운 배 또 옛 자취 되니

疏鐘隔渚夜迢迢　　성근 종소리 물가 저편에서 들리고 밤은

　　　　　　　　　아스라하구나.

이익지(李益之)의 시를 차운한 작품은 다음과 같다.

風驅驚雁落平沙　　바람에 몰린 기러기 모래밭에 앉으니

水態山光薄暮多　　물 모양새 산 빛이 저물녘에 어여뻐라.

欲使龍眠移畵裏　　용면에게 그림으로 옮기도록 한다 해도

其如漁艇笛聲何　　고깃배에 피리 소리는 어찌할꼬.

사용한 말은 모두 속세를 벗어났으며 격조도 원숙하다. 그러

나 시마가 떠나간 뒤부터는 한 글자도 몰라 깜깜한 사람이 되

고 말았다.

　허균(許筠)이 『학산초담鶴山樵談』에서 이현욱의 이야기를

두 번에 걸쳐 기록한 것으로 보아 당시 이현욱의 이야기는

문인들 사이에서 널리 알려진 듯하다. 그뿐 아니라 홍만종

(洪萬宗)도 자신의 시화집 『소화시평小華詩評』에 이익지의 시

를 차운한 이현욱의 두번째 시를 인용했다(그러나 홍만종은 또 다른 저작 『시화총림詩話叢林』「증정證正」에서 이현욱의 이야기는 허균이 지어낸 것이며, 이현욱의 시도 귀신의 솜씨가 아니라 옛사람의 솜씨임을 증명하려고 애썼다). 더욱이 이익지는 조선 중기 삼당 시인(三唐詩人) 가운데 한 사람인 이달(李達)을 가리킨다. 이 달은 허균과 허난설헌에게 시를 가르친 스승으로 허균이 스 승의 시를 차운한 사실을 기록한 것으로 보아 이현욱에 대 한 그의 기록은 상당한 신빙성을 갖는다.

물론 허균이 이런 이야기를 기록한 일차적인 목표는 이현 욱이라는 사람의 신비한 작시(作詩) 능력에 대한 호기심 때 문이었을 것이다. 허균은 이현욱의 시가 뛰어나다는 사실을 간접적으로 드러내는 방식으로 자신의 주변 인물들, 그 가 운데에서도 이산해와 이익지를 효과적으로 배치함으로써 이 현욱의 작품이 그들에게 칭찬을 받거나 그들에 필적할 만큼 뛰어나다는 사실을 완곡하게 보여준다. 이산해의 칭찬을 받 고 이익지의 시를 차운하면서도 뛰어난 격조를 지닐 수 있다 면 이현욱의 작시 능력은 놀랄 만하다.

그러나 이현욱에 대한 객관적인 정보는 아무것도 없다. 허 균의 글이나 다른 책에 언급되어 있는 그의 이름은 찾아볼 수 있지만 그의 신상에 대해 알려진 것은 없다. 다만 앞의 인용문에서 미루어 짐작할 수 있듯이 이현욱이라는 자는 원래 글을 전혀 모르던 무지렁이였음을 알 수 있다.

중세 지식인들은 일자무식이었던 사람이 어느 날 갑자기 좋은 시를 짓는다는 사실을 받아들이기 힘들었을 것이다. 오랜 수련을 쌓아야만 겨우 이를 수 있는 경계가 한시 창작의 세계였기 때문이다. 그것은 알 수 없는 어떤 신비로운 힘이 작용했던 것으로밖에는 해석되지 않는 문제였다. 그 신비스러운 일의 핵심에는 바로 시마가 있었다.

여러 유형의 시귀

엄밀히 말하면 이현욱 이야기에 등장하는 시마는 시마가 아니라 시귀(詩鬼)다. 시마와 시귀를 우리말로 번역하면 '시(詩) 귀신'이다. 그러나 시마와 시귀가 쓰이는 맥락을 꼼꼼히 살펴보면 차이를 알 수 있다. 넓은 범위에서 볼 때 외부의 알 수 없는 힘에 의해 지배당하는 세계가 시귀라면, 시인 내부에서 나타나는 신비스러운 힘은 시마다.

조선시대 사대부에게 작시 능력은 필수였다. 다른 지역을 돌아다니면서 과객질을 할 때조차도 작시 능력은 자기 자신의 문화적 능력을 과시하고 평가받는 척도의 핵심이었다. 대접을 잘 받고 못 받는 일은 작시 능력에 달려 있다고 해도 지나친 말이 아니었다. 관직에 나가는 것도 온전히 작시 능력과 이어져 있었고 술을 마시고 놀 때도 작시 능력은 필수였다. 중세사회에서 문자를 소유하는 일은 매우 커다란 권력이었다. 더욱이 복잡한 운율과 수사법으로 치장된 한시 창작은 거대 권력의 핵심에서 경계를 확고히 하고 있었다. 이런 배경을 충분히 이해한다면 이 시기에 시 귀신이 왜 문제가 되는지를 조금이나마 이해할 수 있을 것이다.

어찌 보면 귀신이란 인간의 욕망이 겉으로 드러나는 하나의 방식이라 할 수 있다. 여기에는 여러 가지가 있지만 중세사회에서의 귀신은 욕망을 나타내는 중요한 통로였다. 귀신은 정사(正史)를 비롯한 공식 기록에도 등장하지만 주로 야사(野史)나 야담에 더 많이 나온다. 사람들 사이에서 은밀하면서도 신비스럽게 떠도는 귀신 이야기는 사회적인 의사소통의 통로가 부족한 시대에 사건의 진실을 넌지시 전해주는 매체이기도 했다. 지금도 수많은 괴담 형태로 명맥이 이어지는 것을 보면 귀신 이야기에 담긴 역사적 또는 삶의 진정성에 귀를 기울일 필요가 있다.

이런 맥락에서 시 귀신 이야기는 단순히 시와 관련된 괴담이 아니라 중세사회에서 시란 어떤 존재였을까를 논의하는 출발점으로 기능할 수도 있을 것이다. 시귀라고 쓰든 시마라고 쓰든 중세인들은 시 귀신 이야기를 통해 무엇을 말하려 했던 것일까.

19세기 이전의 기록을 찾아보면 시 귀신 이야기가 의외로 자주 눈에 띈다. 시 창작과 연관되어 전하는 것도 있지만 대체로 시를 소재로 하여 이어져 내려오는 귀신 이야기가 많다. 그 유형을 자세히 살펴보면 당시 문학관의 전개 방식을 엿볼 수 있다.

김부식이 뒷간에서 죽은 사연

시귀의 초기 형태는 고려시대 문호였던 김부식(金富軾)과 정지상(鄭知常)의 일화에서 찾아볼 수 있다. 같은 시대를 살았던 두 사람은 역사의 라이벌처럼 여겨지기도 하는데, 이는 이른 시기에 이미 형성된 것으로 보인다. 김부식과 정지상 사이에 있었던 흥미로운 이야기는 『고려사高麗史』에 등장할 정도로 일찍부터 전해졌고 오랜 기간 동안 거듭 이어져 내려오면서 새로운 이야기가 추가되었다. 그 가운데 가장 완성된 형태의 기록은 이규보가 지었다고 전해지는 『백운소설白雲小說』에 실려 있는 것이다.[1]

시중(侍中) 김부식과 학사(學士) 정지상은 문장으로 함께 이름났으며 서로 지지 않으려고 했다. 세상에는 이런 이야기가 전한다.

정지상이 지은 시구 가운데 "절간에 염불 소리 그치자 하늘빛이 유리처럼 맑아라(林宮梵語罷, 天色淨瑠璃)"라는 구절이 있었다. 우연히 그 구절을 본 김부식은 자신의 시로 만들려고 했으나 정지상이 이를 허락하지 않았다. 이에 유감을 품은 김부식은 묘청의 난이 일어나자 그 사건에 정지상을 연루시켜 죽였다.

정지상은 죽어 귀신이 되었다. 하루는 김부식이 시를 지었는데 "버들 빛은 천 개의 실로 푸르고, 복사꽃은 만 개의 점으로 붉구나(柳色千絲綠, 桃花萬點紅)"라는 구절을 짓고는 매우 흡족해하고 있었다. 그런데 갑자기 허공에서 정지상 귀신이 나타나 김부식의 뺨을 때리며 "버드나무 가지가 천 개나 되는지,

복사꽃이 만 개가 되는지 헤아려보았느냐? 어째서 '버들 빛은 실마다 푸르고, 복사꽃은 점점이 붉구나(柳色絲絲綠, 桃花點點紅)'라고 하지 않느냐?"라고 했다. 이에 김부식은 매우 화가 났다.

후에 김부식이 어느 절에 갔을 때의 일이다. 뒤를 보려고 뒷간에 갔다. 갑자기 정지상 귀신이 나타나더니 김부식의 음낭을 움켜쥐는 것이었다. 김부식의 얼굴이 붉어지자 정지상 귀신이 물었다. "그대는 술도 마시지 않았는데 어째서 얼굴이 붉은가?" 김부식이 태연하게 대답했다. "건너편 단풍이 얼굴에 비쳐서 붉지(隔岸丹楓照面紅)." 그러자 정지상 귀신이 음낭을 움켜쥔 손에 힘을 주면서 다시 물었다. "이 가죽 주머니는 뭐지?" 김부식이 대답했다. "네 아비 것은 쇠로 만들었더냐?" 정지상 귀신이 더 세게 힘을 주는 바람에 김부식은 결국 뒷간에서 죽었다.

이 글의 앞부분은 이미 『고려사』에도 소개되어 있지만 정지상이 귀신이 되어 나타나는 뒷부분은 나중에 첨가된 내용이거나 다른 경로로 이어져오는 민담으로 보인다. 그렇다면 왜 후대 사람들은 김부식을 뒷간에서 죽였던 것일까.

『삼국사기三國史記』를 썼던 김부식은 역사가뿐 아니라 당대 최고의 고문가(古文家)였다. 김부식은 시보다는 산문에 더 능했다. 그는 당시 문단을 지배하던 화려하고도 장식적인 문풍(文風)에 반대하여 간결하고 내실 있는 고문(古文)을 주장했다. 그는 경주김씨 문중의 대표 문인이자 관료였고 그의 형제들도 모두 당대에 손꼽히는 문장가들이었다. 김부식은 이미 개경에 세력을 확고히 형성했고 예종에서 인종 연간에 왕성한 활동을 하면서 정국을 이끌었다. 이 때문에 김부식과 묘청(또는 정지상)의 알력을 개경파와 서경파의 대립으로 풀이하기도 하고, 나아가 유교를 기반으로 하는 보수적 귀족주의자와 민족적 불교를 기반으로 하는 지방의 인물 사이의 대립으로 보기도 한다.

반면 정지상은 서경(지금의 평양) 출신의 신진 관료였다. 김부식과는 상당한 나이 차이가 있었다. 두 사람은 기질 면에서도 차이가 있었던 듯하지만 무엇보다도 정지상이 한시에 뛰어났기 때문에 문학 창작에서도 뚜렷하게 대비된다. 이들은 경쟁 상대라고 보기에는 현실적인 차이(나이, 지명도, 정치적 영향력, 출신 가문 등)가 너무 컸다. 그런데도 후대의 문헌에서는 이들을 한 시대의 라이벌처럼 기록하고 있다. 이는 아마도 묘청의 난 때문일 것이다. 묘청이 고려의 수도를 개경에서 서경으로 옮기려다가 실패한 뒤 독자적인 국가를 서경에 세우자 고려에서는 김부식에게 대군을 주어 격파시켰다. 『고려사』에 의하면 김부식이 묘청의 난을 진압하기 위해 전권을 위임받은 후 가장 먼저 한 일은 개경에 남아 있던 묘청 일파를 제거하는 것이었다. 김부식은 군사상의 기밀을 지키기 위해서였는지 임금에게 보고도 하지 않고 그들을 궁궐로 불러들여 한꺼번에 잡아서 죽였다. 이때 죽은 인물 가운데 한 사람이 정지상이었다. 이 일로 후대 문인들에게 김부식은 정지상에게 많은 빚을 짊어진 사람처럼 그려지게 되었다.

정지상의 시는 깨끗하면서도 선명한 색채 대비에서 특징이 드러난다. 또한 운율을 잘 활용하여 요체시(拗體詩)에도 능했다 한다. 요체시는 근체시(近體詩)가 갖고 있는 평측의 규칙을 의도적으로 비틀어 바꾸어놓음으로써 운율상의 새로운 효과를 만들어낸다. 그만큼 정지상의 시는 시각적·청각적 이미지가 특징적으로 부각되었다.

정지상의 죽음은 명민하고 젊은 정지상이 거대한 정치적·문화적 권력의 상징인 김부식에 대항하다가 중도에 꺾인 모습으로 비치면서 새로운 국면을 맞이한다. 어느 순간 정지상은 문학의 순교자가 된 것이다. 김부식 입장에서 보면 국가 안보를 위협하는 반란을 진압한 것일 뿐이었지만 그런 공로는 묻히고 젊은 문인의 빼어난 감수성을 시기한 나머지 반란 사건에 연루시켜 터무니없이 죽여버린 인물이 되었다. 젊고 뛰어난 모차르트를 시기하여 독살했다는 소문에 끊임없이 시달린 살리에리처럼 김부식도 지금까지 그런 소문에 시달리고 있다.

젊은 천재의 비극적인 죽음을 안타까워하는 후세 사람들은 정지상을 옹호하게 되었고, 이런 경향이 극단화되어 나타난 소문이 바로 "김부식은 뒷간에서 죽었다"라고 하는 이야기였다. 그렇다고 해서 앞의 이야기가 정지상을 일방적으로 두둔하는 것만은 아니다. 먼저 정지상이 귀신으로 나타났다는 것 자체에 문제가 있다. 기록에서도 원귀라고 표기하고 있는 것처럼 정지상 귀신은 원한의 결정체다. 사실 귀신이 나타나기만 해도 공포스러운데, 김부식은 뒷간에서 일을 보는 상태에서 정지상 귀신을 만난다. 게다가 자신의 음낭까지 잡혔으니 그야말로 공포감과 함께 당혹스럽고 창피하고 황당한 감정이 동시다발적으로 터져나왔을 것이다. 그런데도 정지상의 갑작스러운 등장과 질문에 침착한 어조로 훌륭한 한시 구절을 이용하여 대답했으니 김부식의 대응도 만만치 않다. 또한 자신의 음낭을 움켜잡고 가죽 주머니 운운하자 대뜸 "네 아비 것은 쇠로 만들었더냐" 하고 응대하는 데서 김부식의 배짱과 노련함을 엿볼 수 있다. 어찌 보면 정지상 귀신이 뒷간이라고 하는 공간에 나타난 것부터가 치사한 일이다. 게다가 남의 음낭을 움켜쥐었으니 이런 불공평한 일이 어디 있으며, 김부식의 응대에 화가 난다고 하여 음낭을 세게 쥐어 죽였으니 참으로 국량이 좁은 쫀쫀한 귀신임에 틀림없다.

그러나 이처럼 김부식의 죽음을 희화화한 이면에는 한 천재 문인의 비극적인 죽음에 대한 수많은 문인의 안타까움과 동정심이 담겨 있다. 이런 이야기는 시귀 이야기의 초보적 형태가 되었다. 이 기록은 시가 핵심이 아니라 김부식과 정지상 사이의 미묘한 알력을 시라고 하는 매개체를 이용하여 풀이한 것이므로 본격적인 시귀 이야기라 하기에는 부족한 점이 있다.

귀신 덕에 과거에 합격하다

김부식과 정지상의 이야기가 나온 김에 정지상이 과거에 합격할 수 있었던 이유와 함께 그와 비슷한 유형의 시귀 이야기에 대해 알아보자.

　정지상의 문집은 전하지 않는데, 사실 그의 문집이 편찬된 적이 있었는지도 알려져 있지 않다. 반역자로 몰려 죽었기에 훗날 그의 문집을 엮는다는 것 자체가 쉽지 않았을 터다. 그러나 앞에서 이야기했듯이 정지상의 문학적 재능을 안타까워하고 그리워하는 후대 문인들에 의해 그가 매우 신비스럽게 느껴진다. 그의 과거시험 합격에도 시귀와 관련된 일화가 전해진다.

　　정지상이 산속 절에서 공부할 때의 일이다. 하루는 달 밝은 밤에 혼자 앉아 있는데 절 쪽에서 갑자기 다음과 같은 시 읊는 소리가 들렸다. "스님이 보면 절이 있는가 의심하고, 학이 보면 소나무 없는 것을 한스러워한다(僧看疑有刹, 鶴見恨無松)." 정지상은 귀신이 들려주는 것으로 생각했다.
　　뒤에 정지상이 과거를 보려고 과거장에 들어갔는데, 그날의 시제(詩題)가 "여름날의 구름은 기이한 봉우리도 많구나(夏雲多奇峯)"의 '봉(峯)'자가 압운자(押韻字)였다. 정지상은 갑자기 예전 절에서 들었던 시구가 생각나 그 구절을 이용하여 다음과 같이 지었다.

白日當天中	해가 하늘 한가운데 떠 있는데
浮雲自作峯	구름은 절로 봉우리를 만든다.
僧看疑有刹	스님이 (구름 봉우리를) 보면 절이 있나 의심하고
鶴見恨無松	학이 보면 소나무 없음을 한스러워한다.
電影樵童斧	번개는 나무꾼의 도끼처럼 번쩍이고
雷聲隱士鐘[2]	은거한 선비의 종소리처럼 우렛소리 들린다.
誰云山不動	산이 움직이지 않는다 누가 말했나?
飛去夕陽風	석양 바람에 날려가는 것을.

이를 본 시관이 제3, 4구가 훌륭하다 칭찬하면서 정지상을 장원으로 뽑았다. 그러나 이 구절 외에는 그리 특별해 보이지 않는데 왜 장원으로 뽑았는지 알 수 없다.

이 글은 앞서 인용한 『백운소설』에 나오는 이야기다. 이는 조선 중기에 널리 알려진 시귀 유형이었던 것으로 보인다. 홍만종과 같은 시대 인물인 임방(任埅)의 『천예록天倪錄』에도 이와 똑같은 설화가 어느 시골 선비의 이야기로 소개되어 있다. 고려시대에 알성과를 보러 가던 시골 선비는 산길을 가던 중에 재채기 소리를 듣고 주위를 살피다가 우연히 낙엽 사이로 삐죽 나온 해골을 보았다. 그때 칡넝쿨이 해골의 콧구멍을 통해 나와 있어 혼백이 재채기를 한 것임을 알았다. 선비는 해골을 깨끗이 씻어 잘 묻은 뒤 제사도 지내주었다. 그날 밤 머리가 허연 한 선비가 나타나 자신의 뼈를 거두어 준 데 대해 사례한 다음 과거 시제로 '夏雲多奇峯'이라는 제목과 함께 '峯' 자가 압운자로 나올 것이라고 알려주었다. 그러고는 자신이 지은 시라면서 정지상의 이야기에 나오는 시를 불러주었다. 그리하여 시골 선비는 과거에 합격할 수 있었다. 사실 문사들 사이에서 구비 전승되던 이야기를 모으다 보면 똑같은 내용의 설화라도 주인공이 다르게 표기되어 전하는 예를 쉽게 찾아볼 수 있다. 이 이야기도 마찬가지다.

여기에 등장하는 시귀는 앞서 김부식이 만났던 정지상 귀신과는 근본적으로 차이가 있다. 먼저 이 글에서의 귀신은 정체를 알 수 없다. 모습은 드러내지 않고 소리로만 뛰어난 시구를 들려준다. 정지상이 들었다는 시구는 여름날의 구름이 보여주는 변화무쌍한 모습을 빼어난 상상력으로 묘사한다. 출제된 시제가 여름 구름이 만들어내는 기이한 산봉우리의 세계라는 점에서 정지상의 시를 읽을 때 구름의 형상을 전제로 하여 읽어야 한다. 언뜻 해석이 제대로 안 되는 시처럼 보이지만 구름을 묘사한 작품임을 염두에 둔다면 기발한 상상력으로 지은 시임을 알 수 있다. 어느 순간 하늘의 구름이 산봉우리를 만들고, 그 모습을 보던 스님이 혹시 그 속에 절이 있지나 않을까 궁금해하고, 학이 보면서 거기에 앉아서 쉴 만한 소나무가 없다는 사실을 안타까워한다는 내용이다. 구름의 모습에서 촉발된 작자의 상상력은 스님의 시선과 학의 시선을 교차시키면서 정교한 대구를 만들어낸다. 이 글을 기록한 사람은 귀신이 알려준 시구 외에는 특별히 좋은 시라고 할 만한 구절이 없다는 점을 밝힘으로써 해당 구절이 굉장히 뛰어나다는 사실을 상대적으로 부각시킨다. 그 구절이 아닌 부분은 절대로 장원감이 아니라는 듯이 말이다.

귀신이 알려준 덕에 과거에 급제한 것으로 널리 알려진 또 다른 예에는 정소종(鄭紹宗)의 일화도 있다. 정소종이 젊었을 때 꿈을 꾸었는데, 한 노인이 나타나 "하나라 우임금의 발자취는 산천 밖에 있고, 순임금의 뜰에는 새와 짐승 사이에 있네(禹跡山川外, 舜庭鳥獸間)"라는 시구를 써주었다. 뒤에 연산군 갑자년(1504)에 과거시험이 열렸는데, 임금이 "봄에 기생들 등원하여 한가로이 풍악을 구경하다(春放梨園, 閑閣放樂)"라는 시제를 직접 출제했다. 정소종은 옛날 자신의 꿈속에서 노인이 불러준 시구를 조금 변용하여 "봄은 우임금 발자취 있는 산천 밖에서 무르녹고, 풍악 연주하는 순임금은 뜨락 새와 짐승 사이에 있네(春濃禹跡山川外, 樂奏舜庭鳥獸間)"라고 지어서 냈다. 상시관은 정소종이 제출한 이 시를 보고 하등에 놓았는데, 이를 본 김안국(金安國)이 "이 시는 귀신이 지은 것이다"라고 하면서 상등으로 올려서 제4등으로 급제하게 되었다. 얼마 후 정소종이 김안국에게 과거 합격 인사차 들렀을 때 김안국이 그 시에 대해 묻자 정소종은 옛날 꿈에서 얻은 시구로 지은 것이라고 답했다. 이후 김안국의 감식력에 대해 소문이 높이 났다.

이 이야기는 『송와잡설松窩雜說』에 실린 것이지만 똑같은 일화가 주인공 이름만 바뀐 채 허균의 『학산초담』에도 나온다. 여기에는 김안로(金安老)의 일화로 소개되어 있다.

김안로가 과거에 급제하기 전의 일이다. 꿈에 신인(神人)이 나타나 "春融禹甸山川外, 樂奏虞庭鳥獸間"이라는 시구를 불러주며 과거에 급제할 구절이라고 일러주었다. 과연 연산군 병인년(1506) 과거에 "봄날 이원의 풍류객들이 악보를 살펴보다(春日梨園弟子閱樂譜)"라는 시제가 나와 김안로는 꿈속의 신인이 알려준 시구를 이용해 시를 지었다.

당시 김감(金勘)은 대제학으로, 김안국은 예조좌랑으로 함께 시관으로 참석했다. 김안국이 김안로가 제출한 시를 보고 귀신의 말(鬼語)이라 하니 김감은 그렇지 않다고 했다. 급제자를 발표한 뒤 김안로를 불러 물으니 꿈에 신인으로부터 받았다고 말했다. 이후 김안국의 감식력이 유명하게 되었다.

이 일화가 당시 널리 구전되었다면 아마도 시를 지은 사람의 글솜씨가 아니라 김안국의 감식력에 감탄하는 데 초점이 맞추어졌을 것이다. 시를 지은 사람의 이름은 바뀌었어도 그 시를 귀신의 솜씨라고 정확하게 감식한 김안국의 이름이 그대로 등장하는 것으로 보았을 때 누구에게 초점을 맞춘 일화인지를 알 수 있다.

조선시대를 통틀어 시문 창작 능력보다 뛰어난 감식안으로 명성을 얻은 이가 있다. 대표적인 예로 김안국을 들 수 있다. 그의 작시 능력이 당대 다른 사람보다 결코 뒤떨어지지는 않았지만 이후의 시화서(詩話書)에는 뛰어난 감식안에 감탄하는 일화가 이따금씩 등장한다. 앞에서 이야기한 허균도 정교한 감식안으로 이름난 인물이었다. 허균은 당대 최고의 작시 능력을 보여주는 동시에 조선을 통틀어 최고로 수준 높은 감식안을 지닌 인물로 꼽혔다. 정치적으로 허균의 반대편에 섰던 사람들조차도 그의 한시 감식안에 대해서는 혀를 내두를 정도였다 하니 그의 감식안 수준이 얼마나 높았는지를 짐작할 수 있다.

감식안이 얼마나 높은지를 단적으로 보여줄 때 등장하는 소재가 바로 귀신이 지은 시다. 흔히 귀시(鬼詩)라고 부르는데, 한시를 보고 읽어내는 정교한 안목이 있어야만 판단할 수 있다. 이처럼 시귀가 써내거나 알려준 작품을 귀시라 한다. 시귀는 대체로 작중 화자가 알지 못하는 사이에 나타나서 뛰어난 시구를 알려주는 것이 일반적이다. 작중 화자는 그 상황이 꿈인지 생시인지 알지 못하고 귀신의 짓이라고 단정한다. 어쩌면 환청을 들었을지도 모르는 매우 몽환적이고 신비스러운 분위기를 연출하기까지 한다.

과거에 합격하기까지 중세 지식인들이 겪어야 했던 어려움은 우리의 상상력으로는 미루어 짐작조차 하기 어렵다.

문자를 소유한 자체만으로도 대단한 권력을 누렸던 이들에게 과거란 또다른 거대 권력으로의 진입을 의미하는 것이기 때문이다. 어렸을 때부터 한자와 한문 작문 능력을 익히는 것은 물론 방대한 양의 고전을 암송함으로써 언제 닥칠지 모르는 용사(用事)의 순간을 대비해야 한다. 내용을 몇 개의 글자로 정확히 표현하기 위해서는 고전에서 익힌 전고(典故)를 적절히 이용할 필요가 있다. 다른 사람의 작품을 해독하는 데 필수적이어서 전고를 제대로 모르면 글의 의도를 정확히 짚어내기 어렵기 때문이다. 이는 예나 지금이나 마찬가지다. 중세 지식인들은 암송해야 할 수많은 고전 틈에서 무의식 속에 거대한 지식의 감옥을 만들었던 셈이다. 그 감옥을 평안한 곳이라고 여겼던 사람도 있지만 벽을 부수기 위해 평생 고단한 싸움을 하며 지낸 이도 있다. 방외인(方外人)이라고 통틀어 가리키는 부류가 그 대표적인 사람들이다. 그들은 이미 굳센 틀로 기능하는 문학적 전통(때때로 그것은 용사의 이름으로 합리화되어 구속으로 작동하기도 한다)을 넘어서기 위해 끊임없이 새로운 문학의 길을 찾아 헤매기 일쑤였다.

어렸을 때부터 염두에 두었던 관직 진출에 대한 부담감이 무의식처럼 단속적으로 의식의 표면으로 떠오른다. 게다가 이때 갖게 되는 빼어난 시구에 대한 열망은 시문의 신비스러운 성격을 강화시킨다. 시귀도 이런 맥락에서 볼 수 있다. 인간의 이성적 능력으로는 알 수 없는 신비스러운 성격이 귀신의 형태로 나타난 것이다. 귀신의 실재를 믿는 사람들은 섭섭하겠지만 시귀의 기본적인 성격은 시문의 신비스러움과 연관되어 밝혀져야 할 것이다.

물론 인간의 형상으로 나타나 시문을 주고받는 경우도 있다. 18세기 중반에 쓰인 구수훈(具樹勳)의 『이순록二旬錄』 하권에는 명문장가 김창흡(金昌翕)이 귀시를 정확히 알아보는 안목이 있었다는 이야기가 실려 있다. 남쪽 지방의 선비 여러 명은 과거를 보러 한양으로 향하던 중 새벽녘이 되어서야 금강 부근에 이르렀다. 아직 어둑한 가운데 궁원(弓院)을 향해 가고 있는데 일행이 아닌 두 사람이 서로 시구를 주고받으며 지나가고 있었다. 한 사람이 "궁원의 흰 조각달에 바람은 화살 같다(弓院月灣風似箭)"라고 읊자 그 옆의 또다른 한 사람이 "금강에 어린 안개 버드나무는 실 같구나(錦江烟織柳如絲)"라고 읊었다. 훌륭한 시구에 감탄하면서 외우고 오다가 나중에 김창흡에게 이야기를 하니 귀시라고 했다는 내용이다.

이 경우에는 귀신이 자신의 형체를 드러내고 있다. 새벽 어름에 피곤에 지친 나그네들이 우연히 만난 낯선 두 사람, 그들의 입에서 울리는 절창은 피곤을 사라지게 만들었을 것이다. 자신의 문장력으로 관직 진출 여부를 판가름내기 위해 가는 고된 행로에서 만난 절창을 주고받으며 길을 가는 낯선 사람들은 선비들이 보기에 인간의 모습이 아니었을 것이다. 이는 여러 가지 분위기로 보아 귀시 등장에 전형적인 환경을 제공한다.

형상이 있든 없든 귀시는 시문 창작의 신비스러운 기운을 함축한다. 우리의 언어로는 설명할 수 없는 신비한 창작의 순간 또는 창작과정 저편에서 그 과정 전반을 이끄는 어떤 힘, 그것이 시귀의 형태로 나타나는 것이다. 그 힘은 때때로 우리의 잠 속으로 스며들어 새로운 형태의 귀시를 선보이기도 한다.

김안로의 붓이 사라진 이유

알 수 없는 힘이 삶의 사소한 부분에까지 매우 구체적으로 영향을 미치는 경우가 있는데, 특히 도깨비 이야기 같은 민담에서 자주 찾아볼 수 있다. 이를테면 아침에 일어나보니 솥뚜껑이 솥 안으로 들어가 있다든지, 지고 가던 짐을 잠시 벗어놓고 소변을 보고 왔더니 그 짐이 온통 헤집어져 있다든지 하는 등이다. 일반적으로는 도저히 있을 수 없을 법한 일이 눈앞에서 벌어지는 것을 어떻게 설명하겠는가.

이 같은 힘이 시문 창작과 관련될 때 시귀라고 한다. 그러나 시귀가 항상 시를 짓게 하는 것만은 아니다. 시귀는 시를 짓지 못하게 방해하는 경우도 있다. 김안로는 『용천담적기龍泉談寂記』에 자신이 직접 경험한 시귀 이야기를 썼다.

1515년 김안로는 일본 사신 선위사가 되어 웅천에 이르렀을 때 당시 국상을 당해 번화한 것을 피해 혼자서 망호당에 앉아 경치에 젖어 시 한 수를 지었다. 새벽이 되어 그 시를 기록하기 위해 짐을 뒤져 붓을 찾았지만 이상하게도 붓통에는 붓 대롱만 있고 붓의 촉 부분(털로 만든 부분)은 보이지 않았다. 방에 누가 들어온 적도 없었고 짐을 샅샅이 뒤져도 찾을 수 없었다. 자신이 간밤에 편지를 쓰고 직접 넣어둔 것이었기에 더욱 이상했다.

하는 수 없이 다시 붓통을 집어넣고 앉아 있다가 출발하려고 짐을 열어보니 붓통에 붓이 완전한 형태로 들어 있었다. 조금

전만 하더라도 붓의 촉 부분이 없어서 시를 쓰지 못했는데, 잠시 후에는 붓촉까지 끼워져 완전한 형태로 붓통 속에 붓이 들어 있으니 정말 이상한 일이었다. 김안로는 주사 이비중(李棐仲)에게 신기한 경험담을 이야기했다. 그러자 이비중은 "옛말에 시가 완성되면 귀신이 운다 했고 신령이 운다거나 귀신이 근심한다고 하더니, 과연 그 말이 정말인가보구려" 하고 말했다.

이에 김안로는 이렇게 이야기했다. "아마 이 길을 지나가는 문인들이 시를 지어 정자의 현판으로 더덕더덕 붙여서 다른 사람의 조롱을 받는 일이 많아 귀신으로서는 관행처럼 되었을 것입니다. 저의 부족한 시재(詩才)가 훗날 다른 사람의 조롱을 받을까 하여 귀신이 저로 하여금 시를 못 짓게 하려고 붓을 감추었던 모양입니다."

이 일화는 새벽녘 경치 좋은 정자를 배경으로 전개되는데, 이름난 누정을 찾아가보면 정말 감탄스러울 때가 있다. 주변 경관을 한눈에 바라볼 수 있는 곳에 누정을 지은 사람의 안목에 다시 한번 놀라게 된다. 그러나 자연경관뿐이라면 그 누정은 별반 큰 가치가 없다. 그곳에 올랐을 때 주옥같은 시문들이 현판으로 걸려 있어야 제격이다. 자연과 함께 이곳을 오간 문인들의 자취가 글에서 전해질 때 비로소 그 누정의 아름다움에 무릎을 친다. 이런 전통 때문에 문인들은 누정에 올라 옛사람의 시문을 감상하는 한편, 자신들의 감흥을 시로 적어 현판으로 걸거나 벽에 써놓았다. 하지만 누구나 항상 좋은 시를 쓸 수는 없다. 그래서 누정에 걸려 있는 시판(詩板)을 보면 작품 수준이 일정하지 않다.

김안로도 망호당에 올라 그곳에 걸려 있는 시판들을 보고 자신도 한 수 지어서 걸어두려 했을 것이다. 그러나 귀신의 장난으로 결국 시를 쓰지 못했다. 이에 대해 이비중과 김안로는 다음과 같이 논평을 붙인다. 논평의 방향에는 당연히 차이가 있다.

이비중은 김안로의 시가 너무 훌륭하여 귀신이 시기한 탓에 붓을 감추었다고 했다. 좋은 시가 완성되면 귀신이 울거나 근심한다는 것은 그만큼 시가 갖고 있는 신비한 힘을 인정한다는 뜻이다. 이런 형태는 나중에 방향을 달리하면서 시마의 논리로 넘어간다. 이비중은 귀신의 장난을 통해 김안로의 시가 굉장히 뛰어나다는 것을 강조하고 있다.

그러나 김안로의 생각은 조금 다르다. 물론 자신의 시에 대한 자부심이 강하게 배어 있지만 그는 기존에 시를 지어 망호당에 걸어두었던 사람들에 대한 비판적 시선을 강조하고 있다. 즉 그동안 시를 지어 현판으로 걸었던 사람들이 얼마나 형편없는 시를 지었으면 귀신이 싫어하여 김안로 자신이 짓는 시까지 수준 낮은 시라고 여겨 시를 기록하지 못하게 방해했겠느냐는 것이다. 명시적으로는 자신의 시적 재능이 없다는 것을 드러내고 있지만 사실 그 이면에는 시판을 걸었던 이전의 문인들을 비판하고 있다.

김안로의 일화에 등장하는 귀신도 시귀의 한 유형이다. 여기서의 시귀는 앞에서 예를 든 시귀와는 달리 좋은 시에 대한 좋고 싫음을 분명히 한다. 사람들 사이에 슬며시 나타나 좋은 글귀를 넌지시 건네주고 사라져버리는 시귀와는 분명 다르다. 김안로가 경험한 시귀는 다른 사람의 시 창작에 일정 정도 개입함으로써 자신의 생각을 비교적 적극적으로 드러낸다.

이보다 훨씬 적극적인 시귀 이야기도 상당수 전한다. 조선 초기 문인 서거정(徐居正)의 『동인시화東人詩話』에는 정신 이상자가 된 여자의 입을 빌려 고려 때의 시인 김지대(金之岱)의 잃어버린 시를 되찾았다는 이야기가 실려 있고, 남효온(南孝溫)의 『추강냉화秋江冷話』에는 3년 전에 죽은 안응세가 꿈에 나타나 시를 준 이야기가 쓰여 있다. 이는 시귀가 지은 시를 직접 건네주는 내용으로 모두 현실에서는 쉽게 경험하기 어려운 신비한 이야기다. 특히 김지대의 시를 되찾은 이야기는 귀신도 좋은 시가 잊힌 사정을 안타까워한다는 사실을 들어 귀신도 좋은 시를 사랑한다는 논리에 연결시키고 있다.

순간적인 착각이었을지도 모르는 김안로의 붓 분실 사건은 시귀 문제와 연결되어 시가 갖고 있는 신비한 측면을 강화시킨다. 김안로의 경험이 궁극적으로 무엇을 위한 것이었는지는 알 수 없지만 그들의 마음속에 시귀에 대한 일정한 선이해가 있다는 사실은 알 수 있다. 설명할 수 없는 시 창작과정은 시 저편에 어떤 힘이 존재하여 시 창작을 이끌고 있다고 여기게 만든다. 그것이 현실 속으로 들어와 시귀로 구체화되는 것이다.

명문장가가 된 신흠

신흠(申欽)은 조선 중기의 대표적인 문장가일 뿐 아니라 이정귀(李廷龜)3, 장유(張維), 이식(李植)과 함께 한문사대가라 불

리며, 그들의 호를 한 자씩 따서 '월상계택(月象谿澤)'이라고
도 한다. 이들은 정통 고문을 엄정하게 구사하는 것으로 정
평이 났으며, 아울러 높은 벼슬을 두루 거쳐 다른 문인의 출
세에 비할 바가 아니었다. 사람들은 그들의 글솜씨에 감탄하
면서 단순히 인력으로만 된 것은 아니라고 생각했다. 그들이
남긴 방대한 저작은 물론 당대의 현안을 해결하는 외교문서
부터 개인의 감회를 읊은 시에 이르기까지 글솜씨가 뛰어나
그들에게는 알 수 없는 힘이 작용하고 있으리라 여기게 된
것이다. 이는 이야기를 만드는 계기로 작동한다.

특히 신흠 이야기는 시귀와 명문장을 짓는 능력 사이의
관계를 뚜렷이 드러낸다. 신흠의 외할아버지는 한 시대를 풍
미했던 문인 송기수(宋麒壽)였으며 장인도 당대 문장가였던
이제신(李濟臣)이었다. 한 집안에 시문으로 이름을 떨친 사
람이 여럿 있다는 것은 그 집안의 당대 명성을 짐작하게 하
는 요소였다.

신흠이 젊은 시절 과거 공부에 열중할 때였다. 그는 과거
를 준비하기 위해 독선생을 구하고 있었다. 그런데 하루는
이상한 꿈을 꾸었다. 한 노인이 나타나더니 수춘현 우두평
(지금의 강원도 춘천시 우두동 일대)에 있는 아무개라야만 독선

생 역할을 감당할 것이라고 알려주었다.

꿈을 이상히 여긴 신흠은 다음날 날이 밝는 대로 즉시 강원도 춘천으로 향했다. 우두평은 산으로 둘러싸인 춘천에서는 보기 드문 넓은 평야지대였는데, 그 들판을 아무리 서성거려도 인적조차 없었다. 하릴없이 서성거리고 있을 때 웬 노인이 나타나기에 반가운 마음에 꿈속에서 들었던 이름을 대니 공교롭게도 바로 그 사람이었다. 신흠은 사정을 이야기한 뒤 정중히 자신의 과거시험 공부를 도와달라고 부탁하자 노인은 자기집이 누추하니 신흠의 집으로 가자고 했다. 그는 노인과 함께 집으로 돌아온 그날부터 열심히 과거시험에 관한 공부를 지도받았고 그 결과 몇 년 후에 대과에 급제했다.

급제한 후 신흠은 집으로 돌아와 노인에게 술을 대접하며 물었다. "왜 초야에 묻혀 사십니까?" 노인이 대답했다. "나는 사람이 아니고 죽은 귀신입니다. 어릴 때 정신을 차리지 않아 기회를 놓쳐 끝내 50여 년간을 급제하지 못하고 살면서 아내에게 무능력자, 둔수재(鈍秀才, 둔한 선비)라는 괄시를 받다가 울화가 치밀어 죽었습니다. 공께서는 가문에서 대대로 쌓은 복 때문에 이렇게 급제할 것을 알았기에 그 덕을 빌려 평생의 잘못된 저의 죄를 뉘우치는 동시에 세상 사람들에게 대과 급제는 오로지 자기 노력에 달려 있음을 알게 하려고 한 것입니다." 이렇게 말하고 노인은 어디론가 사라졌다.

신흠이 노인이 살았던 마을에 가서 그의 집을 찾아가니 부인이 말하기를 "남편은 둔수재란 괄시를 받으며 살다 3년 전에 사망했으나 비용이 없어 아직 장례를 치르지 못하고 집 뒤에 빈소를 만들어놓은 채로 있습니다. 남편이 죽으면서 평생 청운에 오르지 못해 푸대접을 받았으니 죽어서 문장으로 복을 끼쳐주겠다고 해 지금껏 살고 있습니다"라고 했다. 신흠은 노인의 장례를 지내고 부인을 구제해주었다.

이 일화는 『청야담수靑野談藪』에 실려 전해진다. 배경이 강원도 춘천인 것은 아마도 신흠이 오랫동안 그곳에서 귀양살이를 한 탓일 것이다. 그가 대과에 급제하여 명문장가로 이름을 떨치게 된 이유가 전적으로 귀신의 도움이라고 언급해놓은 것을 보면 옛사람들도 신흠의 불가사의한 글솜씨에 감탄을 금치 못했음이 분명하다. 꿈속에서 만난 것이 아니라 분명히 신흠의 현실 속에서 함께 일정 기간 동안 생활한 것으로 보아 그 귀신은 단순한 원귀의 차원은 아닌 듯하다.

이런 설화를 비판적으로 바라보는 이들에게는 참으로 황당한 이야기일 것이다. 아마도 그들은 이렇게 말할지도 모르겠다. "과거 급제에 대한 열망과 스트레스가 쌓일 정도로 오랫동안 열심히 공부만 하다가 어느 순간 조리가 잡히고 문리가 트이면서 좋은 글을 쓰게 된 것이다. 그런 과정은 생각하지 않고 단순히 그의 글솜씨가 좋은 것만 생각하다보니 귀신이 도움을 주어 그의 시문 능력이 뛰어날 수 있었다고 재미 삼아 이야기하게 된 것일 것이다." 그들의 비판적 시선에 일리가 없는 것은 아니지만 적어도 여기 등장하는 귀신은 신흠의 외부에 존재하면서 일정한 영향력을 행사한다는 점에서 개인의 심리적 착각이라고 단정짓기에는 무리가 있다. 외부에 하나의 힘으로 존재하는 귀신은 다른 유형의 설화와는 달리 신흠의 몸속에 자신을 이입시키지 않는다. 신흠의 스승 역할만 할 뿐 귀신 자신이 시를 짓지 않는다. 일화의 마지막 부분에서 귀신의 진술로도 드러나는 것처럼 그의 역할은 문장을 잘 지을 수 있게 도와주는 것이다. 다만 복을 끼쳐주겠다는 귀신의 바람이 구체적으로 무엇을 말하는지는 알 수 없다. 작가가 글을 짓기 위한 구상을 하는 단계에서 빛나는 영감을 일으키도록 도와주겠다는 것인지, 표현 단계에서 절묘한 구절이 만들어질 수 있게 도와주겠다는 것인지, 내용을 구성하고 주제를 드러낼 때 어떤 역할을 하겠다는 것인지는 앞의 진술로는 알 도리가 없다. 그러나 그 이면에는 적어도 신흠의 문장력을 전적으로 그 개인만의 것이라고 보기에는 뭔가 신묘한 부분이 감지된다는 내용으로 구성되어 있다.

귀신에게 납치되다

귀신에게 납치되었다는 이야기를 들어본 적 있는가. 납치 사건은 주로 돈을 받아내기 위한 수법이거나, 아니면 사랑을 얻기 위한 극단적인 방법으로 쓰이지만 살아 있는 사람이 귀신에게 납치된 사건이라면 뭔가 색다른 느낌이 들지 않는가.

이상하고 해괴망측한 이 사건은 근대 이전의 기록에서는 흔히 찾아볼 수 있다. 귀신이 사람을 납치하는 방법은 매우 다양하다. 널리 알려진 꼬리가 아홉 개 달린 여우가 사람으로 둔갑하여 인간을 깊은 산속으로 꾀어낸 다음 잡아먹는 유형의 설화가 바로 전형적인 납치 사건이다. 물론 이때의 여우는 동물로서의 여우라기보다는 요괴로서의 여우이므로 귀신과 다를 바 없는 존재다. 설화 속에서는 납치 사건이 소금장수 총각이나 뜻밖의 인물에 의해 여우의 꼬리가 드러나면서 행복한 결말을 맺지만 자세히 살펴보면 그 사건이 해결되기 전까지 많은 희생자가 있었으리라는 사실을 알 수 있다.

'지하대적국퇴치설화(地下大賊國退治說話)'라고 불리는 유형도 전형적인 납치 사건을 다룬 이야기다. 마을의 아리따운 처녀들이 납치되었을 때는 사회적인 문제가 되지 않다가 고관대작의 딸이 납치되었을 때에야 비로소 난리가 난다. 재물의 반을 준다거나 사위로 삼겠다는 등의 조건을 내걸면서 사건이 수면 위로 떠오른다. 결국은 착하고 평범한 총각이 땅속에 있는 도적이나 요괴, 이류(異類)를 물리치고 납치된 많은 처녀를 구해내는 것으로 결말을 맺는다.

그렇게 숱한 유형의 설화 가운데 어찌 시와 관련된 것이 없겠는가. 시화(詩話)에도 납치 사건이 있었으니 이름하여 황효건(黃孝健)과 최문발(崔文潑) 납치 사건이다. 이들의 납치 사건을 자세히 살펴보자.

황효건 납치 사건의 전말은 김시양(金時讓)이 친구 이상급(李尙伋)에게 들은 이야기를 기록하는 방식으로 『부계기문涪溪記聞』에 실려 있다. 이상급의 종매서(從妹壻)였던 황효건은 어릴 때부터 문장에 능했다. 하루는 그가 갑자기 행방불명

되었는데 도저히 찾을 수 없었다. 해가 떠오르고 집 앞에 있는 큰 소나무의 그림자가 땅에 비쳤을 때 나무에 뭔가 매달린 듯하여 살펴보니 소나무 높은 가지에 황효건이 묶여 있었다. 사람들이 부랴부랴 사다리를 놓고 올라가 내렸지만 황효건은 말을 못 하는 상태였다. 그는 손짓으로 붓을 가져오게 하여 시 한 수를 썼다.

蜉蝣身世客天地　하루살이 같은 신세로 천지에 나그네 되니
荊棘叢中是我鄕　가시덤불 수풀 속이 나의 고향일세.
明月滿山人寂寂　밝은 달 산에 가득하고 인적은 고요한데
不堪回首淚淋浪　고개 돌려 흐르는 눈물 견디기 어려워라.

황효건은 시를 다 쓰고 눈물을 줄줄 흘렸다.

몇 개월 뒤 황효건이 부친을 따라 지방에 갔을 때의 일이다. 당시 그의 부친은 남쪽 지방의 한 고을에서 고을살이를 하고 있었다. 하루는 황효건이 보이지 않아 샅샅이 찾았지만 그는 그림자조차 보이지 않았다. 마침 그 동네에는 빈집이 하나 있었는데, 혹시나 하는 마음에 그곳을 찾아가보았다. 인기척 없는 집을 이리저리 돌아다니노라니 마침 자물쇠

가 채워져 있는 책실(冊室)에서 구멍을 통해 연기가 나오고 있었다. 문구멍으로 들여다보니 황효건이 그 안에 앉아 심지 불로 책장을 태우고 있었다. 문을 열고 들어가 끌어내니 반듯이 누워 아무 말도 하지 못했다. 그 일이 있고 나서 얼마 지나지 않아 황효건은 죽었다.

이 이야기는 본격적인 납치 사건이라고 보기에는 조금 미흡하다. 그러나 황효건이라고 하는 인물이 무엇인가에 홀려 아무 이유 없이 사라졌다든지, 나무 꼭대기에 묶인 채 발견되었다든지, 인적 없는 외딴집에서 혼자 넋이 나간 채 발견된 것은 귀신의 장난이라고 여기기에 충분하다. 납치 사건이 있은 지 얼마 되지 않아 죽었다는 전문(傳聞)은 귀신에게 넋을 빼앗긴 한 젊은이의 슬픈 실루엣을 엿보는 듯하다.

더욱이 시귀나 시마에 걸린 사람에게 흔히 나타나는 특징은 평소와는 달리 뛰어난 글솜씨를 보인다는 점이다. 그러나 황효건의 경우에는 원래 문장에 뛰어났다는 이야기만 있을 뿐 귀신에게 홀렸다가 돌아온 후 시문을 쓰는 능력이 현저히 향상되었다는 기록은 없는 것으로 보아 시귀나 시마와의 관련성을 직접적으로 연결시키기에는 조금 부족하다. 귀신에게 홀렸다는 흔적만을 이야기에 강하게 숨기고 있으므로 그 귀신도 시귀나 시마인지 명확하지 않다. 그러나 이런 이야기에서 시마(시귀) 설화의 초보적 형태를 엿볼 수 있다.

시귀나 시마가 등장하는 것은 아니지만 황효건의 경우보다 훨씬 명확한 납치 사건은 최문발 사건일 것이다.

강원도 원주 사람인 최문발은 형과 아우, 친구 몇몇과 함께 서당에서 과거 공부를 하고 있었다. 어느 날 그는 새벽에 소변을 보러 가다 행방불명되었다. 뒤이어 친구가 나갔으나 신발만 있고 최문발이 없음을 알아채고 사람들을 깨워 그를 찾아 나섰다. 뒷산에 올라가니 최문발은 큰 나무 아래에 칡덩굴로 꽁꽁 묶인 채 아무 말도 못 하고 있었다. 당시 귀신에게 혼이 나가면 소변으로 세수를 시킨다는 속설에 따라 그의 형이 소변으로 세수를 시키자 그제야 비로소 "형님 왔어요?" 하고 한마디를 했다. 집으로 데리고 돌아와 약으로 치료하니 이튿날 깨어났다. 왜 그곳에 있었냐고 물으니 최문발은 다음과 같은 이야기를 했다.

새벽에 소변을 보러 나가니 아름답게 생긴 신해익(愼海翊)이라는 청년이 나타나 함께 가자고 했다. 그는 이미 죽은 사람이었지만 평소 생각하고 있던 사람이었고, 새벽 잠결에 일어난데다 불시에 찾아왔던 터라 아무 생각 없이 그를 따라 나섰다. 작은 가마를 타고 가다가 집에 연락을 해야겠다고 하자 편지로 하면 된다고 하면서 신해익이 부르는 대로 받아쓰니 그가 작은 돌에 편지를 매어 공중으로 던졌다.

한 곳에 가니 화려한 건물이 있고 많은 관원이 있기에 인사를 드리니 책을 내놓고 "황아석생(黃芽石生)"이라고 쓰인 부분을 펼치면서 읽고 해석하라고 했다. 해석을 못 하겠다고 하니 관원은 화를 내고 사람을 시켜 나무에 매라고 했다. 나중에 확인해보니 집으로 써서 보낸 편지는 자신의 옷에 분명하게 쓰여 있었다.

이 설화는 임방(任埅)의 책에도 기록되어 있다. 다만 최문발의 이야기를 이극성(李克成)에게 들은 것으로 되어 있고, 최문발을 꾀어낸 사람도 신해익이 아니라 아리따운 여자라는 점만이 다를 뿐 전체 줄거리는 똑같다. 이런 점으로 미루어볼 때 최문발 이야기는 당대에 상당히 유명했던 듯하다. 앞의 이야기는 『천예록天倪錄』에 실려 전하는데, 이 설화는 이식이 쓴 「최생귀우록崔生鬼遇錄」의 내용이기도 하다. 이 글 마지막 부분에는 "아마도 최문발은 기혈이 허하여 귀신에게 홀린 것"이라는 언술이 첨부되어 있는데, 이로 미루어보건대 당시 유생들 사이에서 꽤 논란거리로 논급되었던 것이 아닌가 싶다.

물론 이 이야기도 시귀나 시마와 직접적인 관련이 있는 것은 아니다. 그러나 적어도 귀신에게 홀려서 납치되었던 사건이 심심치 않게 있었고 사람들의 입에서 입으로 전해지면서 많은 흥미를 일으켰다. 그 이야기가 시문을 짓는 자리로 들어오면서 자연스럽게 시귀나 시마가 나타나는 하나의 환경을 마련하게 된 것이라 여겨진다.

귀신에게 납치되었던 사건이면서 분명히 시귀 또는 시마가 저질렀던 사건으로는 성완(成琓) 납치 사건을 들 수 있다.

성완은 젊어서 『장자莊子』를 즐겨 읽었던 노장적(老莊的) 성향이 매우 강한 인물이었다. 그는 일찍이 서기 신분으로 사신 일행을 따라 일본에 갔다가 시명(詩名)을 날려 그곳에서 시선(詩仙)이라는 찬사를 받았다. 어느 날 저녁 장동에서 신무문을 지나다가 청포를 입은 사람에게 이끌려 삼각산 백운봉에 올라갔다. 청포를 입은 선비가 말하기를 자기는 송나라 사람 맹학사(孟學士)로 고려에 사신으로 왔다가 죽어서 혼백이 돌아가지 못하고 있노라고 말했다. 삼각산 중턱에 이르러 '웅슬산(熊瑟山)'을 외치니 곰 모습을 한 사람이 나왔고, 또 제3봉에서 '채달로(蔡達老)'를 부르니 학창의를 입은 노인이 나타나 네 사람이 함께 고금의 시문을 이야기하다가 내일 또 모일 것을 약속했다. 밤중에 맹학사는 과일을 가지러 간다고 나갔고 세 사람은 잠이 들었다가 나무꾼들 소리에 모두 흩어졌다. 성완도 마을로 내려왔는데, 이후 성완은 시를 잘 지었다. 그때 시마가 붙어 도와주기 때문에 시쓰는 솜씨가 좋아졌다는 것이다.

『동패낙송東稗洛誦』에 실려 있는 이 설화는 조금 다른 내용으로『천예록』에도 쓰여 있다.

성완은 의원 성후룡(成後龍)의 아들로 책을 많이 읽어 문장에 능했다. 어렵고 긴 내용의 문장을 즉석에서 부르며 받아쓰라고 해도 거리낌이 없었다. 워낙 능력이 뛰어나 사람들은 그에게 시마가 붙었다고 말하기도 했다. 하지만 그의 시는 성속(聖俗)이 섞여 좋지 않다는 평을 받았다. 일찍이 맹도인을 만난 일에 대해 기록한 것이 있는데, 그 내용은 다음과 같다.

경술년(1670) 3월 7일 저녁에 술에 취해 친척집으로 가다가 사포서 뒤 빈터에서 문득 검은 옷을 입은 노인을 만났다. 그에게 억지로 끌려가다시피 하여 성밖 소나무 숲을 지나 안현 동쪽 기슭에 이르렀다. 8일 새벽에 석봉 위에서 노인은 성완에게 운을 띄우면서 시를 지으라 하고 자신도 시를 지었다. 그러고는 성완을 바위틈에 두고 사라졌는데, 그는 움직일 수도, 소리를 지를 수도 없었다.

밤이 되자 또다시 노인이 나타나 성완을 데리고 정토사 뒤 백련산을 거쳐 창경릉에 이르렀고, 또 여기에서도 시를 지으라 해서 지었다. 9일 새벽 노인은 다시 창경릉 양쪽 소나무 숲에 성완을 묶어놓고 사라졌다. 저녁에 다시 나타난 노인은 성완을 밤새 무덤 사이로 데리고 다녔는데, 10일 새벽 나무꾼들의 꽹과리 소리가 점점 가까워지자 깜짝 놀라 그를 버리고 사라졌다. 순간 성완은 힘껏 달려 탈출하여 진관동 입구에 다다랐고 스님들에게 발견되어 구제되었다. 절에서 안정을 취하는 동안 성완은 11일 밤과 13일 밤에도 이상한 힘이 끌고 가려 하여 칼로 무찔렀고 14일이 되어서야 집으로 돌아올 수 있었다.

16일 밤 자줏빛 옷을 입은 동자가 나타나 며칠 전의 검은 옷을 입은 노인이라 했고 20일 밤에는 청포를 입은 선비가 나타나 이전의 검은 옷을 입은 노인이라 했다. 그가 성완에게 나타난 것은 원통한 일을 호소하기 위해서라고 했다. 그러면서 말하기를 자신은 신라 경순왕 때의 학사 맹기(孟耆)

인데, 호는 매학도인(梅鶴道人)이며 당시 국가에 많은 공을 남겼지만 죄를 입어 먼 섬으로 유배되었다가 풀려 돌아가는 길에 한양에서 죽어 인왕산 동편에 묻혔다고 했다. 그리고 자신의 이름이 역사에서 사라진 것을 원통하게 여기는 원혼이 되었으니 그 사실을 알려달라는 것이었다.

성완이 맹씨 성을 가진 귀신과 만났다는 점에서는 두 판본의 이야기가 같지만 내용상의 차이는 분명히 있다. 먼저 문제가 되는 것은 성완의 뛰어난 글솜씨가 맹학사 귀신을 만난 이후의 것인가, 이전의 것인가이다. 앞의 이야기는 성완이 귀신을 만난 이후 글을 짓는 실력이 확연히 늘었음을 보여준다. 이 경우 성완은 시마를 만나서 자신의 능력을 키웠다는 분명한 과정이 해명되는 셈이다. 그러나 뒤의 이야기는 조금 다르다. 맹노인을 만나기 이전부터 이미 성완은 뛰어난 글솜씨로 사람들에게 시마에 걸렸다는 평가를 받은 상태였다. 그러므로 그가 귀신을 만나 끌려다니게 된 사연도 성완 내부에 이미 존재하고 있는 시마 탓일 가능성이 있다. 시마가 가진 신묘한 능력은 외부의 힘을 부르고 그 힘에 의해 맹노인의 귀신이 성완에게 다가왔을 가능성이 매우 크다.

이런 예를 단적으로 보여주는 김시습(金時習)의 『금오신화金鰲新話』 가운데 「용궁부연록龍宮赴宴錄」, 「남염부주지南炎浮洲志」에는 뛰어난 시문 창작 능력 때문에 인간으로서는 결코 경험할 수 없는 신비한 세계를 다녀온 이야기가 실려 있다. 이 작품의 주인공들은 훌륭한 시문 창작 능력을 갖고 있지만 세상에서는 기회를 얻지 못한 불우한 인물들이었다. 인간세상에서는 자신의 능력을 발휘하기 힘든 사람에게 인간 경험의 저편에 존재하는 전혀 다른 세계는 매력적인 곳이었을 것이다. 신분이나 가문과는 상관없이 자신의 능력만으로 평가받을 수 있는 곳이 있다면 얼마나 좋겠는가. 뛰어난 재능을 갖고 있지만 현실적으로 불운한 사람의 꿈이 바로 이 이야기에 담겨 있다. 그렇다면 시문 창작 능력이란 신분이나 가문에 관계없이 개인에게 속해 있는 참으로 공평하기 그지없는 능력인 셈이다. 시마의 절친한 벗으로 꼽히는 것 가운데 하나가 궁귀(窮鬼), 즉 가난 귀신이고 보면 오히려 불우하고 가난하게 살아가는 사람이 뛰어난 영감과 상상력으로 좋은 시문을 창작할 가능성이 높다. 김시습의 소설에서는 바로 그 점을 말하고 있다.

어쨌든 인간의 경험을 넘어서서 존재하는 신이한 세계는

특이한 감도(感度)를 지닌 사람에게 항상 접속 가능성을 열어놓는다. 성완의 일화는 바로 그런 점을 은근히 말하는 것이다. 성완의 능력이 맹노인을 만나기 전에 이미 시마에 걸려서 그렇게 된 것이든 맹노인 덕에 그런 능력이 생겼든 그의 감각적 촉수는 세상의 일반적 형태와는 다른 방향으로 뻗쳐 있었다. 나아가 황효건이나 최문발도 전혀 다른 형태의 촉수로 세상을 인지했던 인물이라 할 수 있다. 이런 모티프가 결국은 시귀의 형태로 드러나는 것이고 우리는 그 속에서 해명할 수 없는 문학의 한 부분을 다루는 시선을 감지할 수 있다.

이렇게 귀신 같은 이류와 교접하면서 평상시 자신의 능력과 다른 층위의 것을 보여주는 사람들은 대체로 시귀가 영향력을 행사한 것이라고 한다(기록자는 그들을 시마에 걸린 것이라고 규정하지만 사실은 본격적인 시마의 차원에 이른 것은 아니다. 그들은 시마의 초보적 단계에 불과한 시귀일 뿐이다). 그러나 어쩌면 이런 설화는 신비스러운 시인의 행적이 사람들의 호기심을 자극하고 그 호기심이 만들어낸 기이한 이야기일지도 모른다.

시귀, 살인 사건을 해결하다

의문의 살인 사건이 일어나면 사람들은 그 사건의 실체에 대해 매우 궁금해한다. 자기와 전혀 관련이 없는데도 매일 신문을 보면서 범인의 인상착의를 그려본다. 셜록 홈스의 활약상이나 괴도신사 뤼팽, 애거서 크리스티의 소설에서 느꼈던 긴장과 떨림을 생각한다면 살인 사건만큼 흥미로운 이야깃거리를 제공해주는 것도 그리 흔하지 않다. 살인 사건은 살면서 한 번 접해볼까 말까 해서 주변에서 그런 이야기를 들으면 귀를 쫑긋 세우고 관심을 보이게 마련이다.

조선시대도 마찬가지여서 당시에도 살인 사건과 관련하여 수많은 루머와 음해가 떠돌았던 듯하다. 부임하는 원님이 첫날밤을 넘기지 못하고 죽은 채 발견되는 일이 계속되자 아무도 그곳의 원님으로 가기를 꺼렸는데, 담이 큰 선비 하나가 자원하여 자신의 원한을 풀어달라고 부탁하는 귀신을 만나 영원히 묻힐 뻔했던 살인 사건을 해결했다는 설화가 널리 전승되고 있다.

이와 같이 사람들의 이야기 속에서 전해지는 살인 사건과 관련된 소문이 많았던 것처럼 시와 관련된 이야기가 전해지지 않는 것이 오히려 이상할 따름이다. 시와 관련된 사건이

여럿 전하는데, 앞서 이야기한 바 있는 정지상과 김부식 사이에 벌어졌던 사건도 한시 구절을 놓고 벌인 한판 승부였지 않았는가. 현실에서 패배한 정지상이 귀신으로 나타나 김부식을 이기고 있지만 반대로 현실에서는 문학으로 패배한 김부식이 귀신으로 등장한 정지상에게 문학적 승리를 일궈내는 점이 흥미롭기까지 하다.

『서곽잡록西郭雜錄』에 전하는 기록 가운데에는 한시 구절 때문에 일어났던 사건이 있다.

구봉서(具鳳瑞)가 전라도 관찰사로 있을 때였다. 나주의 어떤 사람이 아내를 죽였다는 옥사가 있었는데, 주장이 엇갈려 해결되지 않은 채 의옥(疑獄)으로 남아 있었다.

하루는 달밤에 구 관찰사가 뜨락을 거닐다가 "걸음 옮겨 아름다운 오동에 의지하여 함께 달을 완상하노라(徙倚奇桐同翫月)"라는 시구를 지었다. 그러고는 아무리 생각해도 알맞은 대구(對句)가 생각나지 않아 고심하고 있는데, 갑자기 한 여자가 "'등불을 밝히고 누각에 올라 각기 시를 짓도다(點燈登閣各成詩)'라고 하면 됩니다"라고 하면서 지나갔다. 구 관찰사의 시구는 '倚'에서 '奇'로, '桐'에서 '同'으로 글자의 한 부분을 줄이면서 만들어진 것이어서 대구를 맞추기가 어려운 구절이었다. 그런데 여자가 나타나서 지은 시도 '燈'에서 '登'으로, '閣'에서 '咎'으로 글자의 부분을 줄여가면서 시구를 만듦으로써 절묘한 대조를 이루었다. 구 관찰사는 정신이 황홀하여 방에 들어와 술을 한 잔 마신 뒤 마음을 진정시키고 자리에 누웠다.

이때 밖에서 한 여인이 말하기를 "저는 조금 전 시구를 지은 여자인데, 원통한 일이 있어서 호소하려고 합니다. 이전의 관찰사 나리들께는 호소하려고 하면 놀라 기절하셨기 때문에 호소하지 못하고 있었습니다만, 감사님께서는 정백(精魄)이 뛰어나서 조금 전의 시구에 감응함이 있어서 아뢰려고 합니다." 그러고는 자신의 억울한 사정을 털어놓았다.

"저와 남편 모두 나주의 사족(士族) 출신입니다. 하루는 밤에 남편에게 제가 관찰사 나리께 읊어 드린 '點燈登閣各成詩'라는 시구를 읊으며 대구를 지어보라고 했습니다. 그러나 남편은 대구를 짓지 못하고 '절에 가서 더 공부하여 대구를 지을 수 있을 때 내려오겠다'고 하고는 이튿날 절로 떠났습니다. 남편이 절에서 공부를 하는데 같이 지내던 친구가 신혼에 왜 절에 와서 있느냐고 묻기에 남편은 사실 이야기를 했습니다. 이때 다른 방에 있던 한 선비가 이 이야기를 엿듣고 밤중에 저희 집으로 달려와 여자 종을 불러 이제 시를 지었다고 말하고는 제 방으로 들어왔습니다. 그러고는 불을 켜지 못하게 하고 급하게 동침을 요구했습니다. 그의 하는 행동이 아무래도 이상하여 거절했더니 곧 저를 칼로 찔러 죽이고 달아났습니다. 그런데 저희 집에서는 사위가 왔다 간 것으로 잘못 알고 고발하여 남편은 살인자가 되었습니다. 명민하신 감사님께서 억울한 저의 남편을 살려주십시오." 구관찰사가 "그 범인을 어떻게 알아낸단 말이냐?" 하고 물으니 여인은 "백일장을 개최하여 감사님께서 지으신 '徙倚奇桐同翫月'이라는 시구를 시제로 내걸고 대구를 지으라고 하십시오. 그러면 저를 죽인 사람은 제가 지은 시구인 '點燈登閣各成詩'를 쓸 것이니 그 사람을 잡아 문초하시면 됩니다'라고 했다. 구 관찰사는 여인이 일러준 대로 백일장을 열어 그 시구를 쓴 사람을 잡아 범인임을 밝혔고 갇혀 있던 여인의 남편은 풀어주었다.

살인 사건과 연관되어 있는 절묘한 시구는 사람들의 호기심을 자극하기에 충분했을 것이다. 그것은 사건을 해결하는 하나의 기호다. 그 기호 속에 우주가 들어 있다고 믿는 사람이 아니더라도 절묘한 시구가 이상한 방식으로 사건을 해결하면서 사람들의 관심을 끌기에는 충분했다. 이는 한시가 갖고 있는 퍼즐과 관련이 있는 듯싶다. 알다시피 한시를 짓는 일은 복잡한 퍼즐을 푸는 것과 그 과정이 비슷하다. 기본적으로 압운과 평측을 맞추어야 하고, 대구를 맞추되 법식에도 맞추어야 하는 점을 감안한다면 그야말로 복잡한 퍼즐이 아니고 무엇이겠는가. 가장 수수께끼적인 한시 형식이 수수께끼 같은 살인 사건을 푸는 하나의 기호로 제시되었으니 그 흥미와 긴장, 흥분은 말할 것도 없다. 게다가 원귀로서 여성이 등장하여 원래는 신혼의 젊은 여성이었다는 점, 남편과 시문을 주고받던 중에 남편이 대응하지 못할 시구를 던져 사단이 일어난 점, 어두운 밤에 알지 못하는 남자가 침입한 점 등 다양한 흥미 요소를 두루 갖추고 있다.

하지만 이 이야기에서는 시구와 관련한 살인 사건의 전말이 아니라 죽은 여인의 빼어난 작시 능력에 먼저 시선을 빼앗긴다. 여기에는 열심히 글공부만 한 남편이 대구할 수 없을 만큼 정교한 작시 능력을 갖춘 여인의 재능이 그 이면에 숨겨져 있는 것처럼 보인다.

근대 이전, 특히 조선시대에 뛰어난 재능을 지닌 여성은 종종 배척의 대상이 되었다. 허난설헌만 해도 그렇다. 그녀의 재능은 동생 허균이 매양 찬탄하듯이 열 살도 채 안 되는 나이에 「광한전백옥루상량문廣寒殿白玉樓上梁文」을 지을 만큼 매우 뛰어났다. 그러나 평범한 남편 김성립을 만나 구박을 받다가 20대 후반의 꽃다운 나이에 죽었다. 그녀가 받았을 암묵적인 시댁 식구들의 핍박은 감수성 예민한 한 젊은 여성을 얼마나 옥죄었을 것인가.

신사임당도 마찬가지다. 그는 이원수와 결혼한 후 5년가량을 남편과 떨어져 지냈다. 강릉 지역에 전하는 전설에 따르면 이원수가 너무나도 신사임당을 사랑하여 곁에서 떨어지지 않았다. 과거시험에 떨어질까 걱정이 된 신사임당은 급기야 남편을 쫓아내기에 이르렀다. 과거에 급제하지 못하면 돌아오지 말라며 한양으로 남편을 보낸 것이다. 그러나 생각해보면 참 이상한 일이다. 막 결혼한 신혼부부가 시댁 어른을 모시기 위해서라도 한양이나 파주(신사임당의 시댁은 경기도 파주다)로 가야 마땅한데 신사임당은 강릉에서 살았고 남편은 한양에서 살았다. 게다가 신사임당이 죽었을 때 남편 이원수는 아내가 죽은 지 석 달이 채 되지도 않았을 때 기다리기라도 했다는 듯이 후처를 들였다. 이로써 신사임당의 남편도 아내의 재능에 기가 눌려서 지냈다고 짐작해볼 수 있다.

다시 이야기로 돌아와서 결론을 말하면 앞의 구봉서 관찰사 이야기에 등장하는 여자 귀신에게서 재능 넘치는 한 여인의 슬픈 삶을 읽을 수 있다. 결국 그 재능은 자신의 남편을 절로 내쫓는 계기로 작동했고, 자신의 죽음을 불러오는 결과를 낳았으며, 남편에게 살인자의 누명을 씌우는 화를 초래했다. 그러나 죽은 귀신에게도 여전히 시구는 남아서 맴도는 모양이었다. 남편의 살인 누명을 벗기고 자신의 결백을 주장하기 위한 것이라 하더라도 시구는 저승의 귀신까지도 잊지 못하는 신묘한 것이다.

귀신과 시를 주고받다

구봉서처럼 사정이 있어서 시를 기억하고 그것을 암송하는 귀신은 사람들의 흥미는 끌지언정 시를 주고받는 데서 오는 문학적 긴장감은 떨어진다. 귀신과 시를 본격적으로 주고받을 수 있다면 그야말로 신기하고도 재미있는 문학적 사건일 것이다. 실제로 그런 이야기가 전해지는데, 『보한집補閑集』에 세 편이 실려 있다.

서백사의 승통 시의(時義) 스님이 학자였을 때 진사 박인

후(朴仁厚)와 또다른 두세 명의 친구가 함께 봉령사에서 밤에 술을 마시며 시를 짓고 있었다. 술자리가 파하려 할 때 갑자기 창밖에서 누가 "밤이 깊으니 술자리 손님 파하려 하는구나(更深將罷壺中客)"라는 시 읊는 소리가 섬뜩하게 들려왔다. 그래서 모든 사람이 두려움에 떨었던 적이 있었다.

또한 이식이라는 명사가 불갑사에 가는데 길에서 몸집이 크고 장대한 노인을 만났다. 서로 시를 주고받으며 절 가까이까지 왔는데, 노인이 갑자기 산속으로 들어가면서 시를 주었다. 그 시는 다음과 같다.

松風吹永日	솔바람 종일 불어
蕭蕭無盡時	서늘해 그치는 때가 없어라.
其下茯苓千古在	그 아래 복령이 천년토록 있는데도
往來樵子未曾知	오가는 초동은 미처 알지 못하네.

다른 일화도 살펴보자. 법천사 스님이 밤에 누각에 올라 소동파의 시를 읽고 있는데, 문을 두드리는 소리에 열어보니 의관을 갖춘 사람과 머리를 풀어헤친 사람이 들어왔다. 의관을 갖춘 이가 "새로 뜬 달 한쪽 눈썹 높아서 볼 수가 있고

(新月一眉高可見)"라고 읊었다. 이에 스님이 미처 대구를 읊지 못하고 있는데 머리를 풀어헤친 사람이 나서며 "옛친구는 천 리나 멀어 만나기 어렵구나(故人千里遠難期)"라고 읊으면 된다고 알려주었다. 그러고 나서 두 사람은 홀연히 사라졌다.

홍만종은 『소화시평』에 귀신이 시 읊는 소리를 들은 고려 시대의 한 선비 이야기를 썼다. 선비가 술에 취해 쓰러져 있는데 불현듯 "시냇물 졸졸 흐르고 산은 고요한데, 나그네 시름 아득한데 달 떠오는 황혼녘(澗水潺湲山寂歷 客愁迢遞月黃昏)"이라고 시를 읊는 소리가 들려왔다. 깜짝 놀라 일어나보니 그가 누워 있던 곳은 가시덤불 우거진 황폐한 무덤 옆이었다.

홍만종은 여러 귀신의 시를 소개한 다음 귀신도 자기의 좋은 시를 아껴서 반드시 사람의 힘을 빌려 세상에 전함으로써 자신의 재주를 드러내려는 것이 아닌가 하고 반문한다.

앞의 일화는 모두 귀신이 시를 읊으면서 이승의 사람과 교감을 나누었다는 공통점이 있다. 이때 귀신은 시인 내부에 하나의 힘으로 존재하는 것이 아니라 외부의 힘으로 분명히 그 모습을 드러냈다. 사실 시귀에 관한 이야기는 시인 내부의 표현욕을 나타내는 경우가 많다. 귀신 같은 신이하고 초경험적인 존재를 이야기하지만 자기 자신도 알 수 없는 표현 본능에 대한 상징적 표현이거나, 아니면 그런 것에 사로잡혀 만나는 내부의 환청일 경우가 많다는 것이다.

그러나 앞에서 소개한 일화처럼 하나의 힘으로 외재하는 귀신은 문제가 조금 다르다. 그들은 시가 있는 곳이면 나타나서 시를 짓거나 자기들 스스로 시를 주고받으며 즐긴다. 이는 문학, 특히 시가(詩歌)처럼 짓는 사람이나 듣는 사람이 시가를 매개로 하여 교감을 나눈다는 점과 관련이 있다. 즉 좋은 작품은 작가의 진심에서 우러나오는 것이고 그것은 듣는 사람뿐 아니라 천지 귀신까지도 감동시킨다는 점을 생각해보면 귀신이 시를 즐기는 이유도 이해할 만하다. 사람뿐 아니라 귀신의 시 창작과 감상, 그야말로 문학의 신비한 감응력을 단적으로 보여주는 일화가 아닌가.

귀신 덕에 전승된 시

귀신이 시를 좋아하여 좋은 시를 전승시킨 경우도 있다. 그야말로 문학의 신비한 힘이 인간세계를 넘어 그 감응의 범위를 극대화시킨 것이라 할 수 있다. 서거정의 『동인시화』에 실

려 있는 일화 가운데에는 사라졌던 고려시대 문인 김지대의
시가 다시 발견된 경위를 적어놓은 것이 있다.

고려시대 김지대는 의성관루(義城館樓)에 대한 시를 지어
누각에 걸어놓았다. 그 시는 다음과 같다.

聞韶公館後園深　　문소각 후원은 깊은데

中有危樓百餘尺　　그 안에 아스라한 누각 백여 척.

香風十里捲珠簾　　향기로운 바람 십 리에 주렴을 걷고

明月一聲飛玉笛　　밝은 달빛 아래 한 소리 젓대 소리 난다.

烟輕柳影細相連　　안개 가벼우니 버들 그림자 가늘게 서로
　　　　　　　　　이어졌고

雨霽山光濃欲滴　　비 갠 뒤 산빛은 물방울 떨어질 듯 짙다.

龍荒折臂甲枝郎　　오랑캐 맞아 팔 꺾은 갑지랑이여

仍按憑欄尤可惜　　난간에 기대 생각하니 더욱 아까워라.

이 시는 많은 사람의 칭송을 받았는데, 그뒤 10여 년쯤
지나 누각이 전쟁에 불타면서 함께 소진되었다. 수십 년 뒤
에 한 안렴사가 와서 김지대의 시를 급히 찾아오라고 했으나
아무도 이 시를 아는 사람이 없었다. 그때 마침 현령 오적장

(吳迪莊)의 딸이 재상을 지낸 장일(張鎰)의 아들 장정하(張庭賀)와 약혼했다가 파혼한 후 정신이상 증세를 보이고 있었다. 그녀는 원래 약혼을 했으나 오적장이 의성 쪽으로 발령이 나서 임지로 가는 길에 딸까지 데리고 떠나는 바람에 장정하는 다른 여자와 결혼을 하게 되었고, 이에 정신적 충격을 이기지 못한 그녀는 정신이상 증세를 보이게 된 것이었다. 그런데 이상하게도 갑자기 김지대의 시를 줄줄 외우는 것이었다. 그래서 고을 사람들이 그 시를 베껴 안렴사에게 바칠 수 있었다.

이 일화를 기록한 서거정은 이렇게 적고 있다. "세상에 전하기를 귀신도 시를 사랑하기 때문에 시가 없어지는 것을 애석하게 여겨 다시 이 시를 세상에 전하게 했다고 한다. 그러나 나는 이 말이 황당해 믿기 어렵다고 생각한다." 그러면서도 서거정은 뒤이어 두시(杜詩)의 주를 인용하여 학질에 걸린 사람에게 시를 외워주자 학질이 떨어졌다는 이야기, 왕학로(王學老)가 강의 풍랑을 멈추게 하기 위해 위응물(韋應物)의 한시를 쓴 부채를 강신(江神)에게 바쳤다는 이야기 등을 싣고 있다. 또한 조선 중기 문인 유몽인은 저서 『어우야담於于野談』에서 자신이 지은 시를 학질 걸린 사람에게 붙여주었더니 상당히 많은 사람이 효과를 보았다는 경험담을 자랑스럽게 기록하고 있다.

근대 이전의 시화서를 살펴보면 우리의 경험으로는 풀리지 않는 신기한 일화를 시와 함께 다수 싣고 있는 것을 찾아볼 수 있다. 예나 지금이나 좋은 시의 창작에는 인간의 이성적 힘 저편에 다른 세계가 지배하고 있다고 믿는 태도가 있다. 귀신의 도움이 아니면 상상할 수 없는 좋은 시, 인간의 힘으로는 결코 이르지 못하는 경지 등이 귀신 일화와 합쳐짐으로써 선비들의 좋은 이야깃거리로 회자되었던 것이다.

시귀에서 시마로

시귀나 시마라는 용어를 쓰기는 해도 시인조차 알 수 없는 그 힘을 지금의 말로 표현한다면 아마도 '시힘' 정도로 옮길 수 있을 것이다. 근대 이전의 기록에는 일화로 시귀를 다룬 글 이외에 비평적 논설로 시마를 다룬 글이 몇 편 있다. 마음먹고 다룬 글로는 고려시대 이규보의 「구시마문」과 조선 중기 문인 최연의 「축시마」가 있다. 두 사람의 글은 매우 비슷하면서도 시마에 대한 판결에서는 반대되는 입장을 보인다. 그러나 바탕에는 시귀에 대한 당대인들의 생각이 깔려 있다.

한쪽 발은 인간세계에, 다른 한쪽 발은 명계(冥界)에 붙이고 있는 귀신은 이중적인 존재다. 그러므로 그들은 인간의 삶으로 들어오지도, 인간 저편의 세계 저승에 들어가지도 못한다. 인간 주변에서 떠도는 귀신이란 대체로 저승으로 완전히 돌아가지 못한 존재이기 때문이다. 시 창작이라는 측면에서 볼 때 이는 참으로 중요한 단서다. 이규보나 최연의 글은 시마의 죄상을 열거하면서 시마를 쫓아내는 내용으로 이루어져 있는데, 그들이 시마의 죄로 드는 것 가운데에는 천지의 비밀을 누설한다는 항목이 있다. 인간의 힘으로는 알 수 없는 천지의 비밀은 마땅히 인간 저편의 세계와 주고받고 있는 시마의 영역에서라야 가능하다. 자신도 깨닫지 못하는 사이에 시인은 시에서 천지의 비밀을 누설하는 중대한 죄를 저지른다. 이는 세상의 이치를 거스르는 셈인데, 이런 글을 통해 굳어져버린 세상의 예속(禮俗)을 하나씩 파괴해나가는 작업을 하는 사람으로서의 시인상을 제시한다.

현실에 안주하지 못하게 우리를 일깨우는 시마는 시 창작의 가장 깊고 근원적인 힘이다. 시힘에 대한 초보적인 생각은 시귀 이야기에서 읽을 수 있다. 시귀에 관한 일화는 시마론(詩魔論) 같은 문학 이론으로 체계화된다. 즉 시귀에서 시마로 체계화되면서 시인을 감싸고돌며 세상의 강고한 벽을 허무는 시힘을 좀더 효과적으로 제시하는 것이다.

예언자 시귀—시참 이야기

시귀와 예언

사람들은 불확실한 미래에 대해 일말의 불안감을 갖고 있다. 한 치 앞도 내다보지 못하는 것이 인간인데 며칠, 몇 년, 나아가 내세가 어찌 궁금하지 않겠는가. 현재의 상황이 힘들고 어려운 사람은 미래의 희망을 찾기 위해 앞날을 궁금해하는 반면, 현재의 상황이 만족스러운 사람은 풍요로운 삶이 계속되기를 바라는 마음에서 앞날을 궁금해한다. 고등종교나 민간신앙은 예언을 한다는 점에서는 같다고 할 수 있다. 이들 신앙은 정교한 논리를 펼쳐 사람들이 예언을 받아들일 수 있게 설득한다.

예언을 단순히 미신이라고 여기기에는 개인적·사회적 역할이 매우 크다. 예언 행위는 일종의 엑스터시 상태에서 이루어지는데, 개인적으로는 인간의 인식 능력을 넘어서는 다른 세계와 정보를 주고받음으로써 참된 지식을 얻는 지름길을 발견할 수 있고, 사회적으로는 제의 같은 절차 속에서 이루어짐으로써 일종의 중재자 역할을 한다. 예언자는 신의 참된 지식을 경험한 자이며 그 지식을 바탕으로 주변의 집단과 개인의 사회적 지위를 높이고 사회질서를 변화시키는 역할을 한다. 그렇다고 해서 예언자가 항상 도덕적이고 고결한 인성을 갖추고 있어야만 한다는 것은 아니다. 때때로 길거리에서 천대받는 부랑자가 예언자가 되기도 한다. 하지만 중요한 것은 예언을 하는 개인의 도덕적 완성도가 아니라 그가 진실로 신이나 진리를 담고 있는 예언을 하는가에 있다.[4]

물론 그 문제도 동양과 서양이 서로 다르다. 어쩌면 기독교와 중국 전통 사상의 차이라고 해도 지나친 말이 아닐 것이다. 이는 예언자의 도덕적 완성도와 그에 따른 예언 방식에 차이가 있는 것으로 보인다. 즉 고대 서양의 예언자는 예언자의 도덕적 수양과는 별도로 엑스터시 상태에서의 접신 과정(接神過程)에서 신의 매개자 역할만 했다. 그는 고위 관직에 있는 정치가일 수도 있고, 제사장일 수도 있으며, 심지어 길에서 구걸하는 거지일 수도 있다. 중요한 것은 그가 신의 전달자로 선택되었다는 사실이다.

그러나 동아시아의 경우에는 사정이 다르다. 신내림에 의한 예언은 사회적으로 높게 평가받지 못하는 경향이 있다. 특히 유교적 인문주의 전통에서는 미래에 대한 예측이 엑스터시 상태에서 경험하는 접신 체험이라기보다는 오히려 과거의 전적을 읽고 역사와 천지자연의 이치를 깨달음으로써 미래를 예측하는 측면이 강하다. 비록 겉모습이 바뀌었다 할지라도 과거의 역사를 충분히 탐구하여 원리를 이해함으로써 미래를 안다고 하는 논리는 유학자의 역사관이었으며 예언의 기반이었다.

고대 사회에서의 예언자란 천지자연 및 초자연적 힘과 교통하면서 인간의 질서를 조화롭게 만들어나가는 존재다. 그는 자연재해가 일어나도 자연의 질서를 읽으며 조화로움을 회복하려고 애쓰고 질병과 전쟁이 닥쳐도 세상의 조화와 질서를 위해 힘쓴다. 예언자는 늘 천지자연의 운행질서에 관심

을 가지며, 이는 자연스럽게 인간세상의 질서와 절묘한 유비
관계를 이루면서 끊임없이 재해석된다.

이런 유비관계에 근거를 마련하는 것이 바로 기론(氣論)
이다. 인간이든 천지만물이든 기론이 나타날 수 있는 이유
는 바로 기(氣) 때문이다. 주리론자(主理論者)라 하더라도 기
의 존재를 부정할 수는 없는 노릇이다. 인간이 다른 사물이
나 동물과 감정을 공유할 수 있는 것은 기의 감응 덕분이다.
전혀 다른 종류의 사물이라도 서로 감응하면 합일로의 길
을 갈 수 있고 감응이 되지 않으면 같은 종류의 사물이라도
다른 사물이나 다름없다. 귀신을 부르는 것도 기의 감응이
고 귀신의 존재도 기의 취산(聚散)과 관련된다. 그러므로 예
언은 기가 어떻게 신이한 힘과 감응하는지와 연결된다. 다만
감응하기 위해서는 매개체가 필요하다. 일반적으로 빙의(憑
依)도 신이한 귀신의 기가 사람의 감각적 범위에 포착되기
위해 무엇인가를 매개로 하여 나타나는 것을 의미한다. 따
라서 시귀는 시를 매개로 신이한 기가 인간의 감각적 현실에
드러나는 것을 말한다.

인간의 삶은 부단한 기 변화의 연속선상에서 파악할 수
있다. 기 변화를 통해 사람은 세계와 소통하면서 동일성과

차이를 느낀다. 그 기를 정확하게 감응하는 순간 사람은 시공간을 뛰어넘어 전혀 다른 종류의 세계를 경험한다. 이는 결국 자신이 속해 있는 세계의 논리로는 밝혀지지 않는 세계로 인식의 범위가 확대되는 것을 뜻한다. 현재를 국한하고 있던 범주에서 벗어나 드넓은 세계로 시선을 넓힘으로써 한정되어 있던 좁은 시선을 단박에 파악한다. 여전히 한정된 시선을 갖고 있는 사람의 입장에서 보면 그것은 신기하고 놀라운 예언으로 들릴 수 있다.

한편, 예언은 그 예언과 관련된 사람의 인간적 욕망을 의식적 또는 무의식적으로 드러내는 방식이기도 하다. 얼핏 보면 예언이 인간의 이성적 차원을 벗어나 완연한 엑스터시 상태에서 이루어지는 것처럼 보이지만 엄밀히 따지면 그것 역시 인간의 욕망을 드러내는 여러 방식 가운데 하나다. 인간의 욕망이 지향하는 바에 따라 예언의 내용도 달라진다. 예언 가운데 유독 죽음이나 과거 급제 문제가 자주 등장하는 것은 그만큼 그 문제가 인간의 중요한 관심사였기 때문이다.

이이에 관한 흥미로운 이야기가 있다. 이이가 마흔아홉 살로 단명한 이유에 대해 떠도는 일화가 두 가지 있는데, 하나는 풍수와 관련된 것이고, 다른 하나는 시참(詩讖)에 관한 것이다.

먼저 풍수와 관련된 묏자리에 대한 일화다. 이이의 어머니 신사임당이 죽자 선산에 묘를 쓰게 되었다. 묏자리는 한 스님이 잡아준 명당이었다. 관을 묻을 광(壙, 관을 묻기 위해 파놓은 구덩이)을 파고 하관(下棺)을 하려고 보니 작은 돌 하나가 툭 삐져나와 있었다. 그 돌을 어떻게 처리할까 고민하고 있을 때 스님은 그냥 하관할 것을 지시했다. 그러나 사람들은 돌 때문에 뒤뚱거리는 상태로 관을 묻으면 땅에 묻힌 혼이 불편할 것이라 생각하고 그 돌멩이를 파냈다. 그 순간 돌멩이 밑에서 홀연 하얀 학 한 마리가 포르르 날아갔다. 이 일로 이이가 일찍 죽게 되었으며 명당을 잡아준 대로 묘를 쓰지 않은 대가를 톡톡히 치렀다는 것이다.

다른 하나는 이이의 이름난 한시와 관련된 일화다. 『율곡집栗谷集』에는 이이가 여덟 살 때 지은 주석이 달려 있는 「화석정花石亭」이 가장 앞에 실려 있다. 그 시는 다음과 같다.

林亭秋已晚　　숲속 정자에 가을 이미 깊은데

騷客意無窮　　시인의 생각은 끝이 없어라.

遠水連天碧　　멀리서 오는 물은 하늘에 잇닿아 푸르고

霜楓向日紅	서리 맞은 단풍은 해를 향해 붉구나.
山吐孤輪月	산은 외로운 달 토해내고
江含萬里風	강은 만 리 바람 머금었다.
寒鴉何處去	북녘 기러기 어디로 가는가
聲斷暮雲中	저무는 구름 속에 울음소리 끊어진다.

어린아이의 솜씨라고는 볼 수 없을 만큼 매우 아름다운 작품이다. 사용하는 단어라든지 대구를 맞추는 솜씨가 어디에 내놓아도 빠지지 않는다. 다만 마지막 구절에 '끊어질 단(斷)' 자를 써서 이이의 단명을 예언했다는 것이다. 이처럼 시문에 운명이 예언되어 있는 것을 시참이라고 한다.

평소 사용하는 단어를 보면 그 안에 자신의 평생 운명이 모두 집약되어 있다는 말을 더러 하는데, 이는 언어의 주술성을 말하는 것이다. 특히 한시가 지닌 음악성으로 미루어보건대 이 논리는 음악의 주술성 또는 훌륭한 감응성으로도 확대될 수 있다. 즐겨 듣는 음악만으로도 현재 그 사람의 심리 상태뿐 아니라 미래까지도 내다볼 수 있다고 한다. 즐거운 노래를 즐겨 듣는 사람에게는 즐거운 일이 생기고 슬픈 노래를 즐겨 듣는 사람에게는 슬픈 일이 생긴다는 것이다.

바로 여기서 귀신이 끼어들게 된다. 인간의 힘으로는 도저히 해결할 수 없는 문제가 바로 죽고 사는 일이며 과거에 급제하여 벼슬을 하는 일이다. 능력의 유무와 관계없이 다른 방식으로 작동하는 부분이 있다면 그것은 인간세계의 힘이 미치지 못하는 부분이다. 그곳에 위치하는 존재가 있어서 인간을 이어준다면 그것이 바로 귀신이라 할 수 있다. 귀신의 등장으로 인간은 미래에 대해 다양한 전망을 가능하게 할 조짐을 발견하고 해석한다. 작게는 개인의 소소한 미래에서부터 크게는 나라의 흥망성쇠에 이르기까지 수많은 일이 귀신의 등장과 함께 예언된다. 인간은 그런 조짐을 통해 귀신이 예언하는 내용을 짐작하고 해석하려 한다.

그렇다면 어떤 귀신이 어떤 방식으로 예언을 하고 움직이게 만드는지 예를 들면서 좀더 자세히 살펴보자.

예언은 꼭 맞는 것인가

귀신은 어떻게 인간의 미래를 예언하는 것일까. 아무리 귀신이 신묘하다 하더라도 관계없는 사람을 위해 예언을 하지는 않는다. 귀신도 한때는 사람이었던지라 자신과 관련이 있어야만 도와주는 것은 당연하지 않은가. 가장 흔히 나타나는 유형은 조상이 꿈에 나타나 앞일을 미리 알려주는 것처럼 예언을 받는 사람과 혈연적으로 연결되는 경우와 죽어서 귀신이 되어 도움을 받았던 사람의 자손이 위험에 처했을 때 도와주는 것처럼 혈연과 사회적 관계가 얽혀 있는 경우다. 그 가운데 황건중(黃建中)이 만난 귀신 이야기는 복잡하게 얽힌 유형에 속한다. 이 일화는 유몽인의 『어우야담』에 실린 것인데, 『계산담수鷄山談藪』나 『동야휘집東野彙輯』에도 수록되어 있는 것을 보면 조선 후기에 널리 알려진 이야기였을 것이다.

한양에 살던 황건중은 기생집 출입이 잦았다. 철원지역에 조상이 남긴 재산이 있어서 옛 동주(지금의 강원도 철원) 근처 숙소에서 머물게 되었다. 반년쯤 지났는데 갑자기 미인 하나가 숙소에 나타나면서 유혹했다. 겨울인데도 옷을 얇게 입고 있어 의심하며 가까이하지 않았다. 이후 여인은 매일 저녁마다 찾아와 옆에 누워 유혹하다가 새벽에 돌아갔다. 이에 황건중이 아내를 옆에 눕히자 여인은 반대쪽에 누웠고, 또 여자 종과 아내를 양옆에 눕게 하자 이번에는 머리맡에 누웠다. 다시 머리맡과 발끝에도 다른 사람을 눕히자 여인은 주위를 맴돌면서 침상 근처를 떠나지 않았다. 황건중이 도사와 무당을 불러 쫓으려 하자 여인은 "저는 옛날 궁예의 공녀(貢女)였는데, 궁예의 근거지인 동주가 함락될 때 죽어 제 시신이 병정들과 함께 들에 버려져 있었습니다. 이때 당신의 선조 황계윤(黃繼允)이란 분이 제 시신을 산으로 옮겨 묻어주었습니다. 이제 그 은혜를 갚으려고 왔습니다. 다만 제가 죽을 당시 여름이어서 얇은 옷을 입고 죽었으므로 지금도 옷을 얇게 입고 있습니다"라고 말했다.

황건중은 고민 끝에 짐을 챙겨 한양으로 올라왔고 여인도 따라왔다. 그러나 황건중은 매몰차게 여인을 거부했다. 집에 여러 마리 개를 기르고 있었는데, 여인은 개를 매우 무서워했다. 하루는 여인이 울면서 "당신이 매몰차게 대해서가 아니라 이제는 당신과의 인연이 다되어 돌아갑니다"라고 말하며 슬퍼했다. 이때 황건중이 "내가 잘 대해주지는 않았지만 내 곁에 오래 있었으니 나의 앞날 운수나 말해다오"라고 하자 여인은 "금빛 닭이 들보 위에 있다(金鷄屋上樑)"라는 글을 써주고 떠났다.

이 뜻을 몰랐던 황건중은 뒤에 마을 건달들과 돌아다니

다가 죄를 짓고 옥에 갇혔는데, 옥의 들보 위에 누런 수탉이 앉아 있었다. 이를 이상히 여기고 갇혀 있던 다른 사람에게 물으니 새벽 시각을 알기 위해 옥에서 기르는 것이라고 설명해주었다. 그래서 황건중은 여인이 써준 그 글이 옥에 갇히게 될 것이라는 내용임을 알았다.

여기서의 귀신은 화자와 직접 관련 있는 것이 아니라 조상의 음덕 덕분에 나타났다. 귀신이 황건중 조상의 도움을 받은 적 있고 그에 대한 보답의 일환으로 후손인 황건중에게 나타나 도움을 주려 했다. 그에 대한 구체적인 정황은 보이지 않지만 추정컨대 한밤중에 황건중을 시중드는 것이 아니었나 싶다. 어떤 도움도 황건중이 받으려 하지 않아 구체적으로 도와주지는 못했지만 어쨌든 귀신은 황건중의 조상과 황건중 사이를 오가면서 감응하고 있다. 이 역시 간접적인 감응의 구조를 갖고 있으므로 전혀 관계없는 것은 아니다.

그렇다면 시참의 내용은 무엇인가. 바로 황건중이 옥사 사건에 연루되어 옥에 갇히게 될 터이니 조심하라는 경고다. 문제는 그 사실을 일러주었는데도 정작 당사자인 황건중은 전혀 알아차리지 못했다는 점이다. 시참을 비롯하여 귀신의 예언은 모두 비슷한 성격을 띠고 있는데, 해석하는 사람의 시각에 따라 전혀 다른 결과로 나타난다. 문제는 해석하는 사람의 날카로운 시각이다. 아무리 용한 귀신이나 점쟁이가 예언을 해준다 한들 그것을 해석할 수 있는 안목이 없다면 무슨 소용이 있다는 말인가.

귀신이 말해준 시구는 애매모호하기 그지없다. "금빛 닭이 들보 위에 있다"는 구절은 옥에 갇혀본 경험이 없다면 절대로 알 수 없기 때문이다. 더욱이 그것이 감옥에 들어갈 운명이라고 예언하는 말이었다 해도 이는 하나의 사실만을 알려줄 뿐 예방책으로서의 기능은 전혀 하지 못한다. 다만 그 예언을 통해 모든 일에 조심하고 근신하는 생활 태도를 가진다면 예방책이 되겠지만 너무나도 광범위하여 실생활에는 전혀 도움이 되지 않는다.

이처럼 애매모호한 예언의 성격 때문에 전혀 다른 해석을 내놓게 되고 결과와는 정반대의 일을 당하는 경우도 있다. 성현(成俔)의 『용재총화慵齋叢話』에는 다음과 같은 이야기가 실려 있다.

진일(眞逸) 선생은 꿈에서 이백고(李伯高)를 만났다. 그는 용이 된 이백고를 붙잡고 날아서 강을 건너게 되었는데, 떨어질까봐 걱정하니 용이 돌아보면서 "내 뿔을 꼭 잡아라"라고 했다. 드디어 강 언덕에 이르러 보니 초목과 인물이 모두 인간세상의 것이 아니었다.

진일 선생은 그 꿈이 하도 이상하여 큰형에게 말했더니 이렇게 해몽했다. "이백고는 당시 큰 덕망을 얻은데다 일찍이 중시(重試)에 뽑혔다. 네가 그의 뿔을 잡았다고 하니 반드시 중시에서 장원할 것이다." 그러나 얼마 지나지 않아 이백고는 죄를 지어 죽임을 당했고 진일 선생도 병에 걸렸다.

진일 선생은 병중에 시를 지었는데, 이를 적을 수가 없어 큰형에게 대신 써달라고 부탁했다. 그 시는 다음과 같다.

西風拂嘉樹	서풍이 아름다운 나무 스치니
零露發華滋	떨어지는 이슬이 윤기 발한다.
我亦一天物	나 또한 하늘이 낸 물건이니
玉女來有期	옥녀에게 약속이 있네.

이 시를 본 큰형은 "이 시가 크게 생기가 있으니 분명히 너의 병이 나을 것이다"라고 말했다. 그러나 진일 선생은 그 이튿날 죽었다. 앞의 두 징조는 길조가 아니라 흉조였던 셈

이다.

만약 두 이야기를 반대로 생각했다면 충분히 예견이 가능했을 것이다. 용을 타고 강을 건너가니 속세와는 다른 곳이 나왔다는 것은 저승으로 갈 때의 전형적인 과정이고, 하늘의 선녀와 약속이 있다고 한 것은 죽음을 맞이할 운명을 비유적으로 표현한 것이라 할 수 있다. 그러나 진일재 성간(成侃)의 두 가지 조짐에 대해 큰형 성임(成任)의 개인적인 바람은 사태를 정확히 해석해내는 데 오히려 걸림돌이 되고 말았다. 만약 한발 떨어져서 생각했다면 충분히 짐작할 수 있었을 것이다. 그러나 성임은 글재주 있고 장래가 촉망되는 어린 동생의 죽음을 믿고 싶지 않았을 것이다(성간은 29세에 요절했다!).

세상의 모든 사물이 우주를 함축하고 있는 하나의 조짐이요, 기호라는 입장에서 본다면 글이나 꿈을 통한 예시를 해석함으로써 미래를 예측하는 일도 전혀 허황되기만 한 것은 아니다. 다만 그것이 얼마나 공정하게 이루어지는가 하는 점이 관건이다. 옛사람들은 인간의 정신이 정밀하게 응축되어 나타나는 것이 시라고 여겼다. 그러므로 한시를 통해 작자의 삶을 읽는 것은 어찌 보면 당연한 일이었다. 시참도 그

런 측면에서 본다면 단순한 흥미 차원의 이야기가 아니라
마음을 닦는 하나의 도구로 여길 일이다.

기의 감응과 시참

알 수 없는 어떤 존재에 대한 기대는 어느 시대에나 있었다.
호기심의 대상일 수도 있고 공포의 대상일 수도 있는 그 존
재는 대체로 귀신이라는 개념으로 포괄되었다. 동서고금을
막론하고 귀신 없는 시대는 없었고 귀신의 정체를 완전히 밝
힌 시대도 없었다. 다만 귀신에 대한 다양한 생각이 사회와
시대에 떠돌아다녔다. 호젓한 산길을 걷거나 아무도 없는 깜
깜한 방으로 들어갈 때 무언가가 나를 지켜보고 있다는 느
낌을 받을 때가 있지만 돌아보면 아무것도 없다. 그때의 섬
뜩함을 어떻게 표현할까. 시대는 나날이 바뀌고 있지만 귀신
의 존재는 여전히 그 자리에 머물러 있다.

　조선의 사대부들은 귀신을 어떻게 생각했을까.[5] 송나라
대의 신유학자(新儒學者)의 영향을 받은 그들은 귀신을 대체
로 두 가지 측면에서 이해했다. 하나는 음양(陰陽, '이기二氣'라

고도 한다)이 가진 '내재적 변화 능력〔良能〕'의 측면이다. 곧 천지간에 가득찬 기가 모였다 흩어지는 취산운동 과정이 바로 귀신이라는 것이다. 이런 생각이 발전하면 귀신은 이해할 수 없는 초자연적 실체가 아니라 자연 속의 여러 사물과 현상이 생겨나고 소멸하는 중간과정인 것이다. 즉 이와 기로 이루어진 자연을 그 변화 운행의 측면에서 파악한 개념이 되는 것이다. 다른 하나는 제의적 측면이다. 사람이 죽으면 그 혼은 곧바로 흩어지는 것이 아니라 한동안 남아서 후손과 교감하는데, 그것이 바로 귀신이라는 것이다. 이것이 실재한다고 믿고 그들에게 제사를 지내는 일은 조선시대의 여러 기록에서 무수히 찾아볼 수 있다.

그러나 가장 본보기가 된 귀신론은 역시 주희(朱熹)의 논의일 것이다. 주희는 사람이 죽으면 다른 사물이나 자연현상과 마찬가지로 기가 흩어지지만 짧은 시간에 모두 사라지는 것이 아니므로 완전한 소멸에 이를 때까지는 제사를 통해 느껴서 다가오는 이치가 있고, 또 오랜 세월이 지나 기가 모두 흩어진 뒤라 할지라도 조상과 자손이 한 핏줄이면 그 기가 똑같기 때문에 통할 수 있다고 했다.[6]

주희의 귀신론을 이어받은 명나라 학자 나흠순(羅欽順)도

이와 비슷한 논의를 펼친 바 있다. 그는 귀신을 음과 양 두 기의 작용이라고 보았다. 다른 사물과 마찬가지로 귀신도 음양의 성질을 동시에 갖고 있는 존재이므로 올바른 귀신(正直之鬼神)과 올바르지 못한 요귀(不正之妖孼)가 있다. 양의 기운이 주가 되고 음의 기운이 보좌하는 위치가 되면 올바른 귀신이 되고, 그 반대가 되면 올바르지 못한 요귀가 된다는 것이다. 그러므로 세상 돌아가는 모습이 이치대로 잘 운영된다면 별문제 없지만 부정과 폭정이 횡행한다면 요귀가 설치는 세상이 될 것이라고 했다. 나흠순의 시선으로 보면 사실 귀신도 인간의 힘으로 제어할 수 있는 존재일 뿐 아니라 세상의 정치 교화가 이치대로 이루어진다면 그리 걱정할 일도 없다.[7] 하지만 아무리 그렇게 논리적으로 설명하려 해도 신묘한 느낌을 주는 것은 어쩔 수 없다. 눈앞에 이상한 것이 어른거리고 어둠 저편으로 알 수 없는 그림자가 드리우면 자신도 모르는 사이에 비명을 흘리는 거야 어쩌겠는가.

앞에서 이야기한 것처럼 귀신은 전혀 관련 없는 사람에게 나타나는 경우는 드물다. 어떤 형태로든 귀신과 관련이 있다. 그러므로 귀신은 이승과 저승의 경계를 넘어 똑같은 기의 감응을 느낀다고 할 수 있다. 시참도 이런 논의를 전제로

형성된다. 결국 시참을 기 문학론과 연관지을 수밖에 없는 것은 이 때문이다.[8]

그렇다면 귀신은 어떤 형태로 조짐을 보여주는가. 귀신의 조짐은 어떤 방식으로 해석되는가. 귀신의 유형을 살펴보면 옛사람들이 무엇을 욕망했는지 알 수 있다.

돌아가신 부모님을 꿈에서 본다면 반가움과 그리움이 뒤섞인 감정을 느낄 것이다. 똑같은 기를 공유하는 사람으로 부모 자식처럼 가까운 사이가 어디 있겠는가. 육신은 죽었어도 혼백은 남아 오래도록 자식 곁에서 떠도는 부모의 심정은 참으로 절절하다. 그들의 눈에 보이는 자식의 미래는 얼마나 기뻤을 것이며 또 얼마나 안타까웠을 것인가. 그들은 자식에게 뭔가 알려주고 싶지만 방법이 없다. 똑같은 기를 공유하고 있지만 그것은 단지 감응의 차원일 뿐 현실적으로 모습을 드러내서 직접 알려주기란 거의 불가능하다. 이때 가장 좋은 방법이 꿈을 이용하는 것이다.

그러나 다른 한편으로 보면 꿈에서 부모를 만나는 것은 그리움이 마음에 그림자를 드리운 결과다. 늘 생각하다보면 꿈에 모습을 드러내는 법 아닌가. 즉 마음속에서 무엇인가 욕망하는 바가 꿈으로 나타나는 것이다. 비록 예언을 해준

것은 아니지만 꿈에서 만난 아버지가 읊는 시를 들은 사람 이야기가 조신(曺伸)의 『소문쇄록譏聞瑣錄』에 실려 있다.

선비 고순(高淳)의 자는 희지(熙之)다. 그는 일찍이 귀머거리가 되었는데, 사람됨이 신독(信篤)하고 배우기를 좋아했다. 하루는 시를 읊으면서 잠자리에 들었는데, 돌아가신 아버지가 꿈속에 나타나 다음과 같은 시 한 수를 주었다.

華髮蒼蒼減昔年　희끗희끗 센 머리 예전만 못하지만
孤身寂寂守山前　외로운 몸 쓸쓸히 산 앞 지킨다.
莫言白骨無知感　백골은 감동 모른다 말하지 말라
聞汝吟詩我不眠　네가 읊은 시를 듣고 나는 잠 못 이룬다.

조신은 이 시에 대해 이렇게 서문을 붙였다. "천지에 있는 일기(一氣)가 와서 퍼졌다가 흩어져 되돌아오지만 사실은 하나다. 사람이 죽고 남은 기가 자손의 몸에 각각 흩어져 있으면서 그것이 자손에게 감동하는 점이 있으면 신명(神明)에 분명히 감응되는 것이다. 그렇더라도 사람이 반드시 곧고 오직 맑기만 해서 슬프게 부모를 다시 보는 것과 같이 한 연후에야 부모의 혼령이 하늘에서 오르내리며 늘 좌우에 있게 되는 것이니, 고희지 같은 이는 고려의 최루백(崔婁伯) 같은 이에 거의 가깝다 할 것이다."

조신의 서문 내용은 앞에서 이야기한 조선시대 유학자들의 생각과 별반 다르지 않다. 부모의 기는 늘 자손의 몸에 흩어져 남는 것이라서 자손이 부모를 생각하고 무엇인가 움직이는 바가 있다면 언제나 부모의 기는 감응하면서 자손 옆에 남아 있는 법이라 했다.

유별나게 신비한 힘을 잘 느끼는 사람이 있는데, 그것은 아마도 기이한 힘을 감지하는 섬세한 느낌을 얼마나 강하게 갖고 있는지와 관련이 있을 것이다. 그런 점에서 고순의 감응력은 참으로 섬세하기 이를 데 없다. 그는 꿈에 친구의 시를 들은 적도 있다. 이 일화도 『소문쇄록』에 실려 있는데, 고순이 꿈에서 아버지의 시를 들은 글에 뒤이어 나온다.

자정(子挺)[9]이 죽은 지 3년이 지난 임인년(1482)에 고순은 꿈속에서 드넓은 들판에 서 있는 자정을 보았다. 살아 있을 때와 똑같이 서로 시를 주고받았는데, 자정이 남효온과 또다른 친구는 어디 있는지 물었다. 고순이 "절에 올라가 배운다"라고 답하자 자정이 기뻐하지 않으면서 시 한 수를 지어 두 사람에게 전해달라고 부탁했다. 그 시는 다음과 같다.

文章富貴摠如雲	문장과 부귀 모두 뜬구름 같은데
何須勞苦讀書勤	무엇 때문에 힘들게 열심히 책을 읽는가.
但當有錢沽酒飮	돈이 있으면 술을 사 마실 뿐이니
世間人事不須云	세상의 인간사는 꼭 말할 것도 없다네.

고순이 꿈에서 깨어나 그 시를 기억했다가 『소문쇄록』을 지은 조신에게 전해주었다. 조신은 당시 그 뜻을 이해하지 못했는데, 10년이 지난 다음에 복명(復命)을 하고 나서야 비로소 그 뜻을 깨닫게 되었다.

조신은 고순에게 그 이야기를 들었을 때만 해도 아마 나이가 젊었을 것이다. 그에게 문장과 부귀에 대한 열망은 여전히 강했을 터이니 그런 꿈 이야기가 귀에 들어올 리 없었다. 세월이 흘러 이제는 그런 것에 대해 어느 정도 관조할 수 있는 나이가 되자 예전 친구의 꿈 이야기가 생각났던 것이다.

어쨌든 고순이 만난 이는 친구다. 살아생전에 친했던 사이였으므로 일정한 기의 감응이 있었다. 이는 혈육이 만드는 기의 감응과는 달리 일종의 문화적 기의 감응이라 할 수 있다. 문화적 기의 감응에 대한 가장 상징적인 이야기의 예는 『논어論語』 「술이述而」편에서 공자가 통곡한 것을 들 수 있다. 공자는 "심하구나, 나의 노쇠함이여. 오래되었구나, 내가 꿈에서 주공을 다시 뵙지 못한 것이"[10]라고 탄식했다. 이에 주희는 그가 젊은 시절 주공이 펼쳤던 도를 행하고 싶은 강렬한 마음을 갖고 있었고 그것을 실행에 옮기기 위해 정력적으로 힘썼지만, 이제는 노쇠하여 그런 마음도 많이 줄어들었고 늙도록 실행에 옮기지 못한 것을 탄식한 것이라고 주석에서 설명한다. 주공이 실현하고자 했던 문화적 이상을 항상 생각한 공자의 입장에서 이제 주공을 꿈에서도 자주 만나지 못하는 것은 참으로 안타깝기 그지없는 일이다. 이것을 문화적 기의 감응이라 한다.

친구에 대한 그리움은 일차적으로는 살아생전에 나누었던 정 때문이다. 그러나 벗을 사귀는 유생의 태도는 글과 도를 매개로 만나야 한다는 점을 강조했기 때문에 단순히 인간적·개인적 정을 나누었다고 하여 꿈에 볼 정도로 친해지는 것은 아니다. 『논어』 「안연顏淵」편에서도 증자(曾子)의 말을 빌려 "군자는 글을 매개로 벗을 만나고 벗을 매개로 어짊을 보완한다"라고 한 바 있다. 그러므로 벗이야말로 문화적 기를 공유하는 가장 가까운 존재다. 이런 측면에서 보면 유생들도 벗에게 귀신으로 나타나서 무엇인가 조짐을 보여줄 가능성을 충분히 갖추고 있는 셈이다.

과거시험과 시참

조선시대 선비들에게는 정말 큰 소원 두 가지가 있었다. 하나는 살아서 과거에 급제하는 것이고, 또다른 하나는 죽어서 문묘(文廟)에 배향되는 것이다. 문묘란 향교(鄕校)에 있는 묘당을 말하는데, 향교에는 크게 강학(講學)과 제향(祭享)의 기능이 있다. 강학의 기능은 선비들이 모여서 글을 배우고 익히는 것을 말하고, 제향의 기능은 공자를 비롯한 선현들에게 때맞춰 제사를 올리는 것을 이른다. 공자를 비롯한 성현들의 위패는 향교의 가장 중심부에 위치한 대성전에 모셔놓았고 그 건물 좌우에 있는 동무와 서무에는 공자의 제자 72명의 위패와 우리나라 선비 18명의 위패가 나뉘어 모셔져 있다. 향교에서 공부하는 선비들은 시기에 맞추어 그들에게 제사를 지냈다.

나은지원(羅隱之寃)이라는 말이 있다. 당나라 때의 문인

나은(羅隱)은 실력이 뛰어난데도 열 번이나 과거시험에서 떨어졌다. 그의 원래 이름은 횡(橫)이었는데 거듭 낙방을 한 뒤 은(隱)으로 바꾸었다. 그래서 '나은지원'은 불우한 문인을 표현하는 하나의 비유가 되었다. 그렇게 뛰어난 문인도 과거시험에 낙방하는 판에 평범한 사람들이야 과거 급제에 대한 희망은 두말할 것도 없었다. 그만큼 선비들이 겪어야 할 스트레스도 생애 최고가 아니었을까 싶다. 초시(初試)에 합격하여 명실상부한 진사나 생원이 되어야 체면을 유지할 수 있었는데, 그 시험에도 매번 떨어진다면 체면이 서지 않을뿐더러 조상님을 볼 면목도 없는지라 그에 대한 스트레스는 겪어보지 않은 사람은 절대 짐작조차 할 수 없는 것이었으리라. 매 순간순간 과거시험의 압박에 시달렸을 터라 꿈속에 나타나지 않는 것이 오히려 더 이상한 일이었다. 그러다보니 시참의 주제로 과거시험과 관련된 이야기가 없을 수 없었다.

과거를 앞둔 선비들의 꿈이나 그들이 무심코 지은 시에 시험 결과가 숨어 있다는 사실을 알게 된다면 굉장히 놀랄 것이다. 이런 일화는 여러 책에 실려 있는데 그 가운데 『소문쇄록』에 수록된 일화를 먼저 살펴보자.

최태보(崔台甫)는 기묘년(1519) 봄에 진사 이숙황, 허순, 이

종주 등과 함께 향시를 보러 갔다. 그는 홀연히 수양버들이 흔들려 말 머리 위에 휘휘 감기는 꿈을 꾸었다. 꿈에서 깨어난 최태보가 이상히 여겨 함께 길을 가던 사람들에게 이야기하니 허생이 말하기를 "수양의 모양은 푸른 일산(日傘)과 같으니 내가 그 꿈을 사겠네"라고 했다. 이에 최태보가 말하기를 "길조는 이미 정해져 있는데 어찌 살 수 있겠는가?"라고 했다. 과연 그는 향시에 합격했다.

나중에 김종직(金宗直)과 함께 한양으로 회시(會試)를 보러 가게 되었을 때 최태보가 말하기를 "자네는 재주가 높으니 반드시 장원을 하겠지만 나는 기대를 걸 데가 없네"라고 했다. 김종직이 말하기를 "옛날에 손근과 그의 아우 손하가 함께 시험을 보러 갔는데 형이 일등을 하고 아우는 이등을 한 일이 있네. 우리 두 사람이 어찌 손근과 손하처럼 되지 말란 법이 있겠는가?" 하고는 다음과 같은 절구 한 수를 지었다.

池塘青草雨痕多　　못가의 푸른 풀에 비 자국 많은데
人道吾行是僅何　　사람들은 우리가 손근, 손하 같다고 말하네.

莫恨狄家春色晩　　북쪽 오랑캐 집에 봄빛 늦다고 한탄하지 마
　　　　　　　　　　라.

滿城桃李未開花　　온 성안 도리화는 아직 피지도 않았다네.

　때마침 길을 가는 스님이 있었는데, 지팡이로 둥근 삿갓
을 받쳐 들고 길을 인도했다. 그 모습이 마치 가마 위에 씌
우는 일산 같았다. 김종직이 말하기를 "이것 또한 좋은 징조
다"라고 했다. 서로 기분이 좋아 우스갯소리를 하며 갔다. 그
해 마침내 두 사람 모두 과거에 합격했다.

　앞의 일화에는 지방 향시의 합격 예언과 한양에서의 회시
합격이 예언되어 있다. 그러나 이는 당사자가 자신의 입으로
짓거나 주변 사람이 지은 시구를 통해 해석되었다. 첫번째
는 꿈에서 본 일을 통해 해석한 것으로 일종의 유감주술(類
感呪術)이라 할 수 있다. 말 머리에 뒤엉킨 수양버들 가지가
마치 과거에 급제한 사람이 유가(遊街)를 할 때 일산을 쓴 모
습과 비슷했기 때문이다. 마찬가지로 과거 합격에 대한 기대
와 격려 차원에서 지은 김종직의 시도 나중에 합격한 결과
와 연관이 있다. 묘하게도 그 시를 지으면서 이야기 나눌 때
스님이 인도하는 모습이 과거 합격자 앞에서 일산을 들고 안

내하는 동자와 비슷했던 것이다.

이처럼 시구를 통해 운명을 예언하는 일은 근대 이전의 책에서 자주 찾아볼 수 있다. 김황원(金黃元)의 예도 비교적 널리 알려져 있다.

김황원은 대간이 되었을 때 임금에게 간언했지만 받아들여지지 않았다. 그는 성산으로 부임하는 길에 이재(李載)를 만났다. 그는 이재에게 시를 지어주었는데 함련(頷聯)에 "갈대 쓸쓸한 가을 강마을, 강과 산 아득한 석양 무렵(蘆葦蕭蕭秋水國 江山杳杳夕陽時)"이라고 썼다. 후에 김황원이 죽자 김부의(金富儀)가 묘비를 지었는데, 그가 쓴 '석양(夕陽)'이라는 두 글자가 뒤늦게야 청요직에 오를 시참이었다고 했다.

다음은 이인로(李仁老)의 『파한집破閑集』에 실려 있는 승진과 관련된 시참의 일화를 살펴보자. 고려 중기의 이름난 문인 김황원은 대동강 부벽루에 올라 정자에 걸려 있는 시구가 마음에 들지 않는다고 떼어내 불사르고 대신 자신이 짓겠다고 씨름하다 결국은 두 구절만 짓고 다음을 잇지 못해 통곡했다는 일화로 유명하다. 전해지는 이야기에 불과하겠지만 그의 행동은 당시 시인들의 모습을 그대로 반영한다. 그리 알려진 일화는 아니지만 앞의 이야기에서 벼슬살이와 관련한 시참을 볼 수 있다.

고려시대만 하더라도 조선시대와는 달라서 과거에 급제하자마자 곧바로 벼슬길에 나갈 수 있는 것이 아니었다. 음서(蔭敍)로 진출하는 사람이 많았고 그들 뒤에 대단한 가문이 버티고 있는 경우가 많아 가문이 변변하지 못한 선비들은 과거에 붙어도 벼슬길에서 빛을 보기 어려웠다. 그러므로 고려시대에는 어떤 관직으로 진출할 수 있는지 가늠하는 일이 많은 사람의 공통 관심사였을 것이다.

김부의는 훗날 뒤늦게야 청요직에 오르리라는 예언을 김황원이 지은 시구의 단어를 통해 이야기한다. 물론 결과만을 보고 그렇게 썼을 가능성도 있지만 김부의가 비문에 쓸 정도였다면 당시 김황원의 시구가 유명한데다 그의 승진이 다른 사람에 비해 늦었던 사정을 감안하여 엮은 이야기일 것이다. 또한 김황원의 시가 뛰어나다보니 사람들의 주목을 받았을 것이고, 사람들은 그의 시에서 '황혼'의 이미지를 자주 발견하여 그것에 특별한 의미를 부여했을지도 모른다. 그러나 시참의 소재로 쓰인 관직 진출과 승진 문제는 당대 사람들의 욕망을 반영하여 알려준다.

이와는 달리 귀신에게 승진에 대한 예언을 받은 경우도

있다. 이것이야말로 이 책이 다루고자 하는 시귀의 예언에 걸맞은 이야기다.

조태래(趙泰來)라는 사람이 있었다. 그가 무주 현감으로 갔을 때 귀매(鬼魅, 도깨비·귀신)가 있었던 탓에 관아는 부임한 현감들이 사용하지 않아 폐가가 되어 있었다. 조태래는 사람들이 만류하는데도 관아로 들어갔다. 그는 매일 밤 불을 밝히고 짚으로 인형을 만든 뒤 형틀에 묶어 매를 쳤다. 영문을 모르는 사람들은 매일 모여 이상한 짓거리를 하는 현감을 구경하면서 웃고 떠들었다.

처음에는 불빛 아래 노출된 귀매들이 사람들과 함께 어울려 거리낌없이 행동했다. 조태래는 장소를 옮겨가며 불을 밝혔고 그곳에 귀매가 깃들어 있으면 나팔을 불고 횃불로도 지지게 했다. 수십 일 동안 이 일을 계속하자 귀매들은 점점 힘이 꺾였고 결국에는 "나무뿌리 얽혀 드러난 땅은 뱀이 길에 있는 듯, 기이한 바위 스치는 시냇물은 호랑이가 숲에서 나오는 듯"[11]이라는 시를 지어주고 떠났다. 조태래가 이 시의 뜻을 물으니 귀매들은 별다른 뜻이 없다면서 사라졌다. 뒤에 한 선비가 우연히 이 시구를 보더니 "이것은 귀신의 말입니다. 앞 구절은 내년에 전라감사가 된다는 뜻이고, 뒤 구절은 훗날 대장이 된다는 뜻입니다"라고 말했다.

조태래는 이를 별로 대수롭지 않게 여겼는데, 과연 이듬해에 전라감사가 되었다. 그러나 감사 진급이 자연스러운 순차였던 탓에 문관이었던 조태래가 대장이 된다는 말은 더더욱 믿을 수 없었으므로 생각지도 않고 있었다. 그러나 그는 후에 대장에 임명되었다.

『이순록二旬錄』에 실려 있는 이 일화는 귀신이 활개를 치는 곳에 기가 센 사람이 부임해와 귀신들을 내쫓고 결국은 그들의 예언을 듣는다는 이야기로 구성되어 있다. 조태래는 귀신들의 장난이 심해도 아랑곳하지 않고 그들의 기세를 꺾고, 귀신들도 처음에는 그를 대수롭지 않게 여기다가 나중에는 그 기세에 눌려 그곳을 떠난다. 이 이야기는 기가 센 사람이 귀신들의 장난에 휘말리지 않고 자신의 의지대로 행동한다면 모두 물리칠 수 있다는 점을 부각시킨다. 물론 이 이야기의 일차적인 목표는 조태래의 대단한 기세를 칭찬하는 것이지만 그 이면에는 귀신의 존재와 귀신도 강한 기운 앞에서는 힘을 쓰지 못한다는 사실이 숨겨져 있다.

귀신은 조태래를 떠나면서 한시 구절을 예언으로 남긴다. 조태래는 이를 대수롭지 않게 여겨 아무런 의미도 이끌어내지 못한다. 그런데 그 시구를 본 다른 이가 시참으로 여기면서 예언적 메시지를 끄집어낸다. 이는 구절, 단어의 뜻, 발음 등 여러 단계의 유추를 거친 것이므로 해석한 사람이 왜 그런 해석을 했는지 설명하지 않으면 다른 사람은 짐작만 할 뿐 전혀 알 길이 없다. 이처럼 시참은 그것을 대하는 사람에게 넓고 다양한 해석의 가능성을 열어놓는다. 사람들은 그 해석의 지평에서 나름대로의 스펙트럼을 대응시키면서 예언적 메시지를 이끌어낸다.

귀신의 작용은 아니지만 마음속에 깃들어 있는 밝고 신령한 심지를 잘만 운용하면 충분히 앞일을 예언할 수 있다. 시는 바로 그 부분에서 이루어지는 경우가 많고 시를 짓는 순간에도 그 심지에서 이루어지므로 작품에서 자신의 미래를 예견하여 드러내는 경우가 종종 있었을 것이다. 그런 점에서 안명세(安明世)의 시참은 매우 흥미롭다.

안명세가 아홉 살 때의 일이다. 하루는 아버지가 진달래를 따서 연적에 끼워놓고 시를 지으라고 하자 그 자리에서 다음과 같은 시를 지었다.

杜鵑花一萼   진달래꽃 한 떨기

來自碧山中	푸른 산속에서 와
硯滴生涯寄	연적에 생애를 부치니
他鄉旅客同	타향의 나그네 신세와 똑같아라.

이 시를 본 안명세의 아버지는 울었다. 대개 그 시에 나타
난 뜻이 처량하고도 고생스러워서 앞으로 크게 될 상이 아
님을 알았기 때문이다. 과연 스무 살을 전후하여 과거에 합
격하고 한림에 이르렀으나 사초(史草)의 기록이 흘러나와 당
시 권신들에게 알려지는 바람에 화를 당했다.

임방(任埅)의 『수촌만록水村漫錄』에 실려 있는 이 이야기
는 어렸을 때 지은 시를 통해 그 사람의 일생을 예언하고 있
다. 어린 나이에 진달래꽃을 보면서 밝고 아름다운 상상력
을 발휘하는 것이 아니라 삶의 절대 고독, 쓸쓸함, 유랑 등
의 이미지를 떠올리는 것은 확실히 일반적이지 않다. 안명세
의 아버지는 그런 부분에 주목했고 이를 통해 아들의 일생
을 짐작했을 것이다.

안명세는 아버지의 예언대로 어린 나이에 죽음을 맞이했
다. 1548년 이기, 정순붕이 을사사화를 일으켜 훌륭한 사람
들을 많이 제거했다. 당시 사신이었던 안명세는 보고 들은

것을 조금도 가감 없이 시정기(時政記)에 적었다. 그것은 원래 임금이라 해도 꺼내볼 수 없는 것인데, 그 내용이 유출되어 누설되는 바람에 해당 권신들의 무고로 안명세는 사형을 당하고 가산은 몰수되었다. 어린 아들의 한시를 보고 앞날을 미리 내다본 혜안도 혜안이려니와 작품에서 슬픈 참상을 읽고 울음을 터뜨렸던 아버지의 심정이 지금도 느껴지는 듯하다.

죽음을 예언한 시참

앞에서 예로 들었던 안명세의 경우 두 가지 예언이 어우러져 있다. 앞으로 그가 어디까지 벼슬에 오르게 될 것인지와 그의 이른 죽음에 대한 것이다. 시참의 중요한 소재로 과거 급제와 승진 문제 이외에 죽음의 문제도 자주 등장한다. 몇 살까지 살 수 있을지 아무도 모르기 때문에 더욱 관심이 가는 문제이기도 하다. 과거 급제가 살아생전에 누릴 수 있는 복락이라면 그 이후에 맞는 중요한 인생의 전기는 바로 죽음일 것이다. 그러므로 죽음이란 공포의 대상이면서 이승을 마무리하는 중요한 지점이다.

시참의 소재 가운데 가장 자주 등장하는 것은 요절에 대한 예언이다. 뛰어난 재능을 가졌지만 안타깝게도 일찍 생을 마감한 사람의 이야기를 들으면 복잡 미묘한 생각이 든다. 짧지만 빛나는 삶을 살다 간 사람들은 대체로 천재의 전형으로 기억되기 십상이다. 천재라서 더욱 생이 아름다워 보이고, 작품은 더욱 심오하게 느껴지며, 그의 행동 하나하나가 모두 비범해 보인다. 이는 마치 재능 있는 배우가 불의의 사고로 목숨을 잃은 후 생전에 찍은 몇 안 되는 그의 작품이 각광을 받는 이치와 비슷하다. 그때 등장하는 천재는 항상 자신의 앞날을 글에 남겨놓음으로써 사람들의 시선을 끈다. 하응림(河應臨)도 그런 유형의 인물이다.

하응림은 열 살 무렵부터 기동(奇童)으로 일컬어졌다. 한 사람이 죽순으로 시를 지으라고 하면서 운자를 부르자 그 자리에서 다음과 같은 시를 지었다.

平地忽生黃犢角　평지에서는 누 송아지뿔 갑자기 생겨나고
巖間初展蟄龍腰　바위틈에서는 숨어 있던 용의 허리 막 펼쳐
　　　　　　　　　진다.

安得折爾爲長笛　　언제쯤 저것을 꺾어 긴 피리 만들어

吹作太平行樂調　　태평시대 즐기는 노래 불어볼까나.

　지식인들은 하응림의 명이 길지 않겠다고 말했는데, 과연 그는 젊은 나이에 죽었다. 하응림의 친구 가운데 한 사람이 멀리 남쪽 지방을 여행하고 돌아오는 길에 날이 저물어 청파에 도착했는데, 마침 다릿가에 하응림이 서 있었다. 말을 멈추고 인사를 나누니 그는 집안일을 부탁하고 떠났다. 나중에 친구가 성안으로 들어와 그의 집을 방문해보니 이미 장례가 끝나 있었다.

　유몽인의 『어우야담』에 실려 있는 시참이다. 복잡한 규칙을 지닌 한시를 한 수 짓기도 어려운데 운자가 떨어지자마자 즉시 시를 짓는 것은 천재의 상징적 표현이다. 하응림이 죽은 후 사람들이 예전 그가 지은 시에 여러 이야기를 덧붙였을 가능성을 배제할 수 없지만 적어도 앞의 시는 당시 선비들 사이에 널리 알려졌던 것일 가능성이 크다.

　다른 시참과 마찬가지로 앞의 한시도 다양한 해석의 가능성을 포함하고 있다. 아무리 보아도 앞의 시는 탄탄대로를 걸으며 부귀영화를 누릴 징조가 역력하다. 앞의 두 구절에서

는 생성의 이미지가 그대로 나타나 있고, 뒤의 두 구절에서
는 태평성대를 이루어보고 싶어하는 마음이 표현되었다. 그
러나 사람들은 그것이 이승과는 다른 어떤 세계를 암시하는
것으로 해석했고 그것은 곧 그의 요절과 연결되면서 하나의
시참이 되었다.

　이와 비슷하면서도 조금은 다른 유형으로 이달선(李達善)
의 예를 들 수 있다. 이달선은 일찍이 꿈을 꾸었는데, 어떤
기이한 모습을 한 선비가 다음과 같은 시를 주었다.

世上紅塵滿	세상에는 붉은 티끌이 가득하고
天樓紫玉寒	하늘 누각에는 자줏빛 옥이 차갑다.
東皇求八狴	동황이 팔폐를 구하니12
終不憶家山	마침내 고향 산을 생각하지 않네.

　이달선은 그 꿈이 바로 저승의 소환장이라고 의심했고 여
러 사람도 그가 오래 살지 못할 것이라고 탄식했다. 다음해
에 그는 과거의 갑과에서 탐화랑(探花郞, 3등으로 과거에 급제
하는 것)이 되었다. 남효온이 급히 시를 지어 축하하면서 "동
황은 우리 임금이니 반드시 재상에 오를 것이네" 하고 말했

다. 그는 얼마 지나지 않아 홍문관에 들어가 시정에 이르렀으나 젊은 나이에 죽었다.

이달선의 일화는 당시 상당한 화젯거리였던 것으로 여겨진다. 앞에서 소개한 일화는 조신의 『소문쇄록』에 실려 있는데, 남효온의 『추강냉화』에는 조금 다르게 수록되어 있다. 내용으로 보아서는 『추강냉화』의 이야기를 『소문쇄록』에 다시 쓴 것으로 여겨지는데, 그 과정에서 내용이 바뀌었다. 남효온에 따르면 이달선은 그 시를 꿈에서 들었을 때 시를 지어 축하를 했다. 따라서 『추강냉화』에서는 이달선의 죽음을 말하지 않고 그가 홍문관에 들어가서 임금의 총애를 받았다는 사실만을 언급하면서 이야기를 맺었다.

이는 같은 작품이라도 보는 시각에 따라 전혀 다른 해석으로 연결되는 시참의 기본 성격을 단적으로 보여준다. 내용의 애매성 또는 다의성으로 인해 시참은 신비스럽고 해석이 어려워진다.

자신의 죽음을 더 선명하게 보여준 예는 조기종(趙起宗)의 일화에서 찾아볼 수 있다.

성화 병술년(1466) 즈음에 한 시골의 젊은 서생 조기종이 낙선방에 임시로 지내면서 남효온과 함께 남학에서 공부했

다. 조기종은 나이가 어려 문장의 어느 대목에서 끊어 읽어
야 하는지도 모를 정도로 한문을 몰랐을 뿐 아니라 시율도
알지 못했다. 하루는 조기종이 꿈을 꾸었는데, 어느 빈집에
들어가니 넓고 조용했으며 대추꽃이 새로 피어 마치 초여름
같았다. 하지만 뜰에는 풀이 막 돋아나고 동풍이 솔솔 불어
오는 것이 늦봄이었다. 전혀 알지 못하는 두세 명의 사람이
있었는데, 조기종을 보자 그에게 시짓기를 권하며 청했다.
조기종은 다음과 같은 절구 한 수를 읊었다.

樹上棗滿開   나무 위에 대추꽃 가득 피었는데
空家寂無人   빈집은 고요히 인적도 없다.
春風吹不盡   봄바람 불고 불어 끝이 없는데
萬里草多新   만 리에 봄풀 새로 많이 돋았구나.

그는 꿈에서 깨어난 뒤에도 그 시를 한 자도 빠뜨리지 않
고 기억했고 여러 동학은 그의 시를 벽에 써놓았다. 하지만
조기종은 다음날 죽었다. 조신의 『소문쇄록』에 실린 일화다.
원래 남효온이 『추강냉화』에 써놓은 것인데, 조신이 인용하
여 실었다.

앞의 시도 조기종의 이상한 꿈이나 죽음과 연관되지 않았다면 별로 이상할 것도, 그리 빼어난 시도 아니다. 대부분의 구절은 중국의 이름난 시인의 것을 빌려다가 한두 자만 바꾸어서 썼다. 아마 그런 점 때문에 조기종이 시의 율격도 전혀 모른다고 전제했는지도 모른다. 시 내용도 늦봄 한낮의 한적한 집을 묘사하고 있다. 얼핏 보면 매우 서경적인 시에 불과하다. 그러나 죽음을 암시하는 것과 연관되자 꿈속에서 만난 사람들의 존재라든지, 활짝 핀 대추꽃과 인적 없는 고요한 집의 이미지 병치 등이 범상치 않게 보인다.

시참으로 읽히는 시는 대체로 잘된 작품이라기보다는 다양한 우의를 이끌어낼 수 있는 작품이다. 조기종의 시도 그렇지만 『파한집』에 실린 허홍재(許洪材)의 시도 마찬가지다. 과거에 장원 급제하여 허장원(許壯元)으로 불린 그의 「완산도중完山途中」이라는 시를 살펴보자.

重尋舊遊處	옛날 노닐던 곳 다시 찾으니
風月似前春	풍월은 옛날의 봄과 같구나.
只嘆完山下	다만 탄식하나니 완산 아래에
時無鼓腹人	당시의 배 두드리던 사람 없는 것을.

이인로의 기록에 따르면 이 시를 본 당대 사람들은 하나같이 "얕고 안이하다"는 평을 내렸다. 그러나 그가 나중에 재상까지 올라갈 수 있었던 데는 이 시에 백성을 구제하려는 뜻이 담겨 있었기 때문이다. 그 뜻은 바로 "배를 두드린다"는 마지막 부분에 들어 있었는데, 이는 태평성대를 나타낸다. 이 시는 밋밋하고 서술적이어서 함축적인 긴장이나 심미적 성과는 없다. 그러나 시참에서 주목하는 점은 그것이 시를 지은 사람의 앞날과 어떤 방식으로 연결되어 있는가, 그것을 어떻게 해석해낼 것인가 하는 부분이다. 문학성보다는 예언적 측면을 우선시하는 것이다.

어쨌든 시에 익숙하지 않은 사람이 짓거나 별로 좋은 시도 아닌데 재능이 있는 훌륭한 문인보다 높고 평탄한 관직 생활을 한다면 뭔가 이상한 힘이 개재되어 있다고 여겼을 것이다. 그 힘을 귀신의 힘으로 발전시켜 해석하는 계기가 되었을 것이고, 인간 내부에 존재하는 신이한 능력으로 해석되었을 것이며, 이성적 힘으로는 밝혀지지 않는 신비적이고 직관적인 영감의 문제로 생각했을 것이다.

시귀와 시참

엄밀히 말하면 시참이라고 해서 반드시 시귀와 연결되는 것은 아니다. 오히려 귀신과 관계없는 일화가 훨씬 더 많다. 시참은 개인의 내면에 자리하고 있으면서 시공을 초월하여 작동하는 신묘한 힘에 의지하고 있다. 그 힘은 일상생활 속에서는 거의 드러나지 않다가 어떤 계기를 만나면 자기도 모르게 나타난다.

진지한 자리에서만 그런 시참을 발견할 수 있는 것이 아니다. 친구들과 모여서 장난하는 자리에서도 시참의 효과는 여지없이 증명된다. 이제신(李濟臣)의 『청강시화淸江詩話』에 실린 김홍도(金弘度)의 일화가 대표적인 예다. 김홍도는 친구 강극성, 정질 등과 함께 어울렸는데, 그들이 김홍도를 보면서 "자네는 워낙 성품이 맑고 빼어나니 쉽게 죽을 거야. 그러니 우리가 그대를 조문하는 시(輓詩)를 미리 지어주지"라고 하면서 시를 지으며 장난을 쳤다. 그런데 그 일이 있고 얼마 지나지 않아 김홍도는 정말 귀양을 가서 죽었다. 이처럼 시참은 진지하고 엄숙한 자리에서뿐 아니라 때와 장소를 가리지 않고 나타난다.

앞에서 이미 이야기한 것처럼 귀신이 외부에 보이지 않는 무형의 실체로 존재하는 것을 의미한다면 내부의 알 수 없는 힘은 귀신으로 포괄할 수 없다. 그러나 자연이 운행하면서 자연스럽게 이루어가는 공능(功能) 자체를 귀신이라고 본다면 직관적 힘에 의한 영감의 발현은 당연히 귀신의 여러 능력 가운데 하나일 것이다.

그 이면에는 시를 바라보는 중세 지식인의 시선이 은밀히 숨어 있다. 가장 흔한 논법으로 말하면 인간이 이용하는 것 가운데 가장 정교하고 신령스러운 것이 말이고, 말 가운데 가장 정묘한 것이 시다. 시는 인간의 직관적 영감에 기댐으로써 인간의 내면세계가 천지우주와 직접 소통하거나 합일될 수 있게 하는 매개체다. 앞으로 다룰 시마는 그런 점에서 연결된다. 언어가 가진 일종의 주술적이고 신령스러운 부분은 인간세계의 시공을 초월하여 전혀 새로운 세계의 언어로 인간에게 말을 건다. 그것을 우리는 영감이나 직관, 상상력, 신묘한 의상(意象) 등 다양한 용어로 부르는 것이다.

꿈속의 시귀,
현실을 위협하다

문인의 꿈과 욕망

현실에서의 부족한 부분이 꿈으로 나타난다고 하는데, 이는 자신의 무의식에 잠재되어 있는 욕망이 나타나는 것이다. 이런 욕망은 어찌 보면 꿈이 보여주는 강렬한 인상만큼이나 간절함을 포함하고 있는지도 모른다.

꿈을 꾸면 해몽하기를 즐기는 사람이 있다. 물론 그 해몽은 매우 상징적이거나 모호한 언술로 이루어져 있어서 귀에 걸면 귀걸이요, 코에 걸면 코걸이가 되기 일쑤다. 그런데도 다양한 꿈 풀이를 떠올리며 하루를 기대감 속에서 또는 두려움 섞인 떨림 속에서 지내기 마련이다. 돼지꿈을 꾼 사람은 복권 한 장을 사들고 가슴 설레는 며칠을 보낼 것이고, 이가 빠지는 꿈을 꾼 사람은 가족 중에 누가 사고를 당하지나 않을까 하는 생각에 전화벨 소리만 들어도 깜짝깜짝 놀란다. 그러다가 별일 없이 지나가면 다행이지만 어쩌다가 일상적인 사건과 다른 일이 벌어지면 그 사건에 맞추어 견강부회(牽强附會)하며 해석을 한다. 사실 우리가 경험하는 대부분의 꿈은 개꿈처럼 취급되거나, 아니면 결과론적 해석에 의해 스치듯이 우리 주변을 맴돌다가 사라진다.

그런데 꿈을 잘 꾸는 사람이 있다. '꿈을 잘 꾼다'는 말은 꿈을 통해 앞날의 일을 내다보는 일종의 예지몽(豫知夢)을 이른다. 사람들은 그들의 꿈이 잘 맞는 것을 오랫동안 경험적으로 터득하여 조금도 의심하지 않는데, 이는 꿈이 갖는 예지력 때문이다. 특히 좋은 일보다는 나쁜 소식을 더 잘 맞추는 경향이 있다. 좋은 일은 연관 지을 좋은 자료가 주변에 많이 있는 반면, 좋지 않은 일은 원인을 돌리고 싶은 대상을 필요로 하기 때문이다. 더욱이 꿈이 갖고 있는 여러 특성 가운데 좌절된 욕망의 표현으로서의 기능을 생각한다면 더더욱 나쁜 소식이 꿈에 더 잘 맞는 것은 어쩌면 당연할지도 모른다.

옛 문인들도 마찬가지였다. 그들에게 글공부는 직업 같은 일상사였다. 설령 그것이 도에 이르는 길을 탐구하는 작업이었다 해도 늘 즐겁기만 한 것은 아니었다. 공부하는 즐거움에 빠져 늙어가는 줄도 몰랐다 해도(오죽하면 공자는 자기 자신을 "발분發憤하면 먹는 일도 잊어 장차 늙음이 이른 것도 모르는 사람이다"라고 했겠는가) 언제나 현실은 바가지 긁는 허생의 아내처럼 비참하다. 박지원(朴趾源)의 「허생전許生傳」에서처럼 현실적으로 무능한 남편에게 돈을 벌어오지 않는다고 구박하는 아내의 심정 앞에서 일방적으로 그녀만을 비난하기는 어렵다. 즐거워서 공부하는 남편이야 그렇다고 쳐도 남편 하나만을 바라보고 살아가는 아내의 부족한 현실은 어떻게 할 것인가.

어쨌든 선비들에게 글공부는 벗어버리지 못하는 하나의 큰 굴레이며 평생 걸어가야 할 길이었다. 요즘의 문인들이 늘 '꿈꾸듯 당시의 문인들도 후세에 길이 남길 시구 한 구절 얻는 것이 꿈이었다. 그들은 다른 사람의 시를 암송하거나 읽으면서 좋은 구절을 기억하고 그런 경지에 이르기를 바랐다. 그들에게 꿈이란 단지 잠을 자는 도중에 잠시 머무는 허망하고 손에 잡히지 않는 환상이 아니었다. 어쩌면 그들은 최고의 문인이 되기 위해 현실과 꿈속을 동시에 사는 존재인지도 몰랐다.

체계적인 시마론의 문을 여는 동시에 가장 정교한 이론적 모델을 보여주는 이규보의 경우 글의 내용에서 시마와 만나는 것을 꿈속의 장면으로 처리하고 있다. 이규보로 여겨지는 작중 화자는 시마가 자신에게 끼친 해악이나 불이익이 많으니 제발 이제는 떠나달라고 부탁한다. 그러자 그날 밤 시마가 그의 꿈속으로 찾아와 그의 요구가 얼마나 부당한지를 당당하게 역설함으로써 결국은 작중 화자의 요구를 철회시켰을 뿐 아니라 완전히 항복을 받아내 평생 그와 함께하게 된다. 물론 이것의 상징적 의미는 훨씬 깊지만 이규보의 설정이 꿈이라는 점에 주목해야 한다.

그리고 앞에서 이야기한 시귀 자료 가운데 많은 경우도 꿈속의 일처럼 서술하고 있다. 아마도 현실 속에서 하기 어려운 말을 비교적 자유롭게 꺼낼 수 있다는 장점이 있기 때문일 것이다. 꿈이 갖고 있는 신비감, 해석 불가능성 등은 현실이 요구하는 빡빡한 삶에 대해 무장해제할 것을 권한다.

아니 강요한다고 해도 지나친 말이 아니다. 사실 꿈은 실제와 환상을 정확히 구분하지 않고 주체에게 수많은 정보와 이미지를 마구 쏟아낸다. 사람들은 당시에는 꿈을 명확히 기억하지만 세월이 지나면 기억이 희미해지거나 그 밖의 다른 이유로 꿈과 현실 또는 실제와 환상을 구분하지 못하는 경우가 종종 있다. 우리의 기억은 실제와 환상을 잡다하고 다양한 방식으로 뒤섞음으로써 전혀 새로운 형태와 내용으로 재구성하기 일쑤다.

문학적 장식으로서의 꿈

꿈은 일상적 현실과 전혀 다른 내용이나 이미지로 구성되어 있으므로 이를 바탕으로 문인들은 종종 기발하고 참신한 문학적 구상을 하기도 한다. 그러므로 시대를 불문하고 문인들의 글에서 꿈을 소재로 하거나 꿈에서 보고 들은 내용을 소재로 하는 경우를 자주 찾아볼 수 있다. 중국의 시선 이태백(李太白)의 시에는 꿈을 꾼 내용이나 꿈을 소재로 한 작품을 심심치 않게 볼 수 있으며, 우리나라 문인들의 문집에도 자신이 꾼 꿈을 기록해놓은 이른바 '몽기(夢記)'류의 글이 상당수 있다. 한시로 쓰인 것은 상당히 많고 문장도 꽤 있다. 다분히 환상적인 분위기로 구성되어 있는 이 글들은 기이함 때문이건 현실과의 신묘한 부합에서 오는 놀라움 때문이건 꿈꾼 사람의 시선이 다양하게 반영되어 있다. 꿈이란 현실과 동떨어져 있다기보다는 그것을 어떤 형태로든 반영하고 있다는 생각에는 예나 지금이나 마찬가지일 것이다.

꿈을 통해 자신의 이야기를 우회적으로 하는 문학 유산 가운데 '몽유록(夢遊錄)' 계통의 소설 작품들을 대표적으로 꼽을 수 있다. 현실에서 불우한 인물이 어느 날 꿈속의 세계로 들어가서 능력을 인정받고 마음껏 재능을 펼치다가 다시 현실로 돌아오는 내용이 몽유록의 기본 골격이다. 꿈을 통해 현실에서의 부족함을 메워보려는 듯한 감이 역력하다. 그러다보면 작가로서도 자신의 장기를 살릴 수 있고 나중에 문젯거리가 된다 해도(그런 경우는 거의 없지만) 꿈을 핑계로 빠져나갈 구멍을 마련할 수 있다.

이런 방식을 적절히 쓰기만 하면 자신이 이야기하려는 것을 효과적으로 전달하면서 동시에 다른 사람의 비난도 슬쩍 피해 갈 수 있다. 그러나 몽유록의 경우 대부분 현실에서의 불우함이 전제되고 있기 때문에 꿈속에서 아무리 화려하고 뛰어난 능력을 발휘한다 해도 전반적인 작품의 분위기는 쓸쓸함을 피할 수 없다. 화려한 전각에서 좋은 음식을 앞에 놓고 빼어난 시구를 읊어도 그것이 화려하면 화려할수록 현실의 삶은 더욱 초라하고 쓸쓸해질 뿐이다. 꿈을 빗대어 자신의 이야기를 하는 방식이 주는 한계는 아마도 그런 부분일 것이다. 다만 그 쓸쓸함에서 벗어나려면 꿈속의 즐거움을 현실에서도 계속 찾는 일일 것이다.

허균은 「속몽시續夢詩」를 쓰면서 다음과 같은 서문을 붙였다.

사월 초닷샛날 꿈에 대림궁(大琳宮)에 들어가 금전(金殿)에 오르니 스님 두 분이 있어 말하기를 "하중묵(명나라 문인 하경명), 서창곡(명나라 문인 서정경), 왕원미(명나라 문인 왕세정)가 오르기로 했으니 기다려서 만나보는 것이 좋겠다"라고 했다. 얼마 후에 두 소년이 상좌를 차지하고 붉은 도포에 옥대(玉帶)를 띤 자가 다음 자리에 앉아서 나를 불러 그 아래 앉혔다. 세 사람이 서적(書籍)을 청하기를 매우 성의롭게 하자 스님은 문방사우를 가져다가 네 사람 앞에 놓아주고 각기 악부 4수씩을 짓게 하여 원미가 먼저 이루고 나는 다음에 이루었는데, 원미가 나를 위해 두어 시를 고쳐주었으니 바로 답동제(踏銅鞮) 제3수 및 상청사(上淸辭) 제2수였다. 두 소년도 역시 따라 이루어 모두 전지(牋紙)에 써서 주승(主僧)에게 주었다. 꿈에서 깨자 원미가 고쳐준 두 편만이 기억날 따름인데, 제목은 눈에 환하므로 촛불을 켜고 작품을 보충하여 날이 새기 전에 완성했으니, 아마도 신의 도움이 있는 듯하다. 다만 초솔(草率)한 것이 한스러울 뿐이다. 이를 「속몽록續夢錄」이라 했다.[13]

허균이 일찍이 중국의 문단 변화를 예의 주시하면서 그들의 문학적 변화에 민감한 촉수를 드리우고 있었다는 사실은 이미 알려진 바 있다. 그는 중국에 사신으로 가거나 중국 사신을 접대하는 일을 여러 차례 했는데, 그때마다 중국의 문단 상황에 대해 상당히 주의깊게 묻고 들었다. 그 때문에 명나라 문인들의 전고에 해박했을 뿐 아니라 웬만한 문집은 거의 소장하고 읽었던 것으로 여겨진다. 이를 바탕으로 허균은 『한정록閒情錄』을 편찬했는데, 평소에 자신이 읽었던 것 가운데 좋은 구절들을 모아 내용별로 편집했다. 인용된 도서 목록만 해도 성리학 관련 서적부터 패관소설류에 이르기까지 96종에 달했다. 이를 통해 허균의 방대한 독서 이력을 짐작할 수 있다. 더욱이 그는 중국에 사신으로 가서 단번에 4,000여 권에 이르는 책을 구입해올 만큼 도서 수집광이자 독서광이기도 했다.

특히 명나라 문인들의 소품문적 경향을 주의깊게 살펴보면서 자신의 문학적 범주로 받아들였던 허균에게 전칠자(前七子)와 후칠자(後七子)로 병칭되는 명나라 문인들에 대한 경도는 상당했다. 척독(尺牘)14에 대한 허균의 생각을 살펴보면 그런 경향을 명확히 알 수 있다. 그는 일찍이 『명척독明尺牘』을 편찬한 바 있다. 허균은 이 책을 편찬하기 위해 이미 상당한 분량의 척독을 읽었던 것으로 보이는데, 왕세정이 이전의 척독집을 산삭(刪削)하여 편집한 척독집을 비롯하여 전예형(田藝衡)의 『유청일찰留靑日札』, 가유약(賈維鑰)에게 빌린 『이문광독夷門廣牘』, 도륭(屠隆), 왕서등(王穉登), 서위(徐渭) 등의 작품이 있다. 이처럼 전후칠자(前後七子)의 작품에서 받은 영향을 생각한다면 앞에서 인용한 허균의 글이 다시 보일 것이다.

이 글의 분위기는 다분히 몽환적이다. 전체적으로는 도선적(道仙的)인 색채를 띠면서 명나라 문인들이 나오고, 스님도 등장하여 시중을 드는데, 정작 허균 자신은 유생이다. 물론 허균의 도선적 취향이야 널리 알려져 있지만 꿈속에서 구성된 세계는 전체적으로 보면 신비감과 몽환적 색채가 두드러진다. 그 안에서도 허균은 자신의 문학적 재능에 대한 자부심을 놓지 않고 있다. 명나라의 뛰어난 문인들과 자리를 함께하며 시문을 창작하는 데서 허균이 자신의 위치를 어디에 두고 있는지를 쉽게 알 수 있다.

허균은 꿈속에서 왕세정의 도움을 받아 글을 수정받는다. 문단의 선배요, 고수인 왕세정에게 한 수 지도받는 느낌이 강하게 든다. 이런 설정은 꿈이 아니면 결코 있을 수 없는 일이다. 평소에 존경하고 사숙하던 옛 문인을 만나 직접 시문을 주고받으면서 한 수 지도받는 일은 허균이 평소 갖고 있던 '꿈'이 아니었겠는가. 그런 열망이 강하다보니 급기야 꿈속에서 그런 바람이 이루어진 것으로 보인다. 그 꿈을 꾼 직후 허균은 기쁨과 감동을 느끼며 꿈속의 시를 기억해내려 했고 일부 기억한 것을 보완하여 한 편의 시를 지었다. 그리고는 "신의 도움이 있는 듯하다"고 덧붙였다.

정말 신통하지 않은가. 자신이 지은 작품을 말하면서 창작 동기를 꿈에서 끌어오는 동시에 신의 도움으로 창작을 하게 된 것 같다는 말을 덧붙인다. 이는 허균이 자신의 작품에 대한 자부심을 표현하는 말일까. 어쨌든 그의 말에서 꿈이 갖는 신비함을 직접 발견한다. 현실과 꿈의 경계에서 이루어진 작품을 말하면서 그 사이에 '신'이라는 매개자를 끼워 넣는다. 꿈길로 찾아오는 신의 신비한 손길은 허균의 상상력 또는 영감을 자극하여 작품을 탄생시킨다. 어쩌면 간밤의 꿈이 하도 이상하고 신비하여 그것을 소재로 작품을 썼을 가능성도 있지만 적어도 허균은 꿈속에서 지은 작품에 대해 상당한 애정을 갖고 있다. 이는 신의 도움을 말하지 않고서는 창작 동기를 설명하기 힘들었을 것이다. 그렇다면 '신'은 허균의 내부에 잠재되어 있던 영감이거나 빛나는 상상력의 힘이 아니었을까.

사실 꿈에 빗대어 무언가를 이야기하는 수법은 유래가 깊다. 누구나 꿈을 꾸고 현실적으로 도저히 설명되지 않는 일을 꿈속에서 만나므로 꿈이 허황되다고 여기는 것도 일리가 있다. 허황된 것 속에 전혀 허황되지 않은 것을 담는 수법, 그것이 바로 문학 작품의 창작이다. 근대 이전의 시화류에서 작품의 창작 동기를 꿈과 연관시켜 해명하려는 태도도 거기서 비롯된다.

앞에서 이야기했던 허균의 『학산초담』에 다음과 같은 일화가 실려 있다.

내가 일찍이 이런 꿈을 꾼 적이 있다. 꿈에 어떤 곳에 이르렀는데, 황량한 연기와 들판의 풀로 뒤덮여 끝 간 데를 모르는 곳이었다. 불에 탄 나무가 있어 희게 깎아내고 거기에 시를 썼다. "원통한 기운 아득한데, 산과 강이 한 빛. 온 나라에 사람 없고, 중천에는 달도 어둑." 꿈에서 깨고 나서도 너무 싫었다. 임진란을 맞아 한양 도성에 피가 흐르고 집들은 모두 불에 탔으니, 이 시가 이에 이르러 바야흐로 징험이 된 것이다.

이 역시 허균이 꿈속에서 지은 시를 기억해내서 기록한 것이다. 처음 그 시를 꿈속에서 지었을 때는 무언가 찜찜하여 너무나 싫었지만 그 싫어하는 마음의 구체적인 내용이 무엇인지는 정확히 포착하지 못했다. 나중에 임진왜란을 맞아 한양 도성이 온통 피로 물들고 잿더미가 되자 비로소 예전 꿈속에서의 시를 기억해내고는 그것이 시참의 하나였음을 깨닫게 되었다는 것이다.

시의 예언적 기능은 이미 여러 일화를 통해 살펴본 바 있으므로 여기에서는 신비적 예언의 기능이 꿈에 나타나는 것에만 주목해보자. 허균은 일상생활의 경험으로는 이해되지 않는 신이한 이야기에 많은 관심을 갖고 글로 옮겼다. 그러다보니 도선적인 방향으로 치우치거나 민간에서 전하는 신이한 일화에 관심을 갖고 기록하게 되었다. 도교적 수련을 한동안 했던 것으로 여겨질 만큼 허균은 확실히 조선 중후기 유자의 전형에서는 상당히 벗어나 있었다. 그런 그였기에 꿈이 주는 신이함 또는 예언적 기능에 대해 다른 사람에 비해 적극적이면서도 관심 있게 살펴본 흔적이 역력하다.

허균의 또다른 시화집 『성수시화惺叟詩話』에는 오세억(吳世億)이라는 사람이 김인후(金麟厚)를 만난 일화가 실려 있다. 영남지역에 살던 오세억이라는 선비가 죽었다가 사흘 만에 다시 살아난 사건이 있었다. 그의 말에 따르면 꿈에 하늘로 갔는데 자줏빛 옷을 입은 사람이 작은 뜨락으로 데리고 갔다. 윤건(綸巾)을 쓴 학사가 오더니 자신을 김인후라고 했다. 그러고는 올해 당신이 이곳에 오는 것이 적당하지 않으니 다시 돌아가라고 하면서 다음과 같은 시를 지어주었다.

世億其名字大年 세억은 그의 이름, 자는 대년

排門來謁紫衣仙　　문 열고 들어와 자줏빛 신선 배알한다.

七旬七後重相見　　일흔일곱 살 뒤에 다시 서로 만나리니

歸去人間莫浪傳　　인간세상에 돌아가거들랑 함부로 전하지 마

　　　　　　　　　오.

　그러더니 과연 그의 나이 일흔일곱 살이 되던 해에 세상
을 떠났다. 이는 전형적인 시참의 하나인데, 역시 꿈속의 사
건으로 설정되어 있다. 일상과는 전혀 다른 차원의 세계가
펼쳐지자 전혀 다른 차원의 이야기가 전개된다. 꿈이란 우
리에게 다른 세계로 인도하는 문이면서 일상에서는 쉽게 볼
수 없는 부분을 열어 보여주는 열쇠이기도 하다. 그러나 꿈
이 보여주는 것은 순식간이어서 주의깊게 보지 않으면 결코
눈앞에 드러나지 않는다. 따라서 자신의 직관력을 최대한 발
휘하여 꿈이 드러내는 세계를 단번에 파악해야 한다.
　문학 작품 창작과정에서 쉽게 해명되지 않는 미묘한 매개
고리는 현실의 경험으로는 쉽게 밝혀지지 않는 신비하고 모
호한 부분과 연결되면서 상상력을 자극한다. 꿈속에서 지은
시라고는 하지만 여전히 그것은 우리 내부에 잠재되어 있던
힘이고, 우리의 감각기관과 외부 사물이 부딪히는 순간 번

뜩이는 영감과 상상력으로 전혀 새로운 작품을 구상하게 하거나 창작의 계기를 마련하게 하는 것이다.

앞으로 살펴볼 시마에 관한 기록들 가운데 상당 부분은 꿈속에서 이루어지는 사건으로 설정되어 있다. 마치 꿈속의 일처럼 시마를 만나며 잠에서 깨어난 뒤에도 여전히 일상을 지배하는 힘으로 남아 있기도 한다.

시귀 또는 시마는 늘 우리의 무의식 속을 떠돌고 있지만 우리는 전혀 눈치채지 못하고 있는 듯하다. 마음 깊은 곳에서 자유롭게 떠돌아다니는 시마는 일상의 예법과 복잡한 규칙에 막혀 자신의 모습을 드러내지 못한다. 그러나 우리의 내부를 막고 있는 장막이 걷히는 순간 모습을 드러내 보여준다. 마치 우리의 무의식 차원이 의식의 표면으로 떠오르지 않다가 의식의 감시망이 소홀해지는 틈을 타 비집고 나타나 모습을 드러내는 것과 비슷하다. 다만 시귀는 외부의 목소리로 들려오는 경우도 있다는 점에서 차이가 있다. 그러나 꿈속에서 만나는 시귀 또는 시마는 내부의 목소리에 귀를 기울이는 순간 만날 수 있는 존재이므로 어찌 보면 무의식의 문학적 발현이라고도 볼 수 있다.

사실 우리가 생각하는 귀신은 어스름한 달빛을 배경으로

머리를 풀어헤친 소복 입은 여인의 모습이다. 인적 드문 교외나 야산 주변에서 앞길을 가로막으며 불현듯 나타나는 그녀의 모습에 놀라지 않을 사람이 몇이나 되겠는가. 그러나 다시 생각해보면 귀신이 두려운 이유는 따로 있는 듯하다. 귀신에 대해 아는 것이 전혀 없으므로 모르는 것에 대해 갖고 있는 일종의 근원적이기까지 한 공포를 무시할 수 없기 때문이다. 귀신의 정체를 속속들이 안 뒤에도 두려워할 사람은 몇이나 될까. 물론 우리보다 현실적 힘이 강하여 위해를 당할 가능성이 높다면 두려워할지 모르겠지만 이는 정체를 몰라 두려워하는 것과는 질적으로 차이가 있다. 정체를 알 때의 두려움은 구체적인 것에서 비롯되는데, 이는 마치 한밤중에 막다른 골목에서 깡패를 만나 위험을 느끼는 공포와 비슷하다. 그러나 정체를 모를 때의 두려움은 참으로 막연하다. 근원을 알 수 없는 공포는 훨씬 더 불안하고 무섭다. 깜깜한 밤길을 걷거나 외딴곳에 있는 화장실을 불빛 하나 없는 상태에서 가야 한다면 등뒤에서 어떤 힘이 잡아끄는 듯한 느낌이 든다. 이는 마음이 만들어내는 공포의 하나일 터인데, 그것 역시 알 수 없는 어떤 존재에 대한 막연한 두려움에서 비롯되는 것이 아닐까 싶다.

귀신이 두려움의 대상이라면 귀신인 시귀도 두려운 존재일까. 물론 시화서에 등장하는 대부분의 시귀는 두려움의 대상이다. 그들은 사람들에게 미래를 알려주거나 과거 급제에 도움이 될 만한 결정적인 시구를 일러주기도 하지만 사람들은 여전히 그들을 두려워한다. 하지만 현실적인 두려움만 주는 존재라면 그렇게 오랫동안 선비들의 관심을 끌지 못했을 것이다. 그들이 주는 두려움은 단순한 두려움이 아니라 또다른 차원의 의미를 이면에 감추고 있는 두려움이다.

　먼저 꿈이 갖고 있는 불연속적 현현(顯現)의 속성에 주목할 필요가 있다. 불연속적 현현이란 꿈에서 경험하는 일이 일정한 줄거리를 갖기보다는 단편적인 이미지의 집적이며 그것이 일정한 논리적·순차적 관계를 무시하고 나타나는 것을 말한다. 다시 말해 꿈은 아무런 전조 없이 불쑥 어떤 장면을 눈앞에 펼쳐 보인다. 결코 있을 수 없고, 있어서도 안 되는 황당한 일이 꿈에서는 다반사로 일어나지 않는가 말이다. 그 불연속적 현현이 매일 강력하게 지속되고 급기야는 벌건 대낮에도 눈앞에서 펼쳐진다면 그 사람의 삶은 통제하기 어려운 상태로 치달을 것이 뻔하다. 백일몽에 사로잡혀 있는 사람치고 정상적인(상식적인) 삶을 영위해나가는 사람이 드물다. 심지어는 정신병자로 취급받아 격리되기도 한다. 꿈과 현실을 구분하지 못하고, 상식과 비상식의 경계를 의식하지 않으며, 실상과 허상을 나누지 않는다. 그는 생각하는 것을 실제 자신의 삶에서 실현하고 즐길 수 있다고 여긴다. 그러므로 다른 사람의 눈에 그가 이상한 사람으로 비치는 것은 당연한 일이다.

문제는 그와 같은 행동이나 말이 때때로 상식적이고 평범한 일상을 위협하기도 한다는 데 있다. 일상생활은 사회를 구성하고 있는 사람들이 일정한 약속을 모두 지키겠다는 전제 아래 이루어진다. 사회적 약속은 여러 사람이 함께 살아가기 위한 첫걸음이다. 그 약속은 어느 한 사람이 마음대로 만든다고 해서 그대로 통용되는 것이 아니다. 설령 왕처럼 사회에서 절대적 권력을 가진 사람이 어떤 사회적 약속을 파기하고 다른 것을 하나의 기준으로 강요한다 해도 그 권력이 사라지면 그 약속도 자연히 깨지기 마련이다. 물론 그 약속이 사회 구성원에게 이로운 것으로 판단되어 순조롭게 받아들여진다면 문제가 다르지만 말이다.

사회적 약속에 의해 질서 지워진 공동체에는 나름의 보이지 않는 체계가 있다. 그 체계는 맨 처음에 사회 구성원의 공동 이익을 위해 존재하면서 지위를 부여받지만 시간이 지날수록 사회의 보이지 않는 권력으로 작동한다. 처음 그 체계가 구성원의 지지를 받을 때에는 어쩌면 기본적인 벡터만 가질 뿐인지도 모른다. 거기에 구체적인 살이 붙고 행동 지침이 마련되면서 각각의 조항을 의식하고 때에 따라서는 하고 싶지 않아도 조항의 파기를 피하기 위해 어쩔 수 없이 하는 경우도 있다. 바로 거기에서 개인의 자유로운 삶을 구속하는 사회적 법도 또는 의례(儀禮)가 탄생한다.

사회적 법도나 의례를 누구나 불편해하는 것은 아니다. 대부분의 구성원은 그것이 자신의 삶을 안전하게 보장한다고 여긴다. 법 때문에 힘이 없는 사람이 안심하고 거리를 다닐 수 있고 의례 때문에 힘없는 노인이 젊은 사람에게 공경을 받을 수 있다고 생각한다. 현실적으로 그런 각각의 조항이 우리의 구체적 삶을 보장하는 중요한 장치인 것은 사실이다. 그렇게 살아가던 사람들에게 법도와 의례는 삶의 외피로서 너무나도 튼실한 존재였다. 어느 날 자신의 삶을 보호해주던 것들이 사라진다면 그 상황을 위기로 인식하고 법도와 의례를 회복하기 위해 모든 힘을 동원할 것이다. 역설적으로 그들은 자신들을 구속하는 강력한 권력을 요구하기에 이른 것이다.

겉으로는 아무 일도 일어나지 않는 사회에서 누리는 안정감은 똑같은 일상을 반복하면서도 아무런 반성적 사유를 일으키지 않는 사람들에게는 하나의 견고한 성채나 다름없다. 그런데 어느 날 꿈속에 갇혀 지내는 사람이 나타난 것이다. 그는 현실에서의 법도와 의례를 무시하거나 깨뜨리고, 나아가 전혀 새로운(새롭다는 것은 때때로 낯설다는 뜻이다) 의례와 법도를 내세운다. 그것은 정연하게 질서 지워진 사회를 뒤흔드는 새로운 힘이다.

꿈꾸는 사람들이 어떤 사회적 배치 속으로 들어가는지에 따라 혁명적 사유를 널리 퍼뜨릴 때가 있다. 안정을 누리던 사람들은 그들의 혁명적 사유가 사회를 불안하게 만든다고 여기고 배척한다. 꿈꾸는 것을 어느 정도 용인하는 사람들조차 자신들의 기득권을 위협받는 순간 몽상가라는 이름으로 그들을 공격한다. 그들의 생각이 일리가 없는 것은 아니지만 지나치게 이상적인 곳을 향해 모든 촉수를 뻗치고 있기 때문에 비현실적이다. '비현실적 몽상가'라는 말은 때로는 비난으로, 때로는 칭찬으로 받아들여졌지만 그들이 현실의 질서를 전적으로 받아들이지 못한다는 점에서는 아무도 이의를 제기하지 않는다.

다시 꿈의 문제로 돌아가서 생각해보자. 사실 꿈이 갖는 불연속적 현현이라는 특성은 수많은 리좀적 사유를 내포한다. 너무나도 가지치기를 많이 하는 바람에 본줄기가 무엇이었는지조차 기억할 수 없는 것이 바로 꿈의 세계다. 아무런 논리적 연관관계를 갖지 않는데도 불쑥 튀어나오는 이미지의 집적은 우리에게 질서 지우는 행위를 거부하게 만든다. 그것은 결코 세상의 질서에 포괄되지 않으며 어떤 종류의 담론으로도 포섭되지 않는다.

그렇게 볼 때 시귀가 꿈을 통해 자신의 모습을 드러내는 것은 상징적이다. 시귀는 꿈을 꾸는 사람과 어느 정도 관련이 있지만 그들이 내뱉는 시구는 앞뒤 맥락 없이 불쑥 튀어나온다. 꿈을 꾸는 사람은 그 단편적인 구절을 기억하고 그것을 바탕으로 시를 짓는다. 다시 말해 시귀는 시 작품을 창작하는 데 가장 중요한 시안(詩眼)에 해당하는 부분을 만들어놓고 홀연히 사라진다. 그렇다면 꿈속에서 만난 시귀는 정말 우리의 외부에 존재하는가. 그렇게 보기에는 무언가 찜찜한 구석이 있다. 그렇다고 시귀를 우리 내부에 존재하는 무의식의 그림자로 취급하는 것도 무언가 꺼림칙하다. 다양한 모습으로 나타나는 시귀는 쉽게 정체를 드러내지 않는다. 여러 일화를 통해 본 시귀는 우리의 외부에서 자신의 시 창작 능력을 자랑하기도 하고, 또는 현실과 환상의 경계에서 말을 걸기도 한다. 내재적이기도 하고 외재적이기도 한 양면성은 시귀가 시마로 넘어가는 중요한 징검다리로서의 역할을 한다는 것을 짐작하게 한다.

내재적이든 외재적이든 시귀의 특징을 꼽으라면 반드시 매개체를 필요로 한다는 점이다. '시귀−매개체−작품'이라는 구성에서라야만 시귀가 나타날 수 있다. 그때 매개체는 자신의 의지를 개입시킬 수 있는 여지가 거의 없는 셈이다. 시귀에 걸린 사람은 이전에 글을 알았는지 여부에 관계없이 시귀에 의해 선택되었을 뿐이다. 그는 뛰어난 시구를 구술하지만 무당의 공수와 별 차이가 없다. 살아 있는 시체나 다름없다.

다음의 두 경우를 살펴보면 시귀의 층위를 분명히 알 수 있다.

모재 김안국의 아우 김정국(金正國)은 항상 시를 잘 알아본다고 자부했다. 김안국이 영남 방백이 되었을 때 한 교생(校生) 송씨(宋氏)가 시를 잘 짓는다고 이름이 났다. 그래서 월파정

(月波亭)으로 불러 시를 짓게 했더니 "화려한 누각 밝아 물속 하늘 눌렀으니, 옛날에 그 누가 이 산 앞에 지었는가(金碧樓明壓水天, 昔年誰構此峯前)"라고 했다.

김안국이 이 시를 크게 칭찬하면서 아우 김정국에게 보였더니 김정국은 분명히 귀시라고 했다. 알아보니 송씨는 이전에 문장을 전혀 알지 못했는데, 어떤 요귀가 붙어 항상 시를 불러주어 시를 잘 짓게 되었다고 했다. 뒤에 송씨 집안에서 술사(術士)를 불러 그 요괴를 쫓아보내니 요괴가 떠나면서 손바닥에 시를 써 보였다.

요괴가 가고 나니 송씨는 처음과 같이 글을 모르는 상태로 돌아갔다. 이 일로 김정국은 시를 잘 알아본다고 매우 좋아했다. 그러나 이 시는 고려시대 도길부(都吉敷)가 지은 시로 영남루에 걸려 있던 것이었고 여기에 여자 요괴를 끌어다 붙여 이야기를 꾸민 것이다.

정백련(鄭百鍊)이 중풍에 걸렸는데, 한 젊은 선비가 아름다운 얼굴에 연화건을 쓰고 와서 이렇게 말했다. "당나라 요개(姚鐕)와 이장길(李長吉)이 친구였으며, 안탕산(雁蕩山)에서 200여 년간 있다가 동방으로 와서 한라산에서 1,000여 년 있었고, 금강산으로 가려고 하는데 너와 인연이 있어서 삼각산에

30년 있다가 지금 왔다." 그러고는 시를 지었다. 그러고 난 뒤에 시마가 떠나고 나니 병이 나았다.

앞에 인용한 김정국의 일화는 『청강쇄어清江鎖語』에 실린 이야기다. 이 일화는 조선시대에 워낙 유명했던 탓인지 『기문총화』, 『해동기화』, 『송천필담』, 『시화휘편』, 『동국쇄담』, 『청야담수』 등에도 두루 수록되어 있다. 뒤에 인용한 일화는 허균의 『학산초담』에 실려 있는 것이다.

두 일화 모두 시귀에 씌어 자신의 의지와는 상관없이 좋은 시구를 쏟아낸 사람들의 이야기라는 점에서는 비슷하다. 송씨의 경우에는 알려지지 않은 귀신이 아무 이유 없이 송씨의 몸에 강신하듯 깃든 것으로, 귀신의 존재가 외부로부터 송씨 내부로 들어가는 것처럼 보인다. 이때 송씨라는 인물이 원래는 문장을 전혀 알지 못하는 사람이었음을 강조하고 있다는 점을 눈여겨볼 필요가 있다. 이 일화는 순차적 구조, 즉 '글을 모르는 송씨-뛰어난 시를 짓는 송씨-글을 모르는 송씨'의 구조로 되어 있다. 이것은 시귀의 외재적 특성을 명확히 보여준다. 시귀는 송씨 외부에 있다가 어떤 계기를 통해 내부로 들어왔다. 그때의 시귀는 외부에 존재하는 시힘일 텐데(사실 외부에 존재하는 시험이란 것이 있을 수 있는가 싶기도 하다), 마치 무당에게 귀신이 씌듯 그렇게 송씨의 몸으로 들어온 것이다. 그 시귀는 자신을 드러내기 위해서는 반드시 형상을 필요로 하는 존재다. 아무리 신통한 능력을 지닌 귀신이라 해도 세계의 형상을 통하지 않는다면 드러낼 방도가 없다. 특히 시귀는 인간의 언어를 정교하게 다루는 신통한 능력을 지닌 존재인데, 자신의 능력을 발휘하기 위해서는 어쩔 수 없이 인간의 몸(형상)을 빌려야만 한다. 여기서 의지를 가진 존재는 시귀뿐이다. 송씨는 일종의 영매에 불과하다. 그것도 시귀를 마음대로 불러낼 수 있는 영매가 아니라 철저히 수동적인 영매다. 시귀가 선택한 하나의 매개자일 뿐이다.

정백련의 경우는 송씨와 그 양상이 조금 다르다. 정백련은 글을 몰랐던 인물로 보이지는 않는다. 그에게서 나타나는 특징은 병, 즉 중풍을 앓았다는 점이다. 정백련의 일화는 '건강한 정백련 - 병이 든 정백련 - 건강한 정백련'의 구조를 보인다. 시귀 때문에 문제의 병이 생긴 것이다. 물론 허균은 '시마'라고 표현했는데, 그 이유는 시마 주변에는 병이 따라다니기 때문이다. 그렇다 해도 정백련의 경우에는 시귀로서의 성격을 함께 지니고 있다는 점에서 시귀가 어떻게 시마로 넘어가는지를 잘 보여준다. 귀신이 어느 날 유명한 시인에게 붙었다. 말이야 당나라 요개와 이장길의 친구였노라고 하지만 사실 그들의 귀신이나 다를 바 없다. 그는 세월이 흘러서 금강산으로 이사를 하려는 순간에 정백련과 인연이 있어서 잠시 들렀다고 했는데, 이 역시 외재적인 귀신이다.

얼핏 보면 외부의 귀신이 송씨와 정백련의 내부로 들어오면서 사단이 벌어진 것으로 보인다. 그러나 이 일화를 다른 시각으로 볼 수는 없을까.

무당의 예를 들어보자. 특히 강신무의 경우 평소에는 건강했던 사람이 어느 날부터 시름시름 앓기 시작한다. 병을 고치기 위해 백방으로 노력하지만 원인조차 알 수 없다. 결국은 그것이 무병(巫病)임을 인정하고 내림굿을 받음으로써 무당이 된다. 물론 무당이 되면 귀신을 부르고 싶을 때 일정한 의식을 통해 귀신을 부를 수 있으나 무당은 자신의 몸을 귀신에게 하나의 매개자로 제공할 뿐이다. 그가 하는 말, 즉 공수를 하는 것은 한 인간이 개인적인 의지로 말을 하는 것이 아니라 귀신의 말을 단순히 전달하는 것에 불과하다. 물론 이런 관점을 확대하면 불경이나 성경 모두 인간의 입을 빌려 부처님이나 하느님의 이야기를 대신하는 것에 불과하다는 논리로 나아가게 된다. 종교는 그런 과정을 통해 경전에 대한 신성성을 확보하는 것이다. 어쨌든 무당이 신내림 상태에서 이야기를 하는 것은 시귀에 걸린 사람이 시를 짓는 것과 구조가 비슷하다.

그런데 강신무를 다른 종교와 비교해볼 때 신이 깃드는 순간을 일종의 깨달음의 순간으로 바꾸어놓을 수도 있지 않을까. 즉 한 종교의 수도자가 오랫동안 수양을 하다가 문득 깨달음의 순간을 맞이하게 되고, 그 순간을 중심으로 이전과는 전혀 다른 사람으로 탈바꿈한다. 깨달음을 얻기 직전 수도자의 고통스러운 삶과 수행생활은 신체적으로 표현하면 일종의 병이 든 상태로 볼 수 있다. 그런 과정을 거쳐 결국은 깨달음의 순간을 맞이한다. 무당도 고통스러운 무병(巫病)을 앓은 후 귀신의 말을 전할 수 있는 무당으로 거듭난다. 그렇게 보면 무당에게 신내림의 순간은 깨달음의 순간과 같다. 그 순간을 중심으로 무당은 이전과 이후의 전혀 다른 차원의 인간으로 탈바꿈한다. 송씨나 정백련의 경우에도 그런 방식으로 해석할 여지가 있다.

물론 과도한 해석의 여지가 없는 것은 아니지만 특히 정백련의 경우에는 그런 점을 더욱 강하게 보여준다. 시를 담당하는 귀신이 어느 날 그에게 와서 시를 짓게 만든 사실은 시인에게 어떤 문학적 깨달음의 순간이 온 것으로 볼 수 있다. 무당의 경우와 결정적인 차이가 있다는 점은 인정한다. 예컨대 무당은 무병을 앓고 난 후에 새로운 차원으로 나아가는 것이지만 송씨나 정백련의 경우에는 시귀가 들어와 있는 상태에서 비정상적인 삶을 살아간다는 것이다. 정백련은 시귀의 신내림과 더불어 병도 함께 찾아왔다. 그것은 무당과 다른 부분이다. 그러나 이는 무당과 시인이 다루는 것의 차이에서 비롯되었다고 할 수 있다. 즉 시인에게 붙은 귀신은 시 창작에 관여하기 때문에 시인을 지극히 평범하고 상식적으로 만들면 안 된다. 이는 문학의 본질이 무엇인가 하는 질문에 대한 일종의 우의다. 평안한 마음 상태에서는 치열한 문학 작품이 나오기 어렵다. 그것이 도학자의 시라 하더라도 마음이 바깥세계의 사물과 만났을 때 작품을 창작하기 위한 흥취가 나오는 것이므로 고요한 상태를 계속 유지한다면 어떻게 작품이 창작되는 계기를 만나겠는가. 늘 시대를 고민하고 인간의 삶을 비판적으로 살필 때 작품 창작의 계기가 주어진다.

그랬을 때 시귀에서 새로운 측면을 읽어낼 수 있다. 시귀는 평범하고 상식적인 인간에서 전혀 다른 차원의 문학적 인간으로 나아가는 깨달음의 계기를 표상한다. 다만 그 깨달음의 순간이 어떻게 오는지, 그 내용이 무엇인지에 대한 정보가 없기 때문에 신비한 힘으로만 느껴지는 것이다. 사실 그런 깨달음이 오더라도 그것을 어떻게 써야 하는지, 그것이 정확히 어떤 종류의 힘인지를 인식하지 못하는 경우가 얼마나 많은가. 그러므로 자신의 내부에 그런 힘이 꿈틀거려도 제대로 사용하지 못하는 사람이 태반이다. 그때 귀신에 씌어 신통한 말을 내뱉는 일을 당하는 것이다.

시귀는 이성적으로 설명할 수 없지만 문학적 깨달음의 계기를 내포하는 거대하고 창조적인 힘이라고 할 수 있다. 그런 존재의 입에서 기존 질서에 정확히 들어맞는 말만 나오기를 기대할 수는 없다. 시귀는 항상 기존의 권력을 불안하게 만들며 그가 은밀히 퍼뜨리는 단편적 이미지 또는 담론의 조각은 하나의 질서로 포섭되지 않는 영토를 넓혀나간다. 그렇기 때문에 그가 꿈에 의지하지 않는다면 어디에서 설 자리를 발견할 수 있겠는가. 그런 점에서 시귀는 시마의 앞선 단계로 취급되어야 마땅하다.

2부

시마, 떠도는
시적 사유의 힘

시마인가,
시선인가

귀신의 시대

귀신에 대한 담론은 어느 시대에나 있었겠지만 유난히 자주
눈에 띄는 시기가 있다. 조선 전기, 특히 15세기 후반에서
16세기 전반이 그렇다 할 수 있다. 조위의『소문쇄록』, 성현
의『용재총화』등에 실려 있는 귀신 이야기는 귀신 설화가 당
대에 얼마나 많은 지식인의 관심을 끌었는지를 짐작하게 한
다. 그 가운데 남효온이나 김시습의 글은 귀신에 대한 논리
정연한 분석력이 돋보인다.

고려 말에서 조선 초에 이르는 동안 많은 대신이 귀매 공포에 시달린 듯하다. 이는 고려 말 전라도 나주 회진으로 귀양 갔던 정도전이 비몽사몽간에 많은 귀매에게 시달림을 당하고 쓴 『사이매문謝魑魅文』이나 기묘사화를 일으켰던 성운이 경상감사로 재직하는 동안 대낮에 나타난 머리 없는 귀신을 보고 놀라 실신하고 그길로 사망했다는 『기묘록속집己卯錄續集』 등의 기록으로 미루어 짐작할 수 있다. 일종의 환영인 귀매가 사람의 잠재의식에 자리하고 있는 공포심과 밀접한 관계가 있다는 점을 감안할 때 정국이 혼란한 시기에 사회 문제로 부각되는 것은 매우 자연스러운 현상이라 할 수 있다.[1]

그런데 시마의 경우는 조금 묘하다. 귀신이나 귀매에 대한 글은 유학자들이 이기론적이든 음양론적이든 논리적으로 다루고 있고, 특히 그것이 자주 등장하는 시기가 있는 반면, 시마는 그렇지 않기 때문이다. 고려 말 이규보, 조선 중기 최연, 유몽인 등의 글을 제외하면 시마에 관해 비교적 길게 쓴 글도 발견되지 않는다. 그렇다고 해서 시마라는 개념이 어떤 특정 시기에만 나타나는 것도 아니다. 시마라는 용어는 고려 후기 이래 20세기 말까지도 꾸준히 쓰여왔다. 다만 개념이 논리적으로 정립되지 않았을 뿐 시마는 문인들에게 관심의 대상이 되어왔다. 이처럼 시마는 문인, 유학자, 승려의 글뿐만 아니라 한시, 시조, 현대시에서도 찾아볼 수 있을 만큼 전방위적 활동을 하는 개념이라고 해도 지나친 말이 아니다.

하지만 시마의 개념으로 무엇인가에 대한 구체적인 질문에는 선뜻 대답하기 어렵다. 시인으로 하여금 시를 쓰지 않고서는 못 배기게 만드는 근원적인 힘이라는 의미는 알겠지만 그 이상을 이야기하려면 이상하게도 개념화를 거부하는 지점을 만나게 된다. 그러므로 먼저 시마라는 단어가 어떻게 사용되었는지 그 용례를 살펴볼 필요가 있다.

시마와 시인

시마에 대한 용례는 당나라 때의 이름난 문인 백낙천(白樂天)에게서 처음 찾아볼 수 있다. 그는 원진(元稹)에게 보내는 편지에 다음과 같이 썼다.

8, 9년 이래로 그대와 조금 사정이 나아지면 시를 갖고 서로를 경계해주었고, 조금 곤궁해지면 시를 갖고 서로 권면했으며, (다른 곳에 살면서 서로의) 거처를 찾을 때에는 시를 갖고 서로 위로했고, 거처를 함께하고 살 때에는 시를 갖고 서로 즐겼습니다. 나를 알아주는 것도, 나를 죄주는 것도 대체로 시였습니다. 금년 봄, 성남에서 노닐면서 그대와 말 위에서 서로 장난하며 각각 새롭고 아름다운 시 작품을 염송하되 다른 작품은 섞지 않았습니다. 황자피(皇子陂)에서 소국(昭國)으로 돌아올 때까지 번갈아 시를 읊고 노래하여 20여 리가 되도록 소리가 끊어지지 않았습니다. 번이(樊李)가 옆에 있었지만 입도 뻥긋하지 못했지요. 그러니 나를 알아주는 사람은 나를 시선이라 생각하고, 나를 모르는 사람들은 시마라고 여깁니다. 무엇 때문이겠습니까? 마음을 수고롭게 하고 소리와 기운을 부리며 아침부터 저녁까지 연이어 지으면서도 그 괴로움을 알지 못하니 마가 아니면 무엇이겠습니까? 우연히 사람들과 아름다운 경치를 만나서 꽃이 피었을 때 잔치가 끝나거나 달밤에 술이 얼큰하여 한 번 노래하고 한 번 읊조리면서 늙어가는 줄 알지 못합니다. 비록 난새와 학을 타고 봉래, 영주에서 노니는 경우라 해도 이보다는 더할 것이 없으리니, 또한 신선이 아니면 무

엇이겠습니까? 미지여, 미지여, 이것이 내가 그대와 속세의 밖
에서 자취를 감춘 까닭이고, 높은 벼슬아치를 아래로 보고 세
상을 가볍게 여긴 것도 이 때문입니다.[2]

이 글에서 시마는 시선과 짝을 이루어 등장한다. 시는 원
진과의 교유과정에서 절대적인 영향력을 갖고 있다. 모든 것
이 시를 통해 이루어지고 시가 만드는 황홀경이야말로 신선
세계보다 더 아름답고 환상적이다. 그로 인해 세상의 삶은
보잘것없고 세상의 권력에는 눈길조차 둘 가치가 없다. 그러
나 삶의 모든 고비 때마다 등장하는 시를 보며 사람들은 그
것을 시마라 하고 시선이라고도 부른다. 백낙천은 시마와 시
선에 차이가 없는데도 사람들이 그 두 가지를 구별하는 이
유를 시 창작의 고통에 주목하는지, 아니면 그것이 만들어
내는 황홀경에 주목하는지로 설명한다.

창작과정에서 작가는 마음을 괴롭게 하여 생각을 쥐어짜
내야 하고 성기(聲氣)를 부려 무엇인가를 표현해야 한다.
괴로운 과성의 연속임에도 작가는 이전의 그 괴로움을 잊어
버리고 다시 새로운 작품과 참신한 표현, 깊이 있는 내용을
찾아 글밭을 이리저리 헤맨다. 괴로운 일인데도 괴로운 줄

모르니 '마', 즉 귀신이 아니면 무엇이 그렇게 만든단 말인가. 따라서 시마란 괴로운 일을 괴로운 줄 모르게 만드는 힘, 즉 창작의 괴로움에도 끊임없이 창작에 매달리게 하는 근원적인 힘을 가리킨다.

백낙천의 글에서 시마는 사람의 마음을 괴롭히는 창작 욕구를 이르면서도 그것을 폄하하거나 배척하려는 의도는 보이지 않는다. 그러나 당나라의 엄우(嚴羽)는 『창랑시화滄浪詩話』를 쓰면서 시마를 낮은 차원의 창작욕으로 설명한다.

> 시를 배우는 사람은 마땅히 한위성당(漢魏盛唐)의 시를 스승으로 삼아야지 개원(開元), 천보(天寶) 이후의 인물의 시를 본받아 지어서는 안 된다. 이는 스스로 굽혀서 물러나는 것과 같으니, 그러면 곧 하급의 열등한 시마가 그 폐부 사이로 들어가게 될 것이다.[3]

엄우는 시마에 "하급의 열등하다(下劣)"라는 한정어를 붙임으로써 자신의 시각을 분명하게 드러낸다. 그는 자신이 생각하는 시 창작의 모범으로 한위성당[4] 시대를 정하고 그 이후의 시는 수준이 떨어지기 때문에 본받아서는 안 된다고 한다. 그것은 천한 시마가 만들어내는 것이므로 자신의 작시 수준을 떨어뜨리는 결과를 가져올 것이라고 한다. 그때 엄우의 시마 개념에는 폄하의 태도가 포함되어 있다.

그러나 엄우같이 노골적으로 폄하하는 태도를 드러내는 경우는 흔하지 않다. 시마 때문에 고통을 받는다는 표현은 자주 등장하지만, 이는 창작의 고통을 강조하기보다는 오히려 그것이 주는 즐거움을 역설적으로 표현하려는 의도가 반어적 형태로 나타난 것이다. 굳이 표현하면 시마는 창작의 고통이 사실은 얼마나 즐거운 고통인지를 자랑하려는 작가의 행복한 고민이 담겨 있는 단어인 것이다.

삶의 모든 국면을 이성적 논리로 설명하는 일은 불가능하지만, 특히 어떤 특정한 사람에게만 부여된 특별한 능력을 밝혀내기란 더더욱 불가능하다. 그 가운데 하나가 좋은 글을 쓰는 능력이다. 많은 노력과 시간을 들였는데도 왜 나에게는 뛰어난 글쓰기 능력이 없는가라는 의문은 문학비평론의 중요한 실마리이면서 동시에 영원히 밝히지 못할 인간의 영감 또는 창작 욕구에 대한 선망과 질투를 포함한다.

어쨌든 창작의 순간에 발휘되는 신묘한 부분은 예로부터 많은 사람의 관심 대상이었다. 그 순간을 가리키는 용어부터 그 자체를 움직이는 보이지 않는 힘에 대한 개념화에 이르기까지 다양한 용어와 기발한 설명 방식이 개발되었다. '시마'도 그 가운데 하나일 뿐이다.

시를 쓰기 위해 흥취가 일어나야 한다는 것은 당연한 말이다. 그러나 어떤 순간에 시를 쓰고 싶은 흥취가 이는가 하는 문제는 저마다 생각이 다르다. 똑같은 상황이더라도 어떤 사람은 흥취가 일어나는 반면, 어떤 사람은 전혀 시적 흥취를 느끼지 못하는 경우가 많다. 흥취가 일어나는 것도 상당부분 문화적 전승의 영향이 강하므로 어떤 환경에서 성장하고 교육받아왔는지가 중요하다. 그러나 '촉물우흥(觸物寓興, 외부 사물과의 만남을 계기로 시인 내면의 감흥을 밖으로 드러내는 짓)'의 순간을 포착하는 것도 그에 못지않게 중요하면서도 어려운 일이다.

春草池塘夢忽圓	봄풀 돋는 연못가에 꿈 홀연히 원만한데
覺來詩思暗相牽	잠깨자 시 생각 몰래 서로 끌어당긴다.
今年更甚前年懶	올해 들어 예년보다 더욱 게을러져
飄盡階花欠一聯	계단 옆 꽃 다 지도록 시 한 구절 못 지었네.5

봄날 연못가에 풀이 돋아날 때면 따뜻한 봄 햇살과 함께 찾아오는 낮잠의 유혹은 참기 어렵다. 달콤한 낮잠을 한바탕 자고 난 후 잠에서 깨어나 보는 세상은 편안하고 따스한 빛으로 가득하다. 나른하게 긴장이 풀린 몸에 홀연히 찾아오는 흥취를 최숙정(崔淑精)은 시사(詩思)라고 표현했다. 게다가 예년 같으면 여러 수의 시를 썼을 텐데 올해는 유난히 봄잠에 취해 한 계절을 보내느라고 시 한 구 제대로 이룬 게 없다는 말은 작자 자신의 실상을 그대로 묘사한 것이라기보다는 현재 처한 상황, 즉 봄날 낮잠을 늘어지게 잔 후 막 깨어나 흐릿하면서도 몽환적인 시선으로 바라보는 세상과 그 안에 편안하고 평온하게 누워 있는 작자의 상황을 표현한 것이라 여겨진다.

최시우, 시수

작자의 시선을 따라 배치되는 봄날의 사물이 시적 흥취를 일으키는 때도 있지만 비가 내리는 날도 시를 짓게 하는 묘한 분위기를 연출한다. 이를 '최시우(催詩雨, 시를 재촉하는 비)'라고 한다.

雲鎖靑山半吐含　구름에 싸인 청산 반쯤 드러났는데
驀然飛雨灑西南　별안간 흩날리는 비에 서남쪽이 깨끗하다.
何時最見催詩意　어느 때 시의를 가장 재촉받는가
荷上明珠走兩三　연잎 위 밝은 구슬 두셋 구를 때.

이 시는 조선시대 최고의 성리학자 이이의 「최시우催詩雨」
6라는 작품이다. 반쯤 구름에 싸여 마치 산의 반쪽을 토해
내는 듯도 하고 삼키는 듯도 한 푸른 산에 갑자기 비가 흩뿌
린다. 물론 그 비가 장대비라면 시적 흥취는 쉽게 일어나기
어려울 것이다. 흩날리는 비에 서남쪽이 맑고 깨끗하다. 비
가 지나간 하늘은 한층 푸르고 서늘하다. 지나간 빗방울이
연잎 위에서 잎의 움직임을 따라 이리저리 흔들리며 굴러다
니는 모습을 보는 순간 시를 쓰고 싶은 마음이 홀연히 솟는
다. 정말 그림 같은 광경이다. 이는 굳이 성리학자로서의 수
양과 결부시키지 않아도 참 아름다운 한 폭의 그림이다. 시
를 재촉하는 비는 그렇게 자연 경물과 함께 시인의 마음속
으로 다가온다.

조선 초기 문인 이승소(李承召)도 "서산은 아득한데 시 재촉하는 비 내린다"[7]라고 표현한 바 있다. 이처럼 부슬거리며 흩날리는 비는 시인의 흥취를 일으키는 좋은 벗임이 틀림없다. 그러나 흥취가 일 때 자연스럽게 흘러나오는 마음을 표현하기만 한다면, 그렇게 해서 좋은 글귀를 얻을 수 있다면 걱정할 일이 전혀 없다. 문제는 흥취가 흘러넘치는 순간에도 제대로 표현할 글자를 찾지 못하거나 마음속에 무언가 표현하고 싶은 욕구는 넘치는데 이를 제대로 작품화하지 못한다면 그 고통은 이루 말할 수 없을 것이다. 시에 빠져 읊고 또 읊어도 마음에 드는 구절을 얻지 못한다면 시수(詩瘦)가 되고 만다. 즉 정신은 피폐해지고 몸은 수척해져간다. 시수는 시인의 커다란 병폐이면서도 이르고 싶은 경지가 아닐까 싶다. 김득신(金得臣)은 그런 심정을 다음과 같이 털어놓았다.

당나라 여러 시인들은 시를 지으매 평생의 마음과 힘을 모두 쓰기 때문에 이름을 후세에 전할 수 있었다. 예를 들자면 "시 읊어 몇 글자 적절히 놓느라고, 비비 꼬아 끊어버린 콧수염 몇 가닥이던가"라든지, "다섯 글자 구절 완성하느라, 일생의 마음 모두 써버렸네"라든지, "두 구절 삼 년 걸려 얻고서 한 번 읊조리니, 두 줄기 눈물 흐른다"라든지, "시 읊는 괴로움 알 듯하니, 가을 서리 가슴속에 있는 듯"이라든지, 또 "밤에 시 읊는 것 새벽 되어도 그치지 않아, 괴롭게 읊조리니 귀신이 근심한다. 어찌하여 스스로 한가치 못해, 마음과 몸이 서로 원수되었는가?" 하는 시들이 바로 이것이다. 나 또한 이런 버릇이 있지만 버리고 싶어도 그럴 수가 없다. 그래서 장난삼아 이렇게 시한 수를 지었다. "사람 된 버릇이 시를 제일 탐하여, 시를 읊조릴 때면 글자 놓기 의심한다. 끝내 의심치 않게 되면 바야흐로 마음 상쾌하니, 일생의 이 괴로움 그 누가 알 것인가?" 아! 오직 아는 사람만이 이 경지를 함께 이야기할 수 있으리라. 요즘 사람들은 얕은 학문으로 대충 글을 완성해서 즉시 사람들을 놀라게 할 글을 지으려 하니, 또한 어설프지 아니한가.[8]

마음에 드는 시구를 얻기 위해 몇 년을 고생했다는 이야기는 요즘도 문인들 사이에서는 전설처럼 떠돌아다닌다. 옛날에도 글자 하나를 얻기 위해 심혈을 기울이는 이야기가 시화류에 이따금씩 나온다. 유람중에 어느 정자의 벽에 써놓고 간 시에서 한 글자가 마음에 들지 않아 가던 길을 돌려 마음에 드는 다른 글자로 고친 후에야 길을 떠난 사람의 이야기도 더러 있다. 그러니 마음에 드는 시구 또는 글자를 얻기 위해 옛사람들이 겪었을 마음의 고통이야 말해 무엇하겠는가.

마음과 몸이 서로 원수가 되었다는 표현에서도 알 수 있듯이 몸은 쉬고 싶지만 마음은 좋은 시구를 찾기 위해 몸의 휴식을 허락하지 않는다. 몸은 날로 야위어가고 마음은 오직 시구 찾는 일에만 빠져 있다. 그러니 일상생활이 제대로 이루어지겠는가. 오죽하면 "이제부터 시 읊느라고 괴로워하지 않으리니, 한 번 시 읊을 때마다 한 푼씩 야위어지기 때문"[9]이라고 했겠는가.

기양

그렇다면 시를 짓지 않으면 될 것 아니냐고 어리석은 질문을 하는 사람이 있을지도 모른다. 그만두고 싶다고 해서 언제든지 그만둘 수 있는 것이라면 걱정할 필요가 무엇이 있겠는가. 좋은 시구를 찾는 일은 마치 무릉도원을 찾아가는 길과 같아서 찾으려고 애를 쓰면 쓸수록 더욱 보이지 않는다. 마음을 비우면 어느새 홀연히 나타났다 사라진다. 무릉도원의 풍광을 잠시나마라도 경험해본 사람이라면 그 아름다움과 황홀경을 잊지 못해 다시 들어가는 길을 찾기 위해 일생을 바치게 되는 것이다. 그런 점에서 무릉도원이 주는 황홀경이나 좋은 시구를 찾은 후 읊조리는 순간의 황홀경은 어쩌면 너무나 닮아 있는지도 모른다.

이처럼 자신의 의지와는 달리 쓰지 않으면 견딜 수 없게 만드는 것을 기양(技癢)이라고 한다. 이는 특히 조선 초기에 여러 문인이 관심을 가졌던 개념으로 인간의 내면에 숨어 있는, 도저히 제어할 수 없는 표현욕이라 할 수 있다. 이처럼 자기 재주를 자랑하고 싶은 욕구, 즉 기양은 자칫 오만함으로 오해받기 쉽고 때때로 지나친 자신감으로 연결되기 때문에 중세 지식인들에게는 조심해야 할 항목 가운데 하나였다. 만약 자기 재주를 노골적으로 드러내는 사람이 있다면 그를 경박한 성품에 얕은 지식을 지녔다고 깎아내린다. 실제로 그의 실력이 뛰어날 수도 있지만 겸손함을 미덕으로 여기는 문화적 전통은 자신을 드러내는 데 망설였다. 이와 같이 기양론은 숨길 수 없는 표현욕을 주된 내용으로 하고 있지만 표면적으로는 시문 창작이 어쩔 수 없는 것이었다고 변명하는 식으로 드러난다.

조선 초기의 대표적인 문인이었던 서거정에게 여러 차례 나타나는 기양론의 모습이 바로 그러하다. 그는 조선의 문풍을 좌우하는 대제학에 22년간 머물면서 강한 영향력을 행사했다. 흔히 문형(文衡)을 잡는다는 말로 표현되는 이 직책은 청요직의 대명사였다. 영의정 몇 사람을 배출한 집안보다 대제학 한 사람을 낸 집안을 더 높게 쳐준다는 속설이 있을 정도로 문형을 잡는 직책은 도덕적·문학적으로 사회의 중심에 있는 자리였다. 게다가 서거정은 조선의 학문적 기초를 닦았던 외할아버지 권근(權近)의 학문을 이어받았노라고 공공연히 이야기할 정도로 자부심이 강했다. 그렇게 한 시대를 풍미했던 서거정에게 문학적 능력에 대한 자신감은 넘쳐났으리라.

그의 시 가운데 「시성자소詩成自笑」에는 다음과 같은 짧은 서문이 붙어 있다.

내가 한가하고 고요한 속에 있으면서 병중이라 읊조릴 수도 없었고 또한 책을 읽을 수도 없었다. 종일토록 단정히 앉아서 읊조릴 뿐이었으나 다만 입에서 웅얼거릴 따름이지 종이에 써놓지 못하는 것이 또한 태반이었다. 하루에 지은 것이 어떤 때는 서너 수, 어떤 때는 예닐곱 수, 간혹 열 수가 넘기까지 했지만, 이건 내 재주를 자랑하려는 것이 아니라 이렇게 시라도 짓지 않으면 소일할 수가 없었기 때문이다. 시를 지으면서 수식을 해서 꾸미지 않으니 후세에 전해질 수 없으리라는 것을 알겠다. 비록 한두 구절 후세에 전할 만한 것이 있기는 하지만 집을 엮을 만한 똑똑한 자손이 없으니 종국에는 장독 덮개가 될 게 뻔하다. 그렇지만 또한 시 읊조리기를 그만두지 못하니, 아, 슬프구나![10]

一詩吟了又吟詩	시 한 수 읊고 나면 또 한 수 읊조려
盡日吟詩外不知	종일토록 시 읊는 것 외에는 알지 못하네.
閱得舊詩今萬首	옛날에 지은 시 살펴보니 지금은 만 수(首)
儘知死日不吟詩	죽는 날에야 시 읊지 않으리.

앞의 인용문은 시를 읊조리는 것이 생활이기 때문에 그만둘 수 없다는 내용으로 서거정은 자신의 시짓기가 재주를 자랑하기 위한 것이 아니라 시를 짓지 않으면 안 되는 상태였음을 강조한다. 하지만 그것은 하나의 표면적인 제스처에

불과할 뿐 실제로는 시를 짓는 자신의 능력에 대한 자부심과 자신감의 표현이 아닐까 싶다. 예컨대 그가 또다른 시를 쓰면서 "요즘 매일 술에 취해 매번 그대의 시를 읽는데, 성연(醒然)히 권태로움을 알지 못한다. 그 늙어 졸렬함을 잊고 문득 운을 빌려 바로 잡아주기를 구한다. 이 시는 강운(强韻)인데 이미 20수나 되니, 또한 기양이 아니겠는가. 그러나 흰 비단 띠에 금을 겸한 깊은 뜻이 아님이 없다. 번중장에게 두 수를 부친다"[11]는 내용의 긴 제목을 붙인 적이 있다. 다른 사람의 운자를 빌려 시를 짓는 일도 어려운데, 강운으로 20수나 지었다는 것은 서거정이 은근히 밝혔듯이 자신의 마음속에 숨어 있는 일종의 자신감을 확인하기에 충분하다.

시벽

시를 쓰지 않으면 안 되게 하는 보이지 않는 내부의 힘을 무엇이라 부르든 간에 시인의 소중한 벗이며, 창작의 고통을 느끼게 하는 주원인인 것만은 틀림없다. 표현욕을 제어할 수 없는 지경에 이르면 시 창작의 행위는 이미 삶 속에서 버릇이 된 지 오래되었을 것이다. 그런 버릇을 '시벽(詩癖)'이라 한다. 이는 시짓기가 하나의 버릇이 되어 이미 병의 상태에 이르렀다는 표현이다. 이제 자신의 의지로는 제어할 수 없는 지경에 이른 것이다. 이에 서거정은 다음과 같이 말한다.

나는 어렸을 때부터 시벽이 있어서 무릇 즐거움과 슬픔, 눈과 귀에 부치는 것들을 한결같이 시에 펼쳐냈다. 원고에 써놓은 것도 있는데, 써놓지 않은 것이 얼마나 되는지 알지 못했다. 이제 옛 원고를 찾아서 살펴보니 이미 1만 1,000여 수나 되었으되 매일의 과제로서의 글짓기를 그만둘 수 없었다. 그러니 누가 알겠는가. 시에 절박하지도 않고 후세에 이익도 없으나 또한 스스로 그만두지 못하고 심한 성벽(性癖)이 한결같이 이에 이른 것을. 아, 슬프도다![12]

앞의 글은 삶에서 보고 듣고 느끼는 모든 것을 시로 표현하는 일이 버릇이 되어 이제는 자신의 힘으로도 어쩌지 못하는 지경에 이르렀음을 말하고 있다. 그는 이어서 지은 시에서 두보, 이백, 육기, 반악, 맹교, 가도 등의 저명한 시인을 나열한 후에 "내 이제 만 수나 되는 시 장차 어디에 쓸꼬,

필경 누구네 집 장독 덮개나 되겠지"라고 했다.[13] 이는 앞서 인용한 저명한 시인들도 자신의 재주를 자랑하기 위해 시를 지은 것이 아니라 억제할 수 없는 표현욕 때문에 짓다보니 그런 경지에 이르렀음을 은근히 내비친다(서거정은 제어할 수도 없고 도저히 뿌리칠 수도 없는 강렬한 유혹자를 분명히 인식하고 있었다. 그의 시 가운데 "시마를 제어할 아무런 방법이 없음을 깊이 알고 있다"[14]라고 읊은 구절은 시마에 대한 항복 문서로 보이기까지 한다). 그러고는 자신의 이야기를 덧붙임으로써 자기 작품이 그들에 비해서는 보잘것없지만 어쩔 수 없는 내면의 표현욕이 그렇게 만든 것이라는 사실을 환기시킨다.

제어할 수 없는 표현욕 때문에 괴로워하는 것은 서양 문학의 전통에서도 찾아볼 수 있다. 예를 들면 존 밀턴(John Milton)이 『실낙원Paradise Lost』을 쓸 때 "원하지 않아도 밤마다 황송하옵게도 찾아주시어서 / 잠자는 나에게 받아쓰게 하시고 또는 영감을 주어 / 즉흥적인 시구를 쉽게 나오게 해주시는 / 나의 천상의 수호여신이시여"[15]라고 읊은 것은 시마와 상당 부분 겹친다. 물론 여기서의 중심 생각은 영감으로 귀착되고 시마에 비교할 수 있는 수호여신은 개인의 영감을 불러일으키는 외부적 존재라는 점에서 어쩌면 시귀를 이야기하는 구도와 논의 방식이 같다고 할 수 있다.

  늘 시를 생각하면서 살다보니 일상생활도 그에 심각한 영향을 받았다는 고사는 비교적 자주 접할 수 있다. 익히 잘 알려진 '퇴고(推敲)'의 고사도 가도(賈島)가 시구에 쓸 적당한 글자를 골똘히 생각하다가 일어난 일화 때문에 생긴 것이고, 퇴고에 퇴고를 거듭한 두보도 그 때문에 비쩍 마른 몰골이 되었다는 사실도 시 짓는 버릇을 쉽게 버릴 수 없음을 상징적으로 보여주는 것이다.

  무언가에 정신이 팔려 멍청해진 듯한 모습은 시마에 걸린 시인의 모습이기도 하다. 그런 시마의 초기 모습을 담고 있는 것이 바로 시벽이라 할 수 있다. 서거정의 시 「이병移病」[16]을 살펴보자.

病餘握粟問何如　　병 끝에 앞날 일을 점쳐보자니[17]
祟在詩魔與酒魔　　숭상할 것은 시 귀신과 술 귀신.
怪底送魔魔不去　　괴이해라, 귀신들 보내려도 가질 않으니
年前結習未消魔　　연전에 버릇되어 귀신을 못 없애네.

  이 시에서 시마의 벗으로 질병과 술이 등장하는데, 그것

과 함께 시마가 하나의 버릇으로 굳어져 쉽게 버릴 수 없다면 '마'의 경지로 나아갈 수 있다고 말한다. 아무리 없애려 해도 뜻대로 되지 않는 시쓰기 버릇인 시벽이 훨씬 강한 모습으로 나타나거나 삶을 지배하면 이를 시마라 부를 수 있을 것이다.[18]

흔히 '벽(癖)'을 하나의 사물이나 취미에 빠지는 것으로 생각한다. 물론 그것이 출발점이 되겠지만 그 이면에는 일종의 광기가 잠재되어 있다. 다만 그것이 사회의 상식에서 그리 벗어나지 않을 때 취미로서의 '벽'으로만 인정할 뿐이다. 『벽전소사癖顚小史』에서도 밝힌 것처럼 "일반적으로 사람들이 한 가지에 치우치기 쉬운 경향을 벽이라 하는데, 그 현상은 어리석은 것처럼 보이기도 하고 미친 것처럼 보이기도 한다."[19] 이는 시벽에도 적용된다. 시를 쓰는 행위가 사회의 일반적인 수준을 넘어 하나의 병적인 면을 드러내는 것이라면 그 역시 이미 시마의 본령에 다가갔다고 해야 할 것이다.

시마의 다양한 용법

지금까지 이야기한 여러 가지를 하나로 뭉뚱그리는 단어가 바로 시마다. 마음속에 꿈틀거리는 욕망, 특히 글로 무엇인가를 표현하고 싶은 욕망. 그것이 바로 시마다. 그뿐 아니라 그 욕망 때문에 다른 사람과 구별되는 삶을 살아가게 만드는 힘도 시마다. 따라서 최시우든, 시수든, 시벽이든, 기양이든 모두 시마의 한 면을 특히 강조하여 표현하는 단어라고 할 수 있다.

그렇다면 사람들은 시마를 어떻게 생각하고 썼을까. 시마에 대한 사전적 정의를 먼저 살펴보자. 『중문대사전』에서는 시마를 "①시를 너무 좋아하는 것을 이르는 말. ②시가 괴벽(乖僻)한 곳으로 흐르는 것"이라고 설명한다. 그러나 실제로 우리가 사용한 개념은 주로 첫번째 뜻이다. 괴벽한 곳으로 흐른 시를 시마라고 표현한 예는 거의 없다. 결국은 시를 너무 좋아하는 어떤 경지, 그 때문에 모든 삶이 시로 귀결되는 경지를 시마로 표현한 것이다.

시마의 탄생에는 마음속의 꿈틀거림이 전제되어 있다. 이에 대해 백낙천은 자신의 시 「한음閒吟」에서 다음과 같이 읊었다.

自從苦學空門法　불교의 진리를 힘들여 배운 후로
鎖盡平生種種心　평생의 수많은 마음들 모두 닫아걸었네.
惟有詩魔降未得　다만 시마만은 항복받을 수 없어
每逢風月一閒吟　매양 바람과 달 만나면 한 번씩 한가로이
　　　　　　　　읊조린다네.

　삶의 모든 것이 번뇌라고 생각하는 불교의 진리에 따라 수행한 결과 그는 마음속의 헤아릴 수 없을 만큼 많은 마음 또는 번뇌를 잠재울 수 있었다. 그러나 오직 시마만은 그렇지 못했다. 깊은 수행을 통해 번뇌를 잠재웠어도 바람과 달을 만나면 한가로운 심정으로 시 한 수 읊조리지 않을 수 없게 하는 바로 그것이 시마다. 이중(李中)이 읊은 시 구절 "남아 있는 붉은 꽃 시마 이끌어, 옛날을 생각하고 감정을 이끄는 것 어찌하리오"[20]에서의 시마도 같은 성격의 개념이다.
　그러나 사실 이 정도의 경지라면 무슨 문제가 되랴 싶기도 할 것이다. 좋은 경치를 보면 한가롭게 시 한 수 읊고 싶은 마음이야 누구에게나 있는 것 아니겠는가 말이다. 그러

나 조심할 일이다. 그렇게 느끼는 사람은 자기도 모르는 사이에 마음속에 시마를 벗하고 있는 상태임을 염두에 두어야 한다. 하지만 시마는 사실 그 정도 경지를 말하는 것은 분명 아니다. 백낙천도 말하고 있듯이 불교의 웬만한 수행으로도 제어할 수 없는 것이 시마 아닌가. 조선 중기의 명승 보우(普雨)의 시 「선심시사쟁웅불이禪心詩思爭雄不已」[21]를 보면 그 심각함이 어느 정도인지, 또는 그 즐거움이 어느 정도인지 짐작할 수 있다.

詩魔禪將兩爭雄   시마와 선장이 서로 다투느라

愁殺天君日夜攻   근심 어린 천군을 밤낮 공격하네.

將必遜魔興筆陣   장수는 필경 마귀에 굴복하여 붓의 진영
                일어나고

魔應輸將倒邪鋒   마귀는 응당 장수에게 격파되어 삿된 칼끝
                꺾이네.

難兄難弟魔情快   형과 아우 가리기 어려우니 마귀 정 통쾌하
                고

無弱無强將氣濃   약함과 강함 없으니 장수의 기운 짙구나.

安得二讐俱打了   어찌하면 두 원수를 모두 깨뜨리고

太平國家任從容　태평한 나라를 조용하게 할까나.

이 시는 인간의 마음을 하나의 나라로 상정하고 쓴 작품
이다. 여기서 천군이란 사람의 순수한 마음을 가리키는데,
그 천군이 다스리는 나라에서 시마와 선장이 전쟁을 하느라
매우 혼란스럽다. 시마가 선장을 꺾으면 붓의 진영이 왕성하
게 일어난다는 뜻은 마음속의 생각을 마구 글로 표현해내는
것을 말한다. 반대로 시마가 선장에게 꺾이면 삿된 칼끝(사
실은 붓끝을 말한다)을 거꾸러뜨린다. 이들은 서로를 굴복시키
고 영웅이 되기 위해 치열한 전투를 벌인다.

사정이 이렇다보니 천군의 마음이야 말로 표현하지 않아
도 뻔하다. "근심 어린"이라고 표현했듯이 시마의 침입 때문
에 근심스럽기 그지없는 생활을 한다. 시는 시마와 선장의
전쟁으로 구성되어 있지만 "붓의 진영", "칼끝의 꺾임" 등으
로 보았을 때 전쟁의 결과를 이야기하는 핵심은 선장에게
시마가 격퇴당하는 것을 단정하고 진행된다. 그렇다고 해서
보우가 일방적으로 선장을 응원하는 것은 아니다. 시마와
선장을 모두 '원수'라고 표현한 것으로 보았을 때 보우의 구
도 상태에서 참선을 지향하는 마음이든 시를 짓고 싶어하는

마음이든 모두 번뇌로 취급하고 있음을 알 수 있다. 장쾌하기도 하고 쾌활하기도 한 시마의 마음이나 짙고 풍성한 선적(禪的) 기운이나 모두 인간의 마음을 구성하는 중요한 요소다. 어느 한쪽도 일방적으로 배제하지 않고, 어느 한쪽도 일방적인 우세를 점하지 않은 상태에서 보우는 깨달음의 계기를 은밀히 이야기한다. 즉 참선으로 다져진 날카로운 기세는 시마에 의한 따뜻한 심성과 함께할 때에만 비로소 태평한 나라를 세울 수 있다고 함으로써 그들의 절묘한 평형 상태를 암시적으로 나타낸다. 그리하여 두 원수를 깨뜨려야 나라가 평안하다고 표현하기는 했지만 사실은 그들이 오묘한 타협선을 이끌어내 평형을 유지하는 경지를 표현한 것으로 보아야 한다. 이것이야말로 시와 선, 문학과 불교가 합일되는 지점이다. 이것이 바로 시선일여(詩禪一如)의 경지다.

그러나 보우의 생각은 그야말로 행복한 결말에 이르는 것에 불과하다. 다시 말해 이상적인 경지를 말한 것이지 시마에 걸린 사람이면 누구나 다다를 수 있는 경지에 이른 것은 결코 아니다. 더욱이 시마에 걸린 사람이 승려가 아니라면, 아니 적어도 심성 수행에 조금이라도 관심이 있는 사람이 아니라면 마음의 두 가지 측면(시를 짓고 싶은 욕망과 고요한 마음의 상태를 유지하는 것)을 절묘하게 균형잡기는 어려울 것이다. 어차피 강력한 욕망 쪽으로 흘러간다는 것이다. 그러면 마음의 수양보다는 시마 쪽으로 유리하게 진행될 것은 뻔한 이치가 아닌가.

이에 대해 고려 후기 대문인 이규보의 시가 논점을 분명히 해준다.

詩不飛從天上降　시가 하늘에서 내려온 것 아니니
勞神搜得竟如何　정신을 괴롭혀 찾아낸들 끝내 어찌하리.
好風明月初相誘　좋은 바람 밝은 달 처음에는 서로 이끌어
　　　　　　　　주겠지만
着久成淫卽詩魔　오래되어 도에 넘치면 이것이 바로 시마일
　　　　　　　　세.

시마라고 해서 자신의 외부에 존재하는 귀신이 아니다. 신묘하여 눈에 보이지 않지만 시를 짓는 미묘한 과정을 관장하므로 귀신이라고 부를 뿐이다. 시마가 하늘에서 내려오는 것이 아니라는 사실을 통해 인간 내면의 문제임을 분명히 한다. 좋은 바람이 불고 밝은 달이 뜰 때면 시정(詩情)을

이끌어주는 좋은 재료가 되겠지만 도에 넘치면 그것이 바로 시마의 경지가 되는 것이다. 여기서 '淫'은 일반적으로 쓰이는 음탕하다는 뜻이 아니라 도에 넘치는 것을 말한다. 좋은 풍광을 만나 시를 짓는 일은 즐겁지만 그것이 오래되어 시벽을 이루고, 잠자는 일과 먹는 일까지 잊으면서 시를 짓느라고 일상생활이 어려워지면 그것이 바로 시마라는 것이다.

시마의 경지는 쉽게 깨닫기 힘들다. 그러나 시를 쓰는 사람들에게는 언제나 초미의 관심사였고 20세기 들어와서도 상황은 비슷했다. 시조 시인으로 널리 알려진 이병기의 시조 가운데 「시마詩魔」를 살펴보자.

그 넓고 넓은 속이 유달리 으스름하고
한낱 반딧불처럼 밝았다 꺼졌다 하여
성급히 그의 모습을 찾아내기 어렵다

펴든 책 도로 덮고 들은 붓 던져두고
말없이 홀로 앉아 그 한낮을 다 보내고
이 밤도 그를 끌리어 곤한 잠을 잇는다

기쁘나 슬프거나 가장 나를 따르노니
이 생의 영과 욕 모든 것을 다 버려도
오로지 그 하나만은 어이할 수 없고나

첫번째 연은 감각기관을 통해 시마를 포착하는 어려움을 말했다. 그것은 반딧불처럼 어둠 속에서 반짝이지만 항상 환한 상태를 유지하는 것은 아니다. 켜졌다 꺼졌다 하는 희미한 빛을 따라서 오랫동안 관찰해야만 비로소 그것을 어렴풋이나마 알아차릴 수 있다.

두번째 연에서는 시마를 따라 잠 속으로 빠져든다는 내용이다. 뒤에서 다시 이야기하겠지만 시마의 가장 친한 벗 가운데 하나가 수마(睡魔)다. 잠이 주는 몽롱함 또는 몽환적인 아름다움은 시마가 활동하기 좋은 환경을 만든다. 게다가 시마는 꿈과 현실, 환상과 실상의 경계에서 왕성하게 활동하기 때문에 당연히 시마는 잠과 함께 다가오기 마련이다.

세번째 연에서는 거부하려 해도 거부하지 못하는 시마의 매력을 말한다. 세상에서 중시하는 명예와 부귀를 떠나 전혀 다른 세계에서 노닐게 한다. 이는 시마의 벗이 수마 외에도 궁귀가 있다는 사실만으로도 알 수 있다. 시마는 항상 가난함을 몰고 다니면서 문인들의 세상살이를 팍팍하게 만든다. 세상 모든 것을 포기하더라도 결코 포기할 수 없는 것이 시마인 까닭은 그것이 주는 매력 때문이다. 문학지상주의라고 해도 지나친 말이 아닐 듯한 이 같은 발언은 시마를 좋아하는 문인이라면 기꺼이 받아들였다. 이는 마치 이인로가 『파한집』에서 오세재(吳世才)를 언급하면서 세상의 부귀와 공명으로도 좌우할 수 없는 것은 문장밖에 없노라고 이야기하는 맥락과 비슷하다. 기쁘거나 슬프거나 항상 시인의 마음속에 함께하며 영욕을 떠나 살면서 오직 벗할 수 있는 것은 시마뿐이라는 것이다. 따라서 시마의 함의는 단순히 시를 쓰게 하는 근원적인 힘이라는 표면적 의미에 머무르는 것이 아니다.

한편으로 시마는 솟구쳐 오르는 시정이나 시사를 가리키는 것처럼 보이기도 한다. 아름다운 사물은 시마를 건드려서 저절로 시문의 창작으로 나아가게 만든다.

楊柳飛綿麥有波　버드나무엔 솜털 날리고 보리밭엔 물결
　　　　　　　　이니
年光隨處觸詩魔　만나는 풍광마다 시마를 건드린다.

春風過了雖堪惜　봄바람 지나가는 것 애석하긴 해도

猶遺騷人管物華　시인으로 하여금 경치를 관장케 하네.

　이 김종직의 시 「성주차선원星州次善源」[22]에 등장하는 시마는 시인의 마음속에 내재되어 있는 일종의 풍부한 감성처럼 보인다. 그것은 일정한 발현의 기회를 만나면 언제든지 표현되어 나타난다. 다만 이 시에서는 다른 사람들의 시마에 비해 강렬도가 약한 것처럼 보이지만 여전히 시인의 마음속에 내함(內含)되어 있는 일종의 문학적 열정을 가리킨다. 더욱이 김종직은 흘러가면 그만인 세계의 모습을 문학적 표현 또는 작품 속에 그대로 보존해둘 수 있다는 점을 시마의 한 효용으로 지적하고 있다.

　그런데도 문학적 표현을 정확하고 빼어나게 하기란 얼마나 힘든 일인가. 적당한 글자를 찾으면 평측을 맞추어야 하고, 대구를 맞추어야 하며, 그 밖의 여러 규칙도 고려해야 한다. 게다가 자신이 생각하는 바와 정확하게 맞아떨어지는 글자를 찾아야 한다. 많은 문인은 창작의 고통을 호소하면서 그 배후 세력으로 시마를 지목한다. 서거정이 "시마는 공교롭게도 뼈를 녹이고, 근심스러운 마음은 교묘하게도 창자를 감싼다"[23]라고 한 것도, 고려 후기 문인 김극기(金克己)가 "시마가 부딪히는 곳에 서로 괴로워하니, 곤궁과 근심 기다리지 않고서도 이미 고달파라"[24]라고 한 것도, 이이가 "언제나 바람과 달이 주는 괴로움으로, 시구 찾느라 시마와 싸운 게 몇 번이던가"[25]라고 한 것도 같은 맥락의 표현이다. 최승호도 자신의 시에서 "긁어댄다, 대야를, / 내 청신경을 긁어댄다. / 시마에 끄달리며 무슨 글을 쓰는 것이냐고 / 내 글쓰기를 긁어댄다"[26]라고 고백한 바 있다.

시귀와 시마

마음속에 꿈틀대는 문학적 열정, 제어할 수 없는 힘은 참으로 신묘하다. 그러나 생각해보면 시마는 문학적 자아의 발견 또는 표현론적 창작 이론 구성에 중요한 단서를 제공하며, 시마에는 두 가지 층위가 있는 것으로 여겨진다.

먼저 시귀의 차원이다. 앞에서 이미 이야기한 바 있는데, 이것은 설화적 차원에 직접적으로 연결되어 있다. 허균의 기록으로 전하는 이현욱의 이야기를 다시 떠올려보자. 조선 중기 시 귀신에 씌었던 이현욱의 이야기는 기본적으로 시의 주체가 인간의 외부에 존재한다는 전제가 바탕에 깔려 있다. 즉 무당이 공수를 하지만 그가 이야기하는 진실 또는 진실을 관장하는 실체가 외부에 존재하듯이 시를 관장하는 주체도 외부에 존재할 뿐 인간은 몸만 빌려주는 존재일 따름이라는 것이다.

둘째, 시마의 차원이다. 외부적 존재를 단정하는 시귀와는 달리 내면적 차원으로 논의의 구도를 옮겨 살펴보려는 것이 바로 시마다. 앞으로 살펴보겠지만 이규보가 상세하고도 환상적으로 다루었던 시마는 시를 관장하는 주체가 인간의 내부에 존재한다는 전제 아래에서 이루어진다. 그러므로 그의 시마론은 문학적 자아의 발견이라는 점에서 매우 중요한 의의를 갖는다. 그 이전만 하더라도 문학적 자아에 대한 인식은 미미한 수준이었다. 문학이나 글 짓는 능력은 세속적 출세의 도구였을 뿐 개인의 심성을 표현하기 위한 문학적 주체로서의 역할은 제대로 하지 못했다. 그런 점에서 이규보는 표현론을 적극적으로 발전시킨 선구자라 할 수 있다.

시마를 이야기하는 수법

비공식적 존재로서의 귀신

다른 사람에게 귀신 이야기를 하는 사람들은 나름의 노하우로 이야기를 극적으로 전달할 것이다. 밋밋하게 이야기를 전개할 경우 흥미가 떨어질뿐더러 오싹한 긴장감마저 살리지 못하기 때문이다. 사실 이야기를 얼마나 극적으로 잘 전하는가에 따라 이야기꾼과 비(非)이야기꾼으로 구별된다. 똑같은 이야기를 다른 사람들에게 전할 때 이야기를 꾸려가는 방식이나 말하기 수법에 따라 이야기의 전달력에 얼마나 차이가 나는지 알 수 있다.

시마도 귀신 이야기의 하나다. 동아시아 전통 가운데 신이한 것에 대해서는 이야기하지 않는 관례가 있다. 『논어』에 실려 있는 "공자 선생님께서는 괴이한 것, 무력에 관한 것, 어지러움(또는 반란), 신이한 것에 대해서는 말씀하지 않으셨다"[27]라는 기록에 근원을 두는 경우가 많다. 아마도 명쾌하게 설명할 수 없거나 이야기할 명분이 없는 것에 대해서는 입을 다무는 것이 군자의 도리라고 여긴 데서 비롯되었다고 여겨진다.

귀신 이야기는 역사서에도 종종 등장한다. 예를 들면 『삼국사기』 같은 정사(正史)에도 나라가 망할 징조를 나타내는 예증으로 귀신 이야기가 다수 나온다. 궁궐에서 알 수 없는 웃음소리와 함께 우물물이 핏빛으로 변했다든지, 여우의 정령이 궁궐까지 침입했다든지 등의 이야기는 실재일 가능성도 있지만 대체로 하나의 상징이었다. 이는 정상적인 논리로 설명할 수 없는 것을 어떻게 해석하고, 어떤 시대적 상황에서 논의하는지에 따라 길조나 흉조가 된다.

이와 같은 귀신 이야기는 역사서뿐 아니라 주변에서도 흔히 접할 수 있다. 누구나 한 번쯤은 학교에 얽힌 무시무시한 전설을 들어보았을 것이다. 주로 학교터와 관계된 이야기가 많지만 그것이 아니더라도 이야깃거리가 없는 학교는 없을 것이다. 그런데 이런 이야기는 결코 교장 선생님이나 학교 선생님, 또는 장학사나 학부모회장 들이 공식적으로 이야기한 적은 단 한 번도 없다. 학교에 떠돌아다니는 귀신 이야기가 학생과 선생님 들의 공포심을 자극한다 해도 그것은 결코 공식적으로 등장하지 않는다. 귀신 이야기는 공론화되기 어렵기 때문이다.

귀신을 보는 시선

오늘날에도 사정이 이러한데, 근대 이전 중세적 보편주의가 지배하던 시절에는 과연 귀신 이야기를 얼마나 자연스럽게 논의할 수 있었을까. 귀신조차도 자신의 합리적 틀에 맞추어 설명하려는 태도 속에서 모든 것을 규격화하여 이해하려는 논리의 폭력을 발견한다. 주희가 『주자어류朱子語類』에서 귀신 이야기를 모아놓은 부분이 있는데, 이 논의는 특히 조선시대 유학자들에게 커다란 영향을 미쳤다. 조선시대 유학자들의 귀신론은 대체로 주희의 논리나 송나라 대 성리학의 논의를 전제로 했다. 조선 초기에 귀신론을 써서 후대까지 널리 전했던 이는 김시습과 남효온이다. 그 이전에는 정도전도 있었으나 그의 글은 귀신을 쫓아내는 제문 형식이므로 같은 선상에서 논의하기에는 무리가 있다. 그러나 조선 초기에 많은 사람이 귀신에 대해 생각하고 그것을 합리적으로 밝혀내려고 애썼던 흔적만은 뚜렷하게 볼 수 있다.

그들은 대체로 귀신을 음양론의 시각으로 분석한다. 양기(陽氣)는 펴는 성질을 갖고 있고, 하늘로 올라가며, 인간에게 도움을 주는 것으로 신을 뜻한다. 음기(陰氣)는 굽히는 성질을 갖고 있고, 땅으로 내려가며, 인간에게 해코지를 하는 것으로 귀(鬼)를 의미한다. 사람이 죽으면 혼(魂)과 백(魄)은 각각 양과 음으로 나뉘어 사라진다. 귀신도 음양의 기운이 뭉쳐져 이루어졌으므로 시간이 흐르면 언젠가는 흩어져 사라지기 마련이다. 물론 기가 모이고 흩어지는 것으로 이 문제를 이야기하는 사람들 외에도 음양의 변화 자체를 귀신으로 보는 이들도 있다. 그들은 변화 자체를 설명하기 어려운 신묘한 것으로 보면서 그것이 귀신이 아니겠냐고 한다.

한유는 귀신을 중층적으로 바라본 대표적인 인물이다. 그는 「원귀原鬼」에서 사물의 현현을 네 가지로 나누어 설명한다. 한유는 소리와 형체의 있고 없음으로 세계의 사물을 설명한다. 형체는 있되 소리가 없는 것이 있으니 흙이나 돌 같은 것이고, 소리는 있되 형체가 없는 것이 있으니 바람이나 우레 같은 것이고, 소리와 형체가 모두 있는 것이 있으니 사람과 짐승 같은 것이고, 소리와 형체 모두 없는 것이 있으니 귀신이 바로 그것이라는 것이다.[28] 한유는 이 글에서 비교적 세계를 객관적이고 합리적으로 설명하려는 의식을 분명히 드러낸다. 그의 논리에 따르면 귀신이 비록 신묘하게 작용하면서 인간에게 화복을 내리는 것처럼 보이지만 사실 알고 보면 세계를 구성하는 일반적 방식에 따라 만들어진 사물 가운데 하나라는 것이다.

그러나 한유는 전혀 다른 층위의 귀신도 이야기한다. 그는 자신의 가난을 귀신으로 비유한 「송궁문」에서 세상에는 불행을 관장하는 알 수 없는 힘이 존재하는데, 그것이 바로 귀신이라고 했다. 한유의 「송궁문」은 자신에게 붙어 평생을 불우하게 살게 한 궁귀에게 제발 멀리 떠나줄 것을 부탁하며 가난에서 벗어나게 해달라는 내용으로 되어 있다. 다분히 해학적 성격이 강한 이 글에서 그는 자신을 가난하게 만

든 궁귀, 즉 지궁, 학궁, 문궁, 명궁, 교궁 등에 대해 다음과
같이 말한다.

그 첫째 이름은 지궁인데, 교만하고 뻣뻣하여 둥근 것을 싫어
하고 모난 것을 좋아하며, 간교하게 속이는 것을 부끄러워하고
남을 해쳐서 상하게 하는 짓을 차마 하지 못한다. 다음의 이
름은 학궁인데, 운수와 명예를 오만하게 대하고, 아득하고 은
미한 것을 잡아서 캐내며, 무수한 이론을 높이 움켜쥐고 신묘
함의 기미를 잡아낸다. 셋째는 문궁인데, 하나의 능력만을 전
공하지 않아 기괴스럽기 이를 데 없어 시대에 풀어내지 못하
고 다만 스스로 기뻐할 뿐이다. 넷째는 명궁이니, 그림자와 형
체가 다르며, 얼굴은 추한데 마음은 어여뻐서 이익이 있는 곳
에는 남들보다 뒤에 처하고 책임지는 일은 남보다 먼저 나선
다. 다섯째는 교궁이니, 살갗을 맞대고 뼈를 부딪쳐 친하게 지
내며, 심장과 간을 꺼내서 마음을 드러내며, 발돋움하여 기다
려서 남을 대우해주고서도 자신을 원수의 자리에 처하게 한
다.[29]

떳떳한 삶을 살게 한 지궁(智窮), 오묘한 진리를 탐구하게

하는 학궁(學窮), 기발하고 참신한 표현을 하게 하는 문궁(文窮), 대의명분을 따지게 하는 명궁(命窮), 자신을 어렵게 만드는 사람들에게조차도 마음을 다해 벗하게 하는 교궁(交窮) 등 한유의 곁에 항상 붙어 있는 다섯 귀신에 대한 이 글은 자신의 불운을 한탄하기 위해서라기보다는 자신의 능력을 자랑하기 위한 것임을 금방 눈치챌 수 있다. 뒤집어 생각해보면 다섯 귀신으로 대표되는 각각의 능력을 한유 자신이 모두 갖추고 있다는 말이다. 나는 왜 이렇게 지혜가 넘치는가, 나는 왜 이렇게 학문 탐구에 뛰어난가, 나는 왜 이렇게 글을 잘 쓰는가, 나는 왜 이렇게 모든 일에 당당한가, 나는 왜 이렇게 벗에게 진심으로 대하는가 하면서 자기 자신을 매우 자랑스러워하고 있다.

이 때문에 당장은 가난하게 살지만 오랜 세월 뒤에도 아름다운 그 이름을 전할 수 있는 계기를 마련한다는 점에서 한유의 자기과시가 은근히 녹아 있다. 다섯 귀신 가운데 주목해야 할 것은 바로 문궁이다. 글쓰기 능력이 뛰어나면 뛰어날수록 가난에서 쉽게 벗어나지 못한다. 물론 두번째로 언급한 학궁도 문궁과 떼려야 뗄 수 없는 관계다. 문궁이 자신의 내용을 채우기 위해서는 학궁이 전제되어야 하기 때문이다. 학궁의 내용으로 이루어지는 문궁의 내용, 이것이 바로 시마에 직접 관계되는 귀신이다.

그러나 「송궁문」은 한나라 때 문인 양웅(揚雄)의 「축빈부逐貧賦」를 본떠서 지은 것이다. 「축빈부」의 내용은 이렇다. 양웅은 '가난'에게 제발 이제는 자기 주변에서 떠나달라고 부탁하지만 '가난'은 양웅에게 자신의 공로를 나열하면서 쫓아내는 것의 부당함을 역설한다. 임금이라도 자신과 함께하면 순임금 같은 위대한 업적을 쌓게 되고 자신을 멀리하면 주지육림(酒池肉林)에 빠져 방탕한 폭군이 된다는 것이다. 가난 귀신은 양웅에게 "나의 큰 덕을 잊고 나의 작은 원한을 생각한다"라고 말한다. 그러고는 수양산으로 가서 '백이숙제(伯夷叔齊)'와 함께 지내겠노라며 일어서자 놀란 양웅이 그를 만류하는 것으로 글을 맺는다. 이 글 역시 가난하지만 꼿꼿한 지조와 기개를 품고 살아가는 양웅 자신의 삶 또는 이상을 묘사하고 있다.[30]

이와 관련하여 또하나의 흥미로운 글을 예로 들면 한유와 같은 시기에 활약했던 대문호 유종원(柳宗元)의 「걸교문乞巧文」이 있다.[31] 칠월칠석에 우연히 뜰에서 제사 지내는 것을 보고 이상히 여긴 유종원이 물어보니 계집종이 말하기를 이

날 직녀에게 제물을 차려놓고 빌면 바느질을 잘할 수 있는 능력을 얻는다고 했다. 이 말을 들은 유종원은 이를 따라 자신도 하늘에 글을 잘 쓰게 해달라고 빌었다. 그날 밤 꿈에 웬 사람이 나타나 자기 마음이 이미 정해졌다면 무엇하러 망령되이 기원을 하느냐며 천녀의 말을 전했다. 「걸교문」도 하늘에 무엇인가를 빌고 그에 응답하는 형식으로 마음속에 품고 있는 생각을 그려낸 작품이다.

이와는 조금 방향을 달리하지만 조선 후기 문인 이옥의 「제문신문」도 흥미롭다.[32] 이 역시 글을 관장하는 문신에게 자신의 불우함을 하소연하는 글이지만 과거에 급제하지 못하는 심회를 읊었다는 점에서는 조금 다르다. 이 글의 차이점은 뒤에서 다시 살펴보겠지만 글을 관장하는 문신을 내세워 글쓰기에 대한 여러 가지 시각을 흥미롭게 보여준다는 점에서 주목할 만하다.

이규보와 최연의 시마론

한유는 양웅의 「축빈부」를 본떠 「송궁문」을 지었고 고려 후기 문인 이규보는 한유의 「송궁문」을 본떠 「구시마문」을 지었다. 「구시마문」은 희작적(戱作的) 성격이 너무 강하여 어찌 보면 자신의 글 짓는 솜씨를 과시하기 위해 이규보가 일부러 지은 글이 아닌가 싶을 정도로 어려우면서도 흥미롭다. 그 내용을 살펴보면 다음과 같다. 이규보는 시마 때문에 자신이 입은 피해를 설명한 후 이제는 시마가 떠나야 할 때라고 하면서 몰아낸다. 그러자 그날 밤 꿈에 시마가 나타나 자신이 이규보에게 붙어서 평생을 살아왔지만 자기 덕으로 이름이 알려지고 출세를 하게 되지 않았느냐며 도리어 그를 나무란다. 이에 할말이 없어진 이규보는 결국 시마에게 항복을 하고 그를 받아들이기로 한다.

이런 설정의 아이디어는 한유의 「송궁문」에서 비롯되었다는 것을 쉽게 알 수 있다. 더욱이 제사를 지내는 제문이 앞에 배치되고 뒷부분에는 구축(驅逐)의 대상이 나타나 자신의 억울함을 항변하는 형식은 한유의 글을 빼다 박았다. 다만 한유는 자신의 가난이 사실은 뛰어난 능력을 가진 자신을 다른 사람이 시기하고 이해하지 못한 데서 온 것임을 우회적으로, 또는 장난스럽게 밝히고 있다면, 이규보는 자신의 글쓰기에 대한 능력 때문에 얼마나 많은 피해를 보고 있는지를 장난스럽게 알리고 있다. 이규보는 자신의 글쓰기 능력이 싫다는 것이 아니다. 이 글의 원래 의미를 그대로 읽는다면 '나는 왜 이렇게 글을 잘 쓰는 것일까'라는 말로 귀결된다.

이규보는 시마가 자신에게 붙어서 저지른 다섯 가지 죄를 나열한다. 이는 마치 한유가 다섯 귀신을 들어 그 죄를 물은 것과 비슷하다. 어쨌든 이규보는 시마의 죄를 짐짓 엄한 어조로 묻는다. 그는 시에 빠지면 언어를 괴상히 하여 사물을 춤추게 하고 사람을 현혹시키는 이 모든 것이 시마 때문이라고 전제했다. 그러고는 그 죄상을 들추어내 마귀를 쫓아내겠다고 한다. 그 죄상은 다음과 같다. 첫째, 세상과 사물을 현혹시켜 아름다움을 꾸미거나 평지풍파를 일으킨다. 둘째, 신비를 염탐하고 천기를 누설한다. 이처럼 사물의 이치를 밝혀냄으로써 하늘의 미움을 받아 인간생활을 각박하게 한다. 셋째, 삼라만상을 보는 대로 형상화한다. 넷째, 아무도 시키지 않았는데 국가나 사회 일에 간여하여 상벌을 마음대로 한다. 다섯째, 사람의 생김새를 초췌하게 만들고 정신을 소모시킨다.[33] 이 과정에서 그는 조사, 이백, 두보, 이하, 유우석, 유종원 등을 예로 든다. 그러고는 이런 시마가 자신에게 붙어서 많은 해악을 끼치니 빨리 가지 않으면 죽이 겠다고 한다.

이처럼 이규보는 다섯 가지의 죄상을 열거한 뒤 시마를 직접 등장시켜 나름대로의 문제 해결을 시도한다. 그는 시마의 모습을 빛깔과 무늬가 찬란한 옷을 입었다고 표현하여 문장의 수식과 관련시킨다. 그러고는 시마의 반론을 싣는다. 핵심은 시마가 이규보의 기를 웅장하게 해주고 문사(文辭)를 잘 꾸며주었다는 것이다. 이 때문에 과거에 급제하고 이름을 날리게 되었는데, 시마가 관장하는 부분과는 아무 관련이 없는 몸가짐, 술, 여색 등을 들어서 시마를 배척하는 것은 부당하다는 것이다.

글의 전체 구조를 살펴보면 '시마의 죄상 열거-시마가 자신에게 끼치는 해악-시마의 반론'으로 이루어져 있다. 그런데 시마의 반론은 이규보에게 끼치는 해악, 예컨대 몸가짐, 술, 여색 등을 좋아하는 것에만 한정시켜 진행할 뿐 다섯 가지로 열거된 죄상에 대한 반론은 전혀 이루어지지 않는다. 이를 통해 우리는 이규보가 다섯 가지 문제에 대한 부정적인 언술을 통해 표면적으로는 시를 비판하는 태도를 보이고 있지만 사실은 시가 마땅히 해야 할 일을 제시하고자 했다는 것을 알 수 있다. 이런 견해에 의하면 시는 자기만족만을 위해 쓰는 것이 아니라 모든 물(物)의 도(道)를 캐내고 바르게 실현하여 인간의 생활을 바람직한 방향으로 이끄는 적극적 참여에 대한 문제를 제기한 것[34]이라 할 수 있다.

조선 중기 문인 최연도 「축시마」라는 시마론을 쓴 바 있다. 사실 문학사에서 최연은 그리 알려진 인물이 아니므로 그의 이력을 간단히 살펴보자. 최연은 1503년(연산 9)에 강원도 강릉에서 태어나 스물세 살인 1525년에 승문원권지를 시작으로 형조판서까지 오른 인물이다. 1524년에 치른 생진초시에서는 모두 장원을 했고, 이듬해 3월에는 양시에 모두 합격했으며, 4월에는 문과에 급제하여 벼슬을 시작했다. 그는 성리학적 소양뿐 아니라 문장 능력이 상당한 수준에 이르렀던 것으로 보인다. 특히 뛰어난 문장 능력으로 여러 차례 접반사로 활약했다. 그는 동지사로 명나라에 다녀오다가 병을 얻어 평양의 객관에서 죽었다. 실제로 조선 중기 이후의 시화서에는 최연에 대해 문장이 부섬(富贍, 문장이 아름답고 화려하면서도 풍성한 느낌을 주는 글을 가리키는 비평 용어)하며 물 흐르듯 글을 썼다든지,[35] 문장으로 세상에 이름을 날렸다든지[36] 등으로 평가되어 있다.

어쨌든 최연의 「축시마」를 보면 이규보의 글을 읽은 후 영향을 받은 것으로 보인다. 먼저 제목의 뜻이 똑같다. 이규보의 「구시마문」이나 최연의 「축시마」 모두 '시마를 쫓아낸다, 시마를 몰아낸다'는 의미다. 게다가 최연이 시마의 죄상을 열거하는 부분은 이규보와 마찬가지로 다섯 가지인데, 내용은 다음과 같다. 첫째, 예전의 순박하고 질박하던 풍속을 이리저리 아로새기고 꾸며서 사람의 눈을 현혹시키니 진원(眞元)을 소멸시키고 태소(太素)를 깎아버린다. 둘째, 천지자연과 온갖 서적을 샅샅이 뒤져 오묘한 표현을 찾으며, 그를 통해 자연의 정미한 기운을 꿰뚫고 벽력(霹靂)을 재촉한다. 그것 때문에 사람을 고민하게 하고 집착하게 한다. 셋째, 여러 가지 시 창작의 격식으로 사물을 형상화하느라 고민하게 하고 탐닉하게 하여 결국 나라를 망치기도 한다. 넷째, 사람을 곤궁하게 하고 환란에 빠뜨린다. 다섯째, 나에게 와서 부쳐 살면서 나의 모습과 모든 감각을 마비시키고 배고픔에 빠뜨린다.

　　이렇게 시마의 죄상을 죽 나열한 다음 짐짓 엄한 어조로 시마가 빨리 자신에게서 떠나주기를 요구한다. 다만 이들 사이에는 중요한 차이가 하나 있다. 이규보의 경우에는 시마를 쫓아내려다가 도리어 자신이 설복당하여 시마를 받아들이는 것으로 글이 끝나는 데 반해, 최연의 경우에는 그냥 떠나라고 강력하게 요구하는 것으로 글을 맺는다. 이는 매우 중요한 차이다. 표면적으로는 시대의 변화와 함께 나타난 것이지만 그 이면에는 시마로 대표되는 문학적 열정이나 문학에 대한 온전한 경도를 경계하려는 의도가 숨어 있기 때문이다. 즉 이규보가 살았던 고려시대는 시를 짓고 즐기는 행위 자체를 시비하는 분위기가 약했던 데 반해, 최연이 살았던 조선 중기는 시짓기에만 몰두하는 행위를 완물상지(玩物喪志, 외부의 사물에 지나치게 탐닉하는 바람에 인간의 본성을 잃어버리는 것으로 여기서는 성현의 공부는 도외시하면서 오직 시를 짓는 즐거움에 빠지는 것을 경계하는 말로 사용되었다)에 빠지는 것이라 하여 경계하는 분위기가 강했던 것이다. 사회를 구성하는 저변의 생각들이 자기도 모르게 어떤 형식으로 드러나는지를 잘 보여주는 사례다. 두 사람의 글 모두 희작의 성격이 강한데도 그들이 대항하려 했던 시대 이념과는 거리가 있었다.

다시 이규보의 「구시마문」으로 돌아와 이야기해보자. 작중 화자(분명 이규보 자신을 의미하는 것이겠지만)의 엄한 꾸짖음

을 받은 시마가 그날 밤 작중 화자의 꿈에 나타나 항변하는
대목을 주의깊게 살펴볼 필요가 있다.

그날 저녁 내가 피곤해서 누워 있는데, 베갯머리가 소란스러워
지면서 와자지껄 소리가 나더니 색깔 있는 소매와 무늬가 있는
치마를 찬란하게 차려입은 사람이 다가와 나에게 말하는 것이
었다. "그대가 나를 나무라면서 배척하는 것이 심하기도 하구
나. 왜 나를 이토록 미워하는가? 내 비록 보잘것없는 마귀이지
만 또한 상제(上帝)에게 인정을 받는 자다. 처음 네가 태어날
때 상제께서 나를 보내 따라다니도록 했다. 네가 갓난아기일
적에도 몰래 숨어서 떨어지지 않았고, 네가 어린아이일 때에는
남몰래 엿보고 있었으며, 네가 청년이 되었을 때에도 온 정성
을 다해 좇아다녔다. 기로써 그대를 웅장하게 해주었고 문사
로써 그대를 꾸며주었으니, 과거시험장에서 글재주를 겨루면
해마다 이어서 합격하여 천지를 뒤흔들고 명성이 사방에 떨쳐
많은 고관과 귀하신 분이 그대 모습을 우러러보게 해주었다.
그러니 내가 그대를 도운 적이 적지 않고, 하늘이 그대를 풍요
롭게 한 것이 적지 않다. 입으로 내뱉는 말과 몸가짐, 여색을
좋아하는 것이나 술에 빠지는 것 등은 각각 그렇게 하도록 시

키는 자가 있는 것이지 내가 주관하는 것이 아니다. 그런데 그
대는 어찌 신중하게 행동하지 않고 미친듯 어리석은 듯 처신했
는가? 이것은 진실로 그대의 허물이지 내 잘못이 아니다."
거사가 이에 그 말이 옳고 자신이 그르다는 것을 알고는 웅크
리고 부끄러워하면서 허리를 굽혀 절하고는 그를 맞이하여 스
승으로 삼았다.[37]

시마가 항변하는 내용을 보면 이규보가 자신의 문학적 재
능에 대해 얼마나 큰 자부심을 갖고 있었는지를 알 수 있다.
태어날 때부터 상제가 따라다니라고 한 표현으로 자신의 재
능이 천부적임을 나타낸다. 게다가 자신은 웅장한 기를 함
축한 문장을 쓸 줄 아는 사람이며, 과거시험에 잇따라 합격
했고, 고관대작도 자신의 문학적 재능을 우러러볼 정도이며,
사방에 명성을 떨치고 있다는 점을 시마의 입을 빌려 이야
기하고 있지 않은가. 참으로 교묘한 언술이다. 그러면서 어
쩔 수 없이 시마를 스승으로 삼았다는 데 이르면 그의 글쓰
기 수법이 얼마나 치밀한가를 다시 한번 느낄 수 있다.
이에 비해 최연은 「축시마」를 다음과 같이 맺는다.

아! 이 마귀야. 어찌 그 뜻을 멋대로 하느냐. 비록 긴 회충이 심장에 붙고 짧은 촌백충(요충)이 위장에 구멍을 냈다 하더라도 바야흐로 너에게 가려 하니 네 죄가 이에 지극하도다. 하늘이 총명하여 아래에 임하여 밝게 빛나니 악을 없애고 사특함을 제거하려고 하늘의 그물이 빙 둘러쳐 있다. 지금 만약 징계하지 않는다면 내가 장차 정배(定配)를 보내겠노라. 하늘이 이에 진노하여 너희 무리를 영원히 진멸할 것이니 네가 비록 지혜를 춤추고 교묘함을 드려도 네 죽음을 구하지 못할 것이다. 또한 장차 강궁(强弓)을 잡아 독화살을 당겨 너를 찾아 죽여서 사지를 가르고 살을 갈기갈기 찢을 것이니 지금 빨리 가지 않는다면 후회가 막급일 것이다. 바다의 한 귀퉁이와 하늘의 가장자리가 너의 즐길 곳이요, 거처할 곳이니 다시는 (이곳에) 머무르지 말고 머뭇거리지도 말아라. 일진이 좋으니 어서 떠나라. 율령(律令)을 받은 것처럼 급히 서둘러라.[38]

이 정도의 협박이라면 아무리 귀신 아니라 귀신 할아비라도 떨면서 천리만리 달아날 것이다. 그러나 최연은 정말 시마를 멀리 떠나보내고 싶었던 것이었을까. 앞의 글을 읽으면서 정말 떠나기를 바라는 느낌이 드는가. 시마가 만약 떠나지 않을 경우 어떤 무서운 벌을 내릴 것인지를 과장된 어조와 몸짓으로 기술하고 있다. 이런 식의 어조는 대체로 자신이 표현하고자 하는 내용을 숨기기 위한 상투적인 수법이다. 게다가 섬뜩한 표현으로 겁을 잔뜩 준 뒤에 "너 오늘 일진 좋은 줄 알아라. 이제 내게서 떠나면 모든 걸 다 용서해 줄 테니 마치 율령을 받아 길 떠나는 사람처럼 즉시, 재빨리 떠나라. 안 떠났다가는 나중에 후회막급일 거야!"라고 말하고 있다. 그는 과장된 몸짓과 어조 속에 시마가 자신의 절친한 벗임을 은연중에 드러내고 있다.

이규보와 최연이 보여주고 있는 '시마의 죄상'이란 오로지 시만 생각하고 시에 죽고 시에 사는 시인으로서 누리는 특권에 대한 '즐거운 비명'일 뿐이다. 그리고 보면 시마는 이마에 뿔 달린 귀신이 아니라 시인으로 하여금 시를 쓰지 않고서는 견딜 수 없게 만드는 '억제할 수 없는 충동'의 다른 이름일 따름이다.[39]

심각한 내용을 심각하게 이야기하는 것도 상대방을 설득하는 중요한 방식이지만 심각한 내용을 짐짓 장난스럽게 이야기하는 것도 효과적인 방식이다. 특히 사회적으로 제기하기 어려운 문제일수록, 사회적 반향을 불러일으킬 만한 내용일수록 장난스럽게 이야기하는 방식이 더 강력한 힘을 발휘하는 경우가 많다.

장난 속의 진실

앞에서도 잠깐 이야기한 것처럼 이규보와 최연의 글은 자칫 자신의 재능을 노골적으로 자랑하는 것으로 '만' 읽힐 여지가 충분히 있다. 하지만 이규보나 최연은(나아가 앞에서 인용했던 한유까지도) 그 자체로 이미 쓰기 어려운 글을 자유자재로 구사하면서 과장된 어조와 몸짓, 장난스러운 태도 뒤에 숨어서 빠져나갈 구멍을 만들어놓고 있다. 누군가가 심각하게 문제를 제기하면서 공격해온다 해도 그들은 "이거 그냥 장난 삼아 지어본 거예요. 뭐 그렇게 심각하게 읽으세요?" 하고 가볍게 웃어넘기면 그만이다. 순식간에 전세가 역전되어 문제를 심각하게 제기했던 상대방은 졸지에 분위기 파악도 하지 못하고 어설프게 목에 힘을 준 사람이 되는 것이다. 정말 신기하지 않은가.

누누이 말했지만 한유의 「송궁문」을 비롯하여 이규보와

최연의 글은 기본적으로 장난스럽게 지은 희작임에는 틀림 없다. 그러나 단순히 희작으로 취급하여 논외로 할 것인가 하는 점은 생각해볼 문제다. 근대 이전에 문자를 소유하는 것, 특히 문자를 자유자재로 활용하는 것은 그 자체가 이미 강력한 사회적 권력을 가진 것이나 다름없다. 하지만 권력이 란 언제나 야누스적인 양면성을 갖는 법이다. 문자의 소유 는 권력의 소유로 연결되기도 하지만 문자 때문에 생명을 잃 기도 하기 때문이다. 그 두 축 사이에서 그들은 아슬아슬한 줄타기 또는 균형 잡기를 하면서 일생을 보낸다.

중세의 지식인들에게 글쓰기는 현실에서의 삶과 직접적으 로 연결되는 경우가 많았다. 그러므로 그들은 자신이 딛고 선 자리를 항상 확인해야 했다. 사상적 기반뿐 아니라 나아 가고 있는 방향, 나아가야 할 방향 등을 수시로 점검해야 했 다. 이규보나 최연에게 시마는 달콤한 권력을 선사하는 원인 이기도 했지만 시대, 역사, 인생의 진리 등을 포괄적으로 꿰 뚫어볼 수 있는 힘을 제공하는 원천이기도 했다. 동시에 시 마가 갖는 파괴적 힘은 당대 질서 속으로 편입되기에는 많은 어려움이 있었다. 그런데도 그들은 시마의 중요성을 직시하 고 사람들에게 툭 던져보는 것이다. 그때 가장 효과적인 방식은 역시 과장된 어조와 몸짓, 웃음을 내용에 앞세우고 근 엄한 사람들에게 장난스럽게 말을 거는 것이 아니었을까 싶 다. 그 웃음 뒤에 숨어 있는 진짜 시마의 정체를 밝혀봄으로 써 중세 지식인들이 시마를 통해 문학의 어떤 점을 이야기 하려고 했는지 추적해볼 수 있다.

시의 탄생과 시마

자연스러운 글과 꾸미는 글

시의 탄생을 아는 사람이 있을까마는 시원(始原)에 관심이 없는 사람은 드물 것이다. 어떤 사물이든 시원을 찾아 떠나는 여행은 호기심을 불러일으키기에 충분하다. 하물며 인간의 감성을 끝없이 자극하면서 깊은 비의(秘義)를 감춘 것처럼 보이는 시의 탄생에 대해서는 말해 무엇하겠는가.

문학개론 책에 단골로 등장하는 것 가운데 하나가 '……이란 무엇인가?'라는 기원에 대한 질문이다. 그 가운데 중요하면서도 짐짓 진지하게 던져지는 화두가 바로 '시란 무엇인가?'이다. 그러나 어떤 것이든 '……이란 무엇인가?'라는 질문에 명쾌하게 답을 한 것이 없다. 본질을 묻는 질문처럼 중요하면서도 공허한 질문이 또 있을까 싶을 만큼 질문의 범위가 매우 넓기 때문이다. 그래서 차라리 "……은 누구의 것이며, 무엇을 위한 것이며, 무엇 때문에 성행하는가"라는 식의 전혀 다른 질문을 하는 것이 중요하다고 한다. 다시 말해 이것은 누구의 시인가, 누구를 위한 시인가, 왜 이런 시가 성행하며 독자의 반향을 불러일으키는가, 이 시는 이 시대에 우리에게 어떤 의미를 던지는가 등의 질문을 하는 것이 보다 더 창조적이고 생산적인 논의로 나아가는 방법이라는 것이다.

그런데도 인간이 어떤 지점에서 시와 만나는가 하는 문제는 정말 호기심을 자극하는 문제가 아닐 수 없다. 그러므로 이 장에서는 옛사람들이 그 문제를 어떤 방식으로 풀어나갔는지를 살펴보고자 한다. 그러기 위해서는 먼저 시의 탄생과 시마의 관계부터 짚고 넘어가야 한다.

시귀는 계기가 마련되기만 하면 언제든지 접속 가능한 존재다. 글을 전혀 모르는 사람이 어느 날 갑자기 훌륭한 시인이 된다는 이야기는 시가 갖는 설명 불가능성을 강조하는 이야기 수법이라 하더라도 시귀가 외부로부터 들어온다는 느낌은 떨쳐버릴 수 없다. 물론 시귀가 인간 내부에 존재하는 문학적 열정을 비유하는 것이고, 그것이 어느 날 갑자기 깨달음처럼 다가옴으로써 마치 귀신 들린 듯 뛰어난 시인으로 돌변하는 것이라고 한다면 문제는 달라질 가능성이 있다. 하지만 얼마 지나지 않아 귀신이 그를 떠나고 이후 그의 삶은 시귀를 맞이하기 이전과 같은 시맹자(詩盲者)로 돌아간 점을 고려한다면 시귀의 존재를 인간의 내면적인 면으로만 얽어두는 것은 문제가 있다. 아무튼 시귀가 이렇게 인간의 외부로부터 어느 날 갑자기 주어지는 존재라면 시마는 조금 달리 생각해볼 여지가 있다.

시마도 외부로부터 주어진다는 이야기가 없는 것은 아니다. 그러나 시마는 시인이 태어날 때부터 옥황상제나 하느님의 명령으로 함께 하계로 내려와 평생을 함께 생활하는 존재로 그려진다. 다시 말해 시인이 태어나는 순간 시마는 그의 몸속에서 함께 살아가는 것이다. 이규보의 이야기를 떠올려보자. "내 비록 보잘것없는 마귀이지만 또한 상제에게 인정을 받는 자다. 처음 네가 태어날 때 상제께서 나를 보내 따라다니도록 했다. 네가 갓난아기일 적에도 몰래 숨어서 떨어지지 않았고, 네가 어린아이일 때에는 남몰래 엿보고 있었으며, 네가 청년이 되었을 때에도 온 정성을 다해 쫓아다녔다." 항상 시마와 함께하는 삶, 이는 어렸을 때부터 시만을 생각하면서 시를 쓰는 것이 삶의 전부라고 생각한 사람을 표현하는 구절이다. 시가 중세 지식인들에게 보잘것없는 것이라는 인식은 철학적 사유와 비교하여 그렇다는 뜻이며 이는 근대 이전의 문헌에서 흔히 나타난다. 과거가 아니면 입신(立身)하기 어려웠고 그들의 입신 여부는 개인뿐 아니라 가문 전체에 미치는 영향이 매우 컸다. 하지만 그들은 과거만을 위한 문장 수업에는 여지없이 비난과 폄하의 태도를 보였다. 스스로가 장옥문자(場屋文字, 과거시험에 사용되는 문장을 가리키는 말로, 형식적이고 수사적인 것에 치중함으로써 내용을 소홀히 한다는 비판을 할 때 사용하는 비평 용어다) 수업을 통해 과거에 합격했는데도 그에 대한 비판은 여전히 신랄했다. 그들에게는 글공부를 통해 삶을 어떻게 바꾸어나갈 것이며, 사회를 어떻게 이끌어갈 것이며, 우주의 존재론적 의문에 어떤 답을 내놓을 것인가 하는 등의 문제가 훨씬 더 중요했다. 이에 비하면 시를 쓰거나 시를 쓰게 만드는 시마의 역할은 그리 대수로울 것이 없는 셈이다.

시문이 대수롭지 않은 기능을 갖고 있는데도 사람들이 기대를 거는 것은 다분히 동상이몽적이라고 할 수 있다. 도덕주의 시론을 주장하는 사람들에게 시문은 일종의 당의정(糖衣錠) 같은 기능을 한다. 교훈적인 내용을 그냥 전달하면 사람들이 잘 읽지 않으므로 달콤한 말로 겉을 감싸서 자연스럽게 전달하는 것은 동서고금을 막론하고 옛날부터 널리 애용되어오던 논리다. 현실주의자들에게 시문은 인간이 쉽게 파악하지 못하는 사회의 한 단면을 가장 전형적으로 드러냄으로써 사람들에게 현실을 예각화시켜서 전달하는 도구이며, 예술지상주의자들에게는 인간에게 즐거움을 주는 도구다.

입장에 따라 다양한 차이를 보이면서 시문의 기능을 논의하는 것은 그리 대수로운 일도 아니다. 시문관의 변화는 사람, 시대, 신분에 따라 확인할 수 있기 때문이다. 그러나 이런 차이와 상관없이 갖게 되는 기본 태도가 있다. 얼마나 자연스럽게 작품을 창작하는가 하는 점이다. 앞서 이야기했던 중세 지식인들의 장옥문자에 대한 비판도 이와 밀접한 관련이 있다. 과거를 보기 위해 정해진 문투(文套)와 시체(詩

體), 수사와 압운 등을 연습하는 것은 필수적이다. 그러나 어렸을 때부터 그것만 연습하다보면 글을 쓰는 방식이나 사유 능력이 고착화된다. 이에 대해 고려 후기 문인 임춘(林椿)은 과거시험장에서 사용되는 문장을 읽어보면 정교하게 구성되어 있기는 하지만 사실은 남의 말을 흉내내는 배우의 말과 같은 종류의 글이라고 밝힌 바 있다.[40] 하나의 목표를 위해 오랫동안 문장 수련을 해왔으니 얼마나 정교하고 주도면밀하게 썼겠는가. 그러나 아무리 정교한 글도 읽어보면 자기의 창조적인 생각을 썼다기보다는 선현들의 생각을 잘 얽어서 한 편의 글을 짜맞춘 것이므로 이는 결국 자신의 말이 아니라 대본을 읊는 배우의 말과 같은 셈이다.

모범적인 글쓰기

그렇다면 어떤 글쓰기가 모범적인 것인가. 이규보의 충고를 들어보자.

　대저 시는 의(意)를 주로 삼으니 뜻을 만드는 것이 가장 어렵고 말을 엮는 것이 그다음이다. 뜻 또한 기(氣)를 주로 삼으니 기의 우열로 말미암아 이에 깊고 얕음이 있게 된다. 그러나 기는 하늘에 근본하여 배워서 얻을 수 없으므로 기가 약한 사람은 조탁한 문장을 공교롭다고 여겨서 일찍이 뜻을 우선으로 삼은 적이 없다. 대개 그 문장을 아로새기고 그 구절을 화려하게 색칠한 것은 진실로 아름답다. 그러나 그 속에는 함축되어 깊고 두터운 맛이 없으니 처음에는 즐길 만한 것 같지만 다시 씹어보면 맛은 이미 다하게 된다.[41]

널리 알려진 이규보의 이 발언은 특히 문기론(文氣論)의 중요한 전거로 인용되면서 기의 성격이 무엇인가에 대한 논란을 불러일으키기도 했다. 여기서 말하는 기의 구체적인 성격은 이 글의 주된 관심사가 아니므로 일단은 글을 쓰기 위한 작가의 재능 또는 바탕의 측면을 언급하는 것이라고 해두자. 아무튼 이규보에 의하면 기는 하늘에 근본하기 때문에 인위적인 노력으로는 배울 수 없다. 이는 문학 창작이 어느 수준에 이르면 천부적인 부분이 작용하지 않을 수 없다는 점을 인정하는 것이다. 인간의 노력으로는 천부적인 부분을 도저히 극복할 수 없으므로 사람들은 자신의 글을 아

름답게 수식하여 꾸미려고 애쓴다. 이는 그의 또다른 장편
시 「논시論詩」[42]의 한 부분에서도 직접 언급한 바 있다.

邇來作者輩	근래에 시 짓는 무리는
不思風雅義	풍아의 뜻을 생각하지 않고
外飾假丹靑	붉고 푸른색 빌려 겉으로만 꾸미고
求中一時嗜	한때의 기호에만 영합하기를 구할 뿐
意本得於天	뜻이란 본래 하늘에서 얻는 것
難可率爾致	갑작스럽게 이를 수 있는 건 아니라오
自揣得之難	얻기 어려운 걸 스스로 알고
因之事綺靡	그걸 핑계로 아리따운 것만 일삼고
以此眩諸人	이것으로 사람들을 현혹하여
欲掩意所匱	뜻이 다하는 곳을 숨기려 하지

이 시에 따르면 사람들이 화려하고 아름다운 문장을 추
구하는 것은 전적으로 자신의 창조적인 샘이 말라버렸기 때
문이다. 그러나 그것은 하늘이 인간에게 내려주는 특별한
재능이기 때문에 극복할 수 없는 간극이다. 그 간극이 없다
면 누구나 좋은 시를 쓸 수 있으므로 시를 쓰는 능력이 그

리 특별할 것도, 대수로울 것도 없다. 간극을 메울 수 없는 사람들은 기본적인 풍아의 뜻(그 뜻이 무엇인지도 따져보아야 하겠지만)을 생각하면서 자기가 쓸 수 있는 만큼만 쓰면 되는데, 분수도 모르고 마구 글을 쓰려다보니 화려하고 수식만 하는 천박한 글이 된다는 것이다.

이규보가 말하는 하늘은 인격신적 성격을 갖는 것이 아니다. 물론 그것은 인간의 능력이 기대는 최후의 보루이고, 천지자연을 총괄하는 하나의 이법이며, 인간이 인간일 수 있게 하는 제1원인으로서의 역할을 하는 등 정말 다양한 의미를 지닌다. 그러나 여기서 중요하게 여겨야 할 것은 '자연스러움'이다. 이것이야말로 모든 문인이 존중하고 요구했던 매우 중요한 창작 원칙이다. 심지어 쓸데없는 문장을 짓지 말라고 충고했던 최고의 도학자 이이조차도 "시란 성정에 근본을 두는 것이어서 거짓으로 시를 완성하는 것이 아니다. 시의 성음의 높낮이는 자연스러움에서 나온다"[43]라고 한 바 있다. 자연스러운 창작이 이루어지지 않는 한 좋은 생각이나 내용은 그냥 평범한 진술이 되고 만다.

논지를 정리할 겸 다시 한번 간추려보자. 창작을 위해서는 논리적으로 해명할 수 없는 천부적인 부분이 존재한다는 점, 그것이 자연스럽게 흘러나와야 한다는 점, 그것에 인위적인 노력이 들어가는 순간 수식과 거짓이 끼어든다는 점 등이 주요 논점이었다. 그러나 문제는 이런 정도의 성질만으로도 문학의 차원으로 발을 들여놓는 것이 가능한가라는 점이다. 자연스러운 것으로 꼽자면 갓 태어난 아기들이 대표적일 것이다. 순진한 시골 노인들이 하늘에 가까운 생각을 얼마나 할 것인가. 때때로 그들은 남을 의식하지 않고 마음속에서 우러나오는 생각을 자연스럽게 표현할 것이다. 주변 상황이야 어떻든 생각나는 대로 마음껏 떠들면서 담소를 나눌 것이다. 그런 것이야말로 가장 위대한 시라고 감탄하는 선현들이 있었지만 그것은 일종의 역설이었다. 너무나도 인위적인 글쓰기가 횡행한 나머지 그에 대한 강력한 비판과 경계의 의미를 담은 메시지였다. 설사 그들의 이야기를 문학의 범주에 넣는다 해도 그다음에 일어나는 문제는 감당이 되지 않는다. 아기들의 옹알이도 시가 될 것이며 노인들의 중얼거림도 시가 될 수 있다. 물론 그것이 시가 될 수 없다고 절대적 기준을 적용하자는 것은 아니다. 그러나 그것을 모두 인정하면 남는 것은 아무것도 없다. 지나치게 넓은 범주와 느슨한 기준을 적용한 나머지 문학이라는 범주 자체가 필요

없는 상태가 되어버리는 것이다. 우리가 논의해야 할 것은 그것을 어떻게 문학의 영역 안으로 끌어오는가 하는 점이다.

시의 탄생과 시마의 죄상

생각해보면 시가 탄생하는 지점에서 시마의 존재를 개입시키지 않을 수 없다. 이규보도 고심 끝에 바로 그 지점에서 시마를 개입시킨 듯하다. 이규보는 시마의 죄상을 들어 비난하면서 역설적으로 시마가 무엇인지를 묻는 방식의 글쓰기를 했는데, 그가 든 첫번째 죄는 다음과 같다.

사람이 처음 태어났을 때에는 태고의 순박함이 있었다. 꾸미지도 않았고 화려하지도 않아서 아직 피어나지 않은 꽃과 같았고, 예민한 귀를 잠가놓고 밝은 눈을 가려놓아 마치 눈이나 귀 구멍을 뚫어놓지 않은 듯했다. 누가 그 문을 지키고 그 자물쇠를 허술하게 했기에 마귀 네가 그 틈으로 들어와 우두머리라도 되는 양 여기에 의탁하고는 세상 사람들을 현란하게 하면서 색칠을 하고 요술을 부리고 기이한 술법을 쓰면서 비틀

비틀 무릎걸음으로 걷거나 몰려다니고, 또는 아양을 부려 온 몸과 뼈마디를 부드럽게 녹이며, 또는 벼락을 울려 소리를 내고 풍랑을 거세게 일으키는가? 세상이 너를 장하게 여기지도 않는데 어찌 그리 날뛰며, 사람들이 너를 공이 있다고 여기지도 않는데 어찌 그리 가혹하게 구느냐? 이것이 바로 너의 첫번째 죄다.44

태고의 순박함이란 인간이 태어나던 첫 모습으로 신분이나 사회적 차이를 넘어 인간이라면 누구나 하늘로부터 부여받는 바탕이다. 그것은 인간이 인간의 고유성을 지키면서도 천지자연과 조화를 이루며 살아갈 수 있게 하는 힘이다. 노자나 장자라면 마땅히 잘 지키려고 했을 법한 이 순박함 (그렇다고 유학자나 승려 들이 그것을 배척했다는 것은 아니다. 그들도 이 순박함을 중요하게 생각했지만 그것을 바라보고 다루는 시점은 서로 상당한 차이를 보인다)은 태어나는 순간 어떤 힘에 의해 침범당한다. 그것이 바로 시마다.

이규보가 암시하고 있는 것처럼 여기서는 『장자』의 혼돈 (混沌) 고사를 떠올리게 된다. 어떤 인위적 행위도 가해지지 않은 순박함 그 자체의 상징인 혼돈은 그를 위해 눈, 귀, 코

등 일곱 구멍을 뚫어준 뒤 죽음에 이른다는 장자의 우언은 시사적이다. 이는 하늘로부터 부여받은 천부적 자질이 작위(作爲) 때문에 사라짐을 의미한다. 혼돈은 최연의 「축시마」에서 더 명확하게 사용되면서 인간의 의도적 꾸밈이 어떻게 인간의 순박함을 갉아먹는지를 이야기한다. 최연은 "옛날 혼돈이 아홉 개의 구멍으로 나뉘지 않았을 때에는 풍속이 질박하고 인정이 두터웠으며 소박하고 간략하여 무늬가 없었다. 제가 빌미를 만든 이후로 어지러이 뒤섞이더니 도끼를 잡고 희롱하여 재빠르게 휘둘러 어지럽게 만들었다"45라고 하면서 시마를 준엄하게 꾸짖었다. 그도 시마가 그렇게 만들었다고 생각한 것이다.

사람은 처음 태어났을 때의 순백색 본성에 채색되지 않을 수 없다. 이는 현실적으로 불가능한 일이다. 다만 그 채색을 어떻게 할 것인지가 매우 중요하다. 노자나 장자는 흰색을 칠하라고 권했지만 공자는 올바른 색(자줏빛과 같은 간색間色이 아니라 정색正色)을 이용하여 칠하라고 했다. 이는 천지자연과 조화롭게 살아가는 방식이기도 하며 인간과 인간이 서로 존중하며 살아가는 방법이기도 했다. 그러나 어떤 방식이든 채색을 하다보면 인위적인 생각이나 행위가 포함되기 마련이며 쉽게 욕망이 끼어들게 된다. 순박함을 갉아먹는 것은 바로 가장 경직된 작위, 인간의 이기적인 욕망이다.

인간의 '이기적' 욕망이라고 한 것은 다른 욕망과 구별하려는 의도에서다. 사실 욕망이라고 해서 모두 나쁜 것은 아니다. 이웃과 잘 지내고 싶은 것도 욕망이고, 나를 희생하면서까지도 다른 사람의 목숨을 살리고 싶어하는 것도 욕망이며, 돈을 많이 벌고 싶은 것도 욕망이고, 아름다운 사람과 평생을 함께하고 싶어하는 것도 욕망이다. 그 가운데에는 시를 쓰고 싶어하는 욕망도 있다. 좋은 시를 써서 이름을 날리든 부귀영화를 누리는 도구로 삼든 그 역시 욕망이다. 시를 쓰고 싶은 욕망은 사람에게 천국과 지옥을 동시에 가져다준다. 그 차이는 앞서 백낙천의 글을 인용하여 이야기한 바 있듯이 시선과 시마의 차이와 비슷하다. 그러므로 시를 쓰고 싶은 욕망이 너무나도 강렬하여 다른 일상보다 우선순위에 놓을 때 그가 시마에 걸렸다고 여기면서 사회적으로 배제시킨다.

인간의 순연한 본성에는 태어나는 순간 주어지는(어쩌면 '길러진다'고 해야 할지도 모른다) 수많은 욕망이 있다. 그 가운데 문학적 욕망도 한자리 차지한다. 끊임없는 문학적 열망이 우리 앞에 놓일 때 다른 일상은 눈에 들어오지 않는다. 다른 사람과 차이가 있는 생활은 곧 그를 사회적으로 배제시키게 되고 사람들은 그가 시마에 걸린 것이라고 수군거린다. 그런 점에서 문학 창작이란 일종의 천부적 재능이며, 나아가 작가란 하늘로부터 선택받은 특별한 인물인 셈이다.

시마,
우주를 이야기하다

도와 시

근대 이전의 문학론을 읽다보면 우주론적·형이상학적 문학론의 시각이 자주 등장한다. 즉 문학의 존립 근거 내지는 출발지를 우주의 도에서 시작하는 경우가 흔하다는 것이다. 그것을 어떤 용어로 부르든지 그 존재가 일종의 형이상학적 도라는 사실은 분명해 보인다. 천지자연을 관장하는 보이지 않는 이법이 문학의 궁극적 존재 원인이 된다면 문학도 천지자연을 구성하는 한 사물이라는 것이다. 중세 지식인들, 특히 조선시대 성리학자들이 문학을 작은 기술〔小技〕이라고 폄하하는 듯한 말을 하면서도 손에서 놓을 수 없었던 것도 모두 이 때문이다. 그 대표적인 예를 이이에게서 찾아볼 수 있는데, 그의 글 한 편을 온전히 인용해보자.

천지 사이 만류 중에 소리가 있는 것은 누가 그렇게 시켜서 그런 것인가? 초목이 울창한 숲은 움직이지 않으면 그 본체는 소리가 없는 것인데, 바람이 그것을 움직이게 하면 소리를 낸다. 그렇다면 초목에 소리가 나도록 하는 것은 바람이다. 쇠와 돌의 단단함은 치지 않으면 그 본체 역시 소리가 없다. 어떤 사물이 그것을 치면 소리를 낸다. 그렇다면 쇠와 돌을 소리나도록 하는 것은 또한 사물이다. 무릇 만류가 떼를 지어 날고 법석대면서 소리를 내는 것은 역시 반드시 그렇게 시키는 것이 있다.

사람이 세상에 태어나서 오장이 안에 갖추어지고 백해(百骸, 모든 뼈마디)가 밖에 형체 지으니 그 근본이야 어찌 소리가 있겠는가? 기가 안에 쌓여서 밖에 발출된 연후에라야 소리를 낸다. 그런즉 사람에게 소리를 내게 하는 것은 기다. 소리의 발출 또한 한 가지가 아니다. 쓸모없는 소리가 있고 쓸모 있는 소리가 있다. 재채기나 코 고는 소리 등은 사람 소리 중 쓸모없는 것이고 꾸짖는 소리나 웃음소리 류는 사람 소리 중 쓸모 있는 것이다. 쓸모 있는 소리 가운데에도 또한 아름다운 소리와 나쁜 소리가 있다. 사람이 그 소리를 듣고 좋아하면 아름다운 소리가 되고 싫어하면 나쁜 소리가 된다. 아름다운 소리 중에서도 또한 실성(實聲)과 허성(虛聲)이 있다. 입에서 나와 글에 드러나지 않는 것은 허성이 되고, 입에서 나와 글에 드러나면 실성이 된다. 실성 중에서도 또한 바른 것, 부정한 것, 바른 것 같지만 부정한 것, 부정한 듯하지만 바른 것이 있다. 사람이 소리를 발하여 다른 사람에게 좋게 받아들여지고, 사람들에게 좋게 받아들여지면서 글에 드러나며, 글에 드러나면서 올바름에 합치되는 것, 이것을 일컬어 선명(善鳴)이라고 하니 선명의 공이 얼마나 어려운가!

휴양(休壤) 최입지(崔立之)는 선명에 가까운 사람이다. 그 문장이 비록 크게 이루어지지는 않았지만 그 뜻은 올바름에 기약한 사람이다. 그것을 일삼아서 게으르지 않은즉 올바르게 됨에 무슨 어려움이 있겠는가? 내가 들으니 만류 중에 소리가 있는 것은 그 본체가 크면 소리 역시 크고 그 본체가 작으면 소리 역시 작다고 한다. 입지의 소리가 크니 그 본체의 큼을 알 수 있겠다. 사람의 본체는 마음이니 입지의 마음은 크다고 할 수 있겠다. 또 내가 들으니 그것을 크게 부딪히면 소리의 발출도 크고 작게 부딪히면 소리의 발출도 작다고 한다. 그러므로 큰바람이 초목을 움직이게 하면 마치 천지를 뒤흔드는 듯하고 작은 바람이 불어오면 한 번 흔들리는 것에 불과할 따름이다. 쇠와 돌의 때림 역시 이와 같다. 사람이 소리에서 기가 크면 그 소리를 크게 하여 그것을 발출하고, 기가 작으면 곧 그 소리를 작게 하여 발출하게 된다. 입지의 기는 가히 크다고 할 만하다.

아! 초목의 소리는 바람이 시키는 것인데, 바람의 바람됨은 누가 그렇게 시키는 것인가? 쇠와 돌이 사물에 부딪힘은 그 또한 누가 그렇게 시키는 것인가? 사람이 소리를 냄은 기가 그렇게 시키는 것인데, 기의 기됨은 누가 그렇게 시키는 것인가? 기의 기됨은 마음이 시키는 것인데, 마음의 마음됨은 누가 그렇게 시키는 것인가? 마음의 마음됨은 천지가 그렇게 시키는 것인데, 천지의 천지됨은 누가 그렇게 시키는 것인가? 천지의 천지됨은 무극태극(無極太極)이 시키는 것인데, 무극태극이 무극태극됨은 누가 그렇게 시키는 것인가? 입지가 이것을 안다면 나를 위해 말해주게나.[46]

이 글은 이이가 중국 한유의 글을 염두에 두면서 후배인 최입지에게 써준 것이다. 여기서 등장하는 선명이란 한유가 「송맹동야서送孟東野序」에서 이야기하는 개념이다. 선명이란 '잘 울린다', '잘 운다'는 뜻으로 어떤 사물에 무엇이 부딪혀서 소리를 낼 때, 부딪혀 소리를 내는 사물의 본체가 잘 갖추어져 있을 때 소리를 잘 낼 수 있다는 것이다. 잘 다듬어진 쇳덩어리를 다른 쇠뭉치가 때릴 때 아름다운 피아노 소리를 낼 수 있는 이치와 같다. 대충 다듬은 것을 때린다면 그 소리도 정제되지 않은 소리가 날 것이다. 따라서 선명은 잘 울기 위해 부단히 심성 수양을 쌓아야 한다는 점을 전제로 하는 단어이기도 하다.

본격적인 문학 이론이 발달하기 어려웠던 근대 이전 우리나라의 상황으로 미루어볼 때 이이의 글은 참으로 소중하다. 특히 성리학자의 정제된 문학론을 보여주는 것으로 이 글만한 것이 없다. 개인 수양을 강조했던 성리학자답게 그는 글을 쓰기 위한 기초적인 작업으로 개인의 정신적·도덕적 수양을 꼽았다. 거대한 몸체를 지닌 것이라야 크고 웅장한 소리를 낼 수 있는 것처럼 개인 수양이 얼마나 깊고 튼실한지에 따라 그의 글도 깊이와 스케일을 달리한다는 점이 중심 논지다. 거기에는 외부적인 요인, 즉 큰 몸체를 때리는 거대한 힘을 절묘하게 만나야 하겠지만 적어도 그 이전에 갖추어야 할 도덕적 전제가 있어야 그런 기회가 왔을 때 깊고 아름다운 글을 쓸 수 있다는 것이다.

이이의 글은 최입지에게 글쓰는 방법을 충고하는 형식으로 되어 있다. 이는 역설적으로 당시 글쓰는 관행이 이 글의 내용과는 다른 방향으로 전개되고 있었으리라는 추정을 가능하게 한다. 이이나 최입지는 이미 당대 여덟 명의 문장가를 부르는 '팔문장(八文章)'에 속했거니와 글쓰기에 대한 이같은 관심은 시문을 바라보는 당대의 관점을 상징적으로 보여준다.

마지막 부분의 내용은 주목을 끌 만하다. '사람의 소리-기-마음-천지-무극태극'으로 이어지는 순차적 배열은 인간의 소리(이이가 이미 밝힌 것처럼 사람의 소리 가운데 가장 깨끗한 것이 바로 시다!)가 근거하는 형이상학적 지점을 찾아가는 노정기다. 사람의 소리만이 이런 과정을 거쳐 나타나겠는가. 다른 사물도 똑같은 과정을 거쳐 나타나거나 자신의 형체를 드러낸다. 현실적으로 눈에 보이는 사물은 개별적으로 차이가 나지만(萬殊), 그 시원을 찾아 올라가보면 무극태극이라는 어떤 형이상학적 지점을 동일하게 갖고 있다(理一). 이 논의에 따르면 다른 우주만물과 마찬가지로 글쓰기도 우주의 보편적 원리 또는 이법을 드러내는 소중한 도구다. 비록 글쓰기가 하찮은 하나의 기술에 불과하다고 평가받을지라도 그 이면에는 거대한 우주와 통하는 통로를 포함하고 있는 셈이다.

그러나 깊이와 크기를 알 수 없는 천지와는 달리 인간의 심성은 드러나는 순간, 또는 태어나는 순간 협소하기 그지없는 수준으로 떨어져버린다. 그리고는 우주와 소통할 수 있는 통로를 잃어버린다(또는 잊어버린다). 성리학자들이 심성 수양의 중요성을 강조하는 것도 바로 그 통로를 되찾기 위해서다. 그 통로는 인간의 마음속에서 영원히 잊힌 것이 아니다. 구름이 바람에 스치면서 언뜻언뜻 푸른 하늘이 드러나듯이 삶의 굽이마다 얼핏 우주와의 통로가 스치듯 드러난다. 그 지점을 보는 사람들이 시인이고 그 지점에 대한 글쓰기의 결과가 바로 시라 할 수 있다. 그러므로 스치듯이 마주치는 통로를 늘 마주하면서 드나들 수 있다면 그것이 성인의 경지요, 시성(詩聖)의 경지가 아니겠는가. 그러니 성리학자들이 글쓰기의 전제조건으로 심성 수양을 드는 것은 어찌 보면 당연하다.

이렇게 되면 글쓰기를 단순히 문자를 갖고 하는 도락의 한 방법으로 삼아서는 안 된다. 인간 심성의 우주적 통로를 드러내고 숨겨져 있는 천지의 비밀을 풀어내는 것, 그것이야 말로 글쓰는 사람이 자신의 임무로 삼아야 한다. 문자를 사용하되 문자를 넘어서는 깊은 글쓰기의 세계를 구현해야 한다. 장자가 말한 바 있는 천뢰(天籟)도 이런 차원의 이야기다. 만물이 내는 소리, 그것이야말로 가장 위대한 예술 작품이 아닌가 말이다.

하늘, 인간, 문학

그러나 문제는 천지에 대해 아는 바가 별로 없다는 것이다. 천하의 모든 원리가 '무극이태극(無極而太極, 우주의 시원을 설명하는 용어로, 정이천의 『태극도설』 때문에 널리 알려졌다)'에서 비롯되어 천지의 다양한 모습으로 나타난다고 하지만, 천지의 모습이 고정된 것이 아닌 한 어찌 그 실체를 정확히 파악할 수 있다고 하겠는가. 게다가 천지의 마음으로 우리의 마음을 삼는다는 식의 논의도 피부에 와닿기까지는 상당한 수행과 선이해(先理解)가 있어야 가능하다. 물론 이를 인식하지 않은 상태로 살아간다고 해서 우리의 마음이 천지의 마음과 통하지 못하리라는 법은 없다. 오히려 옛 선현들은 그런 상태로 무심히 살아가는 것이 오히려 천지와 통하는 방법이라고 주장하기까지 했다. 그런데도 여전히 우리에게 천지란 오리무중일 뿐이다.

중세 동아시아 담론에서 하늘과 인간 사이의 관계를 어떻게 설정할 것인가 하는 문제는 오래된 하나의 화두나 다름없었다. 중국 현대의 유교 철학자 슝스리(熊十力)는 중국 철학사에서 도깨비 같은 것이 두 가지가 있는데, 하나는 하늘이고 다른 하나는 기라고 했다. 그만큼 개념을 잡기가 어렵다는 것을 뜻한다. 두 가지 개념에 대한 그동안의 논의만 모아도 어마어마할 정도로 정확한 개념을 설정하기 어렵다. 중국 철학사에서 하늘과 인간의 개념에 대한 정의는 복잡다단한 과정을 거쳐 발전해왔다. 하늘의 개념만 하더라도 인격화된 최고신으로 개념을 상정한 것부터 천체현상, 자연현상, 자연현상의 법칙, 필연적인 것, 사물의 원초적 형태, 자연스럽고 합리적인 것, 인간의 육체나 체력, 세계의 본체, 천리(天理), 기독교의 하느님, 자연계 등이 있고, 인간의 개념은 사회현상, 인간사회의 법칙, 인위적 노력, 인간의 인식활동, 인간의 행위, 부자연스럽고 불합리한 것, 인간의 지혜나 도덕, 인간의 본성, 인간의 물질적 욕구, 인류사회 등 다양한 개념을 발견할 수 있다.[47] 이처럼 다양한 개념을 갖고 있기 때문에 문학 창작의 근원으로서 우주 문제를 이야기할 때 우주의 개념 또는 하늘의 개념은 쉽게 그 준거를 만들기 쉽지 않다. 그러나 이 글에서 말하고자 하는 것은 원리의 측면이다. 즉 하늘에 근거한 글쓰기라는 말을 한다고 했을 때의 '하늘'은 글쓰기라는 행위 자체가 근거하고 있는 형이상학적 원리를 주로 의미한다. 물론 이 말도 모호하기는 마찬가지다. 하지만 적어도 우리나라 중세 지식인들의 입장에서 글쓰기의 준거로 거론되는 하늘이란 글쓰기의 저편에 존재하면서 그것의 궁극적 원리로 작동하는 법칙 자체를 의미한다. 그러므로 우리의 논의는 한정되어야 한다.

천지와 하나가 된다는 말이 있는데, 이는 물아일체(物我一體)라는 단어에서 가장 흔하게 접할 수 있다. 세계와 내가 하나가 되는 경계, 즉 물아일체는 중세 동아시아의 전통적인 담론에서 흔히 등장한다. 특히 자연 속을 거닐면서 자신의 모습을 외부의 사물과 독립적인 것으로 인식하지 않고 자신의 형체를 잊은 상태에서 천지자연과 완전히 하나가 되는 경지를 경험하는 일종의 심리적 태도를 가리킨다. 이 특수한 경험은 물아일체의 감정이입이라고 해도 지나친 말이 아니며, 철저히 개인적인 경험에 의존하기 때문에 일찍이 설명이 가능하지 않다는 사실이 지적된 바 있다. 그것은 한편으로는 언어가 갖는 불완전성에 기반을 둔 논의다. 일상생활에서도 우리는 어떤 상황에 알맞은 단어나 문장, 표현을 찾기 쉽지 않다. 하물며 심미적 감상의 측면에서 자신이 일으킨 흥취의 내용이나 성격을 언어로 표현해낸다는 것임에랴.

그러나 천지의 문제에서 글쓰기의 모든 원리를 잡아낸다는 것은 자칫 관념화의 길로 나아가도록 재촉하는 위험을 내포한다. 글쓰기란 우리 삶의 보편성을 증명하기 위해 존재하는 것이 아니다. 사물들 간의 차이를 드러냄으로써 그것이 작고 하찮은 것이라 할지라도 완전히 새로운 독자성을 발견하고 그것을 용인하는 논의를 강화시키는 점이 글쓰기의 중요한 면이라 할 수 있다. 그런데도 글쓰기의 모든 면을 우주론적·형이상학적 결론으로 이끄는 쪽으로만 몰고 간다면 그것은 무지의 담론이요, 독재적인 담론이다. 어쨌든 천지의 문제가 글쓰기와 어떤 형태로든 연관을 갖는다면 천지의 파악이 하나의 전제조건으로 위치하게 된다. 내가 알지 못하는 천지의 완전한 모습 또는 전체적인 모습을 어떻게 파악한단 말인가.

직관과 천기

바로 이때 직관적 방법이 필요하다. 직관이란 일반적으로 추리나 관찰, 이성이나 경험 등으로는 도저히 이를 수 없는 인식을 얻는 힘을 말한다. 이것은 경험의 집적 이후에 어느 한 순간 경험하는 비약이다. 그 비약의 순간을 경험하면 그 이전의 세계 인식과 이후의 세계 인식 사이에는 엄청난 차이가 생긴다. 『대학大學』에서 밝힌 바와 같이 "하루아침에 활연히 관통"하게 되는 경지가 바로 직관이며 선사들의 깨달음도 그와 같은 경험의 순간을 말한다. 그 경험은 우리의 일상적 언어로는 설명이 불가능하기 때문에 부득이 전혀 합리적이지 못한 논리의 언어로 그런 경지를 표현하기도 한다. 선사들이 자신의 깨달음을 읊은 오도송(悟道頌)이 대부분 모순어법의 극치를 이루는 것은 바로 그런 이유 때문이다. 아울러 성리학자들도 그 깨달음의 순간을 표현하기 위해 자연의 한순간을 포착하여 이법의 발현을 상징하기도 한다.

春深院落淨無埃 봄 깊은 뜨락엔 티끌 하나 없이 깨끗한데
片片殘花點綠苔 조각조각 남은 꽃 푸른 이끼 위에 지네.
誰道少林消息絶 소림의 소식 끊어졌다 그 누가 말했는가
晩風時送暗香來 저녁 바람에 그윽한 향기 실려오는 것을.[48]

이 작품은 고려 후기 승려 혜심(慧諶)이 스승 보조국사(普照國師)의 열반 소식을 듣고 쓴 시다. 하지만 그런 사전 정보를 모르는 상태에서는 아름다운 한 편의 서정시일 뿐이다. 늦봄, 고요한 뜨락에 떨어지는 꽃송이가 푸른 이끼와 선명한 색채 대조를 이루는 것도 아름답지만, 설핏 코끝에 스치는 향기에서 스승의 냄새와 함께 법의 냄새를 맡는 이미지는 참으로 절묘하다. 다시 말해 혜심은 인간의 육신을 꽃에, 스승의 법신(法身)을 향기에 비유하여 소림의 소식이라는 어구 속에서 선맥(禪脈)이 전해진다는 의미를 파악할 수 있게 한 것이다. 물론 그 선맥은 향기를 맡은 서정적 자아인 혜심

자신이라는 의미도 동시에 포함한다. 혜심은 봄날 고요하고
정갈한 뜨락에서 마주친 변화의 한순간을 포착함으로써 거
기에 스승의 죽음과 선맥의 이동, 우주의 변화 등을 한 번에
담았다.

이런 방식은 성리학자들이라고 해서 예외가 아니다. 이황
의 시에 다음과 같은 작품이 있다.

露草夭夭繞水涯　이슬 머금은 풀 어여쁘게 물가를 둘렀는데
小塘淸活淨無沙　작은 연못 맑고 깨끗해 모래도 없다.
雲飛鳥過元相管　구름 흐르고 새 지나가는 것 원래 상관있지
　　　　　　　　만
只怕時時燕蹴波　때때로 제비가 물결 차는 것이 두려울
　　　　　　　　뿐.49

이 시는 「유춘영야당游春詠野塘」이라는 제목 그대로 들판
의 작은 연못을 소재로 봄날의 풍경을 아름답게 포착했다.
그러나 단순히 풍경만을 주제로 한 것은 아니다. 맑고 깨끗
한 작은 연못은 작자 자신의 마음을 의미한다. 삿된 욕망과
뒤섞여 순수하지 못한 인간의 감정을 성리학적 수양으로 제

어한 것을 작은 연못으로 표현한 것이다. 맑은 마음은 구름이 흐르거나 새가 지나가도 비추기만 할 뿐 연못의 고요함에는 전혀 지장을 주지 않는다. 그러나 두려운 것은 제비가 수면을 박차면서 고요하던 연못이 일렁이게 되는 것이다. 이는 외물에 의해 자신의 마음이 움직이는 것을 경계한다. 일반적으로 이취시(理趣詩)라고 불리는 이 같은 작품은 단순히 서경적인 차원을 넘어 작가의 마음 경계를 드러낸다. 성리학적 수양으로 정제된 개인의 마음은 세상 만물이나 우주와 통하기 때문에 이성적 질서로는 설명할 수 없지만 어떤 직관에 의해 세계의 질서를 단박에 파악하고 있다. 따라서 불교의 선시나 성리학자의 선취시(禪趣詩) 사이에는 일종의 동일한 구조가 포함되어 있다.

요컨대 직관을 이용하지 않고서는 도저히 다다를 수 없는 지점이 바로 천지의 비밀이다. 그런데 천지의 비밀을 향하는 시선에 따라 다시 세계를 바라보는 방식이 달라진다. 좀더 넓은 의미에서 말하면 그런 이법의 기준 또는 출발점이 외재하는지, 내재하는지에 따라 전혀 다른 문학론과 세계관이 형성된다. 서양의 경우 세계의 모든 기준을 외재하는 신에게 둠으로써 인간의 시선을 천국으로 향하게 했다면, 그 기준을 도에 둔 동아시아의 경우에는 그 도의 소재가 인간의 심성을 비롯하여 모든 만물에 있다는 논의를 폄으로써 인간의 시선을 내면으로 향하게 했다. 물론 동서양을 이런 식으로 단순하게 나눌 수는 없다. 그러나 동아시아의 전통에서 내면 철학의 전통이 강하게 전승되어왔음은 부인할 수 없다. 내면성을 강조하는 시선은 시를 쓸 때 자신의 내면을 통찰하는 것이 중요하다는 점을 역설했고, 내면을 통찰함으로써 천지의 이법으로 나아갈 수 있는 통로를 발견하는 계기로 삼았다.

조선 중기의 문장가 장유(張維)가 같은 시대의 뛰어난 시인 권필(權韠)의 문집에 서문을 쓰면서 "시는 천기다"라는 강렬한 문장으로 시작했을 때 우리는 그 천기를 인간의 외부에 존재하는 절대적인 기준으로 받아들이지 않는다. 천지우주를 움직이는 하나의 거대하면서도 오묘한 축을 천기라고 한다면 이는 천지우주의 진리를 표현하는 가장 뛰어난 언어적 표현으로서의 시를 말하고자 한 것이다. 그리고 그 천기는 외재하는 것이 아니라 자신의 마음속에 내재하는 위대한 진리의 움직임이다.

그렇다고 해서 천기를 단순히 근엄한 어떤 것으로 받아들인다면 곤란하다. 조선 후기에 천기는 두 가지 측면을 동시에 지니는데, 하나는 "아직 기존의 관습이나 제도적 규율에 물들지 않은 천진난만한 정의 진실성이라는 측면"이고, 다른 하나는 "거칠고 강렬하여 관습적 통념이나 제도적 질서에 도저히 포획될 수 없는 욕망의 역동성을 의미하는 측면"이다. "이 두 측면은 모두 기존의 통념을 뒤엎는 자유로운 정감의 발로라는 의미를 지니지만 전자가 코드화된 신체가 결코 포착할 수 없는 살아 움직이는 감각 능력의 문제라면, 후자는 욕망의 억압을 통해 거짓된 정을 강요하는 관습적 배치에 대한 저항과 분노의 열정을 내부에 전제하고 있다."50 이들 가운데 전통적인 형이상학적 문학론과 관련되는 천기론(天機論)은 전자의 것을 이은 것이다.

사실 조선 후기에 천기론이 광범위한 지지를 받은 이유로 가장 비슷한 것은 인간 내면의 가장 순수한 지점을 포착하여 그것을 사회적 신분이나 경제적 처지 또는 문화적 심급과 관계없이 누구에게나 적용했다는 점이다. 태어날 때부터 순수한 인간 내면을 똑같이 갖고 태어난다는 전제는 특히 사회적 약자의 입장에서는 매혹적인 논리였다. 태어나면서부터 자신의 의지나 능력과는 상관없이 평가된다는 것이 얼마나 불합리한가. 중세의 지식인들에게 신분이란 처지에 따라 끝없는 프리미엄일 수도, 일종의 천형으로 작용할 수도 있었다. 그러나 문학적 열정은 누구에게나 나타날 수 있는 것이었다. 최고의 가문에서 태어나든 종놈의 자식으로 태어나든 문학적 열정은 차이가 있을 수 없었다. 다만 낮은 신분으로 태어나는 것이 그렇지 않은 경우보다 문화자산을 보유할 가능성이 현저히 낮았다. 양반으로 태어나 문자를 소유하는 것이 중세 환경에서는 엄청난 문화자산을 갖는 것이나 다름없었다. 한자는 하루아침에 습득되지 않는다. 많은 시간을 필요로 하고 그와 함께 경제적 부담이 따른다. 특별한 경우가 아니면 사회적으로 낮은 신분의 보잘것없는 경제적 처지의 인물에게 한자를 교육시키기란 참으로 어려웠다.

더욱이 사회적 약자는 사회의 문제점을 예각화시키는 시각이 발달할 가능성이 높다. 그러므로 그들은 사회의 주류로 편입되지 못하고 주변을 맴돌면서 자신의 시선을 안정시키지 못한다. 사회는 그들에게 안정된 자리를 보장하지 못하고 그들은 사회 권력에 떠밀려 유목적 생활을 한다. 안정된 삶을 꿈꾸지만 방랑의 삶을 살아갈 수밖에 없는 사람들에게 사회란 얼마나 거대한 권력의 덩어리이겠는가. 그들의 열정이 제자리를 찾지 못할 때 왕왕 문화적 틈새를 통해 표출된다. 그들은 한시, 그림, 음악 등 예술의 각 분야에 매달려 광기를 띨 정도로 자신의 열정을 불사른다. 음악이나 그림을 통한 광기의 표출은 대체로 그 분야를 담당하는 사람들의 낮은 신분에 비추어 한갓 이야깃거리에 불과한 수준으로 떨어지지만 한시를 통한 광기의 표출은 그 이야기의 등급을 달리한다. 한시, 문학을 통한 광기의 표출 등에 대해 시마에 걸렸다고 생각하는 것이다. 바로 이 부분에 초점을 맞추면 천기의 두 측면 가운데 욕망의 역동성에 근접한다. 욕망의 억압을 통해 사회의 관습이나 제도에 꿰맞추기를 강요하는 인습에 과감히 저항하고 전혀 새로운 탈영토화의 길로 나아가는 힘, 그것이 바로 시마다. 그러나 시마의 탈영토화 계수가 높기 때문에 사회는 그에 대해 의도적으로 배제한다. 다시 말해 시마가 갖는 긍정적인 힘을 종종 광기로 치부하면서 비현실적인 공상의 차원으로 격을 낮추어 사회적으로 배제시키는 것이다.

천지우주는 고정된 모습으로 존재하지 않는다. 그것은 끊임없이 생산하고 변화하는 방식으로 존재한다. '생생지도(生生之道)'는 그런 측면을 말한다. 고정된 실체로 존재하는 도

는 이미 도라고 할 수 없다는 것은 선현들이 늘 하던 말이
아니었는가. 음과 양의 변화가 주는 미묘한 긴장감, 오행의
부단한 이합집산 등이야말로 천지우주의 본래 모습일 테고,
그 점을 정확히 인식하지 못할 때 생각은 경직되기 마련이
다. 그렇다면 "솔개가 하늘에 날고 물고기가 연못에서 튀어
오르는 것"[51]과 같이 우리가 평범하게 대하는 일상의 모습
은 그 자체가 천기의 발현이요, 이법의 현현이다. "연못가의
봄풀이 싹을 틔우는 것"[52]도 천기의 발현이며 어린 아기들
의 해맑은 웃음도 천기다. 세상에 천기가 아닌 것이 어디 있
겠는가.

　누누이 말했지만 문제는 천기 아닌 것이 없다는 사실을
잊고 산다는 점이다. 세상에 천기 아닌 것도 없지만 모든 것에
서 천기를 발견하고 체험하고 체득하는 경우도 없다. 깨닫고
보니 깨달을 것도 원래 없었더라는 선사의 말은 온 천지가 천
기임을 아는 순간 천기냐 아니냐의 구분 자체가 아무 쓸모
없게 된, 전혀 다른 차원의 세상임을 체험적으로 깨닫는 것
과도 그 맥을 같이한다. 그것을 체험하는 것을 종교인들은
자신들이 널리 퍼뜨리는 교리를 통해 이룰 수 있다고 주장하
며, 수많은 선현은 나름대로 그것을 체득하는 길을 제시했다.

많은 사람이 걸어갔던 길 가운데에는 시마가 이끌어서 다다르게 하려 했던 길도 있다.

천지 비밀을 해독하는 시마의 힘

그렇다면 시마는 무엇을 통해 만물이 모두 천기의 발현이며 모든 것은 우주와 소통하는 통로라는 사실을 드러내는 것일까. 시마는 언제나 언어를 통해 세상의 비밀을 풀어낸다고 주장했다. 다시 이규보의 진술로 돌아가보자.

　이규보는 「구시마문」에서 시마의 죄상 가운데 하나로 숨겨진 비밀을 파헤친다는 점을 든 바 있다. 이는 시인의 임무가 진리의 창출자가 아니라 발견자일 뿐이라는 사실을 보여주는 대목이다. 천지만물이 모두 이법의 현현이며 천기의 표출인데, 당연히 시인은 발견하는 사람이어야 한다. 그러나 만물은 우주의 이법을 드러내는 나름대로의 방법을 갖고 있다. 만물은 각각의 방식으로 자신을 수식한다. 천지만물이란 모두 이법을 드러내는 무늬라는 의견이 바로 그것을 밝히는 논의다. 조선 초기의 대표적 문인 정도전이 "일월성신은 하늘의 무늬이고, 산천초목은 땅의 무늬이고, 시서예악은 사람의 무늬이다"[53]라고 한 말도 따지고 보면 천지간의 모든 사물은 자기 나름의 방식으로 우주의 이법을 드러내고 있다는 뜻이다.

그런데 사람들은 만물이 드러내는 천지우주의 이법을 보는 것이 아니라 그것이 드러내는 방식만을 주목함으로써 원래의 진리에서 멀어지는 결과를 낳는다. 다시 말해 달을 보는 것이 아니라 달을 가리키는 손가락만 주목함으로써 원래의 의도에서 완전히 벗어난 이야기로 동떨어졌다는 것이다. 천지는 부단히 움직이는 것이며 한자리에 머물러 있는 존재가 아닌데, 그것의 겉면만을 살핌으로써 천지우주를 고정된 실체로 파악하게 된다. 움직이는 것 자체를 파악하지 못하고 현재 눈앞에 드러난 모습만을 고정된 실체로 여김으로써 우리의 사유도 점점 굳어져간다. 문제는 외부에 하나의 실체로 이법이 존재한다는 결정론적 사유 태도일 것이다. 그러므로 시인은 그런 태도에서 완전히 자신의 사유를 전환시켜 전혀 다른 사유 양식을 보여야 하며, 그것은 지극히 부드러워서 모든 것을 포용할 수 있는 것이어야 한다. 그렇기 때문에 시인은 창조주가 아니라 발견자여야 하며 그런 것을 정확히 바라볼 수 있는 지혜로운 사람이어야 한다. 이런 시인은 다른 사람의 눈에 이상한 사람으로 비치고 시귀에 홀린 기괴한 인물로 취급받는다.

이 같은 태도는 (그 세부적인 함의에는 약간의 차이가 있겠지만) 고대 서양의 전통에서도 발견된다. 요한 하위징아(Johan Huizinga)에 의하면 "고대 시인의 진정한 명칭은 라틴어로는 바테스(vates), 곧 악마에게 홀린 사람, 신들린 사람, 헛소리하는 사람이다. 이런 자격은 동시에 특별한 지식을 갖고 있다는 뜻을 함축한다. 고대 아랍인의 명칭을 빌리면 샤이르(sha'ir, 이것 역시 본디는 이슬람 이전의 아라비아 다신교의 예언자, 현자, 무당, 사제 등을 가리킴—역자 주), 곧 지자(知者)이다."[54] 시마에 걸린 사람도 이들과 비슷하여 평범한 사람들이 미처 알아차리지 못한 사실을 깨달은 일종의 지자다. 다만 그들의 지식과 지혜는 사회적으로 공인되지 않은 위험한 것으로 여겨지는 경향이 있다는 점이 다를 뿐이다.

결국 시마에 걸린 시인은 자신만의 깨달음을 기반으로 전혀 다른 세계를 인식하게 된다. 이것은 사람들이 알 수 없는 천지의 비밀을 캐내는 작업이며 우리가 바라보아야 할 것이 손가락이 아닌 달임을 명확히 지적하는 행위이기도 하다.

이규보가 진술한 내용을 다시 한번 살펴보자.

땅은 고요함을 숭상하고 하늘은 무엇이라 이름 붙이기 어렵지
만 어슴푸레하게 조화를 부리고 흐릿하게 신명을 보인다. 혼돈
의 상태이면서 넓고 아득하며 깊고 깊어 알기 어렵다. 기관(機
關)이 신비스럽고 깊은 곳을 연다 해도 자물쇠로 잠그고 빗장
을 건 듯이 굳게 닫혀 있는데, 너는 이것을 생각하지 않고 깊
고 신령스러운 것을 정탐하여 천기를 누설하니 당돌하기 그지
없다. 숨겨놓은 재물을 꺼내니 달도 근심하고 심장을 꿰뚫으
니 신령도 놀란다. 너 때문에 사람의 삶이 각박해지니 이것이
너의 두번째 죄다.[55]

앞에서 이미 이야기한 바와 같이 여기서 먼저 강조하고
있는 것은 천지란 알기 어려운 존재라는 사실이다. 무엇이라
고 딱히 이름 붙이기도 어려운 천지우주는 마치 단단한 자
물쇠로 잠겨 있고 빗장을 질러놓은 듯하다. 사람들은 그 자
물쇠를 열고 빗장을 풀려 하지 않는데, 시마는 시인에게 자
물쇠를 열어보라고 충동질한다. 그 비밀을 풀기 위해 시인은
늘 노심초사하며 살아가고 있고 그로 인해 그의 삶은 갈수

록 각박해진다.

이규보가 말하는 것처럼 각박한 삶은 구체적으로 어디서 비롯되는 것일까. 이는 최연의 「축시마」에 언급되어 있다.

생각은 콸콸 솟는 샘과 같고 태도는 봄날의 구름과 같다. 갈고리를 깊숙이 넣어 숨은 것을 뽑아내고 꽃부리를 주우며 향기를 토해낸다. 열매 맺지 못하는 꽃으로 사람의 눈을 현요케 하고 기름을 아로새기며 얼음을 새긴 것으로 공(功)을 덜고 세월을 소비케 한다. 진원(眞元)을 소멸시키며 태소(太素)를 깎아버린다. 그 허물이 어디에 있는가, 이 마귀에게 맡겨진 일이기 때문이다.[56]

여기서도 갈고리를 깊숙이 넣어 숨겨진 비밀을 캐낸다는 점을 이야기한다. 꽃부리를 주우며 향기를 토해낸다는 아름다운 시문으로 만들어낸다는 의미다. 그러나 이는 대체로 열매 맺지 못하는 꽃으로 비유되듯이 내용 없는 아름다움을 추구하는 측면 때문에 비판의 대상이 된다. 어쨌든 시마는 사람들로 하여금 천지의 비밀을 캐내게 만드는데, 그 과정에서 시인이 태어날 때부터 갖고 있는 정신의 근원적인 진원과 태소를 깎아내는 괴로움을 당하게 된다. 이규보가 시마에 걸린 시인의 삶이 점점 각박해진다고 한탄했을 때 그의미를 어느 정도 읽을 수 있을 것이다. 이는 알맞은 표현을 찾기 위해 고심하는 시인의 모습에 연결된다. 표현의 괴로움은 어느 순간 즐거움으로 바뀌기도 하지만 그 고통은 여전히 시인을 괴롭힌다. 최연의 이야기에서 그 고심참담(苦心慘憺)을 짐작할 수 있다.

정(精)은 팔극(八極)을 달리고 신(神)은 만인(萬仞)에 노닌다. 좀먹은 죽간을 엿보면서 위협하여 도적질하고 육예(六藝)의 꽃다운 윤기를 씹으니 찾고 파헤쳐서 바다는 말라버릴 듯하고 샅샅이 찾아내니 하늘도 응당 고민하리라. 처음에는 마구 재재거리는 데서 머뭇거려 마치 가을벌레가 소리를 뱉는 것 같더니 끝내는 휘두르는 붓 속을 떠돌아다니게 되었다. 하물며 풍우가 급박하게 몰아치면서 우주를 가두어버리고 날짐승과 길짐승을 삼켜버림에랴! 황(黃)을 뽑아 백(白)에 짝하여 대구를 맞추고 마음을 비단 삼아 입으로 수놓는 듯 아름다운 글을 토해낸다. 글자를 단련하고 구절을 쪼며 험함을 다투고 기이함을 다툰다. 일생의 마음을 토해내면서 몇 가닥 머리카락을 손으로 비벼 끊어버린다. 정미(精微)하면 자연의 기운을 꿰뚫고 동탕(動盪)하면 벽력을 재촉한다. 누가 그렇게 시키는가, 이 마귀, 너의 책임이다.[57]

육기(陸機)가 지은 「문부文賦」의 영향을 받은 것이 분명한 이 부분은 창작의 고통이 얼마나 참담한가를 단적으로 보여준다. 최연도 시마의 죄상을 폭로하는 방식으로 글을 쓰고 있는데, 여기서는 창작의 괴로움을 겪지 않을 수 없게 만드는 시마의 죄상을 들고 있다. 더욱이 좋은 작품을 쓰기 위해 자신의 마음을 모두 토해내면서 인간의 순수한 진원을 소모하게 하니 시마의 죄상이야말로 어찌 다할 수 있겠는가. 이는 앞서 이규보가 이야기한 것과 맥을 같이하며, 꿈에서 내장을 모두 토해내는 꿈을 꾸었다는 중국 한나라 때의 문인 양웅(揚雄)의 일화에서도 잘 드러난다. 글을 쓰기 위해 온 마음을 쏟아붓는 작가의 자세를 말해준다.

최연은 좋은 작품의 요건으로 아름다운 수사와 좋은 내용을 들고 있다. 이는 공연히 시마에 걸려 열매를 맺지 못하는 꽃이나 피운다는 표현에서 엿보인다. 이 언술은 다분히 비판적인 태도가 담겨 있는 것처럼 보이지만 그것의 비효용성에도 시마에 걸린 사람들이 추구하는 어떤 수사적 즐거움에 연결되어 있다. 이 문제는 언어적 표현이 주는 즐거움으로 연결된다. 수수께끼로서의 언어는 존재에 다가가지 못하고 끊임없이 미끄러지기 마련이고 그 사이의 틈이 주는 묘한 긴장감은 즐거움을 준다. 즉 그 사이를 건너기 위해서는 언어가 제공하는 수수께끼를 풀어야 하고 그것을 풀고 실체에 다다르려는 시인의 욕망은 언어에 대한 광적인 탐구에 연결된다. 물론 실체에 이르렀다는 풍문만 무성할 뿐 다다른 곳을 구체적으로 제시하는 사람은 어디에도 없다. 시인은 비유와 상징으로 모호한 언술 속에 자신이 이른 경지를 은밀하게 숨겨버린다. 어쩌면 그것은 언어의 표현 불가능성을 노골적으로 드러냄으로써 자신의 경계(境界)가 지는 배타적 우월성 또는 반어적 경계(警戒)를 독자들에게 던져주는 것일지도 모른다.

사실 언어는 기본적으로 사물과의 일대일 관계를 지향하지만 한 번도 그 목표를 달성한 적이 없다. 언어와 사물 사이의 관계가 '일대다'일 수밖에 없는 이유는 언어의 운명일 가능성이 뚜렷하다. 사물을 인식하는 순간 그것을 명명하기 위한 언어가 탄생하지만 탄생의 순간은 곧 그 사물에서 멀어지기 시작하는 때이기도 하다. 그 운명을 너무나 잘 알기에 그동안의 수많은 시인은 그런 언어의 운명을 역이용하여 교묘한 방식으로 써먹기도 했고, 어떤 시인들은 일대일의 관계를 획득해야 한다고 강력히 주장하기도 했다.

어쨌든 이런 언어의 함축적 기능을 되도록이면 지양하고 언어의 정확한 사용을 주장하는 부류가 있었다. 이는 낭만주의적 창작 태도와 합리주의적 또는 자연주의적 창작 태도에 대응되는 것으로 볼 수도 있다. 그러나 어느 쪽이든 자유로운 상상력에 바탕을 둔 쪽은 언어가 갖고 있는 풍부한 상징성과 함축성에 주목했을 것이고, 언어는 반드시 일대일 관계를 갖는 것이 이상적이라는 입장을 보이는 쪽에서는 중세적 이성에 근본한 사유의 전개에 관심을 가졌을 것이다. 그런 점에서 시마는 첫번째에 가깝지 않았을까.

그러므로 천지우주의 비밀을 캐내는 가장 중요한 도구는 언어일 것이다. 물론 그 언어는 인간의 사유를 떠나서는 존재할 수 없다. 언어가 곧 사유를 드러내는 거의 유일하면서도 효과적인 방법이기 때문이다. 극단적인 순간에 다다르면 한계가 명백하게 드러나기에 언어의 효용성이 부정되기도 하지만 그것을 보정하는 순간에도 언어는 우리 곁을 한 번도 떠난 적이 없다. 선사들의 방(棒)이나 할(喝)도 언어의 한계를 깨고 새로운 사유의 지평으로 나아가려는 눈물 어린 노력이었다. 그렇지만 방, 할과 함께 언어는 여전히 맹위를 떨쳤으며 역설적이게도 기존의 표현이 한계를 보이는 지점에서 그것을 돌파하려는 부단한 노력이 이전과는 전혀 다른 새롭고 참신한 표현을 찾아내는 결과를 낳기도 했다. 천지비밀을 낚는 미끼는 여전히 언어였다.

천지자연을 시의 원천으로 생각할 때 천지자연 그 자체와 작품을 형성하는 언어 사이에 일대일의 대응관계가 성립하는 것은 아니다. 천지자연은 시인에게 단순한 형상만을 보여 줄 뿐이다. 시인은 그 속에서 천지의 신비와 비밀을 발견하는 것이다. 그 신비와 비밀의 구체적 내용이 무엇인가 하는 질문에 답하기란 불가능한 일일지도 모른다(그런 점에서 언어란 얼마나 보잘것없는 것인가!). 그러나 그것을 일부분이라도 경험한 사람에게는 새로운 개벽의 의미로 다가올 것이다. 자신이 살아온 이전의 세계와는 전혀 다른 차원의 경험인 새로운 개벽을 시로 표현하기 위해 시인은 새로운 표현과 형식을 만들어내려고 애쓴다. 그것이 바로 시인이 언어와 피나는 투쟁을 벌이는 가장 중요한 이유일 것이다. 전혀 새로운 내용을 과거의 틀 속에 가두어버리는 것은 참으로 끔찍한 일이다. 새로운 내용이나 세계의 경험 없이 형식과 표현을 새롭게 하기란 불가능하다. 단순한 용사론자(用事論者)가 바로 이런 폐단에 빠진다.

천지자연의 비밀을 발견한 시인에게 그것을 알맞은 언어로 표현하게 도와주는 가장 강력한 힘이 되는 존재가 바로 시마다. 그 힘이 어떤 사람에게는 이성일 수도 있지만 이규보 같은 시인에게는 시마다. 시마를 통해 시인은 가시적인 속세 저편에서 빛나고 있는 천지자연의 비밀에 이를 수 있으며 그 세계를 노래하는 행복을 누릴 수 있을 것이다. 비록 그것이 광기 어린 어떤 것이라고 비난을 받는다고 하더라도 말이다.

시마,
세상을 보는 새로운 힘

비극적 삶에서 나오는 시

광해군 때 시에 능하다고 일컬어지던 사람으로는 유몽인, 허균, 박정길 등 몇몇뿐이다. 유몽인의 문(文)은 진실로 기이하나 시는 문만 못하다. 허균의 재주는 진실로 미칠 수 없으나 시의 격조가 그렇게 높지는 못하여 그 형이나 누님보다 낮다. 그의 「궁사宮詞」 100수는 기묘하다 하겠지만 운율이 본체(本體)에 다 들어맞지는 않는다. 박정길은 「애김응하哀金應河」라는 절구 한 수가 뛰어나지만 그밖에는 일컬을 만한 것이 별로

없다. 박엽 같은 사람은 시인은 아니지만 "노랫소리 낮고 거문
고 소리 괴로우니 이별이란 어려워라(歌低琴苦別離難)" 등의
시구는 뛰어나 어떤 사람들은 '시마를 얻었다'고 말한다. 그러
나 온갖 시체(詩體)가 구비되어 있고 시를 잘 이해하고 두루
통하기로는 비록 융성한 시대라 해도 허균보다 나은 사람은
없다.

이 글은 조선 중기의 문인 남용익(南龍翼)의 『호곡시화壺
谷詩話』로 남용익이 광해군 시절에 시에 능한 사람을 생각
나는 대로 예로 들면서 간단한 평을 한두 마디 덧붙이는 형
식으로 가볍게 쓴 것이다. 여기 등장하는 인물들의 공통점
이 있다면 모두 비극적인 죽음에 이르렀다는 사실이다. 허
균은 광해군 시절에 역적모의를 했다는 혐의를 받고 죽임을
당했으며, 유몽인은 광해군 시절 권신이었던 이이첨(李爾瞻)
과 교유하면서 중북(中北)의 영수로 이름을 날리다가 인조반
정 때 겨우 화를 면했지만 모반의 혐의를 받고 사형을 당했
다. 박정길(朴鼎吉)은 광해군 조정에서 활발하게 활동을 벌
이다가 인조반정 이후 폐모론(廢母論)을 주장한 일과 관련하
여 사형을 받았으며, 박엽(朴曄)은 광해군 때 오랫동안 평안

도관찰사를 지내면서 외적의 침입을 철저히 막은 뛰어난 인물이었지만 인조반정 때 죽임을 당했다. 남용익이 이 글에서 다루고자 한 논지는 아마도 시를 쓰는 능력과 문장을 쓰는 능력이 서로 달라서 두 가지 모두 능하기 어렵다는 점이었을 것이다. 능력이 뛰어났는데도 비극적인 죽음에 이른 이들의 행적에서 그는 어떤 공통점을 느꼈는지도 모른다.

그런데 박엽은 시마와 관련해 흥미를 끌 만한 인물이다. 먼저 그에게는 시인이 아니라는 평을 내렸다. 그가 문장에는 능하지만 시적 능력으로까지는 발전하지 않았다는 사실을 전한다. 그러나 "노랫소리 낮고 거문고 소리 괴로우니 이별이란 어려워라"라는 구절은 그의 시적 능력과는 너무나도 동떨어진 뛰어난 표현이라고 했다. 시구 내용을 보더라도 낮게 깔리는 노랫소리와 괴롭게 호소하는 듯한 거문고 소리가 서로 어울려 이별의 어려움을 그대로 표현한다. 이는 이별의 한순간을 날카롭게 포착해 감성적으로 표현했는데, 읽는 사람으로 하여금 이별하는 자리의 무거움, 슬픔, 어지러운 감정의 기복 등을 복합적으로 느끼게 만든다. 이는 문장을 잘 쓰는 논리적이고 이성적인 인물에게서는 쉽게 나타날 수 없는 어려운 표현일 것이다. 더욱이 당시 그의 글쓰기 수법이나 경향 등에 대해 잘 알고 있던 사람들에게 이런 식으로 표현된 시구는 박엽에게서 나왔다고 믿기 어렵게 만드는 부분도 분명 있었을 것이다. 밝혀지지 않는 그런 부분을 사람들은 시마의 탓으로 돌린다.

사람들은 박엽의 문학적 이력에서 상상하기 어려운 뛰어난 시구를 보면서 그가 필경 시마를 얻었으리라고 추정한다. '시마를 얻었다'는 표현으로 미루어보건대 당시 사람들이 생각한 시마의 개념은 귀신처럼 외부에 존재하는 신묘한 것이 아니라 마음속에 있는 영감 같은 면을 가리키는 것으로 보인다. 여기서의 시마는 앞에서 이미 살펴보았던 강신적(降神的) 존재로서의 개념이 아니다. 시구가 지니고 있는 빛나는 어떤 부분, 즉 시구가 뛰어난 표현을 얻음으로써 독자들에게 감동을 주는 정수(精髓)를 의미한다. 그렇다면 시마는 다양한 논의를 포괄할 수 있는 개념이라 할 수 있다.

새로운 내용인가, 문학적 관습인가

문학 창작은 일반적으로 두 개의 층위를 동시에 지닌다. 이를테면 문학에 대한 우리의 일반적 인식을 반영하고 있는 두 층위란 이런 것이다. '천부적인 재능에 후천적인 노력이 따른다면 최고의 작가가 될 수 있다.'

두 층위는 옛날부터 지금까지 문학 창작의 중요한 내용을 구성해왔으나 이는 두부 자르듯이 명확하게 나누기란 힘들다. 누구나 두 층위를 갖추어야 한다고 말한다. 현실에서는 이상적으로 조화되기 힘든 개념인데도 이론적으로는 항상 붙어 다닌다. 이규보의 경우를 예로 들어 살펴보자.

이규보에게도 천부적으로 습득하는 인간 내부의 어떤 요소와 오랜 문학적 전통에서 형성되어온 문학적 규율을 배워서 사용해야만 하는 부분이 있다. 한국고전문학비평사에서 이규보는 흔히 신의론(新意論)을 주장한 장본인으로 알려져 있다. 이인로의 용사론과 일정하게 비교되면서 이규보의 신의론은 특별한 주목을 받았다. 그러나 이규보가 용사를 소홀히 했던 것은 아니다. 먼저 그의 작품을 살펴보더라도 그가 용사에 얼마나 능했는지를 알 수 있다. 이미 여러 논의가 있었던 것처럼 신의와 용사는 그 자체로 배타성을 지닌 상대항으로 설정되기 어려운 개념이다. 그것들은 오히려 상보적인 관계를 형성할 때에만 서로의 의미를 극대화시킬 수 있다.

어쨌든 이규보에게 용사란 배척의 대상이 아니었다. 중요한 것은 옛사람의 시문의 한 부분을 본떠 자신의 글처럼 교묘하게 사용하는 기교가 아니라 그것을 통해 충분히 과거의 문학적 전통과 규칙을 잘 익혔는지, 나아가 옛사람들이 미처 이야기하지 못한 부분을 만들어냈는지에 있다. 사실 이규보처럼 문인의 기가 갖는 천부성을 중시하는 사람들에게 용사의 문제란 오히려 중시될 수 있는 측면을 내포하고 있는 것일지도 모른다. 어차피 문인의 우열은 기의 천부성에 근거하여 결정되는 측면이 있기 때문에 위대한 문인으로 나아가는 중요한 지점에는 인간의 후천적인 노력으로는 도저히 건널 수 없는 강이 놓여 있다.

그러나 그런 천부성에 절망하기만 한다면 얼마나 허망한가. 인간의 후천적 노력은 바로 그 지점에 위치한다. 선천적 능력이 다른 사람에 비해 떨어진다고 생각되면 자신이 노력할 수 있는 부분은 결국 뛰어난 표현력을 인위적으로 획득하거나 좋은 소재를 개발하여 작품화하거나, 작품의 구성을 절묘하게 하는 등 주로 기술적인 측면에 국한되기 마련이다. 이규보가 용사를 논의하는 것도 이 같은 맥락에서다. 이규보가 활동하던 당시 고려 문단은 과거시험을 중심으로 구성되어 있었다. 조선시대까지도 마찬가지였지만 조선 중기 이후에는 그래도 과거시험과는 상관없이 자신의 문학적 개성을 확립해나갔던 사람들이 상당수 있었다. 이에 반해 고려 후기는 과거시험과 상관없이 자신의 문학적 활동을 펼쳤던 사람이 비교적 적었다. 당시 유행하던 문풍은 소동파풍이었다. 송나라 문호 소동파의 시문을 흉내내서 글을 쓰는 풍조가 얼마나 유행했던지 33명의 과거시험 합격자 발표가 나오면 사람들은 "올해에도 서른세 명의 소동파가 나왔군"이라며 비난할 정도로 소동파풍의 글쓰기가 고려 전역을 휩쓸었다.

이규보도 그런 풍조에 대해 관심을 보인 적 있다. 그러나 소동파에 대한 모방 문제를 논의하거나 많은 중국 시인의 작품을 학습하는 것을 언급하는 이규보의 생각 이면에는 선천적인 부분이 바탕에 깔려 있었던 것으로 보인다. 그의 논의는 기본적으로 기의 천부성(또는 영감의 천부성)을 전제로 하고 있지만 천부적으로 우열이 정해져 있는 문제이므로 논외로 한 상태에서 후천적인 학습을 말한 것으로 여겨진다.

중세 지식인들의 글쓰기에서 이전의 뛰어난 시문을 학습

하는 것은 글쓰기 방식을 학습하는 목적도 있지만, 어떤 글쓰기가 어떤 상황을 미리 전제하고 있는지를 배움으로써 당대의 문화가 갖고 있는 기대지평을 충실히 배우는 데 그 의의가 있었다. 용사는 단순히 남의 글 베끼기 차원의 문제가 결코 아니었다. 그들은 시문을 읽으면서 옛날부터 내려오는 관습적인 표현을 익힘으로써 그것이 무엇을 의미하는 것인지를 쉽게 알 수 있어야 했다. 그런 점에서 용사는 매우 중요한 방식의 글쓰기였다. 그런데 이전의 글쓰기 관습을 익히는 일은 오랜 시간과 많은 노력을 쏟아야 가능하고 시간과 노력을 들인다 해도 성공적인 글쓰기에 이른다는 보장도 없었다. 나아가 용사에 의한 글쓰기는 후학들에게 엄청난 양의 독서와 그에 따르는 구속을 안겨주었다. 어렸을 때부터 옛사람들의 시문을 충실히 익혀서 교묘하게 자기 글에 사용하는 이는 칭찬의 대상이기 일쑤였고 그 목표는 때때로 과거시험 합격에 맞추어져 있었다. 그런 상황에서 관습적인 글쓰기를 익히는 일은 자신의 젊은 날을 모두 투자해야 하는 엄청난 프로젝트였다. 그러므로 재능이 부족한 사람들은 잘 알려지지 않은 구절을 빌려와 자신의 글인 양 썼고 이를 위해 오래된 시문집 뒤지기를 마다하지 않았다. 젊은 학인들은 가문의 기대에 부응하기 위해 수단과 방법을 가리지 않고 좋은 글귀를 자신의 것으로 만들려는 노력을 아끼지 않았다.

아무리 용사의 문제점을 상정한다 해도 실제 글쓰기 과정에서 그런 위험성이 자신의 글쓰기를 제약하는 경우보다는 그 위험성을 감수하는 한이 있더라도 좋은 글귀를 자신의 글에 녹이려는 경우가 훨씬 많았으리라는 것은 충분히 이해가 간다. 물론 그런 것은 어떤 글에 대한 지적 소유권의 관념이 지금과는 상당한 차이가 있고 일단 발표된 글에 대해서는 단장취의(斷章取義)가 그리 흠이 되지 않는 창작방법이었기 때문에 가능했다. 위대한 문인 주변에는 항상 그를 바라보면서 서성거리는 에피고넨(epigonen)이 있다. 그들은 위대한 인물을 흉내냄으로써 정신적 위안을 받는다. 글쓰기에서 이런 서성거림은 한 시대의 문풍을 유행시키는 힘이었을 것이다. 지금도 좋은 작품이 나오면 그것을 흉내내서 얼마나 많은 아류작이 탄생하는가. 문제는 그런 글쓰기의 모범이 독재적으로 군림하게 되는 상황이다. 그렇게 되는 순간 사람들의 글쓰기는 일종의 억눌림 상태를 경험하게 되고 모범으로 인정된 글쓰기에서 벗어나는 글쓰기는 비난을 받는다. 글을 쓰는 사람들은 자연스럽게 자기 검열을 하면서 스스로의 창조적 사유를 제한한다.

　이규보가 글쓰기에 관습적인 차원을 넘어 전혀 새로운 내용을 다루는 것을 중시하는 데는 바로 이 같은 맥락을 전제로 한다. 그는 창조적 사유를 제한하는 시대의 모범적 글쓰기에 대해 시비를 걸고 있었던 것이다. 이런 생각은 전리지(全履之)에게 보낸 문장에 대해 논의한 편지글에 잘 나타나 있다. 이규보의 시비 걸기는 매우 교묘하여 마치 그의 「구시마문」을 다시 보는 듯하다. 한 대목을 살펴보면 다음과 같다.

　일반적으로 책이 점차 증가함은 대개 후학들에게 도움을 주려는 것인데, 만일 모두 서로 답습하기만 한다면 이는 내용이 중복되는 책(疊本)이라서 종이와 먹을 허비하는 짓일 뿐입니다. 그대가 신의(新意)를 귀하게 여기는 까닭은 대개 이것입니다. 그러나 옛날의 시인은 비록 뜻을 만든 것이 특별히 새롭더라도 그 말이 원숙하지 않은 것이 없었습니다. 이는 대체로 경전, 역사, 백가 등 옛 성현들의 학설을 힘써 읽어 일찍이 마음에 깊이 단련하고 입에 익숙하게 익히지 않은 것이 없었습니다. 그리하여 시를 짓고 읊을 때가 되면 이해하고 헤아려서,

왼쪽에서 뽑고 오른쪽에서 취하여 서로 쓸거리로 삼았습니다. 그러므로 시와 문은 비록 다르지만 글을 엮고 글자를 부리는 것은 한가지니 말이 어찌 원숙함에 이르지 않겠습니까? 저는 이 경우와는 다릅니다. 이미 옛 성현의 학설에 익숙하지도 않고, 또한 옛 시인의 체격을 모방하는 것을 부끄럽게 여기니 만약 어쩔 수 없이 창졸간에 시를 짓고 읊어야 할 때를 당하면 바싹 말라버려 쓸거리가 없으니 반드시 새로운 말을 만들어내야만 합니다. 그러므로 말이 생경하고 난삽한 것이 많아지게 되니 가소로운 일이지요. 옛날의 시인은 뜻은 만들어도 말을 만들지는 않았는데, 저는 말과 뜻을 모두 만들어도 부끄러운 줄을 모릅니다. 이 때문에 세상의 시인들은 눈을 흘기며 배척하는 자가 많은데, 어찌 그대만이 유독 이처럼 부지런히 지나치게 칭찬하십니까?[58]

신의에 대한 이규보의 생각은 명료하다. 옛 성현들의 책을 열심히 읽어 자기 것으로 익힌 후 글을 쓸 때에는 거기에 걸맞게 인용했기에 표현되는 언어는 원숙하고 담기는 내용도 새로웠다는 것이다. 이는 이규보가 생각하는 신의론의 이상적인 모습이다. 여기서도 용사에 대한 부정적인 함의는 보이지 않는다. 오히려 용사의 단계를 거치면서 많은 공부가 이루어진 후에야 비로소 원숙한 표현을 갖춘 신의로 나아갈 수 있다는 점을 거론하고 있다. 그러면서 이규보는 자신의 글쓰기에 대한 다른 사람의 칭찬을 매우 겸손한 어조로 거절한다. 자신의 글쓰기에 보이는 신의는 공부가 충분히 익은 뒤에 나오는 옛 성현들의 신의와는 달라서 공부가 부족한 상태에서 어쩔 수 없이 글을 쓰려다보니 매우 거친 표현 속에 드러나는 것이라 했다. 남들이 자신의 글을 읽고 새로운 내용을 담았노라고 칭찬하지만 사실은 아는 것이 없어 옛사람들이 했던 논의를 할 수가 없기에 마음대로 글을 쓰다보니 새로운 내용으로 보이는 것일 뿐이라고 했다.

물론 이는 겸손한 표현이다. 그러나 그렇게 말하는 이규보의 진술 뒤에는 당대 사람들의 글쓰기에 대한 통렬한 비판이 담겨 있다. 무조건 옛날의 뛰어난 문인들의 시문을 답습하는 것만이 능사라고 여기는 당대 문인들의 글쓰기는 전혀 창조적이지도 않고 전혀 내공을 쌓지도 않은 상태에서 나오는 천박하고 거친 것임을 우회적으로 나타낸 것으로 여겨진다. 자신의 처지를 말한다고 하면서 사실은 같은 시대의 다른 문인들을 향해 창끝을 겨누는 이규보의 솜씨가 절묘하다.

문기론과 문학적 영감

그렇다면 시마는 어디에 붙어서 활동하는 것인가. 지금까지 논의했던 용사론을 염두에 두면 여기에는 시마가 붙어서 활동하기 어렵지 않을까 생각할 것이다. 오히려 용사론 맞은편에 위치해 있는 문기론(文氣論) 쪽에 훨씬 강하게 붙어 있는 것은 아닐까. 이규보의 말대로 기가 일종의 천부적 요소라면 그것에 의거한 글쓰기는 자연히 학습에 의한 글쓰기라기보다는 직관적 요소가 강한 영감에 의한 글쓰기가 아닐까싶다. 어찌 보면 이규보의 기론(氣論)은 우리나라 중세 지식인들만의 독특한 영감론으로 보이기도 한다.

　꼼꼼히 살펴보면 영감론과 천부론의 세부적인 함의는 다르지만 아직은 뒤섞인 상태로 나타나고 있다. 르네상스 시대의 문학론자들처럼 '시는 신이 주신 거룩한 영감의 소산'이라는 입장을 참고한다면 이규보의 생각은 시란 하늘로부터 부여받은 영감의 소산이라는 입장인 듯하다. 앞에서 지적한 것처럼 중국 철학사에서 두 개의 도깨비 가운데 하나를 '기'를 꼽은 데서 알 수 있듯이 정체가 모호하여 정확한 개념을 정의하기 힘들다. 이규보에게서 나타나는 기의 개념이 글쓰기와 관련될 때 주로 그것의 천부성에 연관되어 나타나는 것이라면(그의 유명한 발언 "기는 하늘에 근본하는 것") 기의 함의는 영감이나 직관에 더 가까운 것으로 보인다.

그러나 '기'의 함의는 너무나 다양하여 정의를 내리기란 처음부터 불가능하다. 다만 그것이 시문에 관련되어 쓰이지 않고 작가 개인의 인간 본질 문제와 관련될 때는 기의 개념을 영감의 측면에 근접시킬 실마리를 찾을 수 있다. 더욱이 기가 "하늘에 근본하는 것"이라는 생각을 하는 이규보의 경우에는 특히 그렇다. 서정적 자아가 세계와 접촉하는 순간에 생겨나는 일종의 개성을 그렇게 가리키는 것일 수도 있다. 그렇다면 기는 개인이 태어나 살아오면서 내부에 만들었던 수많은 삶의 곡절과 그것이 만들어낸 결(理)을 이르는 것이기도 하다. 개인이 만들어내는 수많은 차이, 즉 그것이 갖고 있는 개성을 말한다. 그러나 기의 이면에는 하늘로부터 부여받은 천성이 거대하게 자리하고 있으며 그것이 나타나는 순간적인 깨달음과도 같은 것을 영감이라고 할 수 있다.

그때 기의 개념은 영감의 차원으로 근접한다. '문체는 곧 인간'이라는 식의 이야기가 근대 이후에도 꾸준히 이어져왔지만 사실 이 이야기는 고대부터 있었다. 『맹자』에도 "그 시를 읽고도 그 사람을 모른다면 되겠느냐"라는 구절이 나오는데, 이는 작가 개인의 '기'가 글 속의 '기'와 정확히 대응한다는 것을 전제하고 있다. 그러므로 기의 상태에 따라 글은 전혀 다른 모습으로 나타나며 그 기의 천부성 문제는 작품으로 직접 이어진다.

그러나 천부성에 모든 시각을 집중하면서 작품 창작을 논의한다면 커다란 문제가 생긴다. 작가는 태어날 때부터 정해진다는 생각을 뛰어넘을 방법이 없다. 게다가 영감의 경우에는 더더욱 제어하기 어려워진다. 영감은 상상력이나 직관과 어울려서 기상천외한 표현과 내용을 마구 만들어낼 터인데, 그것을 무엇으로 제어하겠는가. 자유로운 영감을 제어하기 위한 좋은 빌미가 바로 용사와 같은 문학창작론이 아닐까 싶다. 과거의 빛나는 글쓰기 전통을 강조하면서 그에 눈높이를 맞추라고 권유하는 순간 글쓰기 전통 자체의 사회적 영향력이 확대되면서 작가에게는 하나의 구속이 되어버린다.

원론적으로 말하면 글을 배우는 것 자체가 이미 과거의

전통이 만들어놓은 기준에 자신을 맞추는 일이다. 나아가 우리가 학습하는 글과 생각의 상당 부분은 과거로부터 내려오는 사회적 규준이다. 정말 그 사회가 뛰어난 교육환경과 질을 유지한다면 그런 전통으로부터 벗어날 수 있는 새로운 인간형을 만들어낼 수 있어야 한다. 과거의 영향에 얽매여 벗어나지 못한다면 변화를 전혀 모르는 이상한 사회와 인간이 된다. 한문 습득의 어려움 때문에 과거의 시문을 익히는 일은 필요하다. 또한 고전을 익힘으로써 인류가 남긴 위대한 유산이 어떻게 오늘날의 삶의 질을 확보하게 하는지에 관심을 갖게 하는 것도 인정할 만하다. 그러나 그것이 기존 형식의 습득에서 그친다면 표절이거나 모방에 불과할 것이고, 이규보가 경멸해 마지않았던 구불의체(九不宜體)에 떨어질 것이 뻔하다. 이규보는 구불의체에 대해 다음과 같이 말한 바 있다.

시에는 아홉 가지 마땅하지 않은 체가 있으니 내가 깊이 생각하여 스스로 얻은 것이다. 한 편 안에 옛사람의 이름을 많이 사용한 것은 바로 '수레 가득 귀신을 실은 체(載鬼盈車體)'이다. 옛사람의 뜻을 훔치는 데 훌륭하게 도둑질하는 것도 오히려 불가한데, 도둑질이 훌륭하지 아니한 것이 바로 '서툰 도둑이 쉽게 잡히는 체(拙盜易擒體)'이다. 강운(强韻)을 압운하되 근거가 없는 것은 '강한 활을 당겨놓고 이기지 못하는 체(挽弩不勝體)'이다. 자신의 재주를 살피지 않고 압운한 것이 지나친 것은 '술을 양에 넘치게 마시는 체(飲酒過量體)'이다. 험한 글자를 즐겨 사용하여 사람들을 쉽게 미혹하게 하는 것은 바로 '구덩이를 파놓고 맹인을 인도하는 체(設坑導盲體)'이다. 말이 순조롭지 못한데, 애써 그것을 인용하는 것은 바로 '다른 사람을 억지로 자기를 따르도록 하는 체(强人從己體)'이다. 상스러운 말을 많이 사용하는 것은 '촌놈들이 모여서 이야기하는 체(村父會談體)'이고, 피해야 하는 말을 즐겨 쓰는 것은 '존귀한 것을 능멸하여 범하는 체(凌犯尊貴體)'이며, 말이 거친데도 다듬지 않는 것은 '잡초가 밭에 가득한 체(莨莠滿田體)'이다. 이들 마땅하지 않은 체를 면한 연후에야 함께 시를 말할 수 있다.59

이 글은 이규보가 시를 쓸 때 피해야 할 아홉 가지를 정한 것이다. 각각의 항목에 이름을 붙인 것도 재기 넘치지만 시를 쓰는 사람들 입장에서는 가슴 뜨끔할 발언이다. 이들 내용은 지금까지도 경계해도 될 만큼 날카로운데, 이를 통해 당시 문단의 분위기를 짐작할 수 있다. 이렇게 다른 사람의 글을 마구 가져다 쓰거나, 특별할 것도 없는 내용을 늘어놓고 거드름을 피우거나, 별것 없는 옛글을 활용하여 글을 써놓고 자신의 지식을 자랑하는 등의 태도는 이규보의 붓끝에서 가차 없이 비판당한다. 비록 이 같은 상황이 글을 처음 배우는 사람에게는 불가피하게 나타나는 것이라 해도 이를 한 단계 뛰어넘어 새로운 뜻, 즉 신의를 창조해야 한다. 바로 이런 점에서 그의 문학론의 구도가 형성되었다고 해야 할 것이다.

사실 시마는 작가의 의도에 따라 숨기거나 드러낼 수 있는 것이 아니다. 시마는 딱히 시인이 아니더라도 누구나 갖고 있는 하나의 기일 뿐일 수도 있다. 하지만 누구나 갖고 있는 근원적인 생명력으로서의 기가 시마라는 이름으로 불리기 위해서는 여러 가지 조건이 필요하다. 예컨대 세계의 근원 찾기의 집요함이라든지, 표현에 대한 열정적이면서도 쉼 없는 모험이라든지, 사유의 심폭(深幅)을 넓히는 각고의 노력 등이 동반되어야 한다.

시마의 절친한 벗

愛酒今成癖	술 사랑하는 것 이젠 버릇 되었고
耽詩亦有魔	시 탐하는 것 또한 귀신 들렸다.
淸風元不黨	맑은 바람 원래 패거리 짓지 않고
明月本無阿	밝은 달 본시 아부하지 않는 법.60

임억령이 시마의 벗을 읊은 시로 그는 주마를 시마의 가장 친한 벗으로 꼽았다. 간혹 술귀신에 씌어 패가망신하거나 사회부적응자로 낙인 찍혀 살아가는 사람을 보았을 것이다. 하지만 적당한 음주는 심장병을 예방하거나 예술적 영감을 불러일으키거나 철옹성 같은 마음의 벽을 순식간에 허물고 자유로운 의사소통을 가능하게 하기에 술에는 양면성이 있다고 할 수 있다. 그렇기에 사람들은 술에 대해 애증이 교차하는 미묘한 감정을 갖는다. 좋다고 마냥 예찬할 수도, 나쁘다고 무조건 깎아내리기도 어렵다.

어쨌든 조선 중기의 유명한 문인 임억령은 시와 술을 대구로 사용했다. 맑은 바람과 밝은 달이 원래 누구를 위해 특별히 봉사하는 일이 없듯 천지자연은 누구나 즐길 수 있다.

이는 일찍이 소동파가 「적벽부赤壁賦」에서 밝힌 바 있다. 세상에는 아무리 작은 물건이라도 주인이 있는 법이어서 함부로 가져서는 안 되지만 청풍명월만은 주인이 없으므로 누가 써도 관계없다고 했다. 이 글을 바탕에 깔고 전구(轉句)와 결구(結句)가 짜였다. 임억령의 생각 속에서 시와 술, 아름다운 자연환경은 서로 잘 어울리는 짝패였다.

病餘握粟問何如　병 끝에 앞날 일을 점쳐보자니
崇在詩魔與酒魔　숭상할 것은 시 귀신과 술 귀신.
怪底送魔魔不去　괴이해라, 귀신들 보내려도 가질 않으니
年前結習未消魔　연전에 버릇되어 귀신을 못 없애네.

서거정의 「이병」에는 시마의 벗으로 주마 외에도 하나 더 등장하는데, 바로 병마다. '이병'이란 병을 핑계로 사직하는 것을 말한다. 첫 구절로 봐서는 서거정의 병이 이제 거의 나아가는 상황이다. 병을 핑계로 사직한 몸이니 병이 나은 뒤 어떻게 살아가는 것이 좋을지 막막할 만하다. 그래서 곡식을 쥐고 점을 쳐보았더니 시마와 주마를 섬기면서 살아가라는 점괘가 나왔다. 이는 시와 술로 세월을 보내겠다는 의미

다. 벼슬에서 물러나와 한가로이 지내던 서거정의 가장 좋은
벗은 시와 술이었다.

이와 비슷한 소재로 지은 서거정의 또다른 작품을 살펴
보자.

百年嗟潦倒	인생 백 년 늘그막에 할 일이 없어
萬事總無心	만사에 모두 무심하다.
人訝詩顚甚	사람들은 시전이 심해졌노라고 의심하고
妻愁酒癖深	아내는 주벽이 깊어졌다고 근심한다.
藥方閑始抄	약방문을 한가로이 이제야 뽑아보고
琴譜病難尋	거문고 악보 병 때문에 찾기가 어려워라.
一室淸於水	한 칸 방이 물보다 맑아
挑燈坐擁衾	등불 돋우고 앉아서 이불을 둘러쓴다.

이 작품의 제목 「요도潦倒」[61]는 늙어서 아무 일도 할 수
없게 된 상황을 뜻한다. 이 시도 앞서 인용한 그의 시와 이
미지가 비슷하다. 다만 앞의 시는 병 때문에 사직한 것을, 이
이 시는 늘그막의 감흥을 표현한 것이다. 여기에서는 '시전
(詩顚)'을 시마에 해당하는 단어로 사용했다. 시전이란 시 때

문에 일상생활에 적응하지 못하고 미쳐버린 상태를 뜻한다. 그러므로 인생의 황혼기에도 여전히 시를 짓는 행위에 몰두하여 벗어나지 못하고 있는 것은 시마 때문이다.

또한 이 시에는 시마와 주마 외에도 약방문을 짓는 것과 거문고 악보가 나오는데, 약방문은 시적 자아가 병에 걸렸음을 의미하는 것이고, 거문고는 음악을 좋아하는 사람임을 보여주는 표현이다. 실제로 이규보는 스스로를 술과 시, 거문고 세 가지를 너무나 좋아하는 사람이라는 뜻의 '삼혹호선생(三酷好先生)'이라고 한 바 있다. 이로써 앞의 작품의 분위기를 충분히 이해할 수 있을 것이다.

그밖에도 친한 벗이 있는데, 바로 가난 귀신 궁귀다. 이는 뒤에서 자세히 다룰 것이기 때문에 여기서는 이와 관련된 김시습의 시만 살펴보자.

役役不知返	고생스럽게 떠돌다 돌아갈 줄 모르고
行行來此邦	가다가다 이 고을까지 왔구나.
路長人去遠	길은 길어서 사람은 멀리가고
雲淨鶴飛雙	구름 깨끗하니 학이 쌍쌍이 난다.
窮鬼難能伏	가난 귀신은 굴복시키기 어렵고

詩魔或自降	시의 마귀는 간혹 스스로 항복한다.
可斟千日酒	천일주 따라낼 수 있다면
寫得七哀腔	일곱 가지 슬픈 마음을 써낼 수 있을 것을.62

김시습은 시마에 깊이 걸린 대표적인 인물이다. 그는 불우한 일생을 보냈다. 널리 알려진 것처럼 세조의 왕위 찬탈 사건을 계기로 그의 인생은 고난과 실의에 빠졌다. 그가 마음 붙일 만한 것은 시와 술뿐이었다. 방랑하는 오랜 기간 동안 시도 많이 지었는데, 언젠가는 산골짜기에 들어가서 혼자 술을 마시고 울다 웃다가 시를 지어 나뭇잎에 써서 물에 띄우기를 반복했다는 기록도 있다. 그에게 시는 살아가는 힘의 중요한 원천이었다.

앞의 시에서도 일에 몰두하여 마음을 소비하는 김시습의 모습이 그대로 드러나 있다. 그는 시마의 대구로 궁귀를 꼽았다. 다음 구절에서는 천일주(1,000일 동안 마시는 술)를 마시고 마음속의 슬픔을 온통 뽑아내서 글로 쓰는 것을 형상화했다. 그가 궁귀는 도저히 굴복시킬 수 없지만 시마는 간혹 스스로 항복한다고 했다. 그러나 그다음 구절을 보면 정말 시마가 항복하는 경우가 있었는지 의심스럽다. 대구를 맞추기 위한 수사적 표현이라고 해도 괜찮다. 술과 시에 빠져서 사는 사람에게 가난함이란 벗어나기 힘든 상황이었을 것이다. 더욱이 부유한 사람에게 시마는 결코 들지 않는 법이다.

또다른 벗을 하나 들면 잠귀신 수마를 들 수 있다. 잠은 시와 함께 어울린다기보다는 시를 쓰는 계기를 마련해주는 역할을 한다. 다음은 앞서 이미 인용한 작품이지만 수마의 예로 들기에 알맞다.

春草池塘夢忽圓　봄풀 돋는 연못가에 꿈 흘연히 원만한데
覺來詩思暗相牽　잠깨자 시 생각 몰래 서로 끌어당긴다.
今年更甚前年懶　올해 들어 예년보다 더욱 게을러져
飄盡階花欠一聯　계단 옆 꽃 다 지도록 시 한 구절 못 지었
　　　　　　　　　네.

이제 막 잠에서 깨어나 바라보는 주변 경물을 소재로 하여 지은 작품으로 봄날의 나른한 기분과 잠에서 막 깨어났을 때의 몽롱함이 작품의 분위기를 한층 고조시킨다. 낮잠에서 막 깨어났을 때 바라보는 경물이란 일상 속에서 느끼

는 것과는 다른 느낌으로 다가온다. 아마도 감각이 세심한 상태를 유지하고 있기 때문일 것이다. 최숙정은 그 순간 포착되는 감흥을 한 편의 시로 읊은 것이다. 이런 상황에서 보이는 사물을 소재로 지은 작품이 많은데, 이는 아마도 수마가 시마의 벗이기 때문일 것이다.

특별히 기록은 없지만 시마의 친구로 하나 더 꼽자면 색마(色魔)를 들 수 있을 것이다. 사실 색마는 시마와 만나는 것을 꺼리는 이들이 많아 공식적인 기록에는 드물게 나온다. 특히 시마를 삐딱하게 바라보는 도덕주의자는 색마와 어울리는 시마를 최악의 짝패로 본다. 시문이란 단지 도를 전달하기 위한 도구일 뿐이므로 시문에 지나치게 빠져 정신을 차리지 못하게 하는 시마는 절대 고운 시선으로 쳐다보지 않는다. 더욱이 색마와 함께하는 시마라니!

사실 여기에서 색마는 우리가 흔히 떠올리는 섹슈얼한 이미지보다는 그 정도가 약하다. 요즘 색마라는 단어는 다채로운 이성 편력을 전제로 쓰인다. 더욱이 그 이성 편력은 비열하고 음험하며 때로는 인간 이하의 부도덕한 느낌으로 다가오기까지 한다. 그러나 근대 이전의 색마란 섹슈얼한 측면에서의 여성 편력만을 가리키는 것이 아니다. 여성과의 풍류

스러운 교류[63]를 포함하는 말이기 때문에 시마 친구로서의
색마는 새로운 창작 환경 및 감상 환경을 만드는 중요한 역
할을 했다.

시마의 벗의 의미

주마(술), 병마(질병), 음악, 궁귀(가난), 수마(잠), 색마(이성과의
교유) 등 시마의 벗은 어떤 역할을 하는 것이었을까. 어떤 성
질 때문에 시마와 벗이 될 수 있었던 것일까.

먼저 술을 예로 들어보자. 시마는 항상 주마를 동반한다.
여기서 술의 기능은 무엇인가. 단순하게 말하면 그것은 환각
이다. 술은 환각을 일으키고 인간의 상상력을 극대화시킨다.
많은 사람이 환각을 통해 새로운 세계를 발견했으며, 그렇게
발견된 신세계는 종종 예술 작품으로 표현되었다. 술은 사회
의 속박에서 과감히 벗어나게 하고 자유와 상상 속으로 자
신을 내맡기기 때문에 세상의 법칙과 어긋나기 쉽다. 그러므
로 예술가가 최고의 목표로 생각하는 점, 우리의 삶을 속박
하면서 자신도 모르게 자신을 질서화시키는 힘을 거부하는

전혀 새롭고 자유로운 세계를 만들고자 하는 목표에 다가가는 힘을 제공한다.

그렇다고 해서 술의 긍정적인 면만을 부각시켜 모든 사람에게 술을 권하자는 것은 아니다. 다만 술이 갖고 있는 환각 기능을 주목할 필요가 있다. 술이 몸속에 들어올 때 느끼는 신경의 마비, 사물과 사물의 경계선의 희미함, 섬세한 감각과 특유의 직관력 획득 등은 어떤 사람들에게는 부정적으로 작용하겠지만 예술가들에게는 대체로 긍정적으로 받아들여진다. 많은 작가가 주마와 벗하는 이유가 바로 거기에 있다. 물론 이것이 갖는 한계 또는 문제도 어느 정도는 명확해 보인다. 가장 문제가 되는 것은 술에 의존하여 예술적 감흥의 미세함을 얻으려 한다는 점이다. 시간이 가면 갈수록 술의 강도가 높아져야 이전의 섬세함에 이를 수 있게 되고, 급기야는 예술가가 아닌 단순한 병자의 수준으로 전락하기 때문이다. 그런데도 주마가 제공하는 예술적 감흥은 수많은 예술가를 유혹하기에 충분하다. 예술가가 항상 새롭고 아름다운 세계를 창조하기 위해 노력하는 존재라면(물론 아름다움이란 객관적으로 존재하는 것이 아니라 주관적 인식의 한 형태라는 전제가 있어야 이 말이 가능하다. 즉 아름다움은 '발견'하는 것이 아니라 '느끼는 것'이라는 말이다!) 그는 때때로 신세계 창조를 위해 의도적으로 환각제를 사용할 수 있기 때문에 술을 제외시킬 수 없다.

이런 점에서는 질병도 마찬가지다. 의도적으로 질병에 걸리는 사람은 없다. 하지만 질병이 가져오는 뜻밖의 휴식, 약의 복용이 주는 정신적·육체적 환각(감기약을 먹었을 때의 몽롱함과 나른함을 생각해보라!), 신열(身熱)로 인한 묘한 느낌 등은 사람들에게 색다른 환각과 상상을 제공한다. 이규보가 이미 이야기한 것처럼 병에 걸렸을 때 평상시보다 오히려 시 창작이 더욱 활발해지는 것은 바로 이런 점에서 시사하는 바가 크다.

좀 과장되게 말하면 도가(道家)의 상상력이 연단술(煉丹術) 내지는 복약(服藥) 전통의 경험에서 비롯되는 환각의 경험과 일정한 관련이 있는 것은 아닐까 생각된다. 노장사상과는 별도로 도가 또는 도교의 한 분파로서의 신선사상(神仙思想)에서 중시하는 연단술은 인간의 현세적 욕망을 극대화하는 방향으로 나타난다. 영원히 살고 싶은 인간의 욕망은 불사약(不死藥)에 대한 환상을 만든다(이런 점에서 서양 중세의 그노시스트, 연금술사 등도 이와 관련하여 시사하는 바가 있지 않을까 싶다). 불사약을 만드는 연단술뿐 아니라 여러 가지 화학적 재료를 통해 생산할 수 있다고 믿었던 수많은 약은 모두 인간의 욕망을 현실 속에서 실현할 수 있다는 다양한 상상력에 기대고 있다.

앞에서 이야기한 것 가운데 궁귀를 제외하고는 대체로 이런 환각 또는 몰입의 측면에 연결되어 있다는 사실을 기억하자. 결국 시마는 우리의 일상에 작용하는 상식적 차원의 사유구조를 비집고 들어가 끊임없이 균열시키고 새로운 사유를 터져나오게 하는 존재라 할 수 있다. 우리는 자신이 항상 자유로운 정신을 구가하고 있음을 믿어 의심치 않는다. 그러나 곰곰이 생각해보면 정말 우리를 구속하는 수많은 것이 포진해 있음을 쉽게 발견한다. 밥을 먹거나 화장실에 앉아 볼일을 보거나 텔레비전을 보거나 부부싸움을 할 때조차도 우리는 무의식적으로 우리의 행동이 사회의 시선에서 벗어나지 않게 하려고 애쓴다. 말하자면 자신의 행동이 사회적 상식이나 도덕에 어긋나지 않는다는 점을 강조함으로써 상대방의 입지를 공격하는 것이다.

문학 방면에서도 마찬가지다. 작품을 읽거나 창작을 할 때, 작품을 구입하거나 선물할 때 우리는 우리도 모르게 그것이 사회의 통념에 어느 정도 잘 들어맞는지, 아니면 상대방의 상식적인 세계관을 벗어나지 않는지를 따져본다. 시마는 바로 그런 사유를 전방위적으로 공격하고 파괴함으로써 전혀 새로운 세계를 경험하게 하는 힘을 갖는다. 그런 점에서 시마는 우리에게 새로운 세계를 발견하고 인식할 수 있는 힘을 주는 원천이다.

시마,
세상의 권력을 비웃다

언어의 감옥

세상의 모든 작가는 시대를 뛰어넘어 사람들에게 의미를 던져주는 작품을 쓰기를 바란다. 이처럼 시대에 유행하는 전형적인 작품 대열에서 벗어나 자신만의 독특한 색깔과 개성이 담긴 작품을 남기려는 것은, 자신의 삶을 좀더 창조적이고 활기차게 만들려는 노력이고, 시대의 지평을 넘어 새로운 차원의 사유 지평으로 나아가려는 본능이라 할 수 있다. 우리는 글쓰기를 통해 새로운 사유와 세계를 꿈꾼다. 하지만 감옥에서 태어나 자란 사람에게 감옥은 감옥이 아니다. 그의 세계는 감옥을 전제로 구성되고 그의 사유는 감옥을 전제로 형성된다. 이런 상황에서 근본을 제대로 살피기란 너무나도 어려운 일이다. 근본을 살피고 자신의 세계를 만든 감옥을 벗어나라는 충고는 많지만 실제로 벗어난 사람은 많지 않다. 사람들은 시대에 따라, 처지에 따라 감옥을 벗어날 수 있는 방법을 제시했다. 그러나 인연조건이 만들어내는 개인의 상황은 개인의 존재 자체가 없는 것처럼 시시각각 바뀌었다. 특히 불교가 이런 상황에 초점을 맞추어 논의를 전개했다. 역대 선사들의 방과 할 속에 감옥이 부서졌지만 여전히 우리를 둘러싸고 있는 감옥의 벽은 높았다. 문제는 어떻게 감옥을 부수고 그곳을 걸어나가는가 하는 것이었다. 글쓰기는 이런 고민의 끝자락에 위치한다.

우리 주변을 둘러싸고 있는 수많은 감옥 가운데 가장 중요하면서도 견고한 것은 언어의 감옥이다. '말의 통발〔言筌〕'에 빠지지 말자고 수시로 다짐하지만 어느새 그 속에서 허우적거리고 있다. 대부분은 그조차도 발견하지 못하지만 어쩌다가 그 상황을 눈치채기라도 할작시면 아득한 절망감에 빠진다. 그때 할 수 있는 최선의 방책은 감옥을 만들어낸 언어를 이용하여 언어의 감옥을 깨는 일이다. 이름하여 '이이제이(以夷制夷)'. 정말 절묘하지 않은가. 글쓰기가 감옥을 깨는 데 유용하게 쓰인다면 우리는 언어를 넘어서는 언어를 만들어낼 수 있을 것이다.

하지만 이런 논의는 겉만 번지르르해질 가능성이 높다. 말은 폼나지만 그 내실은 의심스럽다. 옛사람들은 어떤 자세와 방법으로 이 길을 걸어갔을까.

1980년대 초반까지만 하더라도 시인이나 소설가는 봉두난발에 꾀죄죄한 옷차림을 한 모습이었다. 퀴퀴한 냄새가 풍길 듯한 이미지는 당시 문인들에 대해 갖고 있는 일반적인 생각이었다. 그들의 기행은 화제를 불러일으켰다. 물론 기행의 내용이나 목표가 역사적으로 일정했던 것은 아니었다. 사회적으로 만연했던 부패상을 겨냥하거나 부당한 정권을 향해 붓끝을 겨누기도 했다. 그런가 하면 불타는 짝사랑을 고백하기도 했고 자신을 이해해주지 않는 세상을 향해 소리를 지르기도 했다.

그런데 이상한 것은 문인들이 도덕적·사회적으로 비난받아 마땅한 일을 했는데도 상당한 범위까지는 인정해주었다는 사실이다. 그 이면에는 일반인과는 다른 부류의 사람이라는 생각이 전제되어 있기 때문이다. 거대한 기계의 톱니바퀴처럼 맞물려 돌아가는 세상에서 한발 떨어져서 살아가는 그들을 보면서 우리와는 무언가 다른 삶을 살아가고 있다고 생각한다. 그들을 일반인과 다른 존재로 만드는 것, 그것이 바로 시마다.

중세 지식인의 유형

근대 이전의 사회계층은 크게 네 가지로 나눌 수 있다. 먼저 관료다. 이들은 시대와 국가가 마련해놓은 제도적 틀을 이용하여 관직에 진출했고 최대한 기득권을 누렸다. 관료층은 나라(임금)와 백성을 위해 봉사하는 것이 자신들의 삶이라고 생각했다. 그들은 왕을 중심으로 국가를 움직이고 백성을 다스렸다.

둘째, 사림(士林)이다. 이들은 산림(山林)이라고도 부르는데, 일종의 예비 관료층의 역할을 하거나 왕을 비롯한 관료들의 정신적 지주 역할을 했다. 이들 가운데 상당수는 관직에 진출하지 않고 재야에 묻혀 살면서 학문을 탐구했다. 그

뿐 아니라 문제가 생기면 사회와 국가가 올바르게 나아갈 수 있게 힘썼다. 이들의 학문은 실천을 동반했다. 이들은 사회 비판적 지식인이라고 할 수 있었다.

셋째, 방외인(方外人)이다. 우리가 살아가는 이 사회가 '방내(方內)'라면 사람이 살아가는 세상 밖은 '방외'라고 한다. 방외에서 살아가는 이들, 즉 방외인은 자신이 품은 뜻이 사회와 맞지 않거나 사회가 자신을 받아들여주지 않아 사회를 벗어나 자유롭게 살았다. 그들은 세상이 만들어놓은 예법이나 구속을 중요하게 생각하지 않으며 사회가 만들어놓은 권력도 인정하지 않았다. 그리하여 방외인은 세상이 만들어놓은 예법과 규율 속에서 살아가는 '방내인'을 비웃기도 했다. 방외인에게 예법과 규율은 비판의 대상이었다. 그렇다고 해서 그들이 완전히 '방내'를 벗어난 것은 아니었다. 어쩌면 그들은 방내와 방외 사이를 끊임없이 오가면서 방황하는 삶을 살았는지도 모른다. 사회 주변부에서 서성거리면서 사회 중심부를 비판적인 눈길로 바라보는 그들을 똑같이 비판적인 시선을 갖고 있는 사림과 비교할 때 상당한 차이가 있다. 하지만 여전히 방외인의 비판적 목소리와 행동은 관심의 대상이다.

넷째, 은자(隱者)다. 이들은 세상의 흐름에는 전혀 관심을 두지 않았다. 세상과 완전히 인연을 끊고 자신만의 세계에 빠져 살았다. 인적이 닿지 않는 곳에 거처를 마련하고 오직 천지자연의 이치를 익히고 자신의 사유체계를 구축하면서 살았다. 인간들이 모여서 살아가는 세상이란 이들에게는 별로 의미가 없었다.

이처럼 사회계층을 네 유형으로 나누었지만 더 간단하게 말하면 첫째, 둘째 유형과 셋째, 넷째 유형 두 가지로 좁힐 수 있다. 특히 조선시대의 경우 사회의 최상위층을 형성한 지배층은 사대부였다. 사대부는 박지원(朴趾源)이 정확히 표현한 것처럼 "책을 읽는 사람을 사(士)라 하고, 벼슬에 종사하는 사람을 대부라 한다." 재야에서 사림으로 지내다가 기회가 되어 벼슬길에 나가게 되면 관료지만 관료생활을 하다 은퇴하여 집으로 돌아가게 되면 사림이 된다.[64] 그러므로 첫째, 둘째 유형은 어떤 위치에서 살아가느냐에 따라 서로 다른 유형의 인물이 되지만 실제로 그 범주와 함의는 거의 비슷했다. 그리고 셋째, 넷째 유형도 세상의 밖에서 살아간다는 점에서는 같은 부류로 묶을 수 있다. 물론 세상을 바라보는 관점에는 상당한 차이가 있지만 세상을 대하는 태도에는 첫

째, 둘째 유형과는 일정한 차별성을 보이면서 상당한 공통
분모를 갖고 있다.

세상의 변방에서 서성이는 지식인

여기서는 셋째 유형에 주목할 필요가 있다. 이들 방외인은
세상의 주변부에서 서성이면서 세상에 대한 비판(불만)의 목
소리를 낸다. 그들에게 세상이 만들어놓은 규율이나 예법은
오직 그들의 자유로운 정신을 구속하는 도구일 뿐이다. 사
회의 모순을 정확히 인식하고 있으면서도 어떤 목소리도 내
지 않는다면 그는 방외인이라 할 수 없다. 다시 말해 그런 사
람은 시대와 사회의 모순을 정확히 인식하지 못했음을 뜻한
다. 어쨌든 시대의 문제점에 대해 나름의 목소리를 내는 사
람에게 언어란 참으로 소중한 도구요, 무기다. 기존의 표현
을 넘어서고, 기존의 글이 다루었던 내용을 파괴하면서 새로
운 시도와 내용으로 무장하는 글은 방외인이 바라는 가장
중요한 부분이다. 그들에게 시마는 병처럼 찾아온다.
　이규보와 최연의 주장을 각각 들어보자.

적을 만나면 즉시 공격할 것이지 어찌 돌 쏘는 대포를 준비하고 어찌 보루를 쌓는가? 어떤 사람을 좋아하면 곤룡포가 아니더라도 아름답게 꾸며주고 어떤 사람에게 화가 나면 칼날이 아닌데도 찌른다. 무슨 도끼를 잡고 있기에 정벌함이 이리도 방자하며, 무슨 권력을 잡고 있기에 상벌을 이토록 멋대로 하는가? 너는 높은 사람도 아니면서 나랏일을 논의하고, 너는 광대도 아니면서 온갖 것들을 조롱한다. 시시덕거리면서 과장하거나 정직하기가 남다르니 어느 누가 너를 시기하지 않겠으며, 어느 누가 너를 미워하지 않겠는가? 이것이 너의 네번째 죄다.[65]

글은 명달(命達)을 싫어하여 곤궁함과 더불어 모의하여 목구멍을 굴려 금기를 건드리게 하고 드높이 소리를 울려 화근을 불러일으킨다. 일이 바야흐로 정리되어가는데 비방이 일어나게 하고, 덕이 장차 높아지려는데 훼손됨이 따르게 하며, 움직이면 문득 헛디뎌 넘어지게 하고, 관직에 나아가면 능지(凌遲)를 당하게 한다. 반과산(飯顆山)의 수척한 늙은이 두보(杜甫)는 오래도록 억울함을 품고 있었고, 농서광객(隴西狂客) 이백(李白)은 오래도록 배척당하는 재난을 맞았다. 맹교(孟郊)

는 협률관(協律官)으로 끝났고 장적(張籍)은 태상시대축(太常寺大祝)으로 늙었다. 유우석(劉禹錫)은 복숭아를 심고 친구와 감상하면서 지은 시 때문에 쫓겨났고 백거이(白居易)는 신정(新井) 시를 지은 것 때문에 좌천당했다. 학에 대한 시를 써서 왕(王)은 조짐을 드러냈고 회나무를 읊어서 소(蘇)는 액을 만났다. 그 허물은 다른 데 있는 것이 아니라 오직 네가 그렇게 시킨 것이다. 너로 인해 곤궁함에 이른 것이 진실로 여기에 그치는 것이 아니니 분분한 나머지 사람들은 이루 다 기록하기 어렵다.66

앞의 글을 보면 시마 때문에 많은 문인이 현실적인 핍박과 피해를 당했음을 알 수 있다. 작게는 비난부터 크게는 귀양, 사형에 이르기까지 시마 때문에 받은 억압은 이루 다 거론하기 어려울 지경이다. 문인들이 사회적으로 피해를 입게된 이유는 건방짐 때문이다. 이는 단순하게 개인적인 성격적 결함에서 비롯된 것이 아니라 금기로 알려진 것을 마구 건드림으로써 오는 건방짐이다. 사실 벼슬을 해서 잇속을 챙기기 위해서는 윗사람들에게 적당히 몸을 굽힐 줄도 알아야 하고 건드리지 말아야 할 것은 모른 체해야 한다. 권력에 복

종하지 않고서는 벼슬길에서 버틸 재간이 없다. 권력을 중심으로 만들어지는 지형도 속에서 그 권력을 거부하거나 비판하는 순간 자신이 위치하는 좌표는 사라지기 마련이다. 권력의 당사자가 밀어내기 전에 권력에 기생하는 세력에게 비난당하고 떠밀려난다. 그때 시마에 걸린 비판자를 몰아세우는 가장 흔한 죄목이 바로 건방짐이다.

여기서도 가난함, 즉 궁귀는 시마의 벗으로 등장한다. 권력에 기대어 사회의 기득권을 누리기 마련인데, 거기서 멀어졌으니 경제적 이득을 보기란 처음부터 틀렸다. 가난이 겹쳐서 온다는 것은 뻔한 이치다. 어쨌든 이규보와 최연의 발언을 통해 시마가 세상의 모든 금기와 구속에 대해 강력한 이의를 제기하게 만드는 힘이라는 사실을 알 수 있게 되었다.

이규보의 말에 의하면 시마(에 걸린 사람)의 가장 강력한 무기는 글에 내포된 풍자성이다. 이때 직설적이고 생경한 어투로 직접 공격하는 것이 아니라 무기를 준비하고 보루를 쌓은 다음에 이루어지는 공격이다. 직접 공격은 대응이라도 할 수 있지만 우회적인 공격은 대응책을 내놓기도 쉽지 않다. 게다가 공격 내용을 살펴보면 자기 분수에 넘치는 것이 많다. 그들의 입에 일단 오르기만 하면 상벌이 마구 이루어진다. 고위 관직에 있는 것도 아니면서 나랏일을 논의하니 분수에 맞지 않는다. 마음에 맞지 않는 이를 만나면 조롱의 대상으로 삼아서 완전히 체면을 구겨놓는다. 이것이 바로 시마가 실제로 하는 일들이다.

앞에서 이야기했던 것을 떠올려보자. '무엇을 들추어낸다'는 점에서 살펴보면 시마는 두 층위를 지닌다. 천기를 드러내게 한다는 말은 감추어져 있는 우주의 비밀을 밝힘으로써 진리에 접근하는 것을 가능하게 한다는 뜻이다. 즉 천지의 비밀이 언뜻언뜻 드러내는 흔적을 찾아서 그 비밀을 들추어내고, 이를 통해 아무도 몰랐던, 또는 아무도 접근하지 못했던 도를 체현해낸다는 점에서 시마는 '들추어내는' 역할을 하는 것이다.

그런데 시마가 '들추어내는' 것이 다른 것이라면 전혀 다른 역할을 하게 된다. 사회의 모순을 드러냄으로써 자신을 포함한 모든 구성원에게 하나의 구속으로 작용하는 것을 폭로하기도 한다. 이미 이야기한 것처럼 구속인 줄도 모르고 구속당하는 경우가 얼마나 많은가. 시마는 바로 그런 점을 일깨워서 자신을 얽매는 모든 것을 거부하게 하는 힘을 갖는다. 나아가 그것을 바탕으로 다른 모든 사람, 천지의 모든 만물을 구속하는 것을 거부하게 만드는 힘으로 작용한다. 시마에는 자신의 구속에서 벗어나는 것으로부터 모든 만물이 해방으로 나아갈 수 있게 하는 힘이 있다.

글쓰기의 중요한 목표가 바로 정신의 자유로움을 억압하는 모든 것에 대한 거부라는 점을 명시적으로 밝히고 있는 두 글에서 시마에 걸린 문인의 모습을 다시 한번 떠올리게 된다. 어렵게 말할 필요도 없이 글쓰기는 인간의 사유가 새로운 지평으로 나아갈 때 항상 매개되었던 행위다. 그런 업적을 남겼다면 그의 직업이 무엇이든 그가 어떤 종류의 작품을 썼든 그는 시마에 걸린 인물이다. 주제를 한정적으로 말하면 당연히 문학 분야에 국한시켜야 하겠지만 사실 문학의 범주를 어디까지 정할 것인가 하는 골치 아픈 문제가 그 사이에 있는 한 시마에 걸린 사람의 범주에 대해서도 고민할 필요가 없다. 어쨌든 자신의 의지와는 상관없이 만들어지고 굴러가는 사회의 기계적 틀을 거부하는 힘이 바로 시마다.

시마는 주마와 함께 오는 경우가 흔하다는 이야기를 다시한번 해보자. 술은 평소 인간을 누르던 심리적·이성적 제어 장치를 약화시키는 역할을 한다. 이성적 장치가 가동될 때에는 예법에 따르는 생활을 잘 해나가지만 예법이 약화될 때에는 인간 내면 깊숙한 곳에 있는 욕망이나 감정이 이성을 거치지 않고 드러난다. 이것이 술 때문이라면 같은 논점에서 시마에 의해서도 가능하다는 이야기가 된다. 말하자면 사회가 우리에게 요구하는 이성적 예법이 우리의 상상력과 자유로운 사유를 방해한다면 마땅히 제거되어야 한다. 그때 작용하는 힘이 바로 시마다. 그러므로 시마는 자유로운 상상력과 일정한 연관이 있다.

그러나 이성적 장치에 의한 제어는 감정의 제어에만 국한되는 것이 아니다. 사회 역사 문제로 확대해보자. 한 사회가 인간을 구속하는 것을 명료하게 인식하기란 매우 어렵다. 즉 우리가 사회적으로 억압을 받는다면 억압을 하는 주체가 누구(무엇)인지, 억압의 방법이나 내용은 무엇인지, 억압 때문에 어떤 점이 잘못되는지를 정확하게 파악하기 어렵다는 것이다. 자본주의 체제 속에서 살아가는 사람이 자본주의의 문제점을 정확하게 느낄 수 없듯이 이미 이데올로기화하여 인간의 내면을 지배하는 억압을 스스로 인식하기란 어려운 일임이 틀림없다. 자유로운 개성의 발현을 위해 무엇인가를 해야 한다면 우리를 억압하는 이데올로기의 정체가 무엇인지 명확히 파악할 필요가 있다. 우리 삶의 이면에 자리하고 있는 이데올로기의 그림자를 벗겨내고 들추어내는 기본적인 힘이 바로 시마다. 사회 역사의 지배적 힘으로 기능하고 있는 것 때문에 잘 드러나지 않았던 진실은 시마의 힘을 이용하여 시문(詩文)으로 나타나는 것이다.

그러나 사회의 주류적인 힘이 엄청나게 크다는 것이 문제다. 흔히 우리 삶의 조건이 우리의 삶을 구속하는 가장 강력한 힘이 되듯이 사회의 주류적인 힘이 너무나 강대하여 거기에서 벗어나고 싶어하지 않는다는 문제점이 있다. 시마에 걸린 문인은 사회의 거대한 힘을 전면적으로 또는 단편적으로 발견한 사람이다. 그 힘 앞에서 문인 개인의 힘이란 참으로 보잘것없다. 그의 힘으로 할 수 있는 일이 무엇이겠는가. 이때 시마가 운용하는 글쓰기가 힘을 발휘한다.

힘이 없다고 절망하는 때가 바로 시마가 가장 빛나는 순간이다. 절망을 통해 문인은 이전과는 다른 세계의 질서를 발견한다. 감옥인 줄 모르고 감옥생활을 당연하게 생각했던 시절의 사회적 배치는 이제 전혀 다른 배치 속에서 전혀 다른 관계를 생산한다. 그것은 기존의 사회질서에 미세한 균열을 발견—발생시키고 다양한 생각을 파생시킨다. 시마에 걸린 문인의 언어란 얼마나 무서운가.

문학적 담론의 배치와 시마의 의미

시마에 걸린 문인들의 언어가 기존 사회의 견고한 질서를 균
열시키는 방식에는 여러 가지가 있다. 그 가운데 가장 날카
로운 방식은 역시 풍자다. 사실 어떤 면에서 보면 '풍자'라는
거창한 개념을 쓸 필요도 없을지 모른다. 그들은 기존의 근
엄한 언어를 '비꼴' 뿐이다. 이규보나 최연의 글에서도 비꼬
는 방식의 글쓰기를 볼 수 있다. 맨 처음부터 '시마'를 쫓아낸
다는 발상 자체가 참으로 장난스러운데다 짐짓 근엄함을 가
장하고 있는 어투도 그 이면에는 장난스러운 발상과 표정이
숨겨져 있지 않은가. 이런 유형의 글이 근거로 하고 있는 한
유의 「송궁문」부터 희작적인데, 그것을 흉내내서 쓴 글이야
말할 것도 없다. 이규보가 시마를 쫓아내는 부분의 어조는
매우 엄하고 논리 정연한 듯 보이지만 그날 밤 나타난 시마
의 몇 가지 논박에도 완전히 항복을 고할 수밖에 없을 만큼
그의 생각은 즉흥적이기까지 하다. 최연도 삼엄한 국가적인

명령체를 써서 시마에게 얼른 나가라고 꾸짖었지만 사실 그가 시마를 완전히 내쫓았는지는 미지수다.

한문학적 전통에 충실했던 중세 지식인들은 한문학의 표현 뒤에 숨겨져 있는 느낌을 정확히 파악했을 것이다. 우리가 지금 번역에 허덕이면서 겨우 뜻이나 통하는 수준의 한문 읽기를 하고 있다면 그들의 한문 읽기는 우리가 요즘 한글 작품을 읽는 것과 그리 다를 바 없었을 것이다. 그들은 한자 하나하나가 갖는 느낌, 구절이 은미하게 숨기고 있는 말투, 문장의 구성과 글 전체가 풍기는 묘한 이미지와 어조를 충분히 즐기면서 읽었을 것이다. 그러므로 이규보가 「구시마문」을 썼을 때 사람들은 한유의 「송궁문」을 떠올리며 웃었을 테고, 최연이 「축시마」를 썼을 때에는 국가의 공식적인 공문서 형식과 어조로 엄하게 꾸짖는 듯한 말투에서 오히려 반어적 즐거움을 느꼈을 것이다.

그렇다면 그들이 목표로 하고 있는 문학론은 무엇이었을까. 이는 단순하게 결론을 내리기 어려운 문제다. 이규보와 최연, 그리고 시마를 거론했던 수많은 문인의 시대적 배경이나 개인사적 환경 및 문학적 경향이 달랐기 때문에 그들은 서로 다른 담론의 배치 속에서 '시마'라는 용어를 사용했다.

그들이 상대하고 있었던 문학론의 구도가 달랐으므로 시마라는 개념을 통해 무엇을 하려고 했는지를 일률적으로 따지기는 어렵다. 그런데도 우리는 시마가 작가들의 상상력을 구속하는 모든 것에 대해 반대했으리라는 것을 충분히 생각할 수 있다.

먼저 이규보의 경우를 살펴보자. 그가 살았던 시기는 무신들의 정권 장악과 함께 문신들이 한꺼번에 숙청당하던 때였다. 죽이고 죽던 혼란의 시대에 이규보 만년에는 몽골의 침입마저 있었다. 그에게 생존 문제는 멀리 있던 것이 아니었다. 문학적으로는 어떠했는가. 워낙 뛰어난 문학적 기량을 갖추고 있었던 그로서는 자신의 문학적 재능에 대한 자부심도 있었고 그에 걸맞은 진출도 기대하고 있었다. 그러나 세상일이란 마음먹은 대로 되지 않는 법. 과거에 급제한 뒤에도 변변치 않은 벼슬을 전전했다. 그로서는 실의의 기간이었다. 그 시절에 있었던 한 일화는 그가 이전의 문학 및 문인들과 일정한 거리를 두려고 했던 그의 의식의 한 단면을 엿볼 수 있게 한다.

문장으로 세상에 이름을 날린 선배 일곱 분이 있는데, 그들은 스스로 한 시대의 호준(豪俊)이라고 여기면서 마침내 서로 칠현(七賢)이라 했으니 이는 대개 중국의 죽림칠현을 사모해서였다. 매번 서로 모이면 술을 마시고 시를 지으면서 마치 옆에 아무도 없는 듯이 방자하여 세상 사람들이 매우 싫어했다. 당시 나는 열아홉이었는데, 오덕전(吳德全, 오세재吳世才를 의미함)과 망년우(忘年友)의 관계여서 매번 그 모임에 함께 참석했다. 그뒤에 오덕전이 경주로 떠났는데, 다시 (혼자) 그 모임에 나가게 되었다. 이청경(李淸卿)이 나를 지목하면서 "그대의 벗 덕전이 경주로 유람을 가서 돌아오지 않으니 그대가 그 자리를 메울 수 있겠는가?"라고 했다. 내가 즉시 대답하기를 "칠현이라는 것이 무슨 조정의 벼슬이기에 빠진 자리를 메운다는 겁니까? 죽림칠현 가운데 혜강과 완적이 죽은 뒤에 그 자리를 승계했다는 이야기를 들은 적이 없습니다"라고 했다. 그 자리에 참석했던 사람들이 모두 크게 웃었다.[67]

알려진 대로 흔히 해동(海東)의 죽림고회(竹林高會)라고 일컬어지는 일곱 사람들의 모임은 중국의 죽림칠현(竹林七賢)을 흉내내서 운영되었다. 서슬이 퍼런 무신의 난을 피해 자연에 은거하고 있던 이들은 시와 술로 세월을 보냈다. 그때까지 유지하던 경제적·사회적 기득권을 모두 **빼앗기고** 이제는 세속적 권력 하나 없는 이들이었다. 이 모임에 참석했던 사람들 가운데 널리 알려진 인물로는 임춘, 이인로, 오세재 등을 들 수 있는데, 이들은 당대 이름난 문인이었다. 그들에게 시문을 다루는 능력은 유일한 자랑거리였다. 물론 그들 대부분은 세상이 자신들의 재주를 받아주지 않는다고 불평하거나 권력자를 찾아다니면서 벼슬자리를 구걸하는 사람들이었지만, 시문을 다루는 능력만큼은 누구에게도 뒤지지 않는다는 자부심이 있었다. 앞의 일화는 그런 사정을 반영한다.

그러나 다른 시선으로 일화를 살펴볼 필요가 있다. 죽림고회의 일곱 사람 가운데 한 자리가 비었을 때 그 자리를 메우겠느냐는 제의는 까마득한 후배인 이규보의 입장에서는 상당한 유혹이 아닐 수 없다. 그러나 그 유혹을 단칼에 거절하면서 그들의 속물근성을 비꼬는 이규보의 자세[68]에서 당대 문단이 젊은 문인의 눈에 그리 곱게 보이지만은 않았던 것이 아닌가 생각된다. 이는 칠현의 행태가 다른 사람의 눈에 곱게 비치지 않았던 점도 있지만 이규보와는 다른 생각을 가졌다는 점이 그 자리를 단박에 거부하게 한 힘이었을 것이다.

　이규보의 시마론은 그가 단순한 '관료'에서 문학적 자의식을 지닌 '시인 또는 문학인'으로 나아가게 한 중요한 문학론적 기반이었다. 정치적 장(場)에서의 시문과 문학적 장에서의 시문이 서로 다른 역할을 했기 때문이다. 단순화하여 구분하면 정치적 장에서의 시문이란 그가 관료로서 과거에 급제하고 이후의 관료생활을 잘해나갈 수 있게 하는 도구에 불과하지만, 문학적 장에서의 시문은 글쓰기에 대한 일정한 자기 확신 같은 자의식을 갖고 있으며 시문을 통해 자신만의 사유를 표현하고 확대해나간다는 점에서 차이를 보였다. 또한 고려 사회에서의 고위 관료는 개인이 힘입고 있는 거대 가문과 밀접한 관련이 있었다. 그들이 전승하는 문학적 관습이란 현실적 권력을 획득하고 유지하는 하나의 도구 차원에서 이루어지는 것이었다. 그러나 이규보는 시마라고 하는 개념을 통해 거대 가문의 세속적 권력과 문학 관습적 권력으로부터 한 걸음 벗어나는 계기를 만들었다. 이런 입장은 앞 세대에서 이미 세상의 부귀영화와는 기준 자체를 달리하는 것은 문장이다라고 한 주장에 힘입어 나올 수 있었다. 이인로는 『파한집』에서 오세재를 평가하면서 문장은 세상의 부귀영화와는 관련 없이 평가된다는 요지의 말을 남긴 바 있다. 이처럼 이 시대에는 문학이 그 자체로서 하나의 기준을 만들었다.

이규보는 스스로를 죽림고회 같은 이전의 선배들과 분명히 구별했다. 그렇다면 그 구별의 기준은 무엇인가. 아마도 글쓰기를 대하는 자세가 중요한 기준이 아니었을까. 이전의 인물들은 글쓰기를 통해 오로지 입신출세만을 노렸지만 이규보는 그런 것을 거부하고 나름대로의 문학적 자존심을 내면에 간직하고 있었을지도 모른다(이규보가 열아홉이라는 어린 나이였기 때문에 가능했던 주장이었을지도 모른다). 이전의 인물들이 가난 때문에 끊임없이 구직에 열을 올렸으나 끝내는 실패하여 낙척불우(落拓不遇)한 삶으로 마감했지만 이규보는 그런 자세를 받아들이지 않았던 것으로 보인다. 이규보는 젊은 시절에 가난 때문에 많은 고생을 했지만, 또 그 고생 때문에 구직에 열을 올려 어용문인으로 평가되지만 이전의 인물들과 구별되는 점은 문학 창작에 대한 분명한 자부심 또는 자의식 때문이다. 조금 과감히 논의를 전개하면 그것을 문학적 자아의 형성이라고 이름할 수 있을 것이다.

물론 이 시대를 단순히 양분할 수는 없다. 세속적 권력을 지향하는 무리, 문학에 일정한 비중을 두고 문학적 자아를 확보하는 무리가 일정 정도는 서로 교집합을 이루기도 하고, 한편으로는 다른 지향점을 갖고 문학에 대한 생각을 넓혀나갔을 것이다. 특히 문학적 자아를 형성하는 무리는 되도록 세속적 권력에서 멀어지려는 노력을 의식적으로 하면서 당대의 불교 무리와 유대관계를 가졌을 것이고(특히 거사불교 또는 선불교 무리), 생활을 위해 관직 진출을 계속 시도하면서도 기존의 관료 또는 단순히 관료이기만 한 인물들과 분명한 차이가 있다는 생각을 드러냈을 것이다. 이런 방식으로 문단의 흐름을 추적해나간다면 14세기 이후 고려 문단의 지형도를 그려낼 수 있으리라 생각된다. 이규보의 시마론은 바로 이런 지형도에서 나올 수 있었다.

이규보의 문학적 이력에서 초기 때의 경향과 중후반 때의 경향이 상당한 편차를 보이면서 달라지는 것을 감안한다면, 죽림고회 인물들에 대한 비판은 이전의 문학적 경향을 비판적 시선으로 보면서 새롭게 자신만의 시세계를 구축해나가려는 젊은 시인의 자신에 찬 언술로 보인다. 그렇다면 이규보를 그렇게 만든 힘은 무엇이었을까. 가장 중요한 점은 이전 시인들과는 다른 시적 상상력이었을 것이다. 그 예로 그의 초기작 가운데 가장 중요한 작품으로 거론되는 『동명왕편東明王篇』을 들 수 있다. 서문은 고려 건국 시조인 동명왕의 신화를 바라보는 시점에서 자신의 생각이 이전과 얼마나 달라졌는지를 고백하는 내용으로 되어 있다. 예전에는 그 신화가 모두 거짓으로 이루어진 것이라고 생각했는데, 나중에 곰곰이 생각해보니 위대한 업적을 세운 인물에게 항상 따라붙는 신이한 사적이더라는 것이다. 신화적 상상력을 거짓된 '환(幻)'으로 보는 시각에서 벗어나 적극적인 의의를 부여하는 태도로 바뀐 것이다. 그리고 그 작품 속에서 이규보가 펼치는 거대한 파노라마를 생각해보면 젊은 시절(이규보가 『동명왕편』을 쓴 것은 그의 나이 26세 때였다)에 가졌던 상상력의 규모를 짐작하게 한다. 그런 상상력의 세계를 갖고 기존의 문학적 판도 속으로 들어가기란 매우 어려웠을 것이다. 그런 상상력은 이규보의 생애를 관통하는 중요한 근거라 할 수 있다.

최연의 경우는 어떤가. 최연은 당대 뛰어난 문장가로 이름을 날리던 인물이었으며 그가 살았던 시대는 성리학이 꽃피던 시기였다. 이이의 문학론이 도학파 문학론을 집대성하면서 선명한 노선을 보이던 시기였으며 그들의 논의가 사회의 주류 문학론으로 큰 힘을 발휘하던 시기이기도 했다. 문학 작품을 판단하는 중요한 기준은 작품 속에 작가의 '성정지정(性情之情)'이 얼마나 올바르게 드러나 있는가 하는 점이었다. 그러기 위해서는 먼저 개인의 성리학적 수양이 전제되어야만 했다. 문학적 수식이나 형식적 차원의 문제는 성리학적 도를 훌륭하게 담아야 한다는 전제에서만 허용되었고, 이전의 문학론과는 전혀 다른 차원의 문제를 제기했다. 실제로는 도와 문학의 관계를 떠나서 많은 작품이 지어졌지만 사회의 공식적·주류적 담론을 구성하는 것은 바로 도학파의 형이상학적 문학론이었다.

최연의 상상력은 바로 이 같은 문학론에 의심의 눈길을 던진다. 그러나 다른 어떤 명분으로도 주류 문학론을 거부하거나 파괴하기는 어려웠다. 근엄한 도학자들의 어조는 단호했고 그들이 만들어내는 문학적 담론은 견고했다. 이런 상황에서 최연은 전혀 다른 어조로 의심의 눈초리를 보낸다. 붓을 의인화한 가전체 작품을 통해 글을 쓴다는 것의 의미를 재확인하는 한편, 「축시마」 같은 글을 통해 인간의 상상력을 이성적 힘에 따라 배제해야만 하는지를 다시 묻는다. 더욱이 이 글은 어려운 글자와 수사적 기법을 통해 짐짓 중세의 근엄을 가장하고 있지만 실상은 그 근엄에 미세한 균열을 일으키고 있다. 물론 그 근엄함이 작품 전편에 흐르는 희작적 성향과 연결되면서 미묘한 불일치가 웃음을 불러일으키는데, 이는 그냥 지나쳐서는 안 될 중요한 요소로 보인다. 이런 것을 통해 최연 자신도 어쩌면 기대하지 않았을 법한 일들, 예컨대 다음 시대에나 모습을 드러낼 중세 해체의 징후를 어느새 수행하고 있었던 것인지도 모른다.

이처럼 시마는 한 시대의 주류 담론에 의문을 제기하면서 주류 권력이 감추고 있는 모순과 독재적 논리에 균열을 일으키는 역할을 했다. 하나의 논의가 아무리 정교하고 중요하다 해도 모든 다양한 논의를 절대적 기준 아래 두고자 하는 순간, 그것은 이미 창조적 사유활동을 멈추고 하나의 점으로 모든 것을 귀결시키는 독재적 담론으로 기능하게 된다. 처음에는 활발한 논쟁과 문제 제기를 통해 새로운 시대를 준비하고 더 나은 세상을 꿈꾸었을 논의가 시대와 내용의 만남이 불화를 이루면서 알맹이는 사라지고 껍데기만 남아 독재적 형식으로 거대한 권력을 작동시킨다. 그에 대항하는 어떤 세력도 죽음을 각오하지 않으면 안 되는 시점에서 시마의 등장은 시사하는 바가 크다. 시마에 걸린 시인들의 언어는 주류 담론의 어조와 논조를 그대로 흉내내지만 그것을 살짝 비틂으로써 전혀 다른 배치 속에서 다양한 의미의 분화와 변혁을 기도한다. 시마가 늘 거대 권력에 대해 풍자하고 비판하는 이유는 하나의 논리 속으로 포획되지 않고 끊임없이 부유(浮遊)하는 문학적 상상력을 통해 새로운 문학적 영감을 불러일으키기 위해서였다.

시인과 가난

시능궁인과 궁이후공

중세 문학론에서 가장 흔히 발견되는 것은 재도론(載道論, 문학을 도를 싣는 도구로 보는 관점)이다. 이는 문학의 다른 어떤 측면보다도 내용을 가장 중시하는 내용 중심의 문학론이다. 하지만 그 내용은 도덕적 기준에 의해 만들어지는 것이어서 경직된 모습으로 드러나기 일쑤였다. 지금도 이 문학론은 모습만 바꾸어 여전히 전해지며 문학 창작의 전제조건으로 작가 개인의 도덕적 수양을 내건다. 이런 상황에서 문학이 가난과 어떤 관계가 있는지를 묻는 것은 좋은 작품이 창작되기 위해 무엇을 문제삼아야 하는지를 묻는 것이기도 하다.

문학과 가난의 관계에 대한 논의는 시능궁인론(詩能窮人論) 또는 궁이후공론(窮而後工論)이 있다. 구양수(歐陽修)가 「매성유시집서梅聖俞詩集序」를 쓰면서 언급한 이래[69] 중국에서는 청나라 말기까지 꾸준히 논의되어온 주제이며, 우리나라에서도 고려 후기 이후 조선 말기까지 많은 논자가 언급했다. 그 논의는 지금도 이어져서 마치 재도론이 현대의 껍데기를 쓰고 여전히 활개를 치고 있는 것처럼 궁이후공론도 새로운 껍데기를 쓰고 우리의 의식 속에 굳건히 자리하고 있다. '가난한 시인의 사랑 노래'가 더욱 감동을 주는 것처럼 가난한 문인의 글쓰기는 어느새 그의 문학적 평가를 높이는 데 일조한다.

시능궁인론과 궁이후공론은 서로 많은 부분을 공유하고 있고, 그에 따라 비슷하거나 같은 의미로 쓰이는 경우가 있다. 그런데도 이들은 서로 다른 관계망 속에 위치한다. 글자 뜻 그대로 본다면 시능궁인은 시가 사람을 궁하게 만들 수 있다는 뜻이고, 궁이후공은 사람이 궁하게 된 이후에야 그의 시가 공교로워진다는 뜻이다.

먼저 시능궁인론을 살펴보자. 이것이 내포하고 있는 순차적 논리에 의하면 시에 전념하게 되면 다른 부분은 소홀해지고 그로 인해 궁한 지경에 이른다는 뜻이다. 그렇기 때문에 시능궁인의 논리는 시마에 대한 논의와 밀접한 관련이 있다. 이규보의 글을 통해 알아보자.

또한 나에게 붙더니 네가 온 뒤로는 모든 것이 어렵게 되어 멍멍하게 잊은 듯하고, 멍청하여 바보가 된 듯하며, 벙어리인 듯 귀머거리인 듯 형체는 꼼짝도 않고 자취는 잡아맨 듯하니, 배부름이나 목마름이 몸에 닥친 것도 모르고 추위와 더위가 살갗을 핍박하는 것도 깨닫지 못한다. 계집종이 게을러도 꾸짖지 않고 남자종이 어리석어도 대책을 세우지 않는다. 동산이 우거져도 풀을 베지 않고 집이 쓰러져도 받치지를 않는다. 가난 귀신이 온 것도 네가 부른 것이다. 귀인에게 오만하게 대하고 부자를 능멸하여 방자하고도 게으르며 큰소리를 치면서 불손하게 하고 얼굴은 억지로 아첨하지 않으며 여색에는 쉽게 미혹당하고 술을 마시면 더욱 거치니 이것은 사실 네가 시켜서 그런 것이지 어찌 내 본심이겠느냐? 괴상한 것을 보고 마구 짖어대는 개처럼 그렇게 비난하는 무리가 진실로 많으니, 그

때문에 나는 너를 미워하여 저주하고 쫓아내는 것이다.[70]

　이규보는 이 글에서 시마가 찾아옴으로써 일어나는 문제를 열거하고 있다. 시에 전념하게 되니 자신의 감각적인 측면이나 사회적인 부분에 소홀하게 되어 생활인으로서의 역할을 정상적으로 수행할 수 없음을 이야기한다. 또한 집안 단속도 제대로 하지 못한다든지, 귀인이나 부자에게 오만불손하게 대함으로써 불이익을 당하는데, 이는 시를 쓰는 행위가 세속적인 영예나 부귀에 아첨하기 위한 것이 아님을 분명히 하는 것이다.

　조선 중기 문신 유몽인도 시마를 이야기하면서 가난과 얼마나 친한 사이인가를 밝힌다.

　　시에는 귀신이 있는데 이름을 마(魔)라고 한다. 그 성질은 근심, 가난, 곤궁, 질병, 여행 등을 좋아하고, 화려하고 부귀를 누리며 자신만만하여 득의에 찬 사람은 좋아하지 않는다. 산에서는 기(夔)라는 도깨비와 일을 꾸미고, 들에서는 신(莘)이라는 도깨비와 일을 꾸미며, 교외에서는 야중(野仲)과 일을 꾸미고, 물에서는 하백(河伯), 해약(海若), 풍이(馮夷) 등과 일을

꾸미며, 못에 들어서는 위사(委蛇), 방량(方良) 등과 일을 꾸
미며, 밭에서는 경보(耕父)와 일을 꾸미고, 목석(木石)에 붙은
귀신 망상(罔象)과도 일을 꾸미고,71 울의(鬱儀)72와 결린(結
鄰)73과 일을 꾸미기도 하며, 천신 및 지신과도 일을 꾸민다.
사물을 보고 접촉할 때 언제나 비슷한 것을 미루어 일을 꾸미
는 것이다. 사람의 간을 끄집어내고 사람의 창자를 뽑아내며
사람의 정령(精靈)을 사냥함으로써 언어와 문장 구절을 구하
고, 뭇사람들을 이기고 적들과 삐걱거리기에 힘씀으로써 원숭
이같이 교활한 것을 즐거워한다. 또한 그 마음은 시기와 의심
이 많아서 반드시 사람들로 하여금 기름진 것을 배척하고 척
박한 것을 위하게 만들며 형통하여 뚫린 곳을 사양하고 굽이
지고 낮은 곳으로 나아가게 한다. 좋은 일이 찾아오면 교묘하
게도 그것을 막아서 훼손하고 해를 끼치고서야 그만둔다.74

시란 모름지기 한곳에 자리잡고 살아가는 사람에게는 맞
지 않는다. 경제적으로 편안하고 생활 속에서의 근심 걱정이
없는 사람에게 무슨 시를 쓸거리가 있겠는가. 세상을 바라
보는 시선이 한곳만 향해 있고 갈등의 양상을 발견하지 못
하는 사람에게 시는 정말 한량의 취밋거리일 뿐이다. 수많은

귀신과 협력하여 시인을 곤란에 빠뜨리고 평탄한 삶을 누리지 못하게 만드는 것이 시마라고 했는데, 유몽인도 시마의 중요한 특징으로 가난 귀신과 친하다는 점을 말한다. 즉 부귀영화를 누리는 귀인들은 시마의 벗이 될 수 없다는 것이다.

이처럼 가난하고 곤궁한 사람들이 좋은 시를 쓴다는 논의가 조선을 지배하자 그 반동으로 귀한 사람이라야 좋은 시를 쓸 수 있다는 논지의 글이 나오기 시작했다. 뒤에서 다시 살펴보겠지만 조선 초기에 서거정, 김종직 등의 이 같은 논급은 사실 부귀영달한 사람들을 위해 글을 쓰다보니 나온 것일 뿐 그런 논의가 절대적으로 옳다는 것을 주장하려는 의도는 아니었던 듯하다.

어쨌든 이규보나 유몽인의 글은 시를 쓰는 행위로 인해 결국 궁하게 되었다는 주장이니 순차적 논리로 보면 시능궁인론과 맥을 같이한다. 시 때문에 사람이 곤궁하게 되었다는 것이 주장의 요점이다.

그런데 궁이후공론의 경우에는 그 순차가 다르다. 일단 한 개인이 궁한 상황에 처하면 그 과정에서 뛰어난 창작품을 만들어낸다는 것이다. 이는 자신이 일상생활에서 겪을 수 없는 특별한 경험을 하면서 느끼는 절실한 감정에 초점을 맞추고 있는 논의다. 그러므로 조금 단순화시켜서 비교하면 시능궁인의 경우에는 시를 쓰고 거기에 전념하는 태도가 다분히 자의적인 데 반해, 시능궁인의 경우에는 외부적 조건의 강제로 인해 시를 쓰는, 상대적으로 억압적인 상황이라 할 수 있다. 물론 이 두 가지는 같은 의미로 쓰이는 경우가 있다 하더라도 그 구절이 갖는 함의에는 일정한 차이가 있고, 그 차이는 구별되어야 마땅하다. 시마와 관련하여 말하면 궁이후공론보다는 시능궁인론이 시마의 본래 취지에 훨씬 더 가깝다고 할 수 있다.

조선시대의 자료를 통해 시능궁인론과 궁이후공론을 좀 더 자세히 살펴보자.

구양수는 「매성유시집서」를 쓰면서 "시가 사람을 궁하게 하는 것이 아니라 궁한 이후에야 공교로워지는 것"[75]이라고 말한 바 있다. 즉 창작활동이 작가를 궁한 처지로 내몰지는 않지만 작가의 잠재된 역량과 재질은 불우한 상황에서 고심하는 과정을 거쳐 최대한 나타난다는 것이다.[76] 또한 이는 사마천(司馬遷)의 발분저서(發憤著書)와 한유의 불평즉명(不平則鳴)이라는 생각을 계승, 발전시킴으로써 문학과 현실생활의 관계에 대해 밝히려 한 것이다.[77] 이와 관련하여 조선 초기 문신 강희맹(姜希孟)의 글은 매우 흥미롭다.

시는 거짓으로 지을 수 없다. 정(情)에서 발하여 말로 드러나며, 말로 드러나서 좋음과 나쁨(美惡)이 이에 드러난다. 그러므로 사람 마음이 감동하는 바가 모두 다르며, 그 발하는 말 또한 그와 더불어 무궁하다. 그러나 좋은 시는 부귀(富貴)한 중에서 나오는 것이 드물고 대부분 이리저리 떠돌아다니거나 유배생활을 하는 처지에서 나오니, 옛사람이 이르는바 "시가 사람을 궁하게 하는 것이 아니라 궁한 사람의 시가 공교하다"는 것이 이것이다. …… 얼마 후 (심정원은) 전라도수군절도사로 나갔다가 작은 허물로 영주에 유배되었다. 유배중에 읊은 시를 모아 나에게 보내주었다. 내가 보니 쓴 말이 매우 공교하고 뜻을 운용한 것이 높고 오묘하여 글로 늙은 사람이라 해도 이보다 더 나을 수가 없었다. 어떻게 골수(骨髓)를 바꿀 수 있었을까? 곤궁(困窮)하고 불울(怫鬱)하지 않고서야 어찌 공(公)의 뜻을 세우고 공의 재주를 무르익게 할 수 있겠는가. 옛사람이 말한바 궁한 사람의 시가 공교하다는 말을 더욱 믿게 되었다.[78]

앞의 글은 강희맹의 사촌동생인 심정원(沈貞源)이 영주에 유배되었을 때 쓴 일기에 부친 서문이다. 강희맹은 먼저 '옛 사람'의 말을 빌려 시능궁인이 아닌 궁이후공이라는 자신의 생각을 명확히 밝힌다. 언뜻 구양수의 구절을 그대로 빌려 쓰면서 두 논리 사이의 차이를 거론하지는 않았지만 그는 이미 둘 사이의 차이점에 대해 인식하고 있었던 것으로 보인다. 이 시기에는 이미 매성유의 시집이 편찬되어 널리 읽히고 있었으므로 거기에 실린 구양수의 「매성유시집서」도 널리 읽혔으리라 추정할 수 있다.[79]

가난함의 의미

그렇다면 '궁(窮)'은 무엇인가. 먼저 '궁'이라는 글자에서 떠올릴 수 있는 것은 경제적인 빈궁이다. 물론 궁이후공론에서도 경제적 빈궁이 포함되겠지만 그리 중요시하지는 않은 듯하다. 앞에서 이야기했듯이 여기저기 떠돌이 생활을 하거나 유배당한, 사회적으로 불우한 처지에 놓인 상황을 '궁'이라고 여겼다. 자신의 포부를 실현할 기회를 얻지 못하거나 관직에 있다가 뜻을 펴지 못하고 물러나거나 유배당한 상황에 처해 있다면 자연히 마음속에 울분과 갈등이 쌓일 것이다. 그것은 일상생활에서는 경험하기 힘든 독특하면서도 절실한 체험이다.

강희맹은 「처궁설處窮說」에서 '궁'을 세 가지로 요약한 바 있다. 시대적 운명을 제대로 만나지 못해 통하지 못하는 것, 일을 만나 나아가지 못하고 머뭇거리는 것, 뜻하지 않은 재앙을 만나는 것이다.[80] 심정원이 영주로 유배당한 사건은 강희맹이 생각하는 '궁'의 세 가지 경우에 모두 해당된다. 심정원은 원래 부유한 집안에서 나고 자라 관직에 나갔으며, 시 쓰는 능력도 동년배들 가운데에서는 뛰어났으나 재능을 발휘해보지도 못하고 유배당했다. 심정원은 궁한 처지에 직면하여 자신의 불우함 또는 현실적 궁핍함을 시로 승화시킴으로써 이전과는 다른 시풍을 만들어냈다. 물론 그 과정에서 시에 전념하는 태도도 어느 정도 있었을 것이다. 유배 이전의 시는 단려호매(端麗豪邁, 단아하고 아름다우며 힘이 넘치는 시풍)한 풍격을 갖고 있었으나 부유한 사람으로서의 기름진 느낌이 있는 것에 불만스러워했다. 그런데 유배중에 지은 시는 그런 기름진 시풍이 사라지면서 드높은 시적 성취를 이루었다. 강희맹이 평한바 "사용한 말이 매우 공교롭다(下語甚工)"
는 것은 표현 수법에 관한 것이며[81] "운용한 뜻이 높고 묘하
다(運意高妙)"는 시에서 보이는 의경(意境) 문제와 연결된다.
이처럼 범상치 않은 고난을 겪으면서 그것을 시로 표현하여
얻어낸 성과는 그의 사회적 처지를 반영함으로써 자연히 과
거의 화려하고 기름진 느낌을 없앴다는 점이었고 강희맹은
바로 그 점을 높이 평가했다.

한편, 이우(李堣)도 강희맹과 비슷한 의견을 냈다. 이우는
중종반정에 참여하여 공신이 되었고 이후 형조참판, 강원도
관찰사, 경상도관찰사 등을 역임했다. 이황의 숙부이기도 한
그는 정희량의 문집에 서문을 쓰면서 궁이후공에 대한 자신
의 긍정적인 의견을 피력했다.

(내가 그 원고를) 받아 읽어보니 그 통쾌영창(痛快英暢)한 묘함
이 유배되기 전에 얻은 것과 비교해볼 때 서로 차이가 크게 날
뿐만이 아니니, 이 어찌 유배당하여 떠돌아다니는 근심이 오
래되어 곤궁함 속에서 울울함을 떨치며 그것을 격발한 것이
아니겠는가? 옛사람의 "궁하면 곧 시가 공교로워진다"는 말이
바로 이를 두고 한 말이다. 군(君, 정희량을 말한다)은 무릇 세

번이나 외지로 출척당했으니 그 궁함을 가히 알 만하지만 용만에서의 궁함이 가장 심했다. 하물며 매계시로(梅溪詩老, 조위를 말한다)와 같은 고을에서 귀양살이하면서 아침저녁으로 함께 처하여 훈도 받으면서 갈고닦아 서로 시를 주고받았으니 얻어서 도움된 것이 어찌 적었겠는가? 그러므로 자득지학(自得之學)은 연원(淵源)의 도움에 힘입어 궁하고 근심스러운 곳에서 폈으니, 발출하여 말을 만든 것이 공교함을 기대하지 않아도 공교로워지지 않을 수 없다.[82]

이우의 논의는 강희맹보다 비교적 명확하다. 즉 문학 창작 능력이 향상된 이유로 궁한 현실적 처지와 시쓰기에 전념하는 태도 두 가지를 명시하고 있다. 그는 구양수가 말한 것처럼 궁하면 궁할수록 시가 더욱 공교로워진다는 생각을 그대로 보여준다. 정희량이 세 번 유배당했는데 그 가운데 용만에서의 생활이 가장 극에 달했던 것을 언급함으로써 궁한 처지를 더욱 부각시킨다. 그리고 당시 시명(詩名)이 높았던 조위(曺偉)와 함께 유배생활을 하면서 작시 능력을 갈고닦았다는 말을 보탬으로써 정희량이 시 창작에 전념했음을 드러낸다.

궁이후공론을 긍정하는 쪽이든 부정하는 쪽이든 그들이 공유하고 있는 생각 가운데 하나는 시가 작가의 처지를 반영한다는 점이다. 시인의 현실적 처지가 작품에 반영되어 독특한 시의 풍격 형성에 기여한다는 것이다. 강희맹, 이우의 이 논의도 그 범주에 속한다. 이들은 한때 불우했던, 또는 불우하게 살다가 죽은 사람들의 시문을 읽으면서 시를 쓰는 행위란 어떤 의미를 지니는가 하는 물음을 던지고 있다. 이들에 의하면 시쓰기란 현실의 부당한 압력이나 모순으로부터 비롯되는 내부의 울분을 극복하는 방법으로서 중요한 의미를 지닌다. 이는 글쓰기가 현달의 중요한 도구로 이용되었던 당대 현실에서, 자의든 타의든 관직 진출에 대한 욕망과는 관계없이 부당한 세계 속에서 세계의 본질과 자신의 정체성을 밝히려는 노력에 선을 잇고 있다는 점을 은미하게 내포하고 있다. 물론 이런 노력은 강희맹, 이우 등에게서 구체적으로 드러난 바는 없지만 궁이후공론이 포함하고 있는 시인의 정체성에 대한 추구는 심의(沈義)의 「경박해輕薄解」 같은 글에서 그 모습을 드러낸다.

궁이후공론은 기본적으로 작가 자신의 불우한 삶에 기반하고 있기 때문에 특별한 방법으로 절제하지 않는 한 시대에 대한 강한 탄식이나 비판의 목소리가 내용에 스며든다. 때로는 작품 표면으로 불거져 나와 슬프고 분한 작자의 심정이 드러나기도 한다. 그러므로 작가는 이런 문제를 어떻게 해결할 것인지가 중요하면서도 어렵다. 내용도 조심스럽게 뽑아야 하고 일단 선택한 주제를 표현하는 수사 기법도 신중히 골라야 한다. 이 문제를 해결하려는 과정에서 작가의 생각은 깊이를 더하고 자신의 불우함을 내면으로 쌓아두어 예술적 경지를 넓히는 계기를 만들었고, 표현 기법도 내용과 잘 조화를 이룰 수 있게 표현의 문제에 힘을 기울였다.

태평성대의 문학과 곤궁한 이들의 문학

그런데도 당대 사회에 대한 비난을 포함하는 내용은 논란거리가 될 여지가 있었다. 시대나 사회에 대한 비판을 다루는 것은 한문 문화권의 오랜 전통이지만 우회적이고 비유적인 수법으로 제기되어야 한다. 그러므로 궁한 처지에 있는 심정을 노골적으로, 또는 비분강개한 어투로 드러낼 때는 문제가 생길 수밖에 없었다.

조선 초기에 훈구세력과는 다른 정치적·학문적 입장을 취한 한 무리의 문사는 내용을 중시하여 사장(詞章)이라도 내용만 좋다면 문제될 것이 없다는 의견을 내놓기도 했다. 즉 마음속의 도를 문장으로 잘 표현하기만 한다면 사장도 도와 배치되지 않는다는 것이었다.[83] 이런 입장에서 볼 때 궁이후공론의 논의 구도는 문제의 소지가 있었다.

또한 당대의 많은 훈구 관료는 자신의 시대를 태평성대로 인식하고 있었다. 이 시대에는 재주가 있는 사람에게는 누구나 자신의 포부를 실현할 수 있는 기회가 주어졌고 문사는 글을 써서 태평성대를 아름답게 꾸미는 것을 임무로 삼아야 한다고 여겼다. 조선 전기 최고의 관료 문인 서거정에게서 그 예를 찾아볼 수 있다. 서거정은 문학 작품의 풍격이 작자의 처지에 따라 달라진다고 전제하면서[84] 궁이후공론의 입장과 비슷한 논의를 폈다. 그러나 재야에 은거하고 있는 선비나 승려 들이 보여주는 풍격보다 관료들이 형성하는 풍격을 더욱 바람직한 것으로 여김으로써[85] 공식적으로는 궁이후공론 입장에는 이르지 못했다. 그가 개인적으로 궁이후공론이 일리가 있다고 긍정한 점은 있었으나[86] 스승 유방선(柳方善)이나 친구 성간의 불우함에 안타까움을 금하지 못하면서도 궁이후공론에는 다다르지 못했다. 이처럼 안타까움을 담은 글에서 궁이후공론의 실마리를 확인할 수 있으나 작가의 불우함을 지적하는 수준에 그쳐 궁이후공론의 범위에서 논의하기에는 그 함의가 부족하다.[87] 태평성대 구가라는 시대의 인식 속에서 궁한 처지로 불우한 삶을 사는 것은 사회적 모순이 아니라 개인적인 불행의 문제로 처리된다. 그래서 내용 중시의 문학론과 태평성대로서의 시대 인식이라는 배경 아래에서 궁이후공에 반대하는 의견이 나오게 된 것이다.

① 세상에서는 이렇게들 말한다. "문장과 운수는 함께 꾀할 수 있는 것이 아니다. 그래서 훌륭한 작품은 산림에 은거하거나 떠도는 사람 가운데에서 많이 나오니, 현달한 사람들은 뜻을 다 이루어 문장을 잘 지으려 해도 그럴 수가 없다." 그러나 나는 그렇지 않다고 생각한다. 곤궁한 사람이라야 문장을 잘 지을 수 있는 경우가 진실로 있기는 하지만, 공후와 귀인들 중에 문장을 잘하는 사람이 어찌 적겠는가? 넉넉한 도량과 높은 천성을 그들이 진실로 가지고 있다면, 내놓는 말마다 악기가 저절로 어울리는 듯하고 생각이 일어날 때마다 바람과 구름이

절로 따르는 듯하여서 가슴속에 가득한 인의(仁義)가 자연스럽게 시에 드러나 가릴 수가 없다. 또한 뜻을 다 이룬 사람들이 어찌 부귀로운 곳에 처하게 된 소인과 같은 행동을 하겠는가? 그러므로 『시경』에 나오는 길보(吉甫)의 노래는 떠도는 사람이 지은 것이 아니고 붉은 작약의 노래는 산림에 은거한 사람들이 지은 것이 아니다. 장열(張說)과 소정(蘇頲)은 모두 훌륭한 문장으로 이름을 날렸고, 한기(韓琦)와 범중엄(范仲淹)은 훌륭한 작품을 많이 남겼으니, 이와 같은 사람들이 대대로 끊이지 않았다.[88]

② 일찍이 들으니 옛사람이 시를 논하면서 "궁하면 공교로워진다"고 했다는데, 이 말은 그렇지 않은 듯싶다. 시라는 것은 성정에서 발하고 가슴속에서 흘러나오는 것인데, 어찌 반드시 맹교(孟郊)와 가도(賈島)의 한수(寒瘦)함처럼 곤궁하고 굶주림을 견디지 못하고 불평(不平)의 울림에서 나온 이후에라야 공교로워지겠는가?[89]

③ 일반 사람들 가운데 공부를 하는 이는 부지런히 애쓰고 마음과 생각을 수고로이하면서 우환을 많이 가지고 공부에 힘을 들인 연후에 글을 쓸 수 있게 되는데, 아로새겨 수식하고 기이함에 힘쓰지만 그 기상은 천근(淺近)한 폐단을 면하지 못한다.

왕공거인(王公鉅人)은 그렇지 않다. 그들은 거처하는 바가 높고 보는 바가 커서 배우기를 힘쓰지 않고도 저절로 넉넉하며, 그 일을 수련하지 않아도 저절로 정묘해지니, 크게 여력이 있어서 그 공을 성취하기가 쉽다. 그러나 문장의 명성은 곤궁한 사람들에게서 많이 나오지만 부귀한 이들에게서 나오지 않는 것은, 곤궁한 사람들만이 오직 공교롭고 부유한 사람들은 오직 능하지 못한 것이 아니라 부귀와 번화의 즐거움에 매몰되어 할 수 없기 때문이다.[90]

앞의 글은 모두 궁이후공론에 대해 부정적 견해를 진술하고 있다. ①에서 짐작할 수 있듯이 궁이후공론은 당대에 이미 일반인 사이에서 널리 알려진 것으로 보이는데, 그런 속에서 김종직과 채수, 성현이 부정적인 견해를 진술한 이유는 무엇인가. 이 글의 대상이 모두 현달한 인물이거나 왕족으로서 시문에 뛰어난 사람들임을 감안한다 하더라도 그들의 반론은 당시 문학론의 한 부분을 반영하고 있다.

김종직과 채수, 성현이 공통적으로 지적하고 있는 것은 '왕공거인(王公鉅人)'의 기본 자질이 보통 사람보다 뛰어나다는 사실이다. 처한 위치가 높고 견문이 넓으므로 기상이나 도량이 크며 문학 창작의 기본 자질을 훌륭히 갖추고 있다는 것이다. 그것을 김종직은 인의(仁義)가 가슴속에 가득찼다고 했고, 성현은 원기(元氣)가 두텁다는 것으로 표현했다. 김종직은 재도론의 입장이 강한 인의로 문학 창작의 기반을 삼았고, 성현은 "성리학적 도와는 다른 인간의 원초적 정서"[91]라 할 수 있는 원기를 기반으로 삼았다는 데서 차이가 있지만 이들의 궁이후공론에 대한 반론은 서로 구도가 비슷한 것으로 보인다.

고려 말 조선 초에 비교적 널리 퍼져 있던 문학론으로 문장이 그 시대의 성쇠와 관련이 있다는 주장도 있다. 이 이론은 이색(李穡)이 주장한 이래 권근, 서거정, 성현 등 당대의 대가들에 의해 표명되어왔다. 그들은 시대별로 일정한 편차를 지니기는 하지만[92] 한 시대를 경험하는 매체로서의 문장을 중시했다는 점에서는 같다. 그러므로 그들이 살아가는 태평성대를 아름답게 표현하는 것은 문인의 임무였으며 거기에 걸맞은 시풍을 지녀야 마땅했다. 그렇기 때문에 시대의 모순이나 가슴속에 쌓인 불평을 특별한 제어장치 없이 드러내는 일은 태평성대를 표현하는 데 알맞지 못했다.

②에서 말한 바와 같이 반드시 불평(不平, 평정의 상태를 유

지하지 못함)의 상태에서 나온 것이 공교로운 것은 아니다. 시는 성정의 표출이므로 성정을 잘 보존하여 시로 드러낼 수 있는 인물은 맹교나 가도 같은 불우한 인물이 아니라 왕공귀인이라는 것이다. 이렇게 시를 쓸 수 있는 기본 자질이 워낙 뛰어나므로 ③에서처럼 감각적 즐거움에 매몰되지 않고 자신의 성정 또는 원기를 잘 제어하고 수양한다면 오히려 다른 사람보다 좋은 시를 쓸 수 있다고 생각했다.

그러나 이런 논의를 뒤집어 생각해보면 그들의 시론이 지향하는 점을 쉽게 알아차릴 수 있다. 사회를 이끄는 세력이 정치적 권력뿐 아니라 문학적 권력까지도 소유하는 것이 마땅하다는 논의와 직결되기 때문이다. 국가적 체제 속으로 모든 권력을 집중시키고 정점에 왕이 위치하는 구조는 어디서 많이 본 듯한 것이 아닌가. 근대 이전뿐 아니라 지금 우리가 살아가는 시대조차도 그것에서 별로 벗어나지 못한 것이 아닌지 의심스러울 때가 있다. 경제력과 정치적 영향력으로 다른 문화 권력까지도 손에 넣으려는 태도에서 국가장치의 거대한 포획의 힘을 새삼 느낀다. 그들은 자신들이 살고 있는 시대가 태평성대이며, 그 시대를 자신들의 힘으로 만들었다고 전제하기 때문에 곤궁한 사람이 좋은 시를 쓸 수 있다는 사실에 대해서는 부정적 입장을 취한 것이다. 하지만 요순시절에도 도둑놈은 있고 태평성대에도 거지는 있는 법이다. 아무리 아름답고 태평한 세상이 왔다고 해도 시대에 대한 전일된 시선을 지니는 것은 전체주의에 가깝다고 해야 할 것이다.

사실 궁이후공의 입장을 긍정하든 그렇지 않든 이런 논의는 글 쓰는 행위에 대한 성찰의 문제와 연결된다. 궁이후공론은 불우한 환경에서 겪는 절실한 체험이나 좌절된 포부를 바탕으로 글 쓰는 방법과 내용을 모색하게 하여 좋은 글을 쓸 수 있게 했다는 점에서 당시에는 상당한 설득력이 있었던 것으로 보인다.

이런 맥락에서 궁귀의 가장 친한 벗 시마를 정의한다면 결코 현실의 편안함에 안주하지 않고 계속 새로운 균열을 일으키거나 이미 균열되어 있는 부분을 파고들어감으로써 새로운 세계로 나아가게 하는 힘이라고 할 수 있다. 세상을 형상화하는 힘으로서의 시마는 시대에 안주하려는 시인의 마음을 가난이라는 현실 상황을 통해 뒤흔들고 새로운 방향으로 탈주시킴으로써 아무도 경험하지 못했던 경계를 개척하는 중요한 계기가 되었다.

3부

시마,
새로운 세상을
꿈꾸다

정의되기를 거부하는 시마

시쓰기의 즐거움과 괴로움

시마를 이야기하다보면 자칫 '마(魔)'라는 글자에 얽매여 논의가 진지해지기 십상이다. 그러나 시마가 지니는 일차적인 함의는 즐거움에 있다. 어떤 분야든지 좋아하게 되면 거기에 빠지기 마련인데, 시마란 시에 빠져 다른 것을 돌보지 않는 상태를 가리키는 말이다. 시를 쓰느라고 창작의 괴로움에 휩싸여 있다느니, 적당한 글자 하나 찾느라고 머리가 하얗게 세었다느니, 애간장을 태웠다느니 하는 등의 표현은 창작의 고통을 말하는 것이지만 그 바탕에는 시에 대한 지독한 즐거움을 역설적으로 강조하려는 태도가 깔려 있다.

시를 짓고 감상하는 즐거움은 시대적 차이에 따라 분위기를 달리하지만 '즐긴다'는 점에서는 많은 요소를 공유했다. 근대 이전에 시를 잘 짓는 것은 개인과 가문의 출세에 커다란 영향을 미쳤다. 따라서 시 창작은 가문의 많은 자제에게 암묵적으로 강요될 정도의 권장 사항이었다. 그러나 시를 짓고 즐기는 일은 모든 사람에게 즐거운 것만은 아니었다. 특히 한시가 가진 문화적 층위를 이해하기 어려웠던 아이들의 경우에는 괴롭고 고된 일과 가운데 하나였다. 어른들도 시짓기가 즐겁지만은 않았다. 마음속에 품고 있는 자신의 생각을 자유롭게 펼치는 시짓기라면 즐거웠겠지만 과거시험이나 그 밖의 유형적 형식을 강요하는 시짓기는 괴로운 일이었다. 시마라면 당연히 이런 시짓기를 거부하도록 했을 것이다. 시마의 상대편에 장옥문자라고 하는 과거시험 위주의 글쓰기가 배치되어 있는 것도 그런 맥락에서다.

최연의 「축시마」 첫머리를 보면 그가 만난 시마의 모습을 짐작할 수 있다.

오라, 이 마귀야. 너는 어찌 스스로 모습을 드러내지 않고 깊은 곳에 숨고 희미한 곳에 어그러져 사람에게 붙어서 그 신령함을 좀먹고 파괴하느냐? 의격(意格)으로 골수(骨髓)를 삼고 물상(物象)으로 가슴을 삼고 성률(聲律)로 아홉 구멍을 삼고 체재(體裁)로 정기(精氣)를 삼아서 힘은 파협(巴峽)을 거꾸러뜨릴 만하고 혀는 제성(齊城)을 말아버릴 만하다. 내 면목(面目)을 미워하고 내 성정(性情)을 고달프게 하여 늙지도 않았는데 백발이 되게 하고 또한 세상과 어긋나게 만드는구나. 이제 네 죄를 헤아리려 하니 머리카락을 다 뽑아도 헤아릴 수가 없구나.[1]

최연이 제시하는 시마는 모습을 드러내지 않고, 시인의 마음을 괴롭혀서 백발노인처럼 만들며, 세상과 어긋나게 만든다는 특징이 있다. 시마의 모습이 특별히 형상화되어 제시된 것은 아니지만 한시의 중요한 요소를 나열하여 시마를 보여준다. 시인의 마음을 괴롭히는 주범은 무엇인가. 당연히 한시가 갖고 있는 형식적 규율과 그 속에 담을 내용일 것이다. 시인은 좋은 시구를 만들어내기 위해 심혈을 기울인다. 시를 짓느라 고심한 탓에 검은 머리가 백발이 되었다는 말은 과장되기는 했지만 실제로 두보 같은 이들은 시 때문에 백발이 되었다는 이야기가 있을 정도니 그들의 고심이 얼마나 컸을지 짐작이 된다.

문제는 최연이 제시한 시마의 죄상 가운데 세상과 항상 어긋나게 한다는 대목이다. 이 때문에 앞서 이미 이야기한 시마의 절친한 벗 궁귀가 따라붙는 것이다. 대대로 전해오는 유업(遺業)이 없는 한 가난함은 어쩔 수 없다. 가난에서 벗어나기 위해서는 관직에 진출하는 것이 지름길이었고 그것 외에 중세 양반 지식인들이 가난을 벗어나기란 거의 불가능했다. 과거에 매달릴 수밖에 없었던 이유가 여기에 있었던 것이다. 그러나 아무리 시문에 뛰어난 재주를 갖고 있다 하더라도 모든 사람이 과거에 합격한 것은 아니었다. 양반의 숫자가 늘어날수록 과거 응시생들도 급격히 늘어났고 그에 따라 합격자는 더욱 줄어들었다. 기본적으로 삼대 이내에 과거 합격자를 배출하지 못하면 가문의 영향력이 급격히 떨어지는 데서 알 수 있듯이 과거 합격의 문제는 단순히 개인적인 차원의 것이 아니었다. 가문을 비롯한 수많은 사회적 관계망 속에서 어린아이들이 짊어져야만 했을 과도한 짐의 무게를 생각한다면 양반 자제들에게 과거시험이란 평생의 난적이었을 것이다.

사실 과거시험 답안으로 제출되는 시문에는 하나의 규칙이 있다. 흔히 팔고문(八股文)으로 불리는 문체는 중국에서 과거시험 답안으로 작성되는 형식적인 글이었으며 우리나라에서는 칠언율시가 기본적으로 요구되는 답안 형식이었다. 생원시에서는 유교 경전을 강(講)하는 것을 기본으로 했지만 진사시에서는 시문 다루는 능력을 가장 중요시했다. 이를 위해 오랫동안 시문짓기를 연습하다보니 자연스럽게 그에 걸맞은 문투를 갖게 되었다. 자신도 모르게 과거시험 답안을 쓰는 형식의 글이 몸에 배는 것이다.

지금이야 공부할 것도 많고 분야도 다양하지만 근대 이전의 양반 지식인들이 읽는 책은 거의 정해져 있었다. 성리학이 요구하는 기본적인 경전 13경을 비롯하여 몇 종류의 제자서(諸子書), 중국의 유명한 시인들의 문집 몇 종류, 사서(史書) 두어 종류 등이 전부라고 해도 지나친 말이 아니다. 이 책을 어렸을 때부터 읽고 또 읽었으니 대부분을 암송하는 것도 무리는 아니었다.

문제는 독서의 범위가 좁은 데 있는 것이 아니라 그것을 해석할 수 있는 범위를 국가가 확정해놓은 데 있다. 시를 읽어도 두보의 작품을 기본으로 읽어야 했으며 경서를 읽더라도 주희(朱熹)의 해석에 따라서 읽어야 했다. 삶의 방식도 유교가 정해놓은 것을 따르다보니 사유 양식도 주희의 생각을 규준으로 삼아야만 했다. 당시 아이들이 어렸을 때부터 읽었던 『소학小學』만 하더라도 얼마나 엄밀하게 생활의 질서를 규정해놓았는가. 아버지가 일어나는 시간에 맞추어 기다렸다가 아침 문안 인사는 어떻게 드려야 하며 외출하실 때는 어떻게 모시고 다녀야 하고, 이불은 어떻게 개서 얹어놓아야 하는가 등부터 손님을 맞이할 때 주인이 올라가야 할 계단의 방향과 디뎌야 할 발의 좌우까지 낱낱이 기록해놓았다. 국가는 『소학』의 규칙을 절대적인 도덕 기준으로 삼으라고 요구했으며 그런 요구는 어린아이들이 읽는 기본서에 실려 한 사람의 평생을 지배하는 거대한 심리적·윤리학적 담론 체계를 구축했다.

물론 이는 조선 중기 이후의 상황이다. 고려시대만 하더라도 이후의 경직된 유교 윤리가 사회를 지배했던 것과는 사정이 달랐다. 시마와 관련해서 볼 때 그 차이는 이규보와 최연의 차이이기도 하다. 어쨌든 조선은 탄탄한 유교-성리학적 기준을 제시하면서 가정에서의 부자 관계가 어떻게 국가에서의 군신관계로 치환될 수 있는지를 노골적으로 교육했다. 당시 양반 지식인들의 심리까지 지배했던 기묘한 상하관계는 개인과 가문의 출세를 매개로 하여 당연한 도덕적 규칙으로 기능했다. 어찌 보면 독서와 실천이 하나여야 한다는 출발점은 모든 사람을 그런 방향으로 몰아가기 위한 논거로 작용했다. 지금은 책을 쓰는 일이 비교적 쉬워졌지만 근대 이전에 자신의 의견을 글로 표현하고 편찬하는 일은 참으로 신중해야 했다. 집안에 돈이 있거나 관직에 있는 자손이 있을 때에야 비로소 그 원고는 빛을 보게 되어 하나의 문집으로 세상에 선을 보이게 된다. 문집 편찬은 조상을 자랑하기 위한 후손의 눈물겨운 노력의 결과로, 사후(死後)에 발간한다는 원칙이 있었다. 왜냐하면 조상의 평가 문제와 일정하게 연관되어 있었기 때문이다. 이를 통해 독서와 집필로 이루어진 한 사람의 일생은 그가 죽은 뒤에야 공정하게 평가된다는 결연한 의지를 엿볼 수 있다.

'같음'과 '조화로움'의 거리

일찍이 공자는 자신의 공부를 "술이부작(述而不作)"이라고 요약한 바 있다. 이는 성현들의 말씀을 조술(祖述)하여 그 뜻을 잇기는 하지만 자신의 독창적 견해를 내세워 무엇인가를 지어내지 않는다는 뜻이다. 『논어』에 이미 그렇게 분명하게 드러나 있으니 공자를 하늘처럼 떠받들던 조선시대 선비들 입장에서 어찌 감히 글을 짓노라고 떠들 수 있었겠는가. 과거의 훌륭한 선인들의 말씀을 열심히 읽고 익혀서 자신의 삶으로 체현하는 일이야말로 조선시대 선비들의 가장 큰 목표였다.

문제는 이런 태도가 반드시 긍정적 효과만을 가져오는 것이 아니라는 데 있다. 그 심오한 뜻이야 어찌 문제삼을 수 있겠는가마는 아둔한 후학들 입장에서는 그 말이 금과옥조나 되는 양 처음부터 자신의 사유를 자유롭게 펼치려고 엄두조차 내지 않는 부정적인 측면을 드러내게 된 것이다. 이미 검증되어 성현으로 인정된 사람들의 글에 대해 의심하지 않고 그대로 따르기만 하면 되는 사회 속에서 고전(古典)이란 일종의 권력일 뿐이었다. 독서가 생산적인 것으로 작동하기보다는 체제의 안정에 기여하는 권력으로 작동하는 한 독서인의 삶이 새로운 경계로 나아갈 수 없다는 것은 뻔해 보인다. 그런 공부는 안정된 사회를 만들고 균형잡힌 사회 속에서 이전부터 행사해온 기득권을 누리는 도구일 뿐이었다. 이는 단순히 '같음'을 강조하는 사회였다.

'같음'이란 '조화'와는 근본적으로 다르다. 공자도 이 점을 중시하면서 "군자는 조화롭되 같지 않고, 소인은 같되 조화롭지 않다"[2]라고 한 바 있다. 조화가 자유로움의 형식이라면 같음은 독재적인 형식이다. 자장면을 먹으러 가거나 차 한잔을 마시러 갔을 때 종종 메뉴를 통일하자는 제의를 받는다. 그것은 같음의 개념이다. 하나의 기준으로 다른 사람들의 생각을 배제하는 것, 하나의 기준이 다른 상황적 고려 없이 일방적으로 강요당하는 것, 이것이 바로 같음의 형식이다. 다른 것을 먹고 싶지만 정작 목소리 큰 사람이 이끄는 분위기에서 생각을 바꾸라고 강요당한다면 그것은 독재적인 통일 때문이다. 그 상황에서 개인의 취향이나 사정은 무시되고 전체적인 같음만이 중시된다. 이것이야말로 소인배들의 좁은 소견일 뿐이다.

이때 중시해야 할 것은 각자의 개인적 취향이나 상황을

존중하면서도 전체적인 질서를 흩뜨리지 않는 조화의 정신이다. 즉 자유로운 사유와 개성이 빛나면서도 사회의 질서, 나아가 천지의 운행을 방해하지 않는 것이다. 주희도 이 구절에 주석을 달면서 "조화란 어그러짐이 없는 마음이고, 같음이란 아부하고 패거리를 짓는 마음"3이라고 했다. 같은 요소끼리만 섞어놓으면 새로운 요소를 만들어낼 수 없지만 서로 다른 요소가 조화롭게 섞일 때에는 새로운 요소를 다양하게 만들어낼 수 있다. 그런 점에서 조화의 정신은 창조 정신 또는 창조적 상상력과 통한다 할 수 있다.

앞에서 이야기한 것처럼 안정된 형식이란 자칫 '같음'의 형식으로 통하기 십상이다. 그것은 사회 곳곳에 견고한 성을 쌓고 그 성안에 다시 무수히 많은 분별과 분할을 만든다. 우리는 그 속에서 이미 만들어져 있는 법칙을 도덕 또는 사회적 규율이라는 이름으로 학습하고 무비판적으로 받아들이는 교육을 받음으로써 하나의 기득권 또는 권력을 갖는 것이다. 그 권력의 단맛에 취할 때 우리가 하는 일이란 조화의 정신을 함양하기보다는 같음의 마음을 확대재생산하기 마련이다.

부유하는 언어의 파편

시마로 논의를 돌려보자. 언어의 그물이 만들어내는 견고한 담론의 성채는 하나의 권력이었다. 과거시험을 비롯한 거대 담론을 존재하게 하는 많은 문학적 제도는 대부분의 사람들을 사유의 기득권 속에서 헤어나지 못하게 했다. 표면적으로 안정된 사회는 내부적으로 부패하고 있다는 증거이기도 했다. 관례라는 이름으로 권력은 세습되고 새로운 세력은 쉽게 뿌리를 내리지 못했다. 그렇기 때문에 아무리 새롭고 혁명적인 내용을 담은 문학이라 하더라도 이전의 문단을 단번에 거부하기란 어렵다. 기존의 문단도 문학의 세계라는 점에서 보면 하나의 규칙이기 때문이다.

문학적 담론을 구성하고 있는 것은 게임의 법칙으로 이야기할 수도 있다. 특히 근대 이전 문학이 갖고 있던 다양하고 복잡한 규칙을 생각한다면 글쓰기는 노골적인 게임 가운데 하나다. 규칙이 복잡하면 복잡할수록 게임을 하는 데 어려움을 느끼지만 다른 한편으로는 규칙을 충분히 이해한다는 전제 아래에서는 더욱 흥미를 높인다. 다시 말해 어렵고 복잡한 규칙을 이해하고 활용할 수 있다는 전제조건에서 사람들은 매우 재미있는 게임을 즐길 수 있는 것이다. 하지만 게임의 규칙을 배우는 데는 오랜 시간과 노력을 들여야 하는데, 이를 감당하는 힘은 경제적 조건과 사회적 배경에서 나온다.

그러므로 과거시험도 게임이라 할 수 있다. 과거시험을 보기 위해서는 일차적으로 오랜 기간 동안 한문을 배워야 하고, 한문이 주는 규칙을 익혀야 하며, 과거시험 제도가 만들어온 복잡하고 다양한 규칙을 이해해야 하는 것이다. 그 규칙을 전면 부정하는 순간 사회가 만들어놓은 담론의 질서 밖으로 배제된다.

시마가 아무리 혁명적이고 전복적 사유를 포함하고 있다 해도 중세 문학이 요구하는 기본 규칙에서도 자유로운 것은 아니었다. 잘 드러나지 않는 장(場)의 특성은 하나의 장에 참여한 모든 사람이 기본적인 이해관계, 다시 말해 그 장의 존재 자체와 관련된 모든 것을 공유하고 있다는 사실인데,4 시마도 그런 점을 거부할 수 없다는 것이다. 시마를 이야기하고 그 개념을 부분적으로 이용하는 사람들은 한결같이 중세의 시문을 능수능란하게 다룰 줄 아는 사람이었다는 것을 떠올릴 필요가 있다. 이는 뒤집어 말하면 중세의 문학적 규칙을 가장 잘 활용하여 명성을 얻은 사람이라야 새로운 사유를 표현할 수 있는 출발점을 확보하는 것이 가능했음을 의미한다.

문학론을 예로 들면 용사론과 신의론에 비견되는데, 두 이론이 서로 대립적으로 배치되는 것은 아니다. 그러나 두 이론 가운데 어느 쪽을 더 강조하는가에 따라 문학론적 경향이 달라질 수밖에 없다. 이런 맥락에서 보면 용사론자가 신의론자에 비해 전통적인 규칙을 더 강조하는 입장을 취하고 있다는 점은 분명하다. 과거의 시문이나 고사를 이용하여 자신의 생각을 표현하는 것이 용사론인데, 고려 후기 문학사의 전통에서 이규보는 용사론을 비판하고 신의론을 전개한 인물로 알려져 있다. 그런데 신의론을 이야기하는 이규보의 글에는 고도의 용사가 스며 있다. 말하자면 용사론을 비판하는 글을 쓰면서 역설적이게도 고도의 용사를 이용했다. 이규보의 능력이 돋보이는 부분이다. 게임의 법칙을 충분히 습득한 후에 게임을 능숙하게 해내고, 그것을 통해 기존 게임의 영토에 균열을 내는 이규보의 문학적 능력은 당대 문학사적 흐름을 바꿀 정도로 중요한 의의를 지닌다. 용사를 이용하지 못하는 사람은 용사의 문제점을 제대로 알 수 없을뿐더러 취약점도 제대로 파악하지 못하여 효과적이고 날카로운 비판의 칼날을 들이댈 수도 없다.

이규보는 용사를 그토록 능숙하게 잘 다룰 줄 알면서도 왜 용사에 비판적인 시선을 보낸 것일까. 용사를 잘 활용하기만 하면 당대 문학적 권력의 중심부에서 한세상 잘살 수 있었을 텐데 말이다. 지금 남아 있는 자료로는 그 의도를 정확히 파악하기 힘들지만 추정컨대 이규보가 문학적 상상력이 주는 거대한 힘을 인식했기 때문이 아닐까 싶다. 용사론에 기대서 자신의 문학적 입장을 피력한 이인로는 용사가 주는 규칙의 제약성 때문에 이규보가 문학적 상상력을 제대로 펴지 못했다고 여긴 것으로 추정했다. 사실 문학사에서 새로운 시대를 열어나간다는 것은 이전과는 전혀 다른 차원의 사유를 펼침으로써 새로운 지평을 열어간다는 뜻이다.

새로운 사유를 펼치기 위해 필수적으로 요구되는 것이 바로 언어의 새로운 발견 또는 새로운 언어의 창조다. 선인들이 드러내지 못한 것을 펼치는 데 이전의 언어는 도움을 주기보다는 장애물일 가능성이 크다. 그렇다면 자신만의 새로운 언어를 만들어야 하는데, 그런 점에서 보면 용사론은 새로운 사유로 나아가는 길목을 막고 있는 장애물을 생산하는 기지였을 것이다. 이것은 앞에서 이야기한 '같음'의 세계와 관련된다. 용사론이란 대부분 자신의 생각을 옛사람들의 생각에 맞추는 것이다. '내'가 살고 있는 세계를 '내'가 바라보면서도 정작 '나'의 생각을 옛사람들의 글이나 고사에 의존하여 표현하는 것은 세계의 차이에 관심을 갖기보다는 '유사성', 나아가서 '같음'에 주목하게 한다. 그 과정을 통해 발랄하고 신기한 생각들은 정형적이고 점잖은 생각으로 포장된다.

용사론에 빠져 있는 사람들도 신의론을 강조하지 않는 것은 아니다. 그들도 이전의 시문이나 전거를 가진 글을 쓴다해도 궁극적으로는 자신만의 생각을 표현하는 것이 목표라고 말한다. 그런데도 용사론은 모든 논의를 옛사람들의 결론에 귀속시키려는 혐의가 짙다.

새로운 단어는 이전의 세계와 일정한 차별성을 전제로 한다. 차별화된 세계의 모습에 주목할 때만이 작가는 새로운 언어를 찾는 데 고심한다. 이전과는 다른 세계를 발견하는 일과 새로운 언어를 만들어내는 일은 동시적이다. 새로운 세계를 말한다고 하면서 옛 언어로 표현한다면 그것이야말로 새롭게 발견된 세계를 과거의 사회구조나 과거의 문학적 범주로 환원시키는 것이나 다름없다. 용사론적 입장을 거부할 때 비로소 새로운 언어에 대한 탐색이 활발하게 진행되고 신의론으로도 나아갈 수 있다. 새로운 것을 표현하려는 강렬한 욕망은 대체로 기성 문단의 권위를 전부 또는 일부를 허물게 되고, 이를 통해 작가들은 자신들만의 색깔을 가진 집단으로 인정받게 된다. 그것은 일종의 '구별 짓기'이면서 중심화되어 있는 권력을 해체하는 방식이기도 하다.

이규보의 「구시마문」에는 시마의 죄 가운데 모든 것을 들추어내 표현하게 만든다는 죄목을 들어서 야단치는 부분이 있다. 이때 들추어낸다는 것은 천지의 비밀을 파헤친다는 것이지만, 언어의 측면에서 보면 언어가 가진 상징성을 해석하는 작업을 뜻한다. 언어의 상징은 실재와 기호 사이에 위치하는 하나의 보루다. 실재는 언어를 통해 의미를 전달하려 하고, 기호는 그 사이에서 끊임없이 미끄러진다. 다시 말해 생각과 언어적 표현 사이에는 간극이 존재하고, 그 간극을 줄여보려는 노력은 표현의 엄밀성에 대한 강조로 이어진다. 그러나 영원히 다다를 수 없는 간극은 그 사이에 하나의 타협점을 만드는데, 우리는 그 타협점을 사회적 규약이라는 이름으로 정당화시킨다.[5] 실재에 이르지 못하고 미끄러지는 것이 언어 또는 기호의 운명이라면 얼마나 가까이 다다를 수 있는지의 문제는 사용하는 사람들의 노력에 달려 있다. 그러므로 언어가 갖고 있는 깊은 상징의 저편은 우리를 절망하게 만드는 요인이면서 새로운 언어에 다다르려는 투지를 불러일으키는 원천이기도 하다. 이는 언어가 자신만의 세계를 쉽게 드러내지 않으려는 오만으로도 읽힌다. 따라서 시문을 쓰는 사람은 언어의 오만성에 시비를 걸면서 문제를 제기하는 사람이라고 할 수 있다.

전복의 사유와 시마의 번성

기존의 사유방식에 의문을 제기하면서 새로운 사유의 지평을 확보하려고 애쓸 때 시마는 왕성한 활동을 한다. 과거에 이미 하나의 권력으로 굳어진 것에 새로운 균열을 만들면서 생뚱맞은 이야기를 건네는 방식으로 시인의 상상력을 자극하고 영감을 이끌어낸다.

사실 시마에 대해 이야기하는 사람들은 시마를 상상력과 같은 개념으로 취급하는 경향이 있다. 앞에서 이야기한 바와 같이 시마의 여러 기능 가운데 천지의 비밀을 파헤친다는 점으로 보아 상상력과 깊은 관계가 있는 것을 알 수 있다. 이때 상상력이란 일종의 '질료(質料)의 상상력'과 비견될 만하다. 송욱은 이렇게 말한 바 있다. "이번에는 상상력이 전혀 방향을 바꾸어 존재의 바탕 속을 파고든다. 그것은 존재 안에서 원초적이고 본원적인 것과 영원한 것을 동시에 찾아내려고 한다. 그것은 계절과 역사를 초월한다. 그것은 자연 안에서, 즉 우리 자신의 안팎에서 싹을 빚어낸다. 이 싹이란 형식이 어떤 물질 또는 실체(substance) 속에 잠겨 있어 그것이 내면적인 경우를 뜻한다. 이것을 물질상상력(物質想像力), 좀더 철학적으로 '질료의 상상력'이라고 부를 수 있다. 그런데 바로 이 물질상상력이야말로 시의 창조를 철학적으로 완전히 연구하는 데 중심을 이루는 것이다. 물론 정서(情緒)와 심정(心情)이 형식의 원인이 되어 작품을 마련하는 언어에 변화를 주고, 작품으로 하여금 변화하는 광선의 생기를 갖추게 할 것이다."6

하지만 단순히 이것만으로 한정하기에는 그다음에 제시되는 시마의 특징들이 버성긴다. 그것은 질료의 상상력과 통하는 것이면서 동시에 수사학적이기도 하고 형식론적이기도 하다. 여러 가지 복잡다단한 성질을 동시에 내포하는 것이기 때문에 이렇게 이야기하기도 한다. "이규보가 제시한 시마의 죄상을 거꾸로 읽어보면 시인은 남이 알아주든 알아주지 않든 시를 통해 마음껏 자신의 포부를 펼칠 수 있고, 시인은 그 날카로운 예지로써 천지의 드러나지 않은 오의(奧義)를 파헤쳐 사람들의 인식을 보다 고원(高遠)한 곳으로 인도해주며, 시인은 온갖 사물들을 관찰하여 거기에 감추어진 의미를 발견해내며, 시인은 자신의 기준에 따라 세속의 질서나 사람들의 행위에 대해 시를 통해 마음껏 비판할 수 있는 특권을 지니고 있으며, 시인은 세속 사람들이 추구하는 겉모양의 꾸밈보다는 한 편의 훌륭한 시를 창작하기 위한 고초를 더욱 소중히 여기는 사람들이라는 제 자랑인 것이다. (…) 그러고 보면 이 시마란 놈은 무슨 이마에 뿔 달린 귀신이 아니라, 시인으로 하여금 시를 쓰지 않고는 배길 수 없게 만드는 '억제할 수 없는 충동'의 다른 이름이다."[7]

워낙 다양한 성향을 내포하고 있는 것이 시마이기 때문에 우리는 그 개념을 논의하는 데 어려움을 겪을 수밖에 없다. 범주가 너무나 넓어 논의 자체가 불가능하다고 생각하는 사람도 있을 터이고, 개념을 잡을 수 없는 것이기에 어떤 견고

한 담론의 성채라도 뚫고 들어가서 균열을 일으킬 수 있다고 여기는 사람도 있을 터이다. 질료의 상상력과 관련하여 생각하는 사람들은 시마를 작가 내부의 존재 생성의 힘이라고 여길 것이다. 독자의 입장뿐 아니라 작가의 입장에서도 작품은 개인으로 하여금 촉발시키는 힘을 갖는다. 물론 그 힘은 본래부터 우리 내부에 있어서 우리가 시를 읽을 때(또는 쓸 때) 우리로 하여금 '존재의 전환'을 이루게 하는 것일 수도 있다. 이것 역시 상상력의 개념을 드러내는 것이지만,8 적어도 시마 속에는 인간 개인의 내부에 들어 있던 한 부분을 촉발시켜서 외부적으로 드러나게 하는 힘이 있는 것이 분명하다. 반면에 그것을 수사적인 문제로 여기던 사람들은 이전의 문학적 수사가 형성한 형태를 뒤집는 새로운 표현이 등장하는 이면의 알 수 없는 힘으로 시마가 기능하는 것이라고 여겼을 것이다. 그 밖에도 여러 측면을 들어서 시마의 개념을 상정했다.

이와 같은 여러 생각이 있는데도 시마의 개념을 이야기할 때 공유하는 중요한 측면이 있다. 시마가 주류적인 것에 비판적으로 대응하면서 소수적인 것에 대해 강조점을 던지고 있는 개념이기 때문이다. 앞에서 이야기한 것으로 예를 들면 이렇다. 과거는 당대 주류 문학론을 형성하고 널리 퍼뜨리는 중심점이다. 고려 광종 때 과거제도가 시행된 이래 조선이 망할 때까지 과거는 많은 학인의 꿈이자 절망이었다. 그것은 한 인간의 출세와 가난을 좌우하는 제도였으며 공부의 여러 정점 가운데 하나였다. 국가는 과거제도를 이용하여 새로운 관료를 충원하는 한편, 관료 후보생들을 줄지어 대기하게 만들었다. 국가는 그들에게 국가가 요구하는 이념을 주입했고 그것은 자연스럽게 사회의 주류 담론으로 형성되었다. 국가는 하나의 형식을 제시하고 많은 개인을 거기에 맞추도록 요구했다. 다시 말해 표면적으로는 왕도정치나 태평성대를 지향하지만 오히려 그것은 다양한 개성을 포획하여 국가체제 속에 녹여버렸다. 국가가 원하는 것은 새로운 인간이나 사유보다는 국가가 요구하는 사유의 확대재생산이었다. 국가는 과거제도를 통해 인재를 뽑았고 법과 제도를 통해 국가 권력을 행사하면서 그 밖의 백성들을 옭아맸다. 이처럼 중세가 요구하는 '차이 없는 반복'에 대한 강요는 쉽게 거부할 수 없었는데, 권력의 달콤한 열매를 얻거나 자신의 목숨을 내놓는 위험을 감수하지 않아도 되었기 때문이다.

　이런 맥락에서 보면 고전의 의미도 새롭게 다가온다. 사서

오경(四書五經)은 국가적으로 요구하는 기본 교과서였다. 사람들은 이 텍스트를 통해 생각을 해야 했다. 문제는 해석의 통일성을 요구한다는 점이었다. 경전은 해석하는 사람에 따라 다양하게 해석될 수 있는데도 주희의 주석만을 공식적인 것으로 인정하는 바람에 사람들은 다양한 해석의 기회를 빼앗겼다. 주희의 해석을 거부하는 순간 권력의 그늘 속으로 들어갈 수 없다는 것을 의미했기 때문이다. 이때 고전은 새로운 문학 창작(학습)의 전범으로 여겨지기보다는 글쓰기의 구속으로 작용한다. 고전이 글쓰기의 모범으로 작동하면서 새로운 사유의 원천이 될 수 있다면 바람직하지만 구속으로 작동할 때는 글쓰기의 나쁜 폐단을 조장하며 떠도는 에피고넨만을 만들어내는 계기가 된다. 앞에서 이야기했던 이인로의 용사론이 고전의 긍정적인 효과를 강조하기 위한 것이었다 하더라도 이규보는 이미 고전의 탐구가 형식화되어 시짓기의 구속으로 작용한다고 생각하고 새로운 사유를 표현해야 한다는 신의론을 주장한 것으로 보인다. 이규보에게 고전의 인용은 글쓰기의 구속이었을 것이다. 따라서 그것을 뛰어넘는 것이 최우선의 과제였다. 이규보의 구불의체를 보면 예전에 하나의 관행으로 굳어진 것처럼 보이는 문학적 생각을

얼마나 비판적으로 보았는지 알 수 있다.[9]

중세 글쓰기에서 주류 담론에 대한 비판은 여러 가지가 있지만 그 가운데 과거시험에서 널리 통용되는 글쓰기에 대한 비판을 가장 중요한 것으로 꼽을 수 있다. 이는 소수자적 담론을 주목하면서 기존의 주류 담론에 균열을 만드는 일이었다. 그러므로 이규보 같은 사람이 시마의 개념에 주목한 것은 오히려 당연하게 여겨지기까지 한다. 시마의 개념은 그만큼 포착하기 어려우며, 나아가 주류 담론 속으로 포획하기 어렵다는 점이 긍정적으로 작용한 것으로 보인다. 사실 이규보 이후 지금까지 시마는 산발적으로 수없이 등장했다. 그러나 아무도 그것을 개념화하지 못했던 것은 그만큼 떠도는 단어였기 때문이다. 계층, 학맥, 신분에 관계없이 누구나 시마를 이야기하지만 그처럼 광범위하면서도 산발적인 논의에 그쳤다는 사실 자체가 벌써 시마의 소수자적 성향을 명확히 반증하는 것이기도 하다.

우리는 사회적으로 복수의 흐름이 다층적으로 공존하는 것을 경험한다. 그 흐름은 특별한 인연조건을 만나면 주류 담론으로 떠오르지만 대부분의 흐름은 억압당하거나 배제된 채 역사의 그림자 속을 떠돌아다니기 일쑤다. 그 흐름은

일정 부분을 공유하면서 관계를 맺기도 하지만 중요한 지점
에 이르면 서로를 밀어낸다. 또한 사회적 정당함을 확보하기
위해 상대편을 비난하는데, 대부분의 경우에는 주류 담론
에 의해 소수자적 담론이 일방적으로 배제되는 결과를 낳는
다. 소수자적 담론은 여러 가지 측면에서 배제되는데, 우리
가 주목하는 시마도 그 가운데 하나다.

'시마'라는 단어를 쓴 비교적 초창기 인물인 당나라 때의
대시인 백거이의 발언을 떠올려보자. "나를 알아주는 사람
은 나를 시선이라 생각하고, 나를 모르는 사람들은 시마라
고 여깁니다. 무엇 때문이겠습니까? 마음을 수고롭게 하고
소리와 기운을 부리며 아침부터 저녁까지 연이어 지으면서도
그 괴로움을 알지 못하니 마가 아니면 무엇이겠습니까? 우
연히 사람들과 아름다운 경치를 만나서 꽃이 피었을 때 잔
치가 끝나거나 달밤에 술이 얼큰하여 한 번 노래하고 한 번
읊조리면서 늙어가는 줄 알지 못합니다. 비록 난새와 학을
타고 봉래, 영주에서 노니는 경우라 해도 이보다는 더할 것
이 없으리니, 또한 신선이 아니면 무엇이겠습니까?" 시의 신
선과 시귀는 같은 것을 가리키는 다른 이름일 뿐이다. 괴로
운 줄도 모르고 어떤 경치를 만나면 시를 읊어대기에 여념

이 없고, 늙는 줄도 모르고 시짓는 즐거움 속에 빠져 있는데, 이는 시짓기 또는 글쓰기의 흐름을 말한다. 사람들이 그 흐름 가운데 어떤 부분을 잘라서 시마라느니 시선이라느니 말을 한다는 것이다. 그러나 어느 쪽이든 근심스러운 세상사에서 한 걸음 떨어져 있는 존재이므로 문학적 권력의 중심에서 멀기는 모두 매한가지다. 그런데도 흐름의 기본적인 속성상 어떤 것과도 만나서 새로운 담론을 만들어내고 새로운 사유를 개척하며 새로운 작품을 만들어낼 수 있는 가능성을 풍부하게 갖추고 있기 때문에 주류 문학과는 전혀 다른 방식으로 자신만의 세계를 구축해나간다. 이는 일종의 '접속'이다.[10]

조선 중기 문학론의 부분적 지형도

한 시대는 그 시대 나름의 문학적 기준이나 규범을 지닌다. 기대지평이라고 할 수 있는 이 기준에서 벗어나면 당대 사회에서의 평가도 혹독할 것이다. 현대사회에서의 문학적 기대지평은 평가에만 연결되어 작가 개인의 생활을 직접 구속하거나 현실적 제재에 이르는 경우는 드물다. 그러나 중세 봉건사회에서의 문학적 기대지평은 평가뿐 아니라 개인의 생활에도 직접 영향을 미쳤다.

최연의 「축시마」를 통해 이 문제를 살펴보자.

최연의 시대는 성리학의 논리가 사회 전반으로 영향력을 확대해나가던 때였으므로 문학 창작의 방향도 그에 영향을 받았다고 할 수 있다. 이는 문학 창작과정에서의 감정 표출이 성리학적 이념에 의해 일정하게 여과된다는 의미를 갖는다. 예컨대 "문장쓰기는 작은 기예"라고 할 때 문학적 영역은 사회적 이념의 여과를 거쳤다고 할 수 있다. 물론 "작은 기예"는 문장 그 자체에 대한 것이라기보다는 성리학적 논의나 정치적 교화에 비교할 때 작은 기예라는 것이다. 하지만 문학 창작을 작은 기예라는 용어로 미리 규정할 만큼 그 시대에서의 문학의 범위는 조금씩 구속당하기 시작했던 것이다. 이 같은 태도는 그 시대를 지배하는 이념의 영향 아래에서 비롯되는 것이며 그 이념을 교육하는 교육제도 사이에서 싹트는 것이라고 할 수 있다.

이런 단서는 16세기 당대의 독서방법에서 엿볼 수 있다. 독서를 하면서 성현의 뜻을 헤아리는 데 목적을 두는 행위

는 시를 읽는 행위도 이런 목적과 상당한 연관성을 갖게 한
다.[11] 한시를 짓거나 읽는 것은 성정도야(性情陶冶)나 정치
교화와 관련시켜야 논의가 성립되고 지나치게 수식에 힘을
기울이면 비판받아 마땅하다고 생각한다. 그러므로 문학적
상상력도 성리학적 기준에 의해 일정하게 구속당한다는 것
이다.

그러자 철학적 이념의 여과를 거친 후에 이루어지는 창
작 행위와 작품이 이상적인 모형으로 등장하기에 이른다. 시
대, 환경에 따라 구속하는 주체가 달라지겠지만 조선시대 성
리학의 구속 아래에서 문학 창작 행위를 인정받기 위해서는
성리학적 진리, 또는 성리학적 진리로 해명할 수 있는 것을
내용에 담아야 했다. 흔히 말하는 재도론에 입각한 문학이
바로 그것이다. 즉 재도지기(載道之器)로서 창작된 문학이 이
시대의 문학적 전범으로 광범위하게 받아들여진 것이다.

문학 창작이 사회적 이념의 여과를 거치는 과정은 사실
구체적인 방법 속에서 이루어진다. 예를 들면 출판에 대한
작가 개인의 통제 능력의 상실이 있다. 조선시대에는 특별
한 경우를 제외하고는 대부분 사후 출판을 원칙으로 한다.
죽은 이후에 책이 만들어지므로 원고를 정리하면서 후대의

평가를 고려하여 얼마간 첨삭을 한다. 그때 첨삭은 작가 개인이 할 수도 있고 후손이 할 수도 있다. 후대의 평가는 작가가 살았던 시대의 이념적 규준에 의해 만들어진 것이므로 문학 작품이나 창작 행위는 사회적 배경(정치적·철학적 이념, 까다로운 문학적 격식 등)이 허용하는 범위에서만 자유로웠다.[12]

이처럼 시인의 자유로운 창작 욕구와 사회적 구속 사이의 갈등에서 시마를 파악하는 입장에 설 때 시마가 갖는 의미는 '이 세계와 인간 경험의 굳어진 질서 및 이치에 대한 근원적 회의'라 할 수 있으며, 시짓기에 관한 번거로운 지식은 물론 이지적 규율과 관습의 제약도 넘어선 창조적 불순응성의 소산이라고 할 수 있다. 대부분의 시마론이 '시능궁인'의 논리와 맥락을 같이하는 이유도 여기에 있다.

시마와 광기

시마에 사로잡혀 창작을 하는 시인은 사회제도나 이념, 정당성을 확보한 정상문학(dominant literature)에 의해 차별성을 부여받기 마련이다. 사회는 쉽게 시마를 용납하지 못하고 시인에게 고난을 준다. 시가 능히 사람을 궁하게 한다는 시능궁인도 시인과 사회 사이의 괴리, 갈등을 표현하는 말이다. 최연도 "글은 명달을 싫어하여 곤궁함과 더불어 모의하여 목구멍을 굴려 금기를 건드리게 하고 드높이 소리를 울려 화근을 불러일으킨다"고 하여 자신의 갈등을 드러냈다.

결국 작가는 자신의 자유로운 상상력과 그것의 표출인 문학 창작 행위가 당면하고 있는 사회적 제도와의 사이에서 갈등하는 것이다. 강력한 사회적 구속 아래에서 작가는 갈등에서 벗어나려는 노력을 하여 성공하기도 하고 좌절하기도 한다. 그런데 이 저항의 힘이 구속에서 벗어날 수 있을 정도로 역량이 충분할 때에는 문학사 전면으로 떠오르지만 사회의 구속력에 비해 터무니없이 미약할 때에는 이상적이지 못한 문학의 지위로 떨어진다. 시마에서의 '마' 개념이 바로 여기에서 생긴다.

작가의 작품 창작 행위는 성공과 좌절 사이에서 다양한 스펙트럼을 보이면서 나름의 색깔을 만들어나간다. 동시에 그 행위는 거대한 흐름 속에서 자신의 주파수와 맞는 어떤 것을 모아 배치하는 것이기도 하다. 질서를 요구하는 사람들의 시선으로 보면 흐름은 하나의 거대한 혼돈에 불과하지만, 그 흐름을 새롭게 바라보면서 자신의 시선으로 무엇인가를 형성해나가는 사람이라면 흐름은 너무나도 아름답고 풍성한 보물창고다.

넓은 범위에서 말하면 흐름은 어떤 형태로든지 절단되어 사회적 의미를 얻기 마련이다. 그 단계까지 가지 못하는 흐름이 있다면 그것은 우리에게 또는 우리 사회에서 그 의미를 얻어내지 못하고 사라져가는, 잠복한 채 흐름 저변에 가라앉아 있는 것에 불과하다. 사람들은 중세사회에서 유교적 질서에 편입되지 못하고 배제된 흐름을 '마'로 지목했다. 그 '마'는 일차적인 절단과 선분화를 거쳐 이름을 부여받는다. 그 흐름이 '잠'에 초점이 맞추어졌다면 수마가 되는 것이고, '술'에 초점이 맞추어졌다면 주마가 될 것이며, '성적인 것'에 초점이 맞추어졌다면 색마가 될 것이다. 이 상태는 의미를 얻어내기는 했지만 사회적으로 하나의 권력을 소유하는 상태가 되기는 어렵다. 오히려 사회의 권력이라 할 수 있는 담론, 윤리적 규율 등에 등을 돌리고 있는 상태다. 물론 이와 같은 흐름의 절단만 있는 것은 아니다. 체계적인 담론을 형성하지는 못했지만 사회의 구석구석을 흘러 다니면서 사람들의 호기심을 자극하고 생활 속에서 일정한 영향력을 행사하면서 새로운 단계로 도약하기를 꿈꾸는 흐름도 존재한다. 그 흐름은 무엇과 접속하느냐에 따라 전혀 다른 차원의 담론으로 확대되거나 권력을 행사한다.

그런 점에서 보면 시마는 '시'에 초점을 맞춘 흐름의 절단이다. 삶의 여러 부분 가운데 오직 시문을 짓고 읽는 것만이 관심사인 경우가 바로 시마에 걸린 것인데, 이는 그 힘 자체만으로는 우리 삶의 어떤 점에 이득이 있는지를 딱 부러지게 말하기 어렵다. 사실 '마' 자가 붙은 글자치고 상식적인 차원에서의 효용성을 논의할 수 있는 것은 드물다. 마는 효용과 비효용 사이를 떠돈다. 자신의 모습이 일정하게 굳어지는 것을 경계하면서 계속 변화하는 존재라고 해도 지나친 말이 아니다. 이는 시마도 마찬가지여서 효용적인 시문과 비효용적인 시문 사이를 떠돈다.

시마나 시귀에 관한 일화 가운데 과거시험과 관련된 이야기가 상당수 발견되는 것은 이들 세력이 과거와 같은 제도적 시문에도 관여하고 있음을 증명한다. 다시 말해 시마는 하나의 거대한 세력의 흐름으로 과거와 같은 공식적인 제도적 장치에 한 부분을 걸치고 있을 뿐 아니라, 과거를 비판적으로 바라보면서 그 개혁이나 무용론을 주장하고 있는 사람들의 영역에도 상당 부분 기대고 있는 존재인 것이다. 이 때문에 시마는 김종직, 이이, 최연 등과 같은 정통 관료 학자(재야에서 오직 시문을 짓고 읽는 일에 몰두했던 수많은 학자도 포함한다), 문인들에게도 동시에 나타날 수 있었다. 국가는 시마가 갖고 있는 혼돈스러운 흐름의 일부를 포획함으로써 형식화되어 더이상 긍정적 효과를 기대하기 어려운 측면을 개혁하거나 바꾸려 한다. 어찌 보면 과거제도 자체도 그런 측면을 상징적으로 보여주고 있는 것인지도 모른다. 그러나 그렇게 포획된 시마의 흐름은 당대 권력의 그물망 속으로 들어가는 순간 원래 갖고 있던 흐름이 정지되어 풍부한 감성과 유연한 사유가 사라지기 십상이다.

조선시대 도학자들은 예술 작품에 비예술적 척도를 들이대면서 자신의 시선으로 평가하려 했다. 유약우(劉若愚)의 말을 빌리면 가치상 비예술적인 기준이 덜 중요하다는 것이 아니라 다만 그런 것은 예술적 가치를 평가하는 데 적용시킬 수 없다는 것이었다.[13] 특히 조선 중기 이후 도학자들의 경우 글은 성현의 말씀을 담아야 마땅하다는 생각이 널리 퍼지면서 문학의 예술적 측면을 단순히 하나의 놀이처럼 취급하려 했다. 이이도 성현의 말씀 이외에는 글의 내용으로 알맞은 것이 없다는 말을 한 적 있다. 그런데도 이이가 적절히 보여주는 것처럼 시마는 그 틈새를 비집고 들어가는 데 성공했다. 시마는 이성적이고 합리적이라고 생각되어 이미 사회 규범 속에서 받아들여져 권력을 행사하고 있는 여러 학문에 의해 사회의 이면으로 쫓겨났지만 시마가 갖고 있는 모서리의 예각을 둥글게 하는 강한 힘으로 어느 시대, 어느 계층을 막론하고 스며들어갔다. 그런 점에서 시마는 본질적으로 보편적·초역사적 성격을 갖고 있는 것으로 보인다.

사실 시마를 이야기하는 사람들은 너나 할 것 없이 시마가 갖고 있는 열광적인 측면을 주목했다. 자신도 어찌할 수 없는 창작열은 분명히 있는데, 그것을 대하는 태도가 서로 다를 뿐이었다. 도학자들은 그것을 완물상지(玩物喪志)라는 명분으로 절제했고 승려들은 망상이라고 하여 제거해야 할 대상으로 여겼다. 그러므로 근대 이전의 우리 사회에서 시마가 살아남기란 쉬운 일이 아니었다.

그렇다면 시마의 열광은 어떤 종류인가. 앞에서 시마가 일종의 흐름이라는 사실을 이야기한 바 있다. 그 흐름은 사회에 널리 파급되어 모방의 경향을 낳고 이항화 또는 이항구

조화되면서 대립의 구도를 만들기도 하지만, 무엇보다 다양한 흐름이 어떻게 결속 또는 접속하는지에 대해 주목할 필요가 있다.[14] 다양한 흐름이 결속 내지 접속하면서 창조적 사유를 분출해내기 때문이다. 그러기 위해서는 기존의 사유를 넘어서는 어떤 지점을 내포하거나 표현해내는데, 이때 흐름은 기존의 권력으로부터 강력한 견제를 받는다. 중심적 사유가 새로운 사유를 배제하는 가장 효과적인 방법은 상대편을 사회적인 해악으로 치부하는 것이다. 자신의 생각과 다르다는 이유로, 사회의 획일적인 방식과는 다른 태도로 살아가고 생각한다는 이유로 사회적 해악이 되는 것이다. 시마의 '마'는 바로 이런 맥락에서 이해해야 한다. 그렇다면 '마'에는 이성의 힘으로는 제어하거나 설명하기 어려운 열정, 인간 내부에서 강렬하게 뿜어져 나오는 열기, 광기 등이 동시에 뒤섞여 있다.

이런 감정을 광기라는 이름으로 포괄할 때에는 또다른 종류의 광기와 구별해야 한다. 광인의 광기와는 구별되어야 하기 때문이다. 미치광이의 광기는 지향이나 목적지 없이 마구 달려가기만 하는 힘인 반면, 시마에 걸린 시인의 광기는 뿜어져 나오는 열정적인 광기가 사회의 다른 흐름과 접속하여 전혀 새로운 차원의 사유를 만들어낸다. 그렇지 않으면 적어도 기존 사유의 한 모퉁이에 미세한 균열을 일으키려는 시도를 한다.

원래 광기를 뜻하는 '광(狂)'은 넓은 의미에서 '거친, 미친, 열정적인, 야심적인'이라는 뜻도 포함한다. 뚜 웨이밍(杜維明)에 의하면 광인은 그가 선택한 일을 과감히 열정적으로 수행하는 사람이다. 공자가 『논어』에서 말한 '광'은 성인의 이상에는 조금 부족하지만 그 과감성과 공격성이 자아실현이라는 목적을 위해 도덕적 용기로 쉽게 변형될 수 있기 때문에 거론했던 것이다.[15]

공자는 『논어』에서 이렇게 말한 바 있다. "중도에 의해 도를 행하는 사람을 얻어서 그와 함께할 수 없다면 반드시 광견일 것이다. 광한 사람은 진취하고 견한 사람은 하지 않는 바가 있다."[16] 여기서 '광'에 대해 주희는 이렇게 주석을 달았다. "광이란, 뜻은 매우 높은데 행동이 그것을 감싸지 못하는 것이다."[17] 다시 말해 자신이 품은 뜻은 매우 높은데 그것을 실천할 수 있는 능력이 안 되는 사람이다. '광'의 의미를 이렇게 해석한 것은 『맹자』에서도 찾아볼 수 있다. 어쨌든 유가에서 해석하는 '광'은 중용의 도를 벗어난 사람이라는 점에서는 문제가 있지만 높은 뜻을 갖고 열심히 노력하고 있다는 데 대해서는 부정하지 않는다. 시마다 겐지(島田虔次)도 이 개념을 중시했으며, 줄리아 칭(Julia Ching)은 '광'을 맹렬한 정열(mad ardour)로 번역하면서 그것이 갖고 있는 열정적인 측면을 부각시켰다.

시마의 '광'은 미치광이와는 전혀 다른 측면에서 기능하는 진취적 열정이다. 세상의 속박, 문학적 권력 등에서 벗어나 자유로운 정신을 추구하고 정신의 비상을 도모하는 것이 그 이면에 배치되어 있다. 다만 이런 정신은 우리의 삶 속에서 명확하게 인식되거나 형상화되는 것이 아니다. 흐름으로서 감지되기는 하지만 하나의 개념으로 포획되는 것이 아니라는 의미다.

오히려 그 개념은 무의식적 차원에 가까이 위치하여 분명한 논리로 설명하기 적당하지 않다. 조금 생뚱맞은 듯하지만 이런 생각을 해볼 수 있다. 무의식에서 의식의 표면으로 이미지의 단편(파편)들이 떠올라서 세계나 다른 매체(언어, 영상, 그림, 음악 등)와 결합하는 순간을 의미 형성의 최초 순간이라고 한다면 창조와 규칙, 자유와 규율이 만나는 접점에서 의미가 생긴다. 바로 그곳이 시마가 활동하는 영역이다. 즉 우리의 지식이 일정한 경계를 긋기 직전 혼란스럽기도 하고 명확한 개념으로 경계선이 그어지지 않은 그곳이 시마의 활동 영역이다. 앞에서 이야기한 바와 같이 시마는 어떤 것과도 접속할 수 있는 존재이며, 무한한 창조적 에너지를 내포하고 있다. 따라서 시마는 인간정신을 창조의 영역으로 이끈다고 할 수 있다.

그때 시마가 갖는 들뜸과 거기에서 오는 환상적 몰입은 환각과 어떤 차이가 있을까. 환각이든 몰입(그것이 선적禪的 또는 문학적·예술적인 것이든 관계없이)이든 카타르시스를 느끼는 순간을 경험한다는 점에서는 똑같지만, 환각은 열락(悅樂)의 절정의 순간을 경험하기 위해 외부적 사물이나 매개체(약물, 섹스, 그 밖의 것 등)를 항상 필요로 한다는 점에서 결정적인 차이가 있다. 그런 과정을 통해 환각은 인간의 신체와 정신을 갉아먹지만, 몰입은 그런 외부적인 사물의 도움 없이 내부적인 자신의 힘만으로 충분히 그런 상태로 들어가 열락의 순간을 경험하는 동시에 열정적 에너지를 가득차게 한다는 점에서 중요한 차이가 있다.

그렇게 보면 술이든 병이든 시든 모두 인간의 열락을 경험하게 하는 매개체로 기능한다. 이것들은 과도하게 사용할

경우 인간의 심신을 갉아먹는 해로운 존재이지만 서로 상승
작용을 하면서 예술적 창조의 원동력으로 기능한다. 이규보
를 비롯한 많은 작가가 투병중이거나 취한 상태에서 더 많
은, 더 좋은 시를 지었다는 사실이 바로 이를 반증한다. 그
들은 술, 질병, 시 등을 통해 환각을 경험하고, 그 순간 우
주와의 합일을 경험하는 것이다. 알 수 없는 우주에서 세계
의 의미가 만들어지듯이 알 수 없는 내면 풍경에서 개인의
의미가 만들어진다. 이는 일종의 구조의 동일성이라 할 수
있다. 그때 '나=우주', '세계=작품'이 된다. 이것이 바로 문학
예술에서 이야기되는 물아일체의 경지다.

그러나 일상의 상식적 세계를 살아가는 사람들에게 물아
일체의 세계를 노래하는 사람들도 환상적 측면으로 비치기
쉽다. 그들이 보기에 물아일체란 일상에서 완전히 떨어져서
자기 혼자만의 정신세계에서 놀고 있는 한심하고 이상한 짓
의 결과일 뿐이다. 현실을 모르고 자기 생각만으로 세계를
구성하고 그 속에서 혼자 살아가는 외로운 인간의 짓일 뿐
이다. 그렇다면 과연 환상은 그렇게 비현실적이고 불필요한
것인가.

시마로 무엇을 할 것인가

근래 들어 환상문학의 문제가 사회적 화두로 떠올랐다. 수
많은 환상문학이 쏟아져나오고 이에 관한 문학적 해석이 분
분했다. 다양한 논의에도 '마법적·신비적 세계를 그린 것이
환상문학이 아니라 꿈과 현실의 경계를 모호하게 함으로써
작품이 끝날 때까지 긴장감을 잃지 않는 것이야말로 진정한
환상문학'임을 분명히 인식하는 것이 중요했다. 환상이란 일
상에서의 규율이나 체제에 밀려 현실적 구속력 또는 힘을
명시적으로 행사하지 못하는 것을 가리킨다. 사람들은 일상
의 저편에 알 수 없는 힘으로 존재하는 것에 대해 환상이라
는 이름으로 끄집어내고 이를 이용하여 현실의 지평 위에서
는 쉽게 이야기하기 어려운 점을 말한다. 말하자면 소수자
의 문학인 셈이다. 환상의 모습이나 개념은 역사적으로 똑
같은 지점을 확보하지 못한 채 떠도는 것이었고, 따라서 이
들이 현실 속에서 명시적인 하나의 지점을 확보한다는 것은
논리적으로도 어려운 일이었는지 모른다. 체계를 갖추지 못
한 것, 끊임없이 움직이는 수많은 분자, 기존의 권력을 비웃
고 뒤집는 발칙한 상상력 등의 집합이 현실과 환상 사이에

떠돌면서 하나의 힘으로 사람들에게 인식되었을 때 사람들은 그것들로부터 세계를 보는 새로운 힘을 얻는다. 그것들은 한편으로는 말과 침묵 사이의 경계에서 떠도는 것이어서 우리의 언어로는 무엇이라 딱히 정의하기 어렵다. 하지만 그런 힘이 존재하고, 자신의 삶과 관련이 있으며, 세계를 보는 눈과 세계를 바꿀 힘의 원천임을 안다. 그런 점에서 환상을 바라보아야 하는 것이다.

환상성은 이중적인 면이 있다. 현실에서 억압받는 존재이기 때문에 명시적으로 드러나지 않고 영향력도 없는 것처럼 보인다는 점, 현실의 체계가 포섭하지 못하는 논리를 뒤집고 비틀며 금기를 마구 이야기한다는 점에서 매우 혁명적이다. 곧 환상성은 억압받는 것이면서도 혁명적인 것이라는 점, 신비적이고 낭만적이며 미지의 것이면서도 세상을 뒤엎을 검은 힘을 갖고 있다는 점에서 이중적인 면이 잘 드러난다. 시마도 이런 논의의 연장선상에 있다.

우리는 이렇게 질문해야 한다. "사람들은 시마를 가지고 무엇을 했는가?" 시마란 무엇인가 하고 묻는 것은 정답 없는 질문지를 받는 것과 똑같다. 체계적 실체나 명시적 개념 없이 떠도는 것에 대해 정체를 밝히라고 요구하는 것은 어리석은 질문이다. 오히려 시대마다 달라졌던 수많은 모습으로 무엇을 했느냐고 물어보아야 한다. 그때 시마의 다양한 모습을 통해 그 실체에 접근할 수 있을 것이다.

하지만 환상이란 사고를 통해서는 이를 수 없는 의식의 통일성을 형상화하고 표현할 수 있는 능력이다. 추상적인 원리에 근거하는 사고과정과는 달리 환상은 미적 창조력의 통일성을 보증한다. 환상은 절대적인 것을 이상 속에서 재생산하여 예술 작품 속에서 하나의 이상으로 직관할 수 있게 한다. 낭만주의에서 환상의 개념은 이론적인 인식의 경계 저편에 있는 주관적인 의식의 통일성을 구체화할 수 있는 것으로 상정된다.[18]

물론 시마를 논하면서 낭만주의를 끌어들이는 데는 무리가 있다. 그러나 기본적으로 시마의 특성은 직관적이며 환상적인, 무언가 종합적 심미 의식을 통괄하는 지점이 있다는 것은 부정할 수 없다. 그 지점을 표현하기 위해 명사적 사유보다는 동사적 사유를 이용해야 하고 정해진 척도보다는 척도화할 수 없는 다양한 기준을 적용해야 한다. 사실 시마의 '마'는 고정된 실체가 아니다. 마찬가지로 시도 고정된 세계의 양식이라기보다는 움직이고 있는 동사의 형식이다. 이규보나 이옥이 고정되어 있는 이의 세계보다는 움직이는 기의 세계에 관심을 갖고 형상화한 것도 이런 점에서 의의를 갖는다. 세계의 저편에 무엇인가 주재하는 존재가 있다고 가정하는 한 그들은 끊임없이 완벽한 이(理)를 찾아서 근원으로 올라간다. 그들은 글을 쓰는 것이 아니라 원본을 복사하는 것으로 모든 책임을 완수했다고 생각한다. 그러나 움직이고 변화하는 것'들'이 중요하다고 생각하는 사람들은 원본을 복사하는 것에서 비껴가기 마련이다. '이'를 중시하는 사람들 입장에서 보면 그들은 당연히 비정상적인 존재고 무언가 불안한 사유를 하는 자들이다. 나아가 사회의 불안을 조장하며 젊은이가 사회의 정상적인 구조 속으로 들어가는 것을 방해한다.

내부의 흐름이 둔화될 때 우리는 그것이 하나의 위험신호가 아닌지 의심해보아야 한다. 자신이 머무르는 곳을 항상 되돌아보면서 새로운 길을 개척하는 것이 중요하다. 그러나 자신이 지켜야 할 기득권이 생기는 순간 길 앞쪽을 살피기보다는 쉴 곳을 찾아 길섶을 살핀다. 이는 정주민(定住民)으로서의 태도가 아니라 유목민적 삶이다. 그 삶의 앞에 서서 뒤를 돌아보지 않고 부지런히 나아가는 한 무리의 사람이 있다. 그들이 바로 시인이다. 시마는 앞을 바라보고 유목적 삶을 자신의 모든 것으로 알고 살아가는 시인의 가장 절친한 벗이다.

그런데 여기서 이런 질문을 던질 수 있다. 아무리 유목적 사유와 삶의 방식이 중요하다 해도 모든 사람이 그렇게 살아갈 수는 없는 노릇 아닌가. 물론 정주민이나 유목민 모두 그들 나름의 삶의 영토와 정해진 규칙, 방식이 있다. 표면적으로 보면 정주민이나 유목민 모두 같아 보일 가능성이 있다. 하지만 혼동하지 말아야 할 것은 눈앞에 보이는 단순한 동작, 규율 등으로 정주민과 유목민을 일도양단식으로 구분하지 못한다는 사실이다.

움직임과 멈춤, 이동과 정지는 그 자체로 정착과 유목에 대응되는 단순한 개념이 아니다. 말하자면 정착민은 멈추기 위해 이동하는 사람들이고 유목민은 이동하기 위해 멈추는 사람들이다. 나아가 유목민은 한곳에 머문 채 이동하고 움직이는 사람들이다. 질 들뢰즈와 펠릭스 가타리가 말한 바 있는 "앉아서 하는 유목"의 개념도 이런 맥락에서 나온 것이다.[19]

문학에만 몰두하여 다른 것은 돌아보지 않는 작가들, 즉 시마에 단단히 걸린 시인들은 아무리 잘 봐준다 해도 어쨌든 정주민은 아니다. 그들은 세계의 사물을 전혀 다른 방식으로 관찰하고 기존의 시각에 이의를 제기함으로써 지금의 타락한 세계를 넘어서 전혀 다른 세상을 꿈꾼다. 그러므로 그들에게 선배나 어른은 타락한 세계를 견고하게 받치면서 모든 사람의 행위를 하나의 꼭짓점으로 귀결시키고 정주시키는 사람일 뿐이다. 멈추기를 권하는 어떤 것도 그들에게는 길을 가로막는 장애물일 뿐이다. 그러므로 시마에 걸린 사람들이 어떻게 대우받았을까 하는 것은 미루어 짐작할 수 있다.

시마는 시인에게 세상 사람들의 저주를 선사한다. 그 저주는 현실적인 가난의 고통으로 오거나 병마의 시달림으로 온다. 또한 정치적 불우함으로 오면서 시인 개인의 일생뿐 아니라 가족과 가문의 몰락을 가져오기도 하며 평생 떠돌아다니는 역마살의 벗이 되게 하기도 한다. 그러나 시인들은 그런 세상 사람들의 저주를 행복한 축원으로 받아들인다. 세상 사람들의 저주는 시마에 걸린 한 무리의 시인을 변방으로 몰아내고 그곳은 즉시 전혀 새로운 세상을 꿈꾸고 창조하는 공간으로 탈바꿈한다. 그들은 시인을 비방하고 저주하지만 정작 시인들은 행복에 겨운 비명을 지른다. 그것은 삶의 방식뿐 아니라 사유의 방식이나 꿈꾸는 세상조차도 완전히 다르다는 증거다.

시인들은 현실사회에서는 가난하고 병들어 여기저기 떠돌아다니는 신세로 한평생을 지내지만 그들은 시마를 만나 행복했다. 누구에게나 매력적이면서도 유용한 개념인 시마는 신분과 시대를 뛰어넘어 널리 사용되었지만 그 쓰임새는 한결같지 않다. 하지만 사람들은 시마를 통해서 굳어지고 있던 자신의 생각을 깨부수고 세상의 엄숙하고 견고한 정주민적 사유를 깨뜨렸다. 깊은 밤 '북어를 찢어 술을 마시는 가난한 시인'에게 세상 사람들은 측은한 눈길이나 악의에 찬 비방을 던졌지만 그 시인에게는 너무나도 좋은 벗 시마가 있어 술친구가 되었던 것이다.

시마의
부활을 위하어

나를 바꿔야 세계가 바뀐다

문학은 관점에 따라 몇 가지로 나뉜다. 작가의 입장을 중시
하는 것만으로도 여러 가지 층위로 나누어 설명할 수 있다.
예컨대 재도론은 작가의 교사적 지위를 강조하는 것이고,
천기론은 작가의 자유로운 상상력의 발휘를 강조하는 것이
며, 발분저서(發憤著書)에 관한 논의는 작가의 사회 고발적
입장을 강조하는 것이다. 이런 점에서 본다면 시마는 작품
창작의 문제 가운데에서도 작가의 상상력을 강조하는 쪽에

기울어져 있다. 이는 하늘의 비밀을 들추어낸다는 점에서는 천기론과 서로 통하고 사회적 불이익을 초래한다는 점에서는 사회 고발적 입장에 가깝다.

그러나 시마는 그 자체로 이미 흥미로운 연구 대상이다. 시마는 두 가지 주제, 즉 단순히 귀신에 씌어 시를 잘 짓게 되었다는 설화와 관련된 것과 시마가 시 창작의 근원적인 힘으로 파악되는 것으로 나눌 수 있다. 시귀와 시마로 불리는 용어는 글자의 해석이라는 점에서는 의미가 같지만 함의에는 차이가 있다. 앞에서 이야기한 것처럼 시귀가 일종의 강신무적 성향을 강하게 내포하는 것이라면 시마는 인간 내부에서 자연 발생적으로 떠오르는 영감이나 상상력의 차원에 더 가깝다. 시귀가 외부에서 어떤 힘이 갑작스럽게 들어오면서 시를 쓰는 신이한 능력이 생긴 것이라면, 시마는 내부의 거대한 가능성이 어떤 계기로 계발되어 나타난다는 점에서 다르다. 시귀가 인간을 하나의 영매 차원으로 떨어뜨림으로써 대상화하는 측면이 강하다면, 시마는 인간이 갖고 있는 무한한 계발 가능성에 대한 강력한 믿음에서 비롯되는 것이므로 인간에 대한 조건 없는 애정에 기초한다는 점에서도 차이가 있다. 어쩌면 시마는 자신 안의 영감을 명사나 형용사의 세계로 재현(再現)하려는 것이 아니라 동사의 세계로 표현(表現)하려는 역동적이고 근원적인 힘일 것이다. 그렇다면 시마는 영감과 동일하다기보다 영감이 시문으로 전화되는 순간에 작용하는 힘이라는 편이 더 합당하다.

사실 평범하던 사람이 어느 날 시마에 씌어 이전과는 전혀 다른 사람으로 바뀌었다면 그가 하나의 고정된 명사적 세계나 고요한 형용사의 세계에서 벗어나 끊임없이 변화하면서 그의 모습을 바꾸어나가는 동사적 삶을 살게 되었다는 뜻이다. 이것이 바로 '-되기'다.

나카지마 아쓰시(中島敦)의 소설 가운데 「산월기山月記」라는 작품이 있다.[20] 원래는 중국 당나라 시대의 이경량(李景亮)이 지은 「인호전人虎傳」을 토대로 나카지마 아쓰시가 다시 쓴 작품이다. 「산월기」의 내용은 다음과 같다.

당나라 현종 때 강직한 성품의 하급 관리 이징(李徵)은 추악한 상관들에게 머리를 숙이며 사느니 차라리 좋은 시를 써서 위대한 시인으로 이름을 날리기로 하고 은거했다. 그러나 문명(文名)은 쉽게 얻지 못했고 집안은 날로 궁핍해졌다. 몸은 비쩍 마르고 용모도 험상궂게 변했지만 눈빛만큼은 형형했다. 몇 년 후 이징은 가난 때문에 절개를 꺾고 지방으로 가서 하급 관리 생활을 다시 했다. 그러나 견디지 못한 그는 1년 뒤 공적인 임무를 띠고 다른 곳으로 가던 중 여수 강변에 이르러 발작을 해서 간 곳을 모르게 되었다.

이듬해 원참(袁傪)이 감찰어사가 되어 영남지역으로 가게 되었다. 도중에 상오 땅에서 묵고 신새벽에 길을 떠나려 하는데, 사람을 잡아먹는 호랑이가 횡행하여 대낮이 아니면 길을 갈 수 없다고 붙잡았다. 그러나 일행이 워낙 많았던 그는 만류를 뿌리치고 길을 떠났다.

어둑한 숲의 새벽길, 갑자기 바람 소리와 함께 호랑이 한 마리가 뛰어나와 그들을 덮쳤다. 그런데 호랑이가 갑자기 몸을 돌려 숲으로 사라지더니 그곳에서 인간의 목소리로 "하마터면 큰일날 뻔했다"라고 하며 한숨을 쉬는 소리가 들렸다. 원참은 놀란 중에도 그 목소리의 주인이 이징임을 알아채고 물어보았다. 얼마 후 흐느끼는 소리와 함께 자신이 이징이라는 대답이 들려왔다. 이들은 옛친구 사이였던 것이다. 이징은 자신이 어떻게 호랑이로 변하게 되었는지를 말해주었다.

1년 전 이징은 공적인 일로 그곳을 지나다가 하룻밤 묵게 되었다. 한밤중에 누군가가 밖에서 이름을 부르기에 그 소리에 이끌려 가다보니 어느새 길은 숲속으로 이어져 있었고 자신의 발은 호랑이의 발이 되어 있었다. 정신을 차리고 보니 온몸에는 털이 성성한 호랑이로 변한 후였다. 죽으려 했지만 눈앞에 토끼 한 마리가 지나는 것을 보고는 그만 인간으로서의 의식은 사라지고 호랑이로서의 욕망이 앞서더니 어느새 눈앞에는 토끼의 피와 털이 어지럽게 흩어져 있었다. 다만 하루에 일정 시간 동안은 인간의 의식이 돌아와서 이전에 배웠던 경전과 역사서를 외울 수도 있지만 그 시간이 지나면 다시 호랑이가 되어 아무 의식이 없어진다는 것이다.

여기까지 말을 마친 이징은 자신이 지은 시가 사라지는 것이 안타까우니 그동안 지은 시를 기록으로 전해달라고 부탁했다. 아울러 벗을 해칠지도 모르는 상황이 오는 것을 막기 위해 이 길을 지나다니지 말라고도 했다. 서로 정중히 이별을 하고 헤어진 뒤 원참은 호랑이가 되어버린 이징의 오열을 들으며 숲을 빠져나왔다. 언덕에 올라 그들이 만났던 숲을 바라보던 순간 한 마리의 호랑이가 풀숲에서 뛰어나오더니 하얗게 빛을 잃은 달을 향해 한두 번 포효한 후 다시 숲으로 사라졌다.

우리는 호랑이와 인간 사이에서 정체성을 잃고 헤매는 한 인간의 초상을 만났다. 어쩌면 나카지마 아쓰시는 자신의 이야기라고 생각했을지도 모른다. 여기 등장하는 시인 지망생 이징의 모습은 시마에 걸린 시인의 모습과 다를 바 없다. 초췌한 모습에 흉악한 몰골로 변해 더이상 이전의 미소년으로서의 모습은 온데간데없이 사라지고 눈빛만 형형하게 살아 있는 한 인간의 초상에서 시마의 전형적인 활약상을 확인할 수 있다. 평범한 인간과 위대한 시인 사이에서 갈등하던 그는 호랑이가 된다. 호랑이 이징은 옛친구 원참에게 이렇게 말한다. "사실은 (자네에게) 이것을 먼저 부탁했어야 하지. 내가 인간이었다면 말일세. 굶어 얼어 죽기 직전에 있는 처자보다도 나의 보잘것없는 시 나부랭이에 더 신경을 쓰고 있었으니. 그러니까 이런 짐승으로 변하지 않았겠는가?" 그는 가난한 하급 관료로서 살아가는 삶을 선택하지 않은 대가로 짐승이 된 것이다. 이징에게 붙었던 시마는 이규보나 최연에게서와는 달리 끝까지 책임지는 면모는 보여주지 않는다. 시마가 이징을 책임져야 했다면 그의 시에 완성도를 높여주고 위대한 시인으로서의 명성을 얻게 했어야 마땅하다. 그러나 책임 있는 시마가 얼마나 되겠는가. 수많은 사람이 시마에 걸려서 자신의 삶을 허비하다가 결국에는 인간으로서의 정체성을 잃고 비참한 생을 마감하지 않았는가.

「산월기」에 표현되어 있는 이징의 시는 "격조가 높고 우아하며, 표현의 의도나 그 취향이 탁월하여 한 수 한 수 모두가 한 번 읽으면 작자의 재능의 비범함을 금방 알 수 있는 것들"이었지만, "그러나 그냥 이대로 일류 작품이 되기에는 어딘가—아주 미묘한 점에서—모자라는 데가 있었다"고 한다. 무언가 표현할 수는 없지만, 그리고 지적하기는 어렵지만 최고의 작품으로 칭송되기에 부족한 점이 무엇인지는 모르겠다. 그러나 우리는 작품성을 평가할 때 사람의 심금을 울리는 미묘한 한 지점에 이르지 못하고 시마의 시달림 속에서 호랑이가 되어버린 인물을 「산월기」에서 발견할 수 있다.

사실 시마에 걸리는 것은 '귀신되기'의 한 모습이다. 우리는 삶 속에서 우리의 모습을 끊임없이 바꿈으로써 새로운 에너지와 창조적 삶의 터전을 마련한다. 그런 점에서 '상상'이나 '공상', '신사(神思)' 등의 단어는 하나의 기능이나 틀이 아니라 과정일 따름이다. 시마와의 만남이라는 귀신되기의 과정을 통해 시인은 이전과는 전혀 다른 강렬도를 얻어내고 표현한다.

좋은 시를 쓰고 싶은 욕망이 결국은 이징을 호랑이로 만들었다. 이는 '—되기'라고 하는 측면에서 매우 흥미로운 일화다. 우리가 고전을 읽는 이유를 말하면서 흔히 '상우정신(尚友精神)'을 예로 든다. 옛 성현들을 벗한다는 뜻의 '상우'는 『맹자』에 나오는 말이다. 시대와 공간을 뛰어넘어 어떤 인물과도 벗이 될 수 있다는 것은 책을 읽는 사람들의 특권이다. 상우는 그들과의 토론을 통해 이 시대를 살아가는 자신의 사유를 넓히고 좀더 창조적인 방향으로 나아가게 한다. 우리는 『논어』를 읽으면서 '공자 되기'를 실천하고 『유마경』을 읽으면서 '유마 되기'를 실천한다. 이렇게 자신의 모습과 생각을 떠나서 그들이 될 때 비로소 '상우'의 이상을 실현하는 것이 되며 자신의 모습은 하나의 문턱을 넘어서 전혀 다른 몸과 생각으로 바뀔 수 있다.[21]

「산월기」에서 호랑이로 변한 이징을 바라보는 시각에 대해 다른 의견을 제시할 수도 있다. 바로 시쓰기에 대한 부정적 시각이 은연중에 강하게 깔려 있는 것이 아니냐는 견해가 대표적이다. 작품 속에서 나카지마 아쓰시가 서술한 것처럼 이징은 자신의 재주를 과신한 나머지 분에 넘치게 시에 몰두했고, 그 결과 거기에서 비롯되는 수치심과 분노로 인해 자기 내부의 겁 많은 자존심을 키웠으며, 그 마음이 결국은 맹수였던 것이라고 말한다. 즉 인간의 성정은 맹수와 같아서 잘 제어해야 했던 것이다. 이징의 경우에는 "이 존대한 수치심이 바로 맹수였던 것"이며 "이것이 나를 손상시키고, 아내를 괴롭히고, 친구들에게 상처를 입히고, 급기야는 나의 외모를 이렇게 속마음과 어울리는 것으로 바꿔버리고 만 것"이다. 여기서 우리는 시쓰기에 몰두함으로써 생기는 비일상적인 삶의 태도로 말미암아 어떤 과정을 거쳐 사회의 테두리 밖으로 배제되는지를 알 수 있다.

이것은 이전의 문학과는 전혀 질적으로 다른 경계에 이르기 위해 그때까지의 인간으로서의 문턱을 넘어 다른 것으로의 변모가 필요하다는 점에 주목한다면 납득이 안 되는 것은 아니다. 그러나 그 이면에는 시쓰기가 조장하는 부유하는 개념이나 사유의 조각에 대한 정상적인 사회인의 두려움이 내재되어 있다.

멈추지 않는 사유의 힘

시마에 걸린 사람이나 시마를 배척하는 사람 모두 공통적으로 공유하는 생각이 있다. 진리를 깨달은 자는 오직 자신 뿐이라는 것이다. 다른 사람의 생각으로는 자신의 진리에 도저히 다다르지 못하리라는 사실 때문에 그들은 서로를 배제하고 비난한다. 그러나 사회의 권력을 쥐고 있는 자에 의해 배제되기 마련인 소수자는 자신의 생각을 사람들에게 널리 알리기도 전에 불온한 사상으로 낙인찍혀 탄압의 대상이 된다. 그런 점에서 시마는 소수자의 문학론을 상징적으로 표현하는 중심 어휘이기도 하다.

사실 한 시대를 지배하는 담론을 쉽게 단순화시켜 논의할 수 없지만 적어도 공식적인 자리에서 배척되는 개념이라는 점에서 시마는 충분히 소수자의 시각을 반영한다고 할 수 있다. 이는 시마의 설화적 단계라 할 수 있는 시귀에서도 나타난다. 조선 초기 문인 가운데 채수(蔡壽)라는 사람이 있다. 그는 일찍이 『설공찬전薛公瓚傳』을 써서 탄핵을 받은 바 있다. 이 소설은 전라도 순창에서 실제 있었던 일을 소재로 지은 것이라고 알려져 있으며 설공찬의 귀신이 이승으로 와서 무슨 짓을 하는지, 그가 말하는 저승세계는 어떤 것인지 등의 내용으로 구성되어 있다. 말하자면 귀신 이야기를 글로 쓴 것인데, 이 때문에 대간의 탄핵을 받는다. 백성들을 잘 이끌어야 할 고위 관료가 혹세무민(惑世誣民)하는 허황된 이야기를 지으니 문제가 있다는 것이다. 이 일로 채수는 관직을 삭탈당한다. 16세기 초에 있었던 사건이었으므로 아직 성리학이 하층민에게까지 깊게 뿌리내리기 전이라 할 수 있다. 고위 관료가 그런 이야기를 소재로 글을 쓸 수 있었다는 것은 조선이 표방하는 유교적 이념의 선전에도 불구하고 여전히 민중들 사이에서는 그와 다른 전통적인 이야기나 생각이 횡행하고 있었기 때문이다.

그러나 여기서 주목해야 할 것은 귀신 이야기에 대한 당대 관료들의 시각이다. 그들은 귀신 이야기를 허황하다고 여기면서 있는 힘을 다해 배척한다. 도덕적 질서 속에 전혀 포착되지 않는 매우 불온하고 위험한 이야기로 여겼을 것이다. 물론 그렇게 배척하는 관료들조차 사적인 공간에서는 귀신 이야기를 즐기지 않았으리라 장담할 수 없으나 그들의 발언은 국가의 공식적인 담론 질서 속에서 표현된 것이다. 사회의 거대한 체계는 그런 논의를 바탕으로 형성된다. 그러므로 귀신 이야기 같은 허황된 설화는 설 자리가 없는 셈이다.

이런 상황에서 시귀나 시마를 공식적으로 높이 평가하는 글을 쓰기란 어렵다. 그나마 이규보의 경우에는 공식적으로 억압하는 국가 이념적 힘이 없었지만 최연의 글에서는 명확히 나타난다. 성리학의 그림자가 완전히 드리운 조선 중기 문인이었던 최연은 시마의 죄상을 열거하면서 글의 마지막을 엄숙한 꾸짖음으로 맺는다. 그 꾸짖음의 목소리에서 글속에 드리워 있는 국가 이념의 짙은 그림자를 만날 수 있다. 앞에서 이야기한 바 있지만 그 목소리를 듣기 위해 다시 한번 인용문을 살펴보자.

아! 이 마귀야. 어찌 그 뜻을 멋대로 하느냐. 비록 긴 회충이 심장에 붙고 짧은 촌백충(요충)이 위장에 구멍을 냈다고 하더라도 바야흐로 너에게 가려 하니 네 죄가 이에 지극하도다. 하늘이 총명하여 아래에 임하여 밝게 빛나시니, 악을 없애고 사특함을 제거하려고 하늘의 그물이 빙 둘러쳐 있다. 지금 만약 징치하지 않는다면 내가 장차 정배 보내겠노라. 하늘이 이에 진노하시어 너희 무리를 영원히 진멸하실 것이니, 네가 비록 지혜를 춤추고 교묘함을 드려도 네 죽음을 구하지 못할 것이다. 또한 장차 강궁(强弓)을 잡아 독화살을 당겨 너를 찾아 죽여서, 사지를 가르고 살을 갈기갈기 찢을 것이니, 지금 빨리 가지 않는다면 후회가 막급일 것이다. 바다의 한 귀퉁이와 하

늘의 가장자리가 너의 즐길 곳이요, 거처할 곳이니 다시는 (이
곳에) 머무르지 말고 머뭇거리지도 말아라. 일진이 좋으니 어
서 떠나라. 율령(律令)을 받은 것처럼 급히 서둘러라.

「축시마」의 섬뜩한 구절을 촘촘히 나열하여 귀신을 쫓는
방식은 마치 무당이 악귀를 쫓는 것과 비슷하다. 최연에 따
르면 시마는 구축(驅逐)되어야 할 악귀다. 글을 지은 사람
의 분노가 구절마다 스며 있어 읽는 사람으로 하여금 소름
이 돋게 한다. 그렇다고 해서 그 글을 내용대로만 이해한다
면 최연의 의도에서는 한참 벗어나는 셈이다. 그 글의 형식
은 악귀를 쫓아내기 위해 지어지는 제문 형식을 빌렸기 때문
에 그에 따르는 수사적 장치도 악귀를 쫓는 제문 방식에 알
맞게 채택되었다. 그러나 최연이 어떤 사람인가. 조선 중기
대표적인 사장파 문인이 아니던가. 시마에 걸려서 그의 사주
를 더이상 받지 않겠다며 강렬한 어조로 시마를 심판하는
글 자체가 이미 시마에 걸린 상태에서 나왔다고 보인다. 시
마를 내쫓는다는 것은 핑계일 뿐 그의 마음 한구석에는 시
마의 방이 따로 마련되어 있는 듯하다. 일찍이 유협(劉勰)이
『문심조룡文心雕龍』「신사神思」편에서 말한 것처럼 몸은 시골

한구석에 처박혀 있어도 마음은 위나라 궁궐 사이를 떠도는 능력이 최연의 글에서 유감없이 발휘되었다. 말하자면 상상력이나 영감, 또는 문학적 직관 등이 「축시마」에 알맞게 이용됨으로써 흥미로운 글쓰기의 결과를 가져왔다.

그러나 문제는 자유롭게 떠도는 생각의 파편들이었다. 그것을 하나의 단어에 포괄하기란 매우 어렵다. 상상력의 측면도 있고, 영감이나 천재적 재능의 측면도 있으며, 사물을 파악하는 직관력 등도 들어 있기 때문이다. 어쨌든 이 같은 성격의 정신활동은 상당 부분 도덕적 질서나 이성적 활동으로는 포착되지 않았다. 작가 개인은 자유로운 정신활동을 통해 이전의 생각과는 전혀 새롭고 이질적인 차원의 사유를 개척했다. 이는 작가 개인이 원하든 원하지 않든 당대를 통괄하고 있는 사유의 틈새를 벌리는 역할을 했다. 기성 사유의 권력자는 자신의 영역을 흔드는 알 수 없는 힘에 주목하게 되었고, 즉시 부정적인 것으로 규정하게 되었다.

상상력을 비롯한 문학의 다양한 개념은 오래도록 중세의 비판자였다. 상상력이나 영감, 시적 직관력 등은 당대 주류 담론의 구도로는 쉽게 포착되지 않았고 굳어진 담론 사이를 떠돌면서 균열을 만들었다. 의식했든 의식하지 못했든 그것은 중세 지배 담론의 이면에서 전혀 다른 사유를 전개했다. 조선시대만 하더라도 성리학자들은 문학을 도덕적 기준에 따라 재단했고 문학 자체의 미학적 차원은 부차적인 고려 대상이었다. 지금까지도 면면히 이어져오는 이 같은 생각은 많은 사람에게 자기검열 시스템을 부과시킴으로써 생각의 편린들이 이리저리 떠도는 것을 막는 역할을 한다.22

창조는 고대 그리스에서는 부정적인 함의를 가진 단어였다. 앞에서 이야기한 것처럼 고대 동아시아에서도 창작은 개인의 몫이 아니라 성인의 몫이었다. 그렇다면 '창조'란 무엇이었을까. 창조가 전혀 새로운 사유를 만들어냄으로써 인간정신의 자유로움에 이르는 것이라면 이는 법칙이나 규율에 의해 구축된 중세사회를 위협하는 힘이었을 것이다. 상대주의적 관점이 가져올 파괴적 효과, 이전의 담론을 근본적으로 뒤흔드는 새로운 힘 때문에 중세에는 이단으로 취급되었다. 주류적 논리는 그것을 끊임없이 부정적이고 악마적인 것으로 몰았을 것이다. 그리하여 결국에는 '마'라는 이름으로 불리게 된 것이다.

변방에서의 글쓰기

글쓰기에서 어떤 천재적 영웅을 기대하는 것은 아니다. 나아가 삶의 외부에 존재하는 절대적 권력이 부여하는 천재성을 바라는 것은 더더욱 아니다. 누구나 삶의 배치를 바꾸는 순간 새로운 영웅이 될 수 있고 이미 만들어진 배치 속에서 잘 적응하면서 살아가는 순간 기계적이고 단순한 논리를 확대재생산하는 인간이 될 수 있다. 플라톤이 말한 것처럼 신이 부여한 열광을 영감이라고 한다면 인간은 단순히 신의 의지를 전달하는 도구에 불과하다.23 그렇게 되기보다는 인간에 내재된 열광이 어떤 사회적·도덕적 규율의 제어를 받지 않고 자연스럽게 표출될 때, 그리고 그 표출이 드높은 정신 경계를 보이면서 뛰어난 작품성을 획득할 때 천재의 출현을 감지한다.

상식적 인간과는 달리 천재적 인간은 갈등하는 모습으로 나타나기 일쑤다. 사회가 이미 만들어놓은 사유의 그물을 인정하고 그 사이를 별 무리 없이 다니는 사람에게 만들어져 있는 그물은 매우 유용하다. 그러나 그물의 빈 공간, 그물코의 위치 등에 의문을 갖는 사람은 전혀 다른 방식의 그물과 그물코를 만든다. 그들 사이의 차이는 단순히 차이로 끝나는 것이 아니라 현실 속의 압력으로 다가온다. 삶을 순탄하게 살아가는 길과 그렇지 않은 길 사이에서 천재적 인간은 끊임없이 방황하거나 갈등한다.

하나의 새로운 사유가 나타났다고 해서, 또는 그 실마리가 포착되었다고 해서 처음부터 탄압을 받거나 배제되는 것은 아니다. 이미 사유의 권력을 얻은 사람은 시대의 변화에 따라 함께 변화해야 한다는 것을 알고 있다. 따라서 새로운 무언가가 나타나면 그들을 포획하고 흡수함으로써 새로운 힘을 얻으려 한다. 그런 실마리나 새로운 기운을 통해 그들은 나름대로 새로운 사유의 권력을 만들어내고자 한다. 권력의 그물은 매우 넓고 촘촘하고 질겨서 웬만한 사유의 새로운 요소는 쉽게 포획되어 그들의 권력을 유지하는 데 중요한 도구가 된다.

반면 사유의 권력에 비판적으로 반응하는 새로운 사유에도 전혀 새로운 것으로만 구성되지 않는다. 과학사의 패러다임과는 달리 사유의 구조는 이전 사유의 그림자를 상당히 강하게 드리운 상태에서 새로운 길을 찾아 나가는 것이라는 사실과 관련이 있다. 문학사에서 새로운 시대를 여는 위대한 작가가 나왔다고 해서 그 사람의 글쓰기나 사유가 이전의 것과는 완전히 다른 단절된 형태로 나타나는 것은 아니다. 오히려 기존 사유나 글쓰기의 관습을 철저히 익히고 능숙하게 구사할 줄 안다. 시마라는 개념을 글로 쓴 이규보나 최연이 역설적으로 얼마나 기존의 문법에 충실했는지를 생각해본다면 쉽게 이해될 것이다. 다만 기존의 관습에 머물러서 자신의 능력으로 권력의 단물을 즐기기보다는 그 관습의 약한 지대를 치고 나가면서 새로운 탈주선을 그린다는 점에 주목해야 한다. 결국 새로운 사유와 글쓰기를 하는 사람은 기존의 견고한 관습 언저리에서 떠돌아다니는 존재이고 세상의 변방에서 자신의 그림자를 옮겨가는 사람이다.

그 언저리를 지키는 힘이 바로 인간의 자유로운 정신인데, 시마는 그 정신의 한 부분을 대표하는 개념이다. 글쓰기란 기본적으로 동시대의 문학적 규율을 충실히 지키면서 새로운 탈주선을 그려나갈 때 가능하다. 새로운 사유를 만들어나가는 사람이 흔히 세상의 안과 밖을 가르는 경계선 주변에서 서성거리는 경우가 많은 것처럼 글쓰기도 떠도는 개념과 주류 담론의 경직된 개념 사이에서 새롭게 모습을 드러낸다. 말하자면 새로운 사유와 글쓰기는 부유하는 상상력이나 영감, 직관 등이 만들어내는 범주와 당대 사회를 지배하는 주류 담론이 형성한 견고한 범주가 절묘하게 만들어내는 교집합을 주목해야 한다는 것이다. 바로 그 부분이 시마가 왕성하게 활동하는 공간이기도 하다.

중세 도덕주의자나 주도적 담론의 주인공은 세계를 해석하면서 끊임없이 자신이 만들어놓은 구도 속으로 회귀하기를 요구한다. 아무리 다양한 세계의 모습을 보더라도 근원적인 존재인 도나 이의 차원으로 귀결시키거나, 아니면 자신이 미리 만들어놓은 담론의 질서 속으로 획일화시킨다. 그러나 정말 좋은 작품이라면 그 의미를 하나의 정점으로 귀결시키는 것을 단호히 거부한다. 읽는 사람마다 자신의 시각에서 작품을 재해석하고 시대마다 서로 다른 의미를 읽어낼 수 있다면 그 작품이 내포하고 있는 가능성은 위대한 것이다. 의미를 구성하여 작품을 만드는 작가나 그것을 다양하게 읽어내는 독자 모두 시마의 영향권에서 자유롭지 못하다. 특히 작가의 경우 시마의 영향력은 절대적이다. 세계의 의미를 읽어내는 작가의 가슴속에 시마는 항상 똬리를 틀고 있으며 깨달음에 이르는 순간 작품으로 만들어내는 과정에서 시마는 자신의 영향력을 강력히 행사한다.

저주받은 시인의 행복한 삶

시마는 숙명적으로 가난, 병, 불우함, 술 등을 동반한다. 세상이 만들어놓은 기준에 맞추기를 거부하는 한 그것은 영원히 이리저리 떠돈다. 거대 담론의 틈새를 부유하는 시마처럼 시마에 걸린 시인은 기존 글쓰기가 만들어놓은 정교한 규칙 사이를 교묘히 떠돌아다닌다. 부귀영달은 삶 저편으로 사라지고 눈앞에는 오직 험난한 시인의 저주받은 삶만이 길게 이어져 있다.

시가 사람을 가난에 빠뜨리는지, 아니면 사람이 가난해지니까 좋은 시를 쓸 수 있게 되었는지가 한때 논란거리였다. 어느 쪽에 동조하든 시는 늘 가난함의 대명사였다. 하지만 조선시대 관료들 사이에서는 고위 관료를 지내면서 세상을 한번 커다란 스케일로 바라본 사람이라야 좋은 시를 쓸 수 있으며 훌륭한 경륜이 바탕이 될 때에만 좋은 시를 쓸 수 있다는 식의 글이 나오기도 했다. 그러나 이는 참으로 궁색한 변명이었다. 서거정이 그런 식의 글을 써서 대각(臺閣)의 글이 가장 훌륭하다는 것을 입증하려 했지만 당대의 인심은 김시습의 불우함과 뛰어난 시 작품을 더 부러워했다.

세속적으로 성공한 삶과 예술적으로 성공한 삶은 공존할 수 없는 것인가. 예술이 자본으로 포획되는 지금, 또는 자본이 예술을 포획하는 지금 주변에서 두 삶이 얼마나 '절묘하게' 결합될 수 있는지를 증명하려는 수많은 시도를 발견할 수 있다. 예술적 완성도가 높으면 높을수록 자본의 드높은 성과를 누릴 수 있다는 식의 연결은 이 시대의 수많은 예술가 지망생을 유혹한다. 돈과 명예를 한꺼번에 거머쥘 수 있다는 유혹이 어지럽게 떠돈다. 언론에서는 그런 사람들의 인생을 보여주면서 누구나 그렇게 될 수 있다는 환상을 널리 퍼뜨린다. 그러나 냉정히 생각해보면 그렇게 성공한 사람이 몇이나 될 것이며, 더 근본적으로는 그런 성공이 과연 예술적 성공을 보장하는가 하는 의문이 든다. 즉 작품의 자본화 수준이 높으면 높을수록 예술적 성공도를 보장하는가 하는 것이다. 오히려 자신의 작품활동이 어떤 방식으로 기존 사유의 공고화에 기여하는지를 진지하게 고민해야 할 것이다.

가난하다고 해서 모두가 좋은 작가라는 것은 아니다. 좋은 작품을 위해 고민하다보니 자연히 세상의 상식과는 어긋나게 되고 그것이 결국은 사회의 변방으로 작가를 내모는 계기가 된다. 변방을 서성이면서 한자리에 머무르지 않으려는 태도를 가질 때 그가 매일 방에 틀어박혀 지낸다 해도 그를 진정한 유목민이라 부를 수 있을 것이다.

시마는 누구나 사용하는 단어이지만 어느 개념으로도 포착되지 않는다. 시대의 그물을 빠져나가는 바람처럼 시마는 기존 사유의 견고한 성을 넘으려는 사람에게만 찾아온다. 또한 새로운 표현 형식을 찾아 방랑하는 사람에게 찾아온다. 한곳에 머무르는 순간 시마는 가뭇없이 사라지고 거대한 사유 권력의 그물이 온 생애를 덮친다. 움직이는 자에게 누가 그물을 던질 것인가.

세상 사람들에게 저주받았으되 행복한 사람, 그이야말로 시마의 진정한 벗이다. 오직 시만을 생각하고 생애를 시에 의탁하는 사람에게 사람들은 미치광이로 이름 붙이지만 생애 단 한 번의 절창(絕唱)을 위해 온 힘으로 몰두하는 시마의 벗, 그 행복한 이름이 바로 시인이다. 거대한 자본의 시대, 욕망 덩어리가 모든 것을 삼키는 시대에 과연 시마는 부활할 수 있을 것인가.

구시마문驅詩魔文
—시마를 몰아내는 글

이규보, 『동국이상국집』

대개 흙이 쌓여 높아진 곳을 말하는 언덕, 물이 고여 깊어진 곳을 말하는 우물, 나무, 돌, 집, 담장 등은 모두 하늘과 땅 사이에 감정이 없는 물건이다. 그런 것에 간혹 귀신이 붙어 괴이함과 요사함을 드러내면 사람들은 그것을 싫어하고 미워하고 저주하면서 몰아낸다. 심한 경우에는 언덕을 평평하게 만들고 우물을 메워버리며 나무를 베어내고 바위를 망치질하며 집을 허물고 담장을 없앤 뒤에야 멈춘다. 사람도 이와 같다. 처음에는 질박하여 무늬가 없어 깊고 온순하며 바르고 곧았다. 그런데 시에 빠지게 되면서 말을 요사스럽게 하고 글을 괴이하게 쓰며 사물을 춤추게 하고 사람을 현혹시키니 놀랄 만하다. 이는 다른 까닭이 있는 것이 아니라 마귀 때문에 일어난 일이다. 아는 이 때문에 감히 그의 죄를 헤아려서 몰아내려 한다.

사람이 처음 태어났을 때에는 태고의 순박함이 있었다. 꾸미지도 않았고 화려하지도 않아서 아직 피어나지 않은 꽃과 같았고, 예민한 귀를 잠가놓고 밝은 눈을 가려놓아 마치 눈이나 귓구멍을 뚫어놓지 않은 듯했다. 누가 그 문을 지키고 그 자물쇠를 허술하게 했기에 마귀 네가 그 틈으로 들어와 우두머리라도 되는 양 여기에 의탁하고는 세상 사람들을 현란하게 하면서 색칠을 하고 요술을 부리고 기이한 술법을 쓰면서 비틀비틀 무릎걸음으로 걷거나 몰려다니고, 또는 아양을 부려 온몸과 뼈마디를 부드럽게 녹이며, 또는 벼락을 울려 소리를 내고 풍랑을 거세게 일으키는가? 세상이 너를 장하게 여기지도 않는데 어찌 그리 날뛰며, 사람들이 너를 공이 있다고 여기지도 않는데 어찌 그리 가혹하게 구느냐? 이것이 바로 너의 첫번째 죄다.

땅은 고요함을 숭상하고 하늘은 무엇이라 이름붙이기 어

렵지만 어슴푸레하게 조화를 부리고 흐릿하게 신명을 보인다. 혼돈의 상태이면서 넓고 아득하며 깊고 깊어 알기 어렵다. 기관(機關)이 신비스럽고 깊은 곳을 연다 해도 자물쇠로 잠그고 빗장을 건 듯이 굳게 닫혀 있는데, 너는 이것을 생각하지 않고 깊고 신령스러운 것을 정탐하여 천기를 누설하니 당돌하기 그지없다. 숨겨놓은 재물을 꺼내니 달도 근심하고 심장을 꿰뚫으니 신령도 놀란다. 너 때문에 사람의 삶이 각박해지니 이것이 너의 두번째 죄다.

구름과 노을의 빼어남, 달과 이슬의 순수함, 벌레와 물고기의 기이함, 새와 짐승의 이상함, 그리고 저 새싹과 꽃받침, 풀과 나무와 꽃 등은 수많은 자태와 모습으로 하늘과 땅 사이에 번성하고 아름답게 만든다. 그런데 너는 그들을 가지면서도 부끄러움이 없다. 열 개 가운데 하나도 버리지 않고 보이는 대로 읊조려서 온통 어지러이 이르게 하고 모두 끌어 모으고 벌여놓아 끝이 없다. 검소함을 모르는 너를 하늘도 꺼리니 이것이 너의 세번째 죄다.

적을 만나면 즉시 공격할 것이지 어찌 돌 쏘는 대포를 준비하고 어찌 보루를 쌓는가? 어떤 사람을 좋아하면 곤룡포가 아니더라도 아름답게 꾸며주고 어떤 사람에게 화가 나면 칼날이 아닌데도 찌른다. 무슨 도끼를 잡고 있기에 정벌함이 이리도 방자하며, 무슨 권력을 잡고 있기에 상벌을 이토록 멋대로 하는가? 너는 높은 사람도 아니면서 나랏일을 논의하고, 너는 광대도 아니면서 온갖 것을 조롱한다. 시시덕거리면서 과장하거나 정직하기가 남다르니 어느 누가 너를 시기하지 않겠으며, 어느 누가 너를 미워하지 않겠는가? 이것이 너의 네번째 죄다.

네가 사람에게 붙으면 돌림병에 걸린 것처럼 몸은 더럽고 머리는 헝클어지며 수염은 빠지고 몸은 비쩍 마른다. 사람의 소리를 괴롭게 하고 사람의 이마를 찌푸리게 하며 사람의 정신을 소모시키고 사람의 가슴을 아프게 한다. 근심의 매개체이며 조화로움의 도둑이니 이것이 너의 다섯번째 죄다.

이 다섯 가지의 죄를 짓고서도 어찌하여 사람에게 붙어 있느냐. 진사(陳思)에게 붙어 그 형을 업신여기면서 방자하게 굴었으니 콩이 솥 안에서 우는 것이 결국 콩깍지에게 곤궁함을 당하게 만들었다.[1] 이백에게 붙어서는 그를 뒤흔들어 미치게 만들었으니 달을 잡으러 갔으되 강물만 아득하다. 두보에게 붙어서 모든 일을 실패하게 만들었으니 타향살이에 억울한 마음에 뇌양에서 객사했다. 이하(李賀)에게 붙어서 허황됨과 환상, 괴기함으로 그 재주를 갖고도 세상을 만나지 못하게 하여 요절하게 만들었다. 몽득(夢得, 유우석을 말한다)에게 붙어서 권세 있는 사람을 비방하고 헐뜯게 만들어 교만하게 굴다가 실의에 빠뜨려서 끝내는 넘어져 일어나지 못하게 만들었다. 자후(子厚, 유종원을 말한다)에게 붙어서 재앙의 조짐을 뒤흔들고 일으켜서 유주로 귀양가서 돌아오지 못하게 했으니 누가 그를 슬퍼할 것인가. 아, 너 마귀야, 어이하여 이렇게 많은 사람을 두루 그르쳤는가.

또한 나에게 붙더니 네가 온 뒤로는 모든 것이 어렵게 되어 멍멍하게 잊은 듯하고, 멍청하여 바보가 된 듯하며, 벙어리인 듯 귀머거리인 듯 형체는 꼼짝도 않고 자취는 잡아맨 듯하니 배부름이나 목마름이 몸에 닥친 것도 모르고 추위와 더위가 살갗을 핍박하는 것도 깨닫지 못한다. 계집종이 게을러도 꾸짖지 않고 남자종이 어리석어도 대책을 세우지 않는다. 동산이 우거져도 풀을 베지 않고 집이 쓰러져도 받치지를 않는다. 가난 귀신이 온 것도 네가 부른 것이다. 귀인에게 오만하게 대하고 부자를 능멸하여 방자하고도 게으르며, 큰소리를 치면서 불손하게 하고 얼굴은 억지로 아첨하지 않으며 여색에는 쉽게 미혹당하고 술을 마시면 더욱 거치니 이것은 사실 네가 시켜서 그런 것이지 어찌 내 본심이겠느냐? 괴상한 것을 보고 마구 짖어대는 개처럼 그렇게 비난하는 무리가 진실로 많으니 그 때문에 나는 너를 미워하여 저주하고 쫓아내는 것이다.

그날 저녁 내가 피곤해서 누워 있는데, 베갯머리가 소란스러워지면서 왁자지껄 소리가 나더니 색깔 있는 소매와 무늬가 있는 치마를 찬란하게 차려입은 사람이 다가와 나에게 말하는 것이었다. "그대가 나를 나무라면서 배척하는 것이 심하기도 하구나. 왜 나를 이토록 미워하는가? 내 비록 보잘것없는 마귀이지만 또한 상제(上帝)에게 인정을 받는 자다. 처음 네가 태어날 때 상제께서 나를 보내 따라다니도록 했다. 네가 갓난아기일 적에도 몰래 숨어서 떨어지지 않았고, 네가 어린아이일 때에는 남몰래 엿보고 있었으며, 네가 청년이 되었을 때에도 온 정성을 다해 쫓아다녔다. 기로써 그대를 웅장하게 해주었고 문사로써 그대를 꾸며주었으니 과거시험장에서 글재주를 겨루면 해마다 이어서 합격하여 천지를 뒤흔들고 명성이 사방에 떨쳐 많은 고관과 귀하신 분이 그대 모습을 우러러보게 해주었다. 그러니 내가 그대를 도운

적이 적지 않고, 하늘이 그대를 풍요롭게 한 것이 적지 않다. 입으로 내뱉는 말과 몸가짐, 여색을 좋아하는 것이나 술에 빠지는 것 등은 각각 그렇게 하도록 시키는 자가 있는 것이지 내가 주관하는 것이 아니다. 그런데 그대는 어찌 신중하게 행동하지 않고 미친 듯 어리석은 듯 처신했는가? 이것은 진실로 그대의 허물이지 내 잘못이 아니다."

거사가 이에 그 말이 옳고 자신이 그르다는 것을 알고는 웅크리고 부끄러워하면서 허리를 굽혀 절하고는 그를 맞이하여 스승으로 삼았다.

夫累土而崇曰丘陵, 瀦水而濬曰溝井, 其或木也石也屋宇也墻壁也, 是皆天地間無情之物, 鬼或憑焉, 騁怪見妖, 則人莫不疾而忌之, 且呪且驅, 甚者夷丘陵塞溝井, 斬木椎石, 壞屋滅墻而後已. 人猶是焉. 厥初質樸無文, 淳厚正直, 及溺之於詩, 妖其說怪其辭, 舞物眩人, 可駭也. 此非他故, 職魔之由. 吾以是敢數其罪而驅之曰:

人始之生, 鴻荒樸略, 不賁不華, 猶花未蕚, 錮聰塗明, 猶竅未鑿. 孰闔其門, 以挺厥鑰, 魔爾來闖, 奄然此託. 耀世眩人, 或髹或朥, 舞幻體奇, 勃屑翕霍, 或媚而嬋, 筋柔骨弱, 或震而聲, 風匜浪　. 世不爾壯, 胡踊且躍? 人不汝功, 胡務刻削? 是汝之罪一也.

地尙乎靜, 天難可名, 召乎造化, 瞵若神明, 沌沌而漠, 渾渾而冥, 機開闔邃, 且鑴且扃, 汝不是思, 偵深諜靈, 發洩幾微, 搪突不停, 出脅兮月病, 穿心兮天驚, 神爲之不恣, 天爲之不平, 以汝之故, 薄人之生, 是汝之罪二也.

雲霞之英, 月露之粹, 蟲魚之奇, 鳥獸之異, 與夫芽抽萼敷, 草木花卉, 千態萬貌, 繁天麗地, 汝取之無愧. 十不一棄, 一矚一吟, 雜然垒至, 攢羅戢矛, 無有窮已. 汝之不廉, 天地所忌, 是汝之罪三也.

遇敵卽攻, 胡礛胡壘? 有喜於人, 不衮而賁, 有慍於人, 不刃而刺. 爾柄何鉞, 惟戰伐是恣, 爾握何權, 惟賞罰是肆? 爾非肉食, 謀及國事, 爾非侏儒, 嘲弄萬類. 施施而夸, 挺挺自異, 孰不猜爾, 孰不憎爾? 是汝之罪四也.

汝著於人, 如病如疫, 體垢頭蓬, 鬚童形腊, 苦人之聲, 瞶人之額, 耗人之精神, 剝人之胸臆, 惟患之媒, 惟和之賊, 是汝之罪五也.

負此五罪, 胡憑人爲? 憑於陳思, 凌兄以馳, 豆泣釜中,

果因于箕. 憑於李白, 簸作顚狂, 捉月而去, 江水茫茫. 憑
於杜甫, 狼狽行藏, 羈離幽抑, 客死耒陽. 憑於李賀, 誕幻
怪奇, 才不偶世, 夭死其宜. 憑於夢得, 譏訕權近, 偃蹇落
拓, 卒躓不振. 憑於子厚, 鼓動禍機, 謫柳不返, 誰其爲
悲? 嗟乎爾魔, 爾形何乎, 歷誤幾人.

又鍾於吾, 自汝之來, 萬狀崎嶇, 怳然如忘, 戇然如愚,
如癡如瞶, 形熱跡拘, 不知飽渴之逼體, 不覺寒暑之侵膚.
婢怠莫詰, 奴頑罔圖, 園翳不薙, 屋庸不扶. 窮鬼之來, 亦
汝之呼, 傲貴凌富, 放與慢俱, 言高不遜, 面强不媮, 着色
易感, 當酒益鱸, 是實汝使, 豈予心歟? 狺狺吠怪, 寔繁
有徒, 我故疾汝, 且呪且驅. 汝不速遁, 搜汝以誅.

是夕, 疲臥而枕上騷, 窣然有聲, 若色袖文裳而煌煌者,
卽而告余曰: "甚矣, 子之訧我也斥我也! 何疾我之如斯?
我雖魔之微, 亦上帝所知. 始汝之生, 帝遣我以隨, 汝孩
而赤, 亦潛宅而不離, 汝童而丱, 竊竊以窺, 汝壯而幘, 騫
騫以追. 雄子以氣, 餙子以辭, 場屋較藝, 連年中之, 欻天
動地, 名聲四飛, 列侯貴戚, 聳望風姿. 是則我之輔汝不
薄, 天之豊汝不貲. 惟口之出, 惟身之持, 惟色之適, 惟酒
之歸, 是各有使, 非吾所尸, 子胡不愼, 以狂以癡? 實子之

咎, 非予之疵." 居士於是, 是今非昨, 局縮忸怩, 罄折以

拜, 迎之爲師.

축시마 逐詩魔
—시마를 몰아내다

최연, 『간재집』

오라, 이 마귀야. 너는 어찌 스스로 모습을 드러내지 않고 깊은 곳에 숨고 희미한 곳에 어그러져 사람에게 붙어서 그 신령함을 좀먹고 파괴하느냐? 의격(意格)으로 골수(骨髓)를 삼고 물상(物象)으로 가슴을 삼고 성률(聲律)로 아홉 구멍을 삼고 체재(體裁)로 정기(精氣)를 삼아서 힘은 파협(巴峽)을 거꾸러뜨릴 만하고 혀는 제성(齊城)을 말아버릴 만하다. 내 면목을 미워하고 내 성정을 고달프게 하여 늙지도 않았는데 백발이 되게 하고 또한 세상과 어긋나게 만드는구나. 이제

네 죄를 헤아리려 하니 머리카락을 다 뽑아도 헤아릴 수가 없구나.

하늘은 밝고 땅은 어두운 것을 음과 양이라고 한다. 귀(鬼)는 돌아가고 신(神)은 펴지니 모이면서도 펼쳐진다. 그런데 간혹 어그러진 것에 괴이한 것이 붙어 허탄하고 망령된 것에서 요사스러운 것을 나오게 한다. 물과 돌에 있는 것을 용망상(龍罔象)이라 하고 산과 나무에 있는 것을 기망량(夔魍魎)이라 한다. 불에는 무기(無忌)가 있고 땅에는 분양(墳羊)이 있다. 어떤 것은 집에 서 있고 어떤 것은 들보에서 휘파람 소리를 낸다. 이들은 모두 사물에 가탁하고 형체를 빌려 술법을 행한다. 아! 유독 너 마귀는 사물에 의지하지 않고 어찌 사람에게 붙어서 도리어 사람을 해치느냐? 너는 귀신에서는 미미한 존재지만 네가 하는 말은 너무나도 크다. 옛날 혼돈(混沌)이 아직 아홉 개의 구멍으로 나뉘지 않았을 때에는 풍속이 질박하고 인정이 두터웠으며 소박하고 간략하여 무늬가 없었다. 제가 빌미를 만든 이후로 어지러이 뒤섞이더니 도끼를 잡고 희롱하여 재빠르게 휘둘러 어지럽게 만들었다.

생각은 콸콸 솟는 샘과 같고 태도는 봄날의 구름과 같다.

갈고리를 깊숙이 넣어 숨은 것을 뽑아내고 꽃부리를 주우며 향기를 토해낸다. 열매 맺지 못하는 꽃으로 사람의 눈을 현요케 하고 기름을 아로새기며 얼음을 새긴 것으로 공(功)을 덜고 세월을 소비케 한다. 진원(眞元)을 소멸시키며 태소(太素)를 깎아버린다. 그 허물이 어디에 있는가, 이 마귀에게 맡겨진 일이기 때문이다.

정(精)은 팔극(八極)을 달리고 신(神)은 만인(萬仞)에 노닌다. 좀먹은 죽간을 엿보면서 위협하여 도적질하고 육예(六藝)의 꽃다운 윤기를 씹으니 찾고 파헤쳐서 바다는 말라버릴 듯하고 샅샅이 찾아내니 하늘도 응당 고민하리라. 처음에는 마구 재재거리는 데서 머뭇거려 마치 가을벌레가 소리를 뱉는 것 같더니 끝내는 휘두르는 붓 속을 떠돌아다니게 되었다. 하물며 풍우가 급박하게 몰아치면서 우주를 가두어버리고 날짐승과 길짐승을 삼켜버림에랴! 황(黃)을 뽑아 백(白)에 짝하여 대구를 맞추고 마음을 비단 삼아 입으로 수놓는 듯 아름다운 글을 토해낸다. 글자를 단련하고 구절을 쪼며 험함을 다투고 기이함을 다툰다. 일생의 마음을 토해내면서 몇 가닥 머리카락을 손으로 비벼 끊어버린다. 정미(精微)하면 자연의 기운을 꿰뚫고 동탕(動盪)하면 벽력을 재촉한다.

누가 그렇게 시키는가, 이 마귀, 너의 책임이다.

평두(平頭)[2] 상미(上尾)[3]의 기이한 시체(詩體), 빼어난 구절로 이어져 있는 뛰어난 시격(詩格), 쌍성과 첩운,[4] 육미[5]와 삼투[6] 등 많은 갈림길이 이어져 펼쳐져 있고 원류와 지류가 넓게 흐른다. 짧은 시에서 갑자기 막히고 긴 시편에서는 음절이 더욱 급하게 되니 은미하게 적을 격파하고 처량하게 번성한 연주를 한다. 학슬(鶴膝)[7]과 봉요(蜂腰)[8]를 분분히 사용하고 괴이한 것을 일부러 드러내어 마치 깊은 의미가 있는 것처럼 꾸미니 수많은 모습의 사물들이 온갖 변화를 펼친다. 깊이 침잠한 글은 노니는 물고기가 낚싯바늘을 문 것 같고 화려한 글은 날아가는 새가 화살을 맞은 듯하다. 악부의 새로운 소리와 이원(梨園)의 법식에 맞는 곡조로 임금의 마음을 뒤흔들고 나라를 망하게 한다. 내가 그 이유를 탐구해보니 너 마귀 탓이었다.

글은 명달(命達)을 싫어하여 곤궁함과 더불어 모의하여 목구멍을 굴려 금기를 건드리게 하고 드높이 소리를 울려 화근을 불러일으킨다. 일이 바야흐로 정리되어가는데 비방이 일어나게 하고, 덕이 장차 높아지려는데 훼손됨이 따르게 하며, 움직이면 문득 헛디뎌 넘어지게 하고, 관직에 나아가면 능지(凌遲)를 당하게 한다. 반과산(飯顆山)의 수척한 늙은 이 두보는 오래도록 억울함을 품고 있었고, 농서광객(隴西狂客) 이백은 오래도록 배척당하는 재난을 맞았다. 맹교(孟郊)는 협률관(協律官)으로 끝났고 장적(張籍)은 태상시대축(太常寺大祝)으로 늙었다. 유우석은 복숭아를 심고 친구와 감상하면서 지은 시 때문에 쫓겨났고 백거이는 신정(新井) 시를 지은 것 때문에 좌천당했다. 학에 대한 시를 써서 왕(王)은 조짐을 드러냈고 회나무를 읊어서 소(蘇)는 액을 만났다. 그 허물은 다른 데 있는 것이 아니라 오직 네가 그렇게 시킨 것이다. 너로 인해 곤궁함에 이른 것이 진실로 여기에 그치는 것이 아니니 분분한 나머지 사람들은 이루 다 기록하기 어렵다.

지금 너는 뉘우치지 않고 또 나에게 와서 붙어 나를 도적놈으로 만들어 뼈를 녹이고 살갗을 벗긴다. 네가 나에게 온 후로 술 취한 듯 바보가 된 듯 신음하고 처량하고 비통한 모습으로 병든 사내가 되어버렸다. 장차 너를 떠나서 남은 생애를 즐겁고 편안하게 보내려 한다. 그런데 너를 버리고 언덕으로 올라가면 너는 나를 따라와서 함께 노닐고, 너를 버리고 바다로 들어가면 다시 나를 찾아온다. 사물을 만나고 눈에 들어오는 것이라면 많은 것을 끝없이 갖고 온다. 나의 총명함을 빼앗고 나의 눈과 귀를 현혹한다. 머리는 쑥대 같아도 빗질을 하지 않게 하고 마음이 더러워도 다스리지 않게 한다. 성글고 게을러서 온갖 논의를 불러들이고 교만해서 잘못을 저지르는 데 이른다. 명예로운 일에는 사람들보다 뒤에 처하고 책임질 일에는 남보다 먼저 나선다. 나를 배고프게 하고 나를 춥게 만들었으니, 이 또한 네가 그렇게 한 것이다.

아! 이 마귀야. 어찌 그 뜻을 멋대로 하느냐. 비록 긴 회충이 심장에 붙고 짧은 촌백충(요충)이 위장에 구멍을 냈다 하더라도 바야흐로 너에게 가려 하니 네 죄가 이에 지극하도다. 하늘이 총명하여 아래에 임하여 밝게 빛나니 악을 없애고 사특함을 제거하려고 하늘의 그물이 빙 둘러쳐 있다. 지금 만약 징계하지 않는다면 내가 장차 정배(定配)를 보내겠노라. 하늘이 이에 진노하여 너희 무리를 영원히 진멸할 것이니 네가 비록 지혜를 춤추고 교묘함을 드려도 네 죽음을 구하지 못할 것이다. 또한 장차 강궁(强弓)을 잡아 독화살을 당겨 너를 찾아 죽여서 사지를 가르고 살을 갈기갈기 찢을 것이니 지금 빨리 가지 않는다면 후회가 막급일 것이다. 바다의 한 귀퉁이와 하늘의 가장자리가 너의 즐길 곳이요, 거처할 곳이니 다시는 (이곳에) 머무르지 말고 머뭇거리지도 말아라. 일진이 좋으니 어서 떠나라. 율령(律令)을 받은 것처럼 급히 서둘러라.

來, 爾魔. 汝曷不自形其形, 陰幽詭仄而着於人, 蠹壞厥靈? 以意格爲髓, 以物象爲胸, 以聲律爲竅, 以體裁爲精, 力可以倒巴峽, 舌可以卷齊城, 憎我面目, 慮我性情, 使我未老而髮華, 又與世而齟齬. 今欲數汝之罪, 雖擢髮猶難擧.

天明地幽, 日陰與陽, 鬼歸神伸, 翕欻開張, 其或有騁怪於乖鼇, 發妖於誕妄, 在水石者曰龍岡象, 在山木者曰夔魍魎, 火有無忌, 土有羵羊, 或立於堂, 或嘯於梁, 皆假於物, 憑形逞術, 嗟獨爾魔, 不倚于物, 胡寓諸人, 反爲人害, 其在鬼也雖微, 其爲言則甚大, 日昔混沌, 九竅未分, 俗質風淳, 樸略無文, 自爾作祟, 泯泯棼棼, 弄斤操斧, 揮霍紛紜.

思若湧泉, 態若春雲, 鉤深抽隱, 掇英吐芬, 浮花浪蘂,衒耀人目, 雕膏鏤氷, 損功費日, 澌薄眞元, 斲鐫太素, 厥咎安在? 職爾魔故.

精騖八極, 神遊萬仞. 窺蠹簡以勦盜, 咀六藝之芳潤, 探剔而海欲枯, 探覓而天應悶. 始躑躅於噪吻, 若秋蟲之吐聲, 終流離於揮翰, 況風雨之驟驚, 牢籠宇宙, 噏嘶飛走! 抽黃對白, 錦心繡口, 鍊字琢句, 鬪險競奇. 嘔出一生心, 撚斷數莖髮. 精微則貫溟涬, 動盪則摧霹靂. 孰使之然? 爾魔是責.

平頭上尾之異體, 連珠合璧之殊格, 雙聲疊韻, 六迷三偷, 岐路絡布, 源波旁流, 乍蹉踔於短韻, 轉道緊於長篇, 隱如破敵, 悽若繁絃, 紛紛鶴膝蜂腰, 怪怪神頭鬼面, 千彙萬狀, 轉換百變, 沈辭若游魚銜鉤, 浮藻似翰鳥縹繳, 樂府之新聲, 梨園之法曲, 蕩君之心, 亡人之國. 我究其由, 爾魔是尤.

文憎命達, 與窮爲謀, 轉喉觸諱, 鼓簧禍機, 事方修而謗興, 德將高而毁隨, 動輒跌躓, 進官凌遲, 飯山瘦生, 長抱幽抑, 隴西狂客, 久罹擯斥, 郊終協律, 籍老大祝, 劉因種桃而出, 白坐新井而謫, 題鶴而王有讖, 詠檜而蘇遘阨, 咎不在他, 惟爾所使, 因汝致窮, 固不止此, 紛紛餘子, 有難悉記.

今汝不悔, 又來寓吾. 作我蟊賊, 鑠骨剝膚. 自從爾來, 如醉如愚, 呻吟悽楚, 作一病夫. 逝將去汝, 卒歲優遊, 舍爾陟岡, 爾從我遊, 舍爾入海, 爾復我求. 遇物騁矚, 多取無已. 奪我聰明, 眩我視聽, 頭蓬不梳, 心穢莫理, 疏慵招議, 驕傲致愆, 譽居衆後, 責在人先, 飢我寒我, 亦爾致然.

嗟呼爾魔, 胡肆其志, 雖脩蛑着心而短蟯穴胃, 方之於汝, 爾罪斯極, 皇亶聰明, 臨下有赫, 除惡去慝, 天羅磕帀, 今若不懲, 吾將投畀, 皇斯震怒, 永殄爾類, 汝雖舞智逞巧, 不救汝死, 又將操強弓引毒矢, 搜汝殺汝, 支分肉磔, 今不亟逝, 悔不可及, 海之角兮天之裔, 彼樂所兮汝所處, 勿復留兮毋濡滯, 日之良兮今速去, 急急如律令.

송홍목이윤경수광서 送洪牧李潤卿睟光序

―홍주목사 이윤경 수광을 보내는 글

유몽인, 『어우집』

시에는 귀신이 있는데 이름을 마(魔)라고 한다. 그 성질은 근
심, 가난, 곤궁, 질병, 여행 등을 좋아하고, 화려하고 부귀를
누리며, 자신만만하여 득의에 찬 사람은 좋아하지 않는다.
산에서는 기(夔)라는 도깨비와 일을 꾸미고, 들에서는 신(莘)
이라는 도깨비와 일을 꾸미며, 교외에서는 야중(野仲)과 일
을 꾸미고, 물에서는 하백(河伯), 해약(海若), 풍이(馮夷) 등과
일을 꾸미며, 못에 들어서는 위사(委蛇), 방량(方良) 등과 일
을 꾸미며, 밭에서는 경보(耕父)와 일을 꾸미고, 목석(木石)

에 붙은 귀신 망상(罔象)과도 일을 꾸미고, 울의(鬱儀)와 결린(結鄰)과 일을 꾸미기도 하며, 천신 및 지신과도 일을 꾸민다. 사물을 보고 접촉할 때 언제나 비슷한 것을 미루어 일을 꾸미는 것이다. 사람의 간을 끄집어내고 사람의 창자를 뽑아내며 사람의 정령(精靈)을 사냥함으로써 언어와 문장 구절을 구하고, 뭇사람들을 이기고 적들과 삐걱거리기에 힘씀으로써 원숭이같이 교활한 것을 즐거워한다. 또한 그 마음은 시기와 의심이 많아서 반드시 사람들로 하여금 기름진 것을 배척하고 척박한 것을 위하게 만들며 형통하여 뚫린 곳을 사양하고 굽이지고 낮은 곳으로 나아가게 한다. 좋은 일이 찾아오면 교묘하게도 그것을 막아서 훼손하고 해를 끼치고서야 그만둔다.

나의 친구 홍주공(洪州公, 이수광李睟光을 가리킨다)은 시를 몹시 사랑하여 밤낮으로 음송하면서 손수 고시 100여 편을 썼다. 사물을 만나기만 하면 반드시 시를 써서 천여 축(軸)이나 되었다. 그의 시는 평담(平淡)하고 우아하며 잘 다듬어져 있어서 거의 성당(盛唐) 시기의 작품들과 맞먹는 정도였으니 시에서는 깊은 수준이라 말할 수 있겠다. 그런데 그는 일찍부터 과거에 올라 청현직을 역임하여 선비들의 기대를 모으는 사람이 되었고, 20년이 지나도록 한 번도 넘어지는 일이 없었다. 알지 못하겠구나, 시마가 옛사람들에게만 편벽되게 빌미를 끼치고 유독 홍주공에게는 도움을 주었다는 것인가? 어떤 사람들이 말하듯 홍주공의 시가 아직 정묘한 경지에 이르지 않았기 때문에 시마가 시기하고 의심하는 힘을 드러내지 않았기 때문일까?

근래에 홍주공은 이조를 그만두고 옥당으로 떠났는데, 사간원이나 사헌부 부근에는 거처하지 않고 3, 4년간 함경도부터 충청도에 이르기까지 여러 고을의 수령을 역임했다. 그 이후에야 시의 과업이 거의 성장했던 것이다. 이는 필시 홍주공의 시가 전에는 그 공이 아직 다다르지 않았지만 지금은 이미 다다른 것이리라. 그러므로 시마가 괴이함을 자랑하면서 일을 막아서서 이에 그 모책을 행할 터이니, 아! 두려워할 만하도다.

일찍이 들으니 세상사에 능통한 자들은 자못 시마를 물리치는 방법을 안다고 한다. 어떤 것일까?

가장 좋은 계책은 책을 묶어 다락에 올려놓고 그 원고를 지워버리고 말을 닫아버리고 마음속의 생각이 밖으로 드러나지 않게 하여 평범한 사람처럼 흐리멍덩하게 지내는 것이다. 그다음은 사람들의 이야기를 듣다가 오래된 책에 미치면 얼른 먼저 일어나고, 사람들이 옛사람의 작품을 읽는 것을 보면 얼른 하품을 하면서 앉아서 조는 것이다. 집에 책이 있으면 안석 위에 두고 느긋하게 그것을 베고 누워서 여유롭고 편안하게 지내면서 세월을 보내는 것이다. 그다음은 우리나라의 문장을 익히 외워서 날마다 나라의 법률이나 읽으며 공문서의 문장을 거칠게나마 아는 것이며, 또한 친구들에게 토막글을 써서 하인들이 전하기에 장애가 되지 않도록 함으로써 공사간(公私間)에 두루 쓰일 수 있게 하는 것이다. 그다음은 술과 음식을 힘써 마련하고 사람들을 부지런히 초청하여 뛰어난 사람들을 잘 다스려 날마다 권문세가에서 농담이나 하고 자신과 같은 사람들을 보면 큰소리로 허풍이나 떨며 자기와 다른 사람을 보면 선하든 악하든 모두 오랑캐처럼 배척하는 것이다.

진실로 이와 같이 하면 세상 사람들과 그 절조를 같이하여 적절하면서도 널리 응대하여 합치되지 않음이 없을 것이다. 짠맛이든 신맛이든, 굳세든 느긋하든, 느리든 빠르든 사람들이 하는 것을 한 번 들으면 어그러짐이 없게 되어 명예와 영리를 취하기를 물건 줍듯이 할 것이다. 그러니 누가 나를 막을 수 있겠는가.

　나는 바야흐로 시마를 만나서 고황(膏肓)에 깊이 들어 심한 독에 젖었는데, 이것이 오래되어 마침내 그만둘 수 없게 되었다. 이제 홍주공이 나를 꾸짖지 않는 것을 보니 시마와 일을 꾸며 날마다 더욱 돈독한 사이가 되었다. 그러므로 해를 이어 연달아 이런 행차를 하고 있다. 나는 홍주공이 시마를 물리치게 하려고 처방을 펼쳐서 준다. 아! 자신 스스로는 물리치지 못하고 다른 사람이 그것을 물리치고자 하니 자신의 말도 실천하지 못하고 있구나!

　詩有鬼名魔. 其性喜憂悴貧寠困窮疾羈旅, 不樂紛華富貴志滿意得之人. 在山與夔謀, 在原與崒謀, 在郊與野仲謀, 見水與河伯海若馮夷謀, 入澤與委蛇方良謀, 謀於田之耕父, 謀於木石之罔象, 謀於日月之鬱儀結鄰, 謀於天之神地之祇, 其見物觸事, 常推類而謀之. 鉤人肝擢人腸, 蒐獼人精靈, 以求工語言章句, 而務勝衆軋敵, 以中其狙喜. 又其心多忌貳, 必使其人斥膏取瘠, 辭亨徹卽陬卑. 有好事至, 巧能障礙戕毀之乃已.

吾友洪州公愛詩酷, 晝誦夜吟, 手寫古詩百許篇, 遇事必起藁, 積千餘軸. 其詩平雅鍛鍊, 殆與盛唐諧聲, 其於詩可謂深矣. 然而早登籍就顯列, 爲淸時望流, 過二十年未嘗蹶一蹄, 未知詩之魔偏祟乎古之人, 而獨祐於洪州公耶? 或者洪州公之詩, 未臻其妙, 而魔未逞忌貳之力耶?

近觀洪州公舍吏部去玉堂, 薄薇垣烏臺不居, 繇嶺北指湖西. 比三四載宰州府, 而後乃今詩之課殆將屋其籌矣, 是必洪州公向也詩之功未到, 而今已到也, 故魔之衒怪障事, 乃能售其謀, 吁其可畏哉.

嘗聞世之解事者, 頗識却魔之方, 何者?

太上, 束其書, 墨其藁, 噤其辭, 肚裏不形外, 混混如恒人. 其次, 聞座中譚及古書, 輒先起, 視人讀前人諸作, 輒欠伸坐睡. 家有冊子, 置几上, 弛然枕而臥, 優遊偃仰以度年. 其次, 慣誦東方文, 日講國朝三尺, 粗通關節符移文字, 又令折簡牌字於親友, 臧獲無滯碍, 以取周用於公私. 其次, 辦酒食, 勤造請, 御堅良, 日諛浪於高門懸簿. 見同者以氣吹噓之, 其異己也無淑慝擯之如蠻狄.

允若兹, 與世同其節, 適泛應而無不合. 醎也酸也堅也緩也緩也釺也, 一聽衆人之爲而無拂戾, 其取勳名榮利也猶掇之也. 夫孰能捍我哉?

　余方遘是魔, 嬰于膏肓牢甚毒, 是久矣而卒不能已. 今見洪州公不懲我, 謀於魔日益篤, 故連歲有是行. 余欲公却之, 陳其方以貽之. 吁! 不自却, 欲人之却之. 其不踐言也夫!

주

1부 시귀의 세계

1) 『백운소설』이 이규보가 쓴 책인가 하는 점은 논란거리다. 전해지는 『백운소설』은 17세기의 문인 홍만종이 편찬한 『시화총림詩話叢林』에 등서(謄書)된 것이 가장 오래된 것이다. 전해지는 방대한 분량의 이규보의 문집 『동국이상국집東國李相國集』의 내용과 『시화총림』의 『백운소설』 내용을 비교해보면 그 차이를 알 수 있다. 많은 부분은 이규보의 문집에서 시와 관련된 글을 편집하여 필사한 것인데, 김부식과 정지상에 대한 기록은 문집에서는 찾아볼 수 없다. 『백운소설』은 여러 가지 사정 때문에 이규보가 직접 저술한 것이 아니라 후대의 인물이 편집한 것이라고 추정되며 이규보의 저작이 아니라고 여겨지기도 한다.

2) "雷聲隱士鐘"에서 '士'는 '寺'로 바꾸는 것이 훨씬 설득력 있다. 그러면 번역도 '산속에 숨어 있는 절에서 울리는 종소리처럼 우렛소리 울린다'로 바뀌어야 한다. 은거해 있는 선비에게 무슨 종소리가 울려 나오겠는가.

3) '李廷龜'는 이정구로도 읽는다. 여기서는 한국고전번역원의 표기에 따라 이정귀로 쓴다.

4) 예언의 사회적 기능 문제와 관련한 논의로는 로버트 R. 윌슨, 최종진 옮김, 『고대 이스라엘의 예언과 사회』, 예찬사, 1991을 참조하기 바란다. 또한 중국과 기독교의 예언가를 비교한 것으로는 H. H. 로울리, 나채운 옮김, 『고대 중국과 이스라엘의 예언과 종교』, 성지출판사, 1991을 참조하라.

5) 조선 사대부들의 귀신관에 대해서는 김현, 「귀신 : 자연철학에서 추구한 종교성」, 『조선 유학의 개념들』, 예문서원, 2002를 참조하기 바란다. 유학자들의 귀신관은 이 글을 참고했다.

6) 주희, 「귀신」, 『주자어류朱子語類』 권3 ; 김현, 앞의 글, 101~102쪽에서 재인용.

7) 나흠순의 귀신론에 관한 글은 『곤지기困知記』 권상(卷上) 33칙(則)을 참조했다. 여기서의 논의는 이 부분을 요약한 것이다.

8) 시참을 기 문학론과 연관지어 논의한 글로는 정운채, 「한시의 예언적인 힘의 원천과 기의 성격」이 있다.

9) 안응세(安應世)의 자이다. 호는 월창(月窓), 구로주인(鷗鷺主人). 조선 초기의 문인으로 특히 악부에 능했다.

10) 공자, 「술이述而」, 『논어論語』. "甚矣, 吾衰也. 久矣, 吾不復夢見周公."

11) 구수훈, 『이순록二旬錄』. "盤根露地蛇當徑, 怪石蹲溪虎出林."

12) 동황은 동황태일(東皇太一)이라는 천신(天神)의 이름이고, 팔폐는 여덟 마리의 사나운 짐승으로 임금을 보좌할 신하를 뜻한다.

13) 허균, 「속몽시」, 『성소부부고惺所覆瓿藁』 권2, 1-210~211쪽.

14) 짧은 편지를 뜻한다. 명나라 후기에 접어들면서 문인들에 의해 짧은 편지의 아름다움이 발견되었다. 그들은 짧고 간결한 글에 깊고 유원한 정감을 담는 척독 나름의 문예적 아름다움을 구현했다. 허균도 그런 경향을 깊이 받아들여 뛰어난 척독 작품을 남겼다. 이에 대해서는 필자의 논문 「조선 중기 고문의 소품문적 성향과 허균의 척독」(『민족문화연구』 제35집, 고려대학교 민족문화연구원, 2001)에서 자세히 다루었다.

2부 시마, 떠도는 시적 사유의 힘

1) 김현룡, 『한국문헌설화』, 2000, 371쪽 참조. 이 밖에도 귀신 문제를 일종의 정신병으로 취급하면서 동양의 광기를 의학적 입장에서 분석한 책으로는 오다 스스무, 김은주 옮김, 『동양의 광기』(다빈치, 2002)가 흥미롭다.

2) 백거이, 「여원구서與元九書」. "故自八九年來, 與足下小通則以詩相戒, 小窮則以詩相勉, 索居則以詩相慰, 同處則以詩相娛. 知吾罪

吾, 率以詩也. 如今年春遊城南時, 與足下馬上相戲, 因各誦新豔小律, 不雜他篇, 自皇子陂歸昭國里, 迭吟遞唱, 不絶聲者二十里餘. 樊李在旁, 無所措口. 知我者以爲詩仙, 不知我者以爲詩魔. 何則? 勞心靈, 役聲氣, 連朝接夕, 不自知其苦, 非魔而何? 偶同人當美景, 或花時宴罷, 或月夜酒酣, 一詠一吟, 不知老之將至. 雖驂鸞鶴遊蓬瀛者之適, 無以加於此焉. 又非仙而何? 微之微之! 此吾所以與足下外形骸脫踪跡, 傲軒鼎輕人寰者, 又以此也."

3) 엄우, 『창랑시화』. "學詩者, 當以漢魏晋盛唐爲師, 不作開元天寶以下人物, 若自退屈, 卽有下劣詩魔, 入其肺腑之間."

4) 중국의 한시는 한나라 때 악부와 고시(古詩)를 발전시켰고, 그것을 이어서 위진(魏晉) 시대에 오언시와 칠언시의 형태를 구체화시켰으며, 성당(盛唐) 시기에 꽃을 피웠다. 조선시대 지식인들은 송나라 이후의 한시는 품격이 떨어진다 생각했으므로 한위성당이라 함은 그들이 생각했던 작시의 기준을 가리키는 단어다.

5) 최숙정, 「주면晝眠」, 『소요재집逍遙齋集』 권1, 13~18쪽.

6) 이이, 「최시우」, 『율곡전서栗谷全書』 권1, 성균관대 대동문화연구원 영인본 1권, 1982, 15쪽.

7) 이승소, 「강루 – 이수중江樓 – 二首中(其一)」, 『삼탄집三灘集』 권3 ; 『한국문집총간』 11, 민족문화추진회 영인본, 403쪽. "西山漠漠催詩雨"

8) 김득신, 『종남총지終南叢志』 ; 정민 · 이종은 엮음, 『한국역대시화유편』, 393쪽. "李唐諸子, 作詩用盡一生心力, 故能名世傳後. 如 「吟安數箇字, 撚斷幾莖髭?」 「吟成五字句, 用破一生心」 「兩句三年得, 一吟雙淚流」 「欲識吟詩苦, 秋霜若在心」, 又 「夜吟曉不休, 苦吟鬼神愁. 如何不自閑, 心與身爲仇?」 之類, 是也. 余亦有此癖, 欲捨未能, 戲吟一絶曰 : 「爲人性癖最耽詩, 詩到吟時下字疑. 終至不疑方快意, 一生辛苦有誰知?」. 噫! 唯知者可與話此境. 今人以淺學, 率甫成章, 便欲作驚人語, 不亦疎哉!"

9) 성간, 「수청보酬淸甫」, 『진일유고眞逸遺藁』 권1 ; 『한국문집총간』 12,

민족문화추진회 영인본, 179쪽. "從今莫作吟詩苦, 一度吟詩瘦一分."

10) 서거정, 「시성자소」, 『사가시집四佳詩集』 권29 ; 『한국문집총간』 10, 490쪽. "居正在閑寂中, 病中不能吟, 又不讀書, 終日端坐獨吟, 但諷於口而已, 不書于紙者亦太半. 一日所著, 或三四首, 或六七首, 或踰十首, 非技癢也, 非此, 莫能消遣. 且詩造次, 不假雕飾, 知不可以傳後, 雖有一二句可以傳後, 無賢子孫堪爲堂構, 終爲瓿醬, 必矣. 知其爲瓿醬, 而亦不廢吟, 嗚呼, 可悲也哉!"

11) 서거정, 『사가시집』 권31 ; 『한국문집총간』 11, 25쪽. "近者日復沈醉, 每讀君詩, 醒然不知倦也. 忘其老拙, 輒步韻以求斤正. 此詩强韻, 已滿二十首, 不亦有技癢者乎? 然莫非縞帶兼金之深意也. 寄蕃仲丈二首."

12) 서거정, 「서졸고후書拙藁後」, 『사가시집』 권52 ; 『한국문집총간』 11, 135쪽. "僕少有詩癖, 凡懽娛悲感, 寓目屬耳, 一於詩發之. 有書于藁者, 有不書者, 不知其幾. 今搜閱舊藁, 已萬有千首. 猶不廢日課, 誰知不切於詩, 無益於後, 亦不自已, 癖之甚, 一至於此, 嗚呼悲哉!"

13) 앞의 책. "刪後無詩繼亦難, 何人今古擅詞壇. 杜陵名續風騷後, 李白才高天壤間. 陸海潘江皆婢膝, 郊寒島瘦亦兒顏. 我今萬首將何用, 畢竟誰家覆醬看."

14) 서거정, 「서회敍懷」, 『사가시집』 권51 ; 『한국문집총간』 11, 114쪽. "深知無術制詩魔."

15) R. L. 브렛, 심명호 옮김, 『공상과 상상력』, 서울대출판부, 1987, 26쪽에서 재인용.

16) 서거정, 「이병」, 『사가시집』 권2, 10-245.

17) 악속(握粟) : 곡식을 쥐고 복채로 삼아 앞일을 점쳐보다. 「소아小雅」, 『시경詩經』에 다음과 같은 구절이 있다. "곡식 한줌 내어 점쳐 묻기를, 어떻게 하면 잘될 수 있을까 알아보네(握粟出卜, 自何能穀)."

18) 이렇게 '벽(癖)'과 '마(魔)'를 같은 반열에 놓고 취급하는 예에는 임억

령의 시를 들 수 있다. "愛酒今成癖, 耽詩亦有魔. 淸風元不黨, 明月本無阿."(임억령, 「추회秋懷」, 『석천집石川集』, 여강출판사 영인, 1989, 144쪽.)

19) 문도인 찬, 원석공 평, 『벽전소사』 ; 오다 스스무, 앞의 책, 175~176쪽에서 재인용.

20) 이중, 「낙화落花」. "殘紅引動詩魔, 懷古牽情奈何."

21) 보우, 『허응당집虛應堂集』, 불교학연구회, 1974, 300쪽.

22) 김종직, 『점필재집佔畢齋集』 권5 ; 『한국문집총간』 12, 246쪽.

23) 서거정, 「우음偶吟」, 『사가시집』 권4 ; 『한국문집총간』 10, 290쪽. "詩魔工鑠骨, 愁緖巧紆腸."

24) 김극기, 「고원역高原驛」, 『동문선東文選』 권13. "詩魔觸處來相惱, 不待窮愁已辛苦."

25) 이이, 「경노혜연이시사지景魯惠硯以詩謝之」, 『율곡전서』 권1 ; 『한국문집총간』 45, 472쪽. "時時苦被風月惱, 覓句幾與詩魔戰."

26) 최승호, 「밤의 자라」, 『그로테스크』, 민음사, 1999, 9쪽.

27) 공자, 『논어』. "子不語怪力亂神."

28) 韓愈, 「原鬼」, 『韓愈全集』 文集 卷1, 上海古籍出版社, 1997, 124~125쪽. "有形而無聲者, 物有之矣, 土石是也 ; 有聲而無形者, 物有之矣, 風霆是也 ; 有聲與形者, 物有之矣, 人獸是也, 無聲與形者, 物有之矣, 鬼神是也."

29) 韓愈, 「送窮文」, 『韓愈全集』 文集 卷8, 上海古籍出版社, 317쪽. "其一名曰智窮, 矯矯亢亢, 惡圓喜方, 羞爲姦欺, 不忍害傷, 其次名曰學窮, 傲數與名, 摘抉杳微, 高挹群言, 執神之機, 又其次曰文窮, 不專一能, 怪怪奇奇, 不可時施, 秪以自嬉, 又其次曰命窮, 影與形殊, 面醜心姸, 利居衆後, 責在人先, 又其次曰交窮, 磨肌戞骨, 吐出心肝, 企足以待, 寘我讐冤." 이 글에서 「송궁문」의 내용을 인용하거나 요약하는 경우 모두 이 문헌에 의거했다.

30) 揚雄, 費振剛 外 輯校, 「逐貧賦」, 『全漢賦』, 北京大學出版社,

1993, 211~212쪽. "酒池肉林."

31) 柳宗元, 『柳宗元集』 2, 中華書局, 2000, 487~490쪽.

32) 실시학사 고전문학연구회 역주, 『역주 이옥전집』 2, 소명출판, 2001, 183~187쪽.

33) 여기서 인용하는 이규보의 「구시마문」은 『동국이상국집』 권12 ; 『한국문집총간』 1, 498~499쪽에 실린 것에 의거한다. 이후 요약하거나 인용하는 것도 마찬가지다.

34) 조동일, 『한국문학사상사시론』, 지식산업사, 1982(3판), 77쪽 참조.

35) 권응인, 『송계만록松溪漫錄』 ; 이종은 · 정민, 『한국역대시화유편』, 아세아문화사, 1988, 483쪽. "崔宰相演甫, 文章富贍, 筆翰如流. 其挽仁廟詩云 : '三年短制心嫌漢, 五月居廬禮過膝' 用事切當."

36) 허균, 『학산초담』 ; 이종은 · 정민, 앞의 책, 622쪽. "江陵府古溟州之地也. 山水之麗, 甲于東方, 山川儲精, 異人間出 …… 沈漁村, 崔艮齋, 文章名世."

37) 이규보, 「구시마문」, 앞의 책, 498~499쪽.

38) 최연, 「축시마」, 『간재집』 권11 ; 『한국문집총간』 32, 민족문화추진위원회, 1991, 191~192쪽.

39) 정민, 「시마 이야기」, 『한시미학산책』, 솔, 1996, 203쪽.

40) 임춘, 「여조역락서與趙亦樂書」, 『서하집西河集』 권4 ; 『한국문집총간』 1. "故出而迺取時所謂場屋之文者讀之, 工則工矣, 非有所謂甚難者, 誠類俳優者之說."

41) 이규보, 「논시중미지약언論詩中微旨略言」, 『동국이상국집』 ; 『한국문집총간』 1. "夫詩以意爲主, 設意尤難, 綴辭次之. 意亦以氣爲主, 由氣之優劣, 乃有深淺耳. 然氣本乎天, 不可學得, 故氣之劣者, 以雕文爲工, 未嘗以意爲先也. 盖雕鏤其文, 丹靑其句, 信麗矣. 然中無含蓄深厚之意, 則初若可翫, 至再嚼, 則味已窮矣."

42) 이규보, 『동국이상국후집東國李相國後集』, 제1권

43) 이이, 「정언묘선서精言妙選序」, 앞의 책. "詩本性情, 非矯僞而成. 聲

音高下, 出於自然."

44) 이규보,「구시마문」, 앞의 책.

45) 최연,「축시마」, 앞의 책, 191쪽.

46) 이이,「증최입지서贈崔立之序」,『율곡집』2, 성균관대 대동문화연구
원 영인, 1982, 518~519쪽. "天地之間, 萬類之有聲者, 孰使之然乎?
草木之叢林也, 不動則其體無聲者也, 有風動之則有聲. 然則, 聲
於草木者, 風也. 金石之堅頑也, 不擊則其體亦無聲者也. 有物擊
之則有聲. 然則, 聲於金石者, 亦物也. 凡萬類之振振蠢蠢而有聲
者, 亦必有使之然也. 人之生于世也, 五臟具乎內, 百骸形於外, 其
本則豈有聲哉? 有氣積於內而發於外, 然後爲聲焉. 然則, 聲於人
者, 氣也. 聲之出, 亦非一也. 有無用之聲, 有有用之聲. 噴嚏鼻唾之
類, 人聲之無用者也; 咄嗟言笑之類, 人聲之有用者也. 有用之中,
亦有美聲·惡聲. 人聞其聲而好之, 則爲美聲; 惡之, 則爲惡聲. 美
聲之中, 亦有實聲·虛聲. 出於口而不著於文, 則爲虛聲; 出於口而
著於文, 則爲實聲. 實聲之中, 亦有正者·邪者·或似正而邪者·或
似邪而正者. 人之發其聲而好於人, 好於人而著於文, 著於文而合
於正者, 謂之善鳴, 善鳴之功, 厥有艱哉! 休壤崔立之, 幾於善鳴者
也. 其文章雖不大成, 其志則期乎正者也. 業之而不怠, 則何有於正
耶? 吾聞, 萬類之有聲者, 其體大則其聲亦大; 其體小則其聲亦小,
立之之聲, 大矣, 其體之大可知. 人之體者, 心也. 立之之心, 可謂大
矣. 吾又聞, 大觸之則聲之發也大; 小觸之則聲之發也小. 是故, 大
風之動草木也, 如掀天地, 及小風之來, 不過一搖而已. 金石之擊
也, 亦如是焉. 人之於聲也, 氣之大則大其聲而發之; 氣之小則小
其聲而發之. 立之之氣, 可謂大矣. 嗚呼! 草木之聲, 風使之也, 風
之爲風, 孰使之耶? 金石之擊于物也, 其亦孰使之耶? 人之有聲, 氣
使之也, 氣之爲氣, 孰使之耶? 氣之爲氣, 心使之也, 心之爲心, 孰
使之耶? 心之爲心, 天地使之也, 天地爲天地, 孰使之耶? 天地爲
天地, 無極太極使之也, 無極太極爲無極太極, 孰使之耶? 立之知

此, 則爲我辨之.”

47) 풍우, 김갑수 역, 『천인관계론』, 신지서원, 1993, 43쪽 참조.

48) 혜심, 「국사원적일國師圓寂日」.

49) 이황, 「유춘영야당游春詠野塘」, 『국역퇴계집』 Ⅱ, 민족문화추진회, 176쪽.

50) 고미숙, 「천기론의 ‘수사학적 배치’와 그 담론적 특이성」, 『민족문학 사연구』 제19집, 민족문학사학회, 2001, 156~157쪽 참조.

51) 「한록旱麓」 『시경』. “鳶飛戾天 魚躍于淵.”

52) 謝靈運, 「등지상루登池上樓」. “池塘生春草.”

53) 정도전, 「도은문집서陶隱文集序」, 『삼봉집三峰集』 권3; 『한국문집총 간』. “日月星辰, 天之文也, 山川草木, 地之文也, 詩書禮樂, 人之文 也.”

54) J. 하위징아, 김윤수 옮김, 『호모 루덴스』, 까치, 1981, 185쪽.

55) 이규보, 「구시마문」, 앞의 책.

56) 최연, 「축시마」, 앞의 책.

57) 최연, 「축시마」, 앞의 책.

58) 이규보, 「답전이지론문서答全履之論文書」, 『동국이상국집』; 『한국 문집총간』. “夫編集之漸增, 蓋欲有補於後學, 若皆相襲, 是沓本也, 徒耗費楮墨爲耳. 吾子所以貴新意者, 盖此也. 然古之詩人, 雖造意 特新也, 其語未不圓熟者, 盖力讀經史百家古聖賢之說, 未嘗不熏 鍊於心, 熟習於口, 及賦詠之際, 參會商酌, 左抽右取, 以相資用. 故詩與文, 雖不同, 其屬辭使字, 一也, 語豈不至圓熟耶? 僕則異於 是, 旣不熟於古聖賢之說, 又恥效古詩人之體, 如有不得已及倉卒 臨賦詠之際, 顧乾涸無可以費用, 則必特造新語. 故語多生澁, 可 笑. 古之詩人, 造意不造語, 僕則兼造語意, 無愧矣. 由是, 世之詩 人, 橫目而排之者衆矣, 何吾子獨過美若是之勤勤耶?”

59) 이규보, 「논시중미지약언」, 앞의 책. “詩有九不宜體, 是予所深思而 自得之者也. 一篇內多用古人之名, 是載鬼盈車體也; 攘取古人之

意, 善盜猶不可, 盜亦不善, 是拙盜易擒體也; 押强韻無根據處, 是
挽弩不勝體也; 不揆其才, 押韻過差, 是飮酒過量體也; 好用險字,
使人易惑, 是設坑導盲體也; 語未順而勉引用之, 是强人從己體也;
多用常語, 是村夫會談體也; 好犯語忌, 是凌犯尊貴體也; 詞荒不
删, 是莨莠滿田體也. 能免此不宜體格, 而後可與言詩矣."

60) 임억령, 「추회–우추회–又」, 앞의 책, 144쪽.

61) 서거정, 「요도」, 『사가시집』 권30 ; 『한국문집총간』 11, 민족문화추진
회, 14쪽.

62) 김시습, 「역역役役」, 『매월당집梅月堂集』 시집 권14 ; 『한국문집총
간』, 민족문화추진회 영인, 307쪽.

63) 이것조차도 섹슈얼한 것 아니냐고 반문한다면 할말은 없다. 그러나
근대 이전이라는 점을 충분히 감안해야 한다. 물론 남성(또는 드물게
는 여성)의 이성 편력과 그 사이에 끼어 있는 성적인 측면을 정당화하
자는 것은 아니지만, 섹슈얼한 면은 당시의 풍류스러운 남녀지사(男女
之事)에는 늘 하나의 부분에 속했다는 점을 고려해야 한다. 그것을 포
함하여 이성과의 모든 교류를 통틀어서 색마가 지시하는 범주에 넣을
수 있다는 점을 말하려는 것이다.

64) 사림이나 산림에 대한 함의는 시대마다 서로 달랐지만 여기서는 벼
슬하지 않고 재야에서 학문 연구에 힘쓰는 선비를 포괄적으로 이른
것이다.

65) 이규보, 「구시마문」, 앞의 책.

66) 최연, 「축시마」, 앞의 책.

67) 이규보, 『백운소설』. "先輩有以文名世者七人, 自以爲一時豪俊, 遂
相與爲七賢, 盖慕晉之七賢也. 每相會, 飮酒賦詩, 傍若無人, 世多
譏之. 時余年方十九, 吳德全許爲忘年友, 每携詣其會. 其後德全
遊東都, 余復詣其會, 李淸卿目余曰 : '子之德全, 東遊不返, 子可輔
耶?' 余立應之曰 : '七賢, 豈朝廷官爵而輔其闕耶? 未聞嵇阮之後
有承者.' 闔坐皆大笑."

68) 이규보의 자세에서 비꼬는 듯한 말투를 느낄 수 있는 것은 이 일화 뒤에 따라오는 한 편의 시가 덧붙여질 때 더욱 명확해진다. 이규보가 지은 시는 다음과 같다. "영광스럽게도 대나무 아래 모임에 참여하여, 유쾌히 독 안의 술을 기울인다. 모르겠구나 칠현 가운데 누가 오얏 씨에 구멍 뚫은 사람인지(榮參竹下會, 快倒甕中春. 未識七賢內, 誰爲鑽核人)."(이규보, 「칠현설七賢說」, 『동국이상국집』 권21)

69) 구양수, 「매성유시집서」. "予聞世謂詩人少達而多窮, 夫豈然哉. 蓋世所傳詩者, 多出於古窮人之辭也. 凡士之蘊其所有, 而不得施於世者, 多喜自放於山巓水涯之外. 見蟲魚草木風雲鳥獸之狀類, 往往探其奇怪. 內有憂思感憤之鬱積, 其興於怨刺, 以道羈臣寡婦之所歎, 而寫人情之難言, 蓋愈窮則愈工. 然則非詩之能窮人, 殆窮者而後工也."

70) 이규보, 「구시마문」, 앞의 책, 498~499쪽.

71) 기, 신, 야중, 하백, 해약, 풍이, 위사, 방량, 경보, 망상 등은 모두 해당 물건이나 지역에 붙어서 사는 귀신 이름이다.

72) 울화(鬱華)라고도 하는데, 태양의 신을 말한다.

73) 결린(結璘)을 말하는 것으로 달의 신을 이른다.

74) 유몽인, 「송홍목이윤경수광서」, 『어우집於于集』 권3 ; 『한국문집총간』 63, 358쪽. "詩有鬼名魔. 其性喜憂悴貧憂困窮疾羈旅, 不樂紛華富貴志滿意得之人. 在山與虁謀, 在原與莘謀, 在郊與野仲謀, 見水與河伯海若馮夷謀, 入澤與委蛇方良謀, 謀於田之耕父, 謀於木石之罔象, 謀於日月之鬱儀結鄰, 謀於天之神地之祇, 其見物觸事, 常推類而謀之. 鉤人肝擢人腸, 蒐獮人精靈, 以求工語言章句, 而務勝衆軋敵, 以中其狙喜. 又其心多忌貳, 必使其人斥膏取瘠, 辭亨徹卽陬卑. 有好事至, 巧能障礙戕毁之乃已."

75) 구양수, 「매성유시집서」. "非詩之能窮人, 殆窮者而後工也."

76) 우응순, 「조선 중기 '궁이후공'론의 양상과 성격」, 『한국 문학과 유교 문화』, 아세아문화사, 1991, 304쪽.

77) 趙則誠 外 主編,『中國文學理論辭典』, 文史哲出版社, 1985,
615~616쪽 참조.

78) 강희맹,「영주일기서寧州日記序」,『사숙재집私淑齋集』권8,『한국문
집총간』12, 116쪽. "詩不可僞爲也. 發乎情而形於言, 形於言而美
惡斯著. 故人心所感, 類萬不同, 而其言之發, 亦與之無窮矣. 然好
詩罕出於富貴之中, 而多起於羈旅竄謫之餘, 古人所謂非詩能窮人,
窮人詩乃工者, 此也. (表從弟沈公貞源廣淵氏, 生長紈綺, 捿心淡泊, 詩
藻楷法, 高出等夷. 嘗以所作詩, 寄余鍼砭, 受而讀之, 則端麗豪邁, 然未
免爲膏粱所感.) 邇者, 出爲全羅水軍節度使, 以微譴謫寧州, 謫中逐
日賦詩, 成一藁來示余. 余觀下語甚工, 運意高妙, 雖老於文墨者,
亦無以過之, 何其得骨髓之易也? 豈非困窮怫鬱, 能竪公之志, 而
熟公之才歟? 益信古人窮人詩乃工之語矣."

79) 매성유의 시집이 널리 읽힌 사실에 대해서는 신숙주,「완릉매선생시
선서宛陵梅先生詩選序」를 참고하기 바란다.

80) 강희맹,「처궁설송구상사지관동處窮說送丘上舍之關東」,『사숙재집』
권9,『한국문집총간』12, 125쪽. "窮者何? 時命不達之謂窮, 遇事迍
邅之謂窮, 橫罹禍患之謂窮, 之三者, 世固不能無者, 人或遇之, 鮮
不爽其所存者矣."

81) 여기서의 공(工)은 궁이후공의 공과는 범위가 다르다. 여기서의 공은
수사적 표현 기법의 문제에 중점을 둔 것인 데 비해, 궁이후공의 공은
문학 작품의 전체적인 예술적 성취도의 문제를 가리키므로 이들은 구
별되어야 한다.

82) 이우,「허암유집서虛庵遺集序」,『송재선생집松齋先生集』권2 ;『한국
문집총간』17, 569쪽. "受而讀之, 其痛快英暢之妙, 視前所得, 不啻
相越, 豈非遷羈窮愁之久, 困窮拂菀, 有以激之耶? 古人之窮則詩
工, 政謂此也. 君凡三黜于外, 窮可知也, 而龍灣則極矣. 況與梅溪
詩老, 同州而謫, 朝夕與處, 薰陶蘁淬, 酬酢往復, 有所得而增益者,
亦豈少哉? 是以自得之學, 益以淵源之助, 發於窮愁之地, 其出而

爲言者, 不期工而自無不工也."

83) 김일손,「제권수헌송관동후題權睡軒送關東後」,『탁영집濯纓集』권1 ;『한국문집총간』17, 218쪽."夫詞章者, 特末矣. 然有道者, 必有言, 言之精而有感發乎人者爲詩, 則詞章亦非與道背馳者也."

84) 서거정,「쌍계재기雙溪齋記」,『사가문집』권2 ;『한국문집총간』11, 218쪽."所居之地不同, 則其所樂亦與之不同矣."

85) 서거정,「계정집서桂庭集序」,『사가문집』권6 ;『한국문집총간』11, 279쪽."詩言志, 志者, 心之所之也. 是以讀其詩, 可以知其人. 盖臺閣之詩, 氣象豪富, 草野之詩, 神氣淸淡, 禪道之詩, 神枯氣乏, 古之善觀詩者, 類於是乎分焉."

86) 강희맹,「영주일기서」, 앞의 책.

87) 우응순, 앞의 논문, 304~305쪽.

88) 김종직,『점필재문집佔畢齋文集』권1 ;『한국문집총간』12, 405~406 쪽."世謂'文章之興命, 不相爲謀, 故要妙之作, 多發於山林羇旅之中, 達者則氣滿志得, 雖欲工, 不可爲也'. 余則以爲不然. 窮者而後加工, 雖信有之, 然公侯貴人之能者, 亦豈少哉? 其器宇之宏, 而天分之高, 金章赤綬, 若固有之者, 出言而金石自諧, 觸思而風雲自隨, 其仁義之彌彀于中者, 自然泄之於詩而不容掩也. 又焉有氣滿志得, 若細人處富貴者之爲也哉? 是故穆如之頌, 非關於羇旅, 紅藥之詠, 不在於山林, 燕許擅聲華之宗, 韓范富風雅之製, 如是者代不乏人焉."

89) 채수,「사우정집기四雨亭集記」,『나재집懶齋集』권1 ;『한국문집총간』15, 374쪽."嘗聞古人論詩曰: '窮則工也', 此言恐不然也. 詩者, 發於性情, 而流出肺腑者, 豈必郊寒島瘦, 不堪窮餓, 而出於不平之鳴, 然後工哉?"

90) 성현,「월산대군시집서月山大君詩集序」,『허백당집문집虛白堂集文集』권6 ;『한국문집총간』14, 464쪽."凡人之爲學者, 孳孳屹屹, 勞心怵慮, 飽憂患而費工夫, 然後得發爲文, 雕琢務奇, 而其氣像未

免有淺近之病. 王公鉅人則不然. 居移氣而養移體, 所處高而所見
大, 不務學而自裕, 不鍊業而自精, 恢恢然有餘力, 而其功易就. 然
文章之名, 多出於窮困, 而不出於紈袴者, 非窮困之獨工而紈袴之
獨不能也, 汩於富貴繁華之樂而不可爲也."

91) 이래종, 「성현의 시론과 작품세계」, 고려대 석사논문, 1986, 13쪽.

92) 김성룡, 「여말선초 시운론의 문학관 연구」, 서울대 박사논문, 1993 참
조.

3부 시마, 새로운 세상을 꿈꾸다

1) 최연, 「축시마」, 앞의 책, 191~192쪽.

2) 공자, 「자로子路」, 『논어論語』, "君子和而不同, 小人同而不和."

3) "和者, 無乖戾之心 / 同者, 有阿比之意."

4) 피에르 부르디외, 문경자 옮김, 『혼돈을 일으키는 과학』, 솔, 1994,
129~130쪽 참조.

5) 언어의 오만성에 대한 이야기는 현대 작가들에게도 예외는 아니어서
언어의 오만함에 대한 작가의 투쟁은 중요한 이슈로 부각되기도 한다.
이 부분에 대해서는 박경리, 『문학을 지망하는 젊은이에게』, 현대문학,
1995, 41쪽을 참조하기 바란다.

6) 송욱, 『문학평전』, 일조각, 1984, 227~228쪽.

7) 정민, 『현대시학』, 1994, 8, 265쪽.

8) 이 부분에 대해서는 곽광수, 『바슐라르 연구』, 민음사, 1976, 25쪽을
참조하기 바란다.

9) 구불의체는 이규보가 「논시중미지약언」에서 말한 바 있는데, 이에 대
해서는 앞에서 이미 다룬 바 있다.

10) 이와 관련해 다음과 같은 구절은 몇 가지 시사점을 던져준다. "'접속'
은 탈코드화되고 탈영토화된 흐름이 서로를 활성화하고, 그들 공통의
탈주를 자극하며, 그 양자를 추가하고 가열하는 방식을 표시하는 반
면, 이 동일한 흐름의 '결속'은 오히려 그것들의 상대적인 정체를 뜻하

는 것이고, 탈주선을 봉인하고 틀어막으며 일반적 재영토화를 작동시
키며 다른 것들을 초코드화할 수 있는 것들 가운데 어느 하나의 지배
아래 흐름을 밀어 넣는다."(질 들뢰즈·펠릭스 가타리,『천의 고원』1, 221
~222쪽) 그런 점에서 보면 시마란 억압되고 영토화된 시문의 세계에
대해 끊임없이 탈영토화를 요구하는 분자적인 것이다.

11) 조선 전기의 독서론에 대해서는 김영,「한국의 독서문화에 대한 사적
개관」,『벽서 최승순 박사 화갑기념논문집』, 벽서최승순박사화갑기념
논문집편찬위원회, 1987, 75~78쪽 참조.

12) 물론 모든 문학 작품은 사회적 배경에서만 자유로운 것이라고도 할
수 있다. 그러나 여기서 말하고자 하는 것은 시인의 자유로운 감정 표
출이나 표현 욕구가 사회적 구속에 의해 의도적이고 인위적으로 규정
된다는 점에 더 큰 강조점을 두고자 하는 것이다.

13) 이에 대해서는 유약우, 이장우 옮김,『중국시학』, 명문당, 1994,
161~162쪽 참조.

14) 질 들뢰즈·펠릭스 가타리,『천의 고원』1, 수유연구실+연구공간 '너
머', 230쪽 참조.

15) 뚜 웨이밍, 권미숙 역,『한 젊은 유학자의 초상』, 통나무, 1994, 87쪽
참조.

16) 공자,「자로」, 앞의 책. "不得中行而與之, 必也狂狷乎! 狂者進取,
狷者有所不爲也."

17) 공자,『논어』, "狂者, 志極高而行不掩."

18) 김진수,『우리는 왜 지금 낭만주의를 이야기하는가』, 책세상, 2001,
95쪽.

19) 이 부분에 대해서는 이진경,『철학의 외부』, 그린비, 2002 참조.

20)「산월기」에 대한 내용은 모두 나카지마 아쓰시의 단편 네 편을 모아
번역한『역사 속에서 걸어 나온 사람들』(다섯수레, 1993)에 실려 있는
것을 이용했다.

21) 이것은 '동물되기'와 관련하여 흥미로운 생각을 만들 수 있다. 방향은

약간 다를지 모르지만 「산월기」와 관련하여 다음과 같은 이야기는 흥미를 자극할 만하다. "'동물되기'는 바로 운동을 만드는 것이고, 그 모든 긍정성 속에서 탈주선을 그리는 것이며, 문턱을 넘는 것이고, 그 자체를 위해서만 타당한 강렬도의 연속체에 이르는 것이며, 순수한 강렬도의 세계를 발견하는 것이다. 여기서 모든 형식들은 와해되고, 기표나 기의는 물론 모든 의미화 또한 비형식화된 질료와 탈영토화된 흐름, 비의미적인(비기표적인) 기호들에 자리를 내주며 붕괴된다."(질 들뢰즈·펠릭스 가타리, 이진경 옮김, 『카프카: 소수적인 문학을 위하여』, 동문선, 2001, 37쪽.)

22) 다음과 같은 글도 그 맥락을 함께한다. "상상력이 폄하(또는 평가절하)된 이유는 그것 자체로 위험하기 때문이 아니라 정상적인 논리나 도덕적 잣대로 재단되지 않고 무질서하게 부유하기 때문이다. 그것은 검증되거나 확인될 수 있는 논리가 없다는 또다른 식의 표현이다. 무질서한 것들은 그들 나름의 논리적 토대로 제어할 수 없으므로 자신들의 근거를 뒤흔드는 위험한 것으로 여기게 된다. 즉 모르는 것들에 대한 일종의 공포감이거나 위기의식의 발동이 그렇게 만든 것이다. 이같은 상상력에 의한 텍스트는 풍부하고 다층적인 의미와 목소리를 가지고 있으므로, 해석할 수 있는 사람(그 의미를 구체적으로 경험하고 살려낼 수 있는 사람)에게만 그 의미가 드러나게 마련이다."(유평근·진형준, 『이미지』, 살림, 2001, 163쪽.)

23) 아르놀트 하우저, 백낙청 옮김, 『문학과 예술의 사회사』, 창작과 비평사, 1976, 114쪽.

부록

1) 진사는 삼국시대 위나라 무제의 아들 조식(曹植)을 가리킨다. 조식은 어릴 때부터 글재주가 뛰어나 무제에게 총애를 받았다. 훗날 그의 형 문제가 조식의 재주를 꺼려서 그를 죽이려는 생각에 일곱 걸음을 걸을 동안에 시를 지으라 했다. 조식은 형의 말이 끝나자마자 다음과 같

은 시를 지어 죽음을 면했다. "콩을 삶아 국을 만들고, 콩을 갈아 즙을 낸다. 콩대는 솥 밑에서 타고, 콩은 솥 안에서 운다. 본래 같은 뿌리에서 태어났는데, 서로 애태움이 어찌 이렇게도 심한가?(煮豆持作羹 漉菽以爲汁 其在釜下燃 豆在釜中泣 本自同根生 相煎何太急)"(「문학文學」,「세설신어世說新語」) 따라서 이규보는 자기가 곤란한 처지에 놓인 이유가 평소에 형을 업신여겼기 때문임을 말하려는 의도였던 것이다.

2) 시를 지을 때 범하기 쉬운 성률상의 문제점. 오언시를 지을 때 첫번째 글자와 두번째 글자가 여섯번째 글자와 일곱번째 글자가 같은 성운을 얻지 못한 것을 말한다. 일설에는 구절의 처음 두 글자가 모두 평성이 되지 못한 경우를 말한다고 하기도 한다.

3) 시를 지을 때 성률(聲律)에서 쌍성(雙聲)을 사용하는 잘못을 저지르는 것을 말한다. 위 구절을 끝 글자와 아래 구절의 끝 글자, 또는 제1구의 끝 글자와 제3구의 끝 글자에 같은 운자를 사용하는 것을 말한다.

4) 여러 가지 설명이 있다. 쌍성은 같은 음으로 시작되는 글자 두 개를 겹쳐서 사용하는 것을, 첩운(疊韻)은 시를 지을 때 앞에서 사용했던 운자를 반복하여 사용하는 것을 말한다. 송나라 호자(胡仔)의 「초계어은총화苕溪漁隱叢話」「전집前集」에서는 "음은 같은데 운이 다른 것을 쌍성이라 하고 음과 운이 같은 것을 첩운"이라고 설명하기도 했다.

5) 당나라 교연(皎然)의 「시식(詩式)」 「시유육미詩有六迷」 조항에 나오는 말로 시를 지을 때 저지르기 쉬운 여섯 가지 착각을 가리킨다. 허탄(虛誕)한 것을 고고(高古)하다고 착각하는 것, 느릿한 것을 충담(沖澹)한 것이라고 착각하는 것, 뜻을 잘못 쓴 것을 자기 혼자만 뛰어나다고 착각하는 것, 괴이한 것을 신기한 것으로 착각하는 것, 난숙한 것을 온약(穩約)하다고 착각하는 것, 기운이 적고 힘이 약한 것을 용이(容易)한 시라고 착각하는 것을 말한다.

6) 송나라 증조(曾慥)의 「시원유격詩苑類格」에 나오는 말로 시를 쓰는 사람이 행하는 세 가지 도둑질을 이른다. 즉 다른 사람의 시에서 어구, 뜻, 기세를 훔치는 것을 '삼투'라고 한다. 그 가운데 어구를 훔치는 사

람이 가장 둔한 도적(鈍賊)이라 했고, 기세를 훔치는 사람이 가장 뛰어난 도둑이라고 했다.

7) 시를 지을 때의 여덟 가지 문제점 가운데 하나. 다섯번째 글자가 열다섯번째 글자와 같은 성률을 갖지 못한 것을 말한다.

8) 시를 지을 때의 여덟 가지 문제점 가운데 하나. 두번째 글자가 다섯번째 글자와 같은 성률을 갖지 못한 것을 이른다.

초판 서문

1992년 한국한문학회에서 시마(詩魔)에 대해 발표한 이래 올해로 만 10년이 되었다. 시마에 대한 나의 관심도 그만큼의 세월을 함장(含藏)하게 된 것이다. 그동안 온전히 시마만을 생각하며 공부한 것은 아니지만 적어도 시마는 내 삶의 한 부분을 이루면서 늘 함께했다. 신들린 듯이 작품을 써내는 시인들처럼 나도 어쩌면 시마의 힘에 끌려 여기까지 왔는지도 모른다. 한동안 '시마'라는 단어를 찾아서 문집을 뒤지기도 했고 '시마'라는 단어가 나오는 글이면 무엇이든지 알려달라고 선후배들에게 부탁하기도 했다.

시마에 관심을 갖게 된 계기는 조선 중기 문인 간재(艮齋) 최연(崔演)의 「축시마逐詩魔」를 만나면서부터였다. 이규보(李奎報)의 「구시마문驅詩魔文」이 널리 알려져 있기는 했지만 그것만 읽었을 때에는 그리 큰 관심을 두지 못했다. 그런데 어느 날 최연의 글을 발견하고 두 글의 유사성과 차이에 주목하게 되었고 급기야는 학회 발표까지 이어졌다. 어설픈 발표를 한 뒤 한동안은 그것을 그냥 보완하기만 하겠노라 생각했다. 그런데 보완하기 위한 자료를 찾다보니 어느새 짧은 논문으로 뭔가를 이야기하기에는 허전한 느낌이 들었다(지금 이 책에서도 모아놓은 자료를 모두 이용하지 못했다. 오히려 이용하지 못한 자료가 훨씬 더 많다. 이에 대해서는 다시 글을 써볼 생각이다).

10년 동안의 자료 조사를 통해 나는 시마가 시대, 인물, 신분 등을 뛰어넘어 지금까지도 광범위하게 사용되는 단어라는 사실을 알게 되었다. 그리고 그 단어는 개념을 정확히 정의할 수는 없지만 예술 창작의 순간에 작용하는 신비한 힘을 의미하는 것이라고 생각하게 되었다. 때로는 영감이나 상상력으로, 때로는 창작 의식이나 문학적 감수성, 또는 광기, 천재성 등으로 불릴 수 있다는 사실을 깨달았다. 문제는 그것이 한곳에 정착하지 않고 끊임없이 떠돌아다니는 개념, 부유하는 존재라는 사실이었다. 이규보나 최연의 글을 제외하면 시마에 대해 길게 글을 쓴 사람이 없었다. 그러나 매우 많은 글에서 단편적인 흔적을 드러내고 있기도 했다. 게다가 공시적으로나 통시적으로 전혀 다른 맥락에서 쓰이는 경우도 있었으므로 하나의 논의로 귀결시킨다는 것은 엄두도 내지 못할 형편이었다.

시마는 하나의 권위적 개념이나 사유의 통일성을 주장하지 않는다. 그것은 안개처럼 떠돌면서 굳어져버린 사회와 사유의 틈바구니에 미세한 균열을 일으키는 것만으로도 자신의 사명을 다하는 존재다. 짐짓 농담과 웃음 속에 자신의 진면목을 숨기고 엄숙한 권력(정치적 권력이든 문화적 권력이든)을 풍자하고 비튼다. 그러고 보면 시마는 우리를 한곳에 안주하지 않게 채찍질하는 존재이기도 했다. 이 처리 능력의 부족함과 함께 시마가 갖고 있는 '정의할 수 없는 성질' 때문일 것이다.

이 책을 쓰면서 정말 많은 분께 도움을 받았다. 민족문화추진회에서 영인 발간하는 『한국문집총간』은 가장 중요한 자료를 제공했다. 시 귀신이나 시마와 관련된 일화를 찾느라고 나름대로 노력했지만 얼마 전에 완간된 김현룡 교수의 『한국문헌설화』(건국대출판부, 1998~2000) 속에 많은 부분이 수록, 정리되어 있었다. 따라서 시귀(詩鬼)에 대한 일화를 언급할 때 많은 도움이 되었다. 정민 교수의 『한시미학산책』(솔, 1996) 역시 많은 시사점을 던져주었으며, 그 밖에 많은 책의 도움을 받았다.

주변 분들이 이 책을 읽고 조언을 해주었으며 어떤 것들은 이 책에 중요한 논거로 반영되기도 했다. 특히 수유연구실+연구공간 '너머'에서 즐겁게 노니는 벗들과의 논의가 참으로 유익했고 고마웠다. 여기서 공부하며 즐겁게 노닐 수 있었던 것은 근래 내가 가장 크게 누렸던 청복(淸福)이다. 우여곡절 끝에 이 책을 출간하면서 본의 아니게 여러 사람을 괴롭혔다. 고찬규 시인의 배려를 잊을 수 없다. 바쁜 와중에도 꼼꼼히 원고를 챙겨주신 '아침이슬'의 여러 식구에게도 신세를 톡톡히 졌다. 나의 두 도반(道伴), 보림(寶林)과 용현(龍賢)의 배려를 깊이 새기고 있다.

2002년 8월
봄내에서 김풍기

김풍기金豊起

강원대 국어교육과 교수로 재직중이다. 한시 문학에 관심을 가지고 꾸준히 글쓰기를 하고 있다. 주요 저서로 『어디 장쾌한 일 좀 없을까: 김풍기 교수의 옛 시 읽기의 즐거움』『김풍기 교수와 함께 읽는 오언당음』『고전산문 교육론』『한시의 품격』『조선 지식인의 서가를 탐하다』『선가귀감, 조선 불교의 탄생』『옛 시에 매혹되다』『독서광 허균』 등이 있다. 역서로 『완역 옥루몽』(전5권) 『세계 최고의 여행기, 열하일기』(전2권, 공역) 등이 있다.

시힘
시의 정원을 채우는 창작정신

초판1쇄인쇄 2019년 7월 2일
초판1쇄발행 2019년 7월 12일

지은이 김풍기 | 펴낸이 신정민

편집 신정민 박민영 | 디자인 신선아 | 저작권 한문숙 김지영
마케팅 정민호 정현민 김도윤 | 홍보 김희숙 김상만 이천희 오혜림
모니터링 이희연 박세연 황지연 | 제작 강신은 김동욱 임현식
제작처 미광원색사 경일제책

펴낸곳 (주)교유당
출판등록 2019년 5월 24일 제406-2019-000052호

주소 10881 경기도 파주시 회동길 210
문의전화 031) 955-8891(마케팅), 031) 955-3583(편집)
팩스 031) 955-8855
전자우편 gyoyuseoga@naver.com

ISBN 979-11-967230-2-6 03810